Kim Michele Richardson

LA LIBRAIA BLU

Traduzione di Sara Puggioni

LIBRERIA pienogiorno

Pubblicato per
LIBRERIA **pienogiorno**
da FullDay Srl

Per Joe,
la mia arma segreta, sempre.

«Fatemi vedere una famiglia di lettori
e vi mostrerò le persone che muovono il mondo».

Napoleone Bonaparte

PROLOGO

La chiamano ancora la Donna dei libri, avendo dimenticato da tempo l'epiteto riservato alla sua pelle blu cobalto, benché adesso se ne sia andata da quelle montagne e da quelle valli, dal marito che l'amava, dalla figlia e dall'affezionata Giunia, dai suoi lettori e dalle loro afflizioni, e dal loro desiderio di avere di più.

Ma dovete conoscere un'altra storia, anzi tutte le altre storie importanti che si sono innalzate come mulinelli attorno a lei e dopo di lei, prima che vadano perse negli inverni del fogliame appassito e degli alberi dormienti, inghiottite negli inni primaverili degli uccelli che si levano dai tappeti di phlox, ageratina e digitale. Queste storie implorano di essere dipanate dalle vecchie mani incallite del Kentucky per essere intessute e mettere eterne radici, come il pioppo e la quercia nella terra senza tempo.

1

Thousandsticks, Kentucky 1953

All'inizio di marzo, l'ululato amaro dell'inverno, dell'incertezza e di una guerra presto dimenticata corse sopra le scure montagne sonnolente di Thousandsticks lasciando dietro di sé il dolore feroce della disperazione. E anche se avevamo provato la mia fuga molte volte, era comunque terrificante che questa volta non fosse più un'esercitazione.

Ricordo quando avevo dodici anni e il lamento acuto dell'allarme antiaereo era risuonato nel cortile della scuola mentre lasciavamo i libri all'edificio di pietra di Troublesome Creek. L'insegnante aveva gridato a mamma: «È un'esercitazione», e poi ci aveva fatte correre all'interno, dando istruzioni di strisciare sotto i banchi e ripararci la testa. Era stato spaventoso, ma io mi ero sentita al sicuro sotto il sottile piano in legno del tavolo.

Oggi, sedicenne, mi rendevo conto di quanto ero stata ingenua a pensare che un banco potesse proteggere qualcuno da una bomba, di quanto era difficile adesso credere che nascondermi avrebbe potuto in qualche modo salvarmi dalla pioggia di bombe più grandi in arrivo.

Strisciai i piedi sull'erba dura e gelata sotto la volta della Cumberland Forest, respirando l'aria fredda mentre mamma mi aiutava a infilarmi il suo pesante cappotto. Intorno alla nostra casa, ovunque si posasse lo sguardo, la brina imperlava la foresta di tronchi; pini, noci americani e querce scintillavano di cristalli grigi, mentre il salmo gemello delle cince e dei parulidi annunciava il mattino. In alto nel cielo un avvoltoio collorosso planava basso, in cerca di carogne. Rabbrividii mentre quell'uccello orribile si abbassava sempre di più.

«Devi sbrigarti», mi incalzò mamma per la seconda volta, con il fiato che si condensava nell'aria fredda. «Arriverà quassù per scortarci in tribunale da un momento all'altro. Ricorda tutto quello che ti ho detto. Tutto quello che abbiamo provato».

Da un boschetto di aronie sul lato della nostra casa, sbucava il cofano dell'automobile parcheggiata di un uomo di legge, con i primi raggi del sole che si riflettevano sui fari e sulle cromature lucide.

«Ho paura, mamma».

«Non è una cosa negativa, tesoro mio. Ti renderà più cauta».

Due settimane prima, i miei genitori mi avevano nascosta in cantina quando lo sceriffo si era presentato ad arrestarli per aver violato le leggi sui matrimoni misti, dopo che un venditore ambulante era stato da noi e aveva riferito in città dello strano colore di mamma. Papà si era rivolto a un avvocato, era stata fissata una cauzione e il giorno precedente era arrivata la notizia di un'udienza di revoca che io ascoltai sempre nascosta in cantina.

Dodici anni prima, nel 1936, papà era stato imprigionato per aver osato sposare una donna di colore… una Blu del

Kentucky, e in seguito rilasciato con un ordine di espulsione, che lui e mamma avevano disatteso spostandosi da Troublesome a Thundersticks e vivendo in segreto. Oggi doveva comparire davanti al giudice per rispondere di tutte quelle violazioni.

Vidi la paura negli occhi di mamma quando allungò la mano per prendere una sciarpa di lana. Anche la sua udienza era fissata per quel giorno.

La sera prima, nascosta dentro casa dopo l'arrivo dell'uomo di legge, avevo sbirciato fuori dalle tende e l'avevo visto osservarci dalla sua auto per assicurarsi che mamma e papà non scappassero prima dell'udienza. Era rimasto tutta la notte e adesso era là fuori a dormire nella sua auto di servizio.

«Mamma, non voglio lasciare te e papà. *La mia casa*». Mi asciugai gli occhi nella manica del suo cappotto di lana ruvida.

«Non sei al sicuro qui». Mi avvolse attorno al collo la sciarpa.

«Voglio rimanere ad aspettare che tu e papà torniate dall'udienza. Sono grande, ho quasi diciassette anni...»

«È troppo pericoloso, Honey Mary-Angeline», disse, usando i nomi con cui lei e papà mi avevano battezzata anni prima, quando un predicatore itinerante si era fermato alla nostra casetta nascosta vicino alla foresta. Mamma mi aveva chiesto che nome avrei voluto e io avevo scelto *Mary*, dal suo secondo nome, *Cussy Mary Lovett*, l'illustre donna dei libri di queste antiche montagne che aveva lavorato per il Pack Horse Library Project del Kentucky quando ero piccola. Poi le avevo domandato se potevo averne due, e avevo aggiunto *Angeline*, il nome della mia prima mamma.

Angeline era morta nel 1936, poco dopo avermi partorita. Mamma in seguito mi aveva spiegato che anche lei e il mio primo papà, Willie Moffit, erano Blu, ma non lo sapevano. Di lui non aveva raccontato molto altro, solo che era morto in un incidente. Quando compii sei anni, avevo perso la maggior parte della metemoglobinemia, la malattia genetica che secondo il vecchio Doc di Troublesome Creek condividevamo sia io e mamma che i Moffit.

Il Doc aveva spiegato che i genitori di mamma, i Carter, al pari di altre famiglie sparse per il Paese, erano tutti imparentati fra loro, come l'aristocrazia in Europa. L'unica differenza è che non avevamo un albero genealogico come la maggior parte della gente. Al suo posto, c'erano viticci tortuosi che si attorcigliavano, si sovrapponevano e si annodavano uno all'altro. E anche se le mie mani e i miei piedi diventavano di un blu livido tutte le volte che mi spaventavo o mi entusiasmavo, erano solo quelle parti di me ad assumere lo strano colore.

Ero riconoscente di poter nascondere con facilità la mia sciagura. *Sciagura*. Una parola difficile da mandar giù, ma non era niente in confronto al modo in cui era stata trattata mamma. La legge aveva separato lei e papà il giorno del loro matrimonio, definendoli immorali, peccatori e peggio. Mamma diceva che avevo solo tre mesi quel giorno di ottobre del 1936, quando lo sceriffo di Troublesome Creek aveva picchiato e arrestato papà, minacciando di rinchiudere anche lei e di mandarmi all'asilo degli idioti.

Sollevai le mani e osservai l'azzurro uovo di pettirosso affiorare e diffondersi sui palmi, con una sfumatura più scura sui bordi. Nulla di paragonabile al colore di mamma che la ricopriva tutta. Pensai alla paura, al rifiuto e all'orrore negli occhi degli altri quando vedevano la sua pelle blu inchiostro. L'imbarazzo, la vergogna e la tristezza che colavano come sangue dentro di lei.

Una volta, avevo solo sei anni, stavamo comprando delle mele in un negozio in Tennessee e l'uomo dietro il banco l'aveva insultata e ci aveva intimato di andarcene. Quando avevo visto lo sguardo ferito di mamma, dentro di me era sbocciata una furia accecante che non avevo mai provato. Incapace di frenarmi, avevo tirato la mia mela addosso al negoziante, che aveva afferrato una pesante scopa di legno. Mamma si era scusata con l'uomo e mi aveva rimproverata mentre uscivamo in fretta dal negozio, facendomi scudo e prendendosi la maggior parte delle bastonate e delle imprecazioni furiose.

Le avevano dato otto punti in testa. Dopo quella volta, avevo imparato a starmene zitta e a tenere gli occhi bassi... avevo imparato quello che una Blu doveva fare per proteggersi.

Guardai l'automobile dell'uomo di legge, con un nodo allo stomaco. Mamma mise una mano tremante nella tasca del mio cappotto, tirò fuori un paio di guanti e me li porse. Li aveva fatti a maglia per coprire il colore della mia pelle e tenermi nascosta al resto del mondo: io che ero l'ultima del nostro popolo. Papà aveva dato il suo contributo cucendomene un paio di pelle nera di ricambio. Erano la mia armatura, uno scudo contro quelli che davano la caccia ai Blu.

«Non potrei andare in Tennessee dalla famiglia di papà?»

«La casa del prozio Emmet è piena da scoppiare. Ci abitano in quattordici e non c'è posto per un'altra persona. Mi dispiace, Honey, non c'è nessun altro».

Rivoltò il pesante colletto del cappotto e lo sistemò. «Ti ho messo nella borsa il diario marrone. Continua a scrivere le tue belle poesie».

Annuii, sentendo tremare il mento. Il diario era il mio preferito, quello su cui scrivevo tutti i miei versi.

«Papà ha messo nel bagaglio il calibro .22 per il viaggio», proseguì mamma, armeggiando coi grossi bottoni rivestiti di pelle del cappotto e fermandosi per asciugarsi una lacrima.

Lanciai un'occhiata alla mula, legata in disparte fuori dalla vista dell'uomo di legge, e vidi il fucile spuntare dal fodero di pelle non conciata.

«Prendi Giunia e vai dritta a Troublesome, e non fermarti finché non arrivi da Miss Loretta». Capii dalla voce che aveva la gola serrata.

Troublesome Creek era la contea vicina e distava circa trenta miglia, ma fra il terreno accidentato, gli stretti sentieri di montagna e gli innumerevoli tornanti, era come se fossero trecento.

«Dritto da Loretta», ripeté. «Se hai qualche problema, cerca Devil John».

Il distillatore clandestino Devil John era uno dei vecchi lettori di mamma e anche lui abitava a Troublesome Creek. Da anni veniva a trovarci qui nella Cumberland Forest.

«Mamma, voglio bene a Loretta, ma deve avere cento anni. Come farà a prendersi cura di me?»

«Novantuno, e tu aiuterai Miss Loretta, e lei ti terrà al sicuro finché non potremo stare di nuovo tutti insieme». Le sue parole erano cariche di pena.

«Sì, signora, lo farò», mormorai.

«Dai retta a tua mamma, piccola donna dei libri». Papà uscì di casa, gli occhi luminosi adesso rannuvolati per la preoccupazione. Si passò una mano tra i folti capelli castani, lanciò un'occhiata all'automobile in attesa fuori, e abbassò la voce a un sussurro. «Devi sbrigarti. Si sveglierà da un momento all'altro, e non possiamo rischiare che ti veda. Ricorda, tua madre ha cucito un po' di soldi per le emergenze nella fodera del cappotto. Sii gentile con la vecchia Giunia, e lei ti porterà laggiù sana e salva».

«Alla vecchia Giunia non importa di me come di mamma», obiettai, riluttante ad andarmene. «Non posso restare solo un pochino...»

«Ne abbiamo già parlato, Honey. Tua madre e io siamo accusati di aver violato la legge. Se il giudice stabilisce che siamo colpevoli», lanciò un'occhiata furtiva a mamma, «dobbiamo aspettarci una pena».

Tirai il cappotto di papà e lo guardai strizzando gli occhi. «Ma il tuo avvocato non ti difenderà? Cosa...»

«Sst! Dobbiamo essere preparati. Infilati quei guanti adesso», disse in tono più severo, lentamente, costringendomi ad ascoltare ogni parola.

Se i miei genitori fossero stati giudicati colpevoli e messi in prigione, il tribunale avrebbe potuto mandarmi all'orfanotrofio finché non avessi compiuto diciotto anni o, peggio, al riformatorio dove i bambini erano incatenati e lavoravano dall'alba al tramonto nelle fattorie finché non ne avevano ventuno.

«Dai, Honey», disse papà. «Mettiamo la sacca da sella su Giunia e te ne vai a casa da Loretta».

«Papà, cosa dico se vengono cercarmi?» Lanciai un'occhiata all'automobile e mi infilai i guanti.

«In questo momento sanno solo che abbiamo una figlia, ma non sanno dove sei, Honey, né che aspetto hai. E non scopriranno dove stai andando. Mr Morgan condivide l'ufficio col nostro avvocato, Mr Faust. Si è registrato in tribunale per rappresentarti e sta lavorando sui documenti legali in modo da nominare un tutore. Ti ricordi di Bob Morgan, vero?»

«Sì, signore».

«Se qualcuno fa domande, di' solo che vuoi parlare con Mr Morgan. Ti aiuterà lui».

Mi aggrappai a mamma, spaventata. L'idea di poter perdere i miei genitori perché la legge li avrebbe puniti per essersi amati era terrificante. E in qualche modo sapevo che tornare a Troublesome avrebbe significato per me proprio ciò che quel nome significava: *guai*.

«Mamma».

«Tesoro mio, sarai più al sicuro là». Mamma mi strinse in un abbraccio. Un attimo dopo disse a bassa voce: «L'autunno scorso, quando siamo andati alla baita dei tuoi nonni per visitare e pulire il cimitero, ricorderai che abbiamo rifornito la cantina di provviste».

«Sì, me lo ricordo».

«Tuo papà ha portato altro cibo il mese scorso. La chiave ce l'hai in tasca. Non perderla. E fa' in modo di condividere tutto con Miss Loretta». Mi abbracciò per l'ultima volta, poi mi diede un bacio sulla guancia. «Ti farò avere un messaggio quando sarà sicuro. Se tutto va bene, potresti tornare a casa domattina alle prime luci». Si scostò e mi rivolse un sorriso rassicurante. «Ti avvertirò subito, prometto».

Ma nel suo sguardo preoccupato non c'era alcuna promessa, la pelle del viso che si andava scurendo era in contrasto con le parole che aveva pronunciato. «Mamma», dissi, scacciando i fantasmi dell'infanzia per tornare in un posto più sicuro... ovunque tranne il luogo dove loro stavano andando e dove io sarei stata mandata. Li scrutai in faccia. «Mamma, papà, vi voglio bene».

Mamma appoggiò la testa alla mia. «Ti voglio bene, figlia adorata».

Papà strinse entrambe in un abbraccio e parlò piano: «Ti voglio bene. Sta' attenta, piccola donna dei libri». Ci lasciò andare, mi diede un bacio sulla fronte, poi ci strinse nuovamente a sé. Quando si sciolse dall'abbraccio, si girò verso l'automobile, ma non prima che io scorgessi una lacrima scendergli dall'angolo dell'occhio.

«*Papà*», sussurrai, mentre una fitta lancinante di dolore, d'amore e di paura di perderli mi spezzava il cuore.

«Svelta, Honey», mi incalzò con la voce rauca, dandomi le spalle. «Tornerai quando verremo a prenderti, o quando ti daremo via libera». Lanciò un'ennesima occhiata all'auto, poi si diresse furtivo verso Giunia.

C'era un che di irrevocabile nel nostro breve addio, e lo percepimmo tutti. Il nostro futuro insieme stava per essere cancellato, com'era accaduto nel 1936 quando lo sceriffo di Troublesome aveva cancellato il matrimonio di papà e mamma e poi i tribunali lo avevano bandito dal Kentucky per venticinque anni. Quello che incombeva adesso su di noi si profilava più grande, più impervio e la paura mi penetrò fin nelle ossa.

Lo abbracciai un'ultima volta e montai su Giunia, poi la guidai verso il sentiero più stretto dall'altra parte del cortile, lontano dall'uomo di legge e dalla sua automobile, con il vento gelido che mi sferzava le guance brucianti di lacrime, lo scalpiccio degli zoccoli dell'animale che mi infuriava nel petto, alimentando la rabbia e il dolore.

Quando fui lontana abbastanza da vedere senza essere vista, smontai. Nascosta dietro un fitto di alberi, rimasi in piedi accanto a Giunia, sbirciando al di sopra della groppa, in attesa, e guardai l'uomo di legge dirigersi verso la baita. Un attimo dopo i miei genitori uscirono.

Mamma rimase ferma impotente, torcendosi le mani, mentre papà parlava con l'ufficiale, le loro parole perdute nella landa selvaggia. L'uomo di legge scosse la testa diverse volte, con il volto che si imporporava di chiazze rosse. Ogni diniego faceva l'effetto di una pugnalata e trattenni il fiato, finché Giunia non sferzò la coda e minacciò di lasciarsi sfuggire un basso brontolio.

«Sst», sibilai. Troppo tardi. La vecchia mula appiattì indietro le orecchie mentre l'uomo si avvicinava ai miei genitori. Mamma si ritrasse, sollevò una mano per ripararsi la faccia e cercò di arretrare. Ma l'uomo la prese per il polso e le torse il braccio dietro la schiena, sbattendola contro l'automobile. Mamma gettò indietro la testa e il suo verso gutturale carico di angoscia soffocò il nitrito rabbioso di Giunia.

Non ebbi bisogno di sentire lo schiocco orribile per sapere che le aveva rotto il braccio.

La mula fece per protestare di nuovo e io le misi una mano sul muso. «Zitta, Giunia», la ammonii, senza distogliere lo sguardo dai miei genitori.

Papà afferrò l'uomo per le spalle, allontanandolo da mamma, ma quello si girò di scatto brandendo il manganello e lo colpì con violenza alla tempia. Papà crollò in ginocchio, tenendosi la testa fra le mani. Si levarono delle grida mentre lo sbirro lo ammanettava e lo sbatteva sul terreno gelido. Gli diede un calcio nelle costole e tornò a voltarsi verso mamma.

Giunia raspò il terreno con gli zoccoli quando l'uomo ficcò mamma sui sedili posteriori dell'automobile.

Lei batté il pugno contro il finestrino, chiamando papà.

Avrei voluto gridare e insultare l'uomo. Invece mi portai la mano alla bocca, guardando la scena in preda all'orrore, con le lacrime che mi scavavano le guance.

Giunia levò il muso e ragliò nei boschi addormentati, e io mi abbassai, sbirciando appena da sopra la sua groppa.

L'uomo di legge si bloccò e si girò nella nostra direzione. Gli occhi mi caddero sul calibro .22, poi di nuovo sullo sbirro, e mi si mozzò il respiro mentre mi spostavo verso il fodero.

Lui fece qualche passo avanti e si schermò gli occhi con la mano, scrutando davanti a sé. Posai la mano guantata sul calcio del fucile. Qualche istante dopo, lasciò ricadere il braccio lungo il fianco e si voltò.

Svelta, tirai Giunia nel folto del bosco, montai in sella e mi diressi con decisione verso Troublesome Creek.

2

A ogni miglio che passava, sentivo scemare il coraggio, i dubbi profilarsi più minacciosi. Alla fine, mi fermai nella foresta tappezzata di muschio per controllare che nessuno mi seguisse, con le volute di nebbia che si muovevano furtive in mezzo ai raggi del sole mattutino, le ombre che si allungavano sui sentieri ricoperti di aghi di pino ghiacciati. La disperazione cresceva a ogni passo che mi allontanava da loro. Mi portai una mano al petto affannato, dove il panico infuriava come una bufera e mi sfuggiva dalle labbra in nuvolette di condensa.

Percorsi un altro miglio prima che il mio animale rallentasse. Ogni pochi minuti la mula girava la testa verso casa, verso mamma. Anch'io non potevo fare a meno di guardarmi indietro con nostalgia, sperando che sarebbero tornati il giorno stesso, pregando che il tribunale li lasciasse andare.

«Giddap, Giunia. Avanti, vecchia mia, giddap!» La mula trascinava gli zoccoli nonostante le mie preghiere e gli incitamenti. Premetti con tutto il peso sulla sella e le piantai i talloni nei fianchi.

Lei fece oscillare la testa e rispose cocciuta con una serie di ragli sonori.

Sentii che la luce dentro di me si affievolì e che disperazione e impotenza cominciavano a mettere le loro radici. «Mancano anche a me, ma di questo passo non arriveremo prima che faccia buio». Mi lasciai scivolare giù dalla sella, infilai i guanti in tasca e presi le redini, trascinando avanti la cavalcatura. «Abbiamo percorso solo sei miglia, ne mancano almeno altre venticinque», le dissi mentre avanzavamo sui sentieri della foresta, scavalcando con cautela i tronchi caduti o girandoci attorno, coi sensi in allerta per cogliere la presenza di animali selvatici.

Finalmente il sole penetrò la nebbia, l'avvisaglia della primavera incipiente che mandava il suo richiamo verso le montagne. Ci riposammo vicino a un ruscello per un'ora mentre io cercavo di distogliere la mente dai miei genitori assorbendo quello che mi stava intorno. Dal terreno spuntavano chiazze di teneri germogli verdi, tossilaggine in fiore e il vistoso trillium sessile. Il muschio e il legno marcito profumavano l'aria. Mamma aveva insistito per insegnarmi la bellezza della natura, mi aveva spinta a prestare attenzione e ad apprezzarla, soprattutto all'arrivo della primavera. Era una necessità, uno strumento di sopravvivenza per la gente del Kentucky, ma in special modo per noi Blu, aveva detto.

Tirai fuori l'orologio da tasca di mamma da sotto il cappotto. Il cipollone d'argento oscillò appeso a un laccio di cuoio, catturando un raggio di sole. Era stato del suo bisnonno in Francia, e lo aveva dato a me il luglio precedente, quando avevo compiuto sedici anni. Premetti la corona a forma di zucca e sganciai il fermo. La piccola cassa di vetro bombato si aprì, e il quadrante di porcellana diceva 9.12 del mattino. Richiusi l'orologio con uno scatto e riprovai a montare la mia mula.

Cinque ore dopo, cavalcavo lungo il Troublesome Creek, il *cloppete cloppete* degli zoccoli di Giunia un mormorio ininterrotto mentre guadavamo le acque infide e ci inoltravamo sulle montagne coperte di pini. Oltrepassammo una donna e un bambino che camminavano sul sentiero. Lei portava una cesta piena fino all'orlo di radici e altre erbe. Un istante dopo ci sfrecciò davanti un tacchino selvatico, gloglottando chiassoso.

Un uomo con una canna da pesca mi salutò amichevole. «Honey Lovett, era da un po' che non vedevo la donna dei libri e sua figlia».

«Buongiorno, signore». Gli rivolsi un cenno del capo mentre passavamo accanto a uno dei vecchi lettori di mamma.

Qualche minuto dopo, la mia compagna di viaggio si fermò e si mise a ragliare agitata, poi si calmò. Tirai le redini e guardai in mezzo alle sue grandi orecchie, e scorsi il vecchio distillatore clandestino, Devil John, e il suo cavallo. Non riuscivo a distinguere l'altra persona che montava accanto a lui.

«Devil John, signore, sono io, Honey», esclamai, felice di vedere l'amico di famiglia dopo tutto quel tempo. Spronai Giunia affinché si avvicinasse a lui e alla sconosciuta che cavalcava al suo fianco e che mi lanciava occhiate curiose.

«Honey», mi salutò Devil John, inclinando il cappello nero floscio con il suo biglietto da visita, un pene di procione attaccato alla tesa, il suo modo di far sapere che vendeva alcol... anche se era risaputo che lui non beveva.

«Non mi aspettavo di vedere te o Cussy da queste parti almeno fino a maggio. Stavo pensando di venire a Thousandsticks per portare qualche attrezzo a tuo papà e farvi visita nel giro di qualche giorno». Si accarezzò la lunga barba grigia, studiandomi.

Eravamo sempre impazienti di vedere Devil John. Diverse volte all'anno io e mamma tornavamo a Troublesome per restare un paio di settimane in autunno e quasi due mesi in estate. In quelle occasioni pulivamo il cimitero dei Carter, e poi ci occupavamo del piccolo sito tombale della mia famiglia, i Moffit. Passavamo molto tempo con Loretta e con altre persone che erano state suoi lettori quando lavorava per il Pack Horse, mentre papà andava in Tennessee a vendere legname.

Non avevo mai capito perché non eravamo andati via... perché mamma aveva deciso di rimanere in Kentucky. Si era parlato di trasferirci in Tennessee o più a nord, in Ohio, ma la questione veniva messa da parte altrettanto in fretta di quanto era stata sollevata. Mamma aveva detto che sperava un giorno di poter continuare il suo importante lavoro coi libri in Kentucky, e non sopportava l'idea di lasciar marcire la vecchia baita della sua famiglia e di abbandonare alle erbacce il cimitero dei Carter e dei Moffit. Troublesome era casa sua, la casa della sua famiglia e dei suoi antenati, ripeteva. E come papà aveva sottolineato di tanto in tanto, certe volte con un sospiro malinconico: *Questa vecchia terra del Kentucky di sicuro spinge un uomo ad averne nostalgia e al tempo stesso a volerne fuggire. Si può anche avere un piede sul suolo straniero, ma l'altro è sempre puntato verso casa.*

Ma adesso il Kentucky era diventato la nostra prigione. E, per la prima volta, percepii le sue catene e i suoi cappi incombere su di me e sulla mia famiglia. Distolsi lo sguardo, ripensando al pestaggio brutale a cui avevo assistito, sforzandomi di non lasciar trasparire il dolore.

«Tutto bene a Thousandsticks?» Devil John si allungò per guardare alle mie spalle, aspettandosi di vedere mamma.

«Mamma oggi non è con me, signore». Lanciai un'occhiata alla donna, che stava studiando una specie di mappa. «Mi ha mandata a far visita a Loretta mentre lei, ecco, è rimasta a occuparsi delle faccende di casa». Avevo parlato in tono forzato e Devil John fece un'espressione perplessa. Non potevo raccontargli la situazione davanti a un'estranea, anche se era un caro amico dei miei genitori e non gli avevamo mai tenuto nascosto niente.

Si girò verso la donna che gli stava accanto. «Miss Grant, lei è Honey Lovett, la figlia della nostra donna dei libri, Cussy Carter Lovett. Cussy lavorava per il Pack Horse Library Project qui, e ci portava i libri».

Lei alzò gli occhi dal foglio di carta con disegnato sopra qualcosa. «Avevamo lo stesso programma a Somerset, dove sono nata. Ciao, chiamami Pearl, e piacere di conoscerti, Honey». Mi rivolse un sorriso amichevole e allungò una mano, facendo tintinnare il braccialetto d'argento coi ciondoli. «Apprezzo un buon libro, e ne avrò un gran bisogno dove sto andando».

«Troublesome ha un ottimo servizio prestiti adesso», le dissi in tono sommesso. Mi era già simpatica perché amava i libri.

Pearl non sembrava molto più grande di me, ma gli occhi raccontavano un'altra storia. Erano giocosi e animati, eppure recavano un accenno di qualcosa di più oscuro, forse perfino di tristezza. Ammirai i suoi capelli, un elegante taglio corto di riccioli morbidi come quello della diva italiana che avevo visto nelle riviste che papà portava a casa dalle sue puntate in Tennessee. I suoi pantaloni da cavallerizza erano molto più nuovi dei miei e gli alti stivali di pelle avevano un raffinato ricamo intonato a quello dei guanti. Abbassai lo sguardo sui vecchi stivali che erano stati di mamma, le calzature da tre dollari tutte rovinate, e li premetti sui fianchi di Giunia desiderando che il suo pelo li inghiottisse. Ma la giovane donna sembrava amichevole.

«Pearl è la nostra nuova vedetta antincendio», spiegò Devil John. «Si era persa sul sentiero quando l'ho incontrata. Ho pensato di portarla alla torre di avvistamento».

Pearl si strinse nelle spalle imbarazzata e mi mostrò la cartina arricciata. «Pie ci ha fatto tornare indietro di circa quattro miglia dopo aver attraversato il torrente, e le mie indicazioni si sono bagnate». Diede una pacca al collo bianco e rosso dello splendido pezzato, accarezzandogli la lunga criniera bionda.

Provai un impeto di ammirazione e rispetto. Stare alla torre antincendio poteva essere un lavoro pericoloso, e tutta sola, poi. Avrei voluto saperne di più sul suo conto.

«Hai detto che stai andando da Miss Loretta?», mi chiese Devil John.

«Sì, signore, proprio così».

«Devo ancora fare una capatina in città. Dato che passi per la torre antincendio, ti spiacerebbe mostrare la strada a Pearl?»

«Ne sarei felice, signore».

«Molto obbligato, Honey». Poi si girò verso la ragazza. «Sei in buone mani. Ti porterò il baule di cui hai parlato, non appena arriva domattina».

Ci inoltrammo nei boschi con Pearl che chiacchierava del suo lavoro, distraendomi dai miei pensieri.

«Il ranger ha detto che avrò tutte le domeniche libere e almeno un fine settimana al mese. Cosa si fa per divertirsi da queste parti?», chiese.

«Quando R.C. faceva la vedetta, portava la sua fidanzata al cinema nella città vicina. C'è un deposito dei treni a circa quattro miglia dalla torre che ti porterà lì».

«A Somerset abbiamo un bel cinema. Si chiama Virginia e adoravo andarci. Il mese scorso mia madre mi ha portata a vedere *Cantando sotto la pioggia* con Gene Kelly e Debbie Reynolds. Oh, magnifico davvero!»

«L'ho letto sul giornale. Mamma mi ha promesso di portarmi se lo danno ancora». Tacqui e feci schioccare le redini, incitando Giunia. Sapevo che adesso le possibilità di vedere il musical erano ben poche.

Ai piedi della Hogtail Mountain mi fermai e smontai dalla mula, indicando a Pearl di fare lo stesso. «Più avanti è stretto. Da qui dovremo camminare per quasi tutto il tragitto».

«Non sembra molto più largo di una pista per biciclette». Pearl si mise a ridere.

«Alcuni tratti sono più facili. Mamma mi portava sempre qui a trovare R.C. e Ruth. Ci ha fatto davvero piacere sapere che è stato promosso».

«La settimana scorsa mio zio ha portato il cavallo da R.C. in modo che fosse qui quando arrivavo. L'ho incontrato alla stazione dei ranger quando ho recuperato Pie e le cartine. Ho visto lui e un altro ranger che si chiama Robbie Hardin». Alla menzione di Hardin assunse un'espressione preoccupata.

«Certo che è una bella cosa, una donna incaricata di fare la vedetta alla torre antincendio, e così giovane poi». Mi interruppi per guardarla con più attenzione. Pearl doveva aver intuito la mia curiosità.

«Ho appena compiuto diciannove anni. Mi sono diplomata l'anno scorso e ho passato l'estate a lavorare part-time alla torre di Big Knob nella Pulaski County. Non appena il mio capo mi ha detto che c'era la possibilità di un lavoro a tempo pieno qui, ho fatto richiesta. Che mi dici di te?»

«Io sono di qui e ho sempre voluto diventare una donna dei libri come mia madre».

«Non puoi avere più di quindici anni. Hai tutto il tempo per prendere il diploma in biblioteconomia».

Distolsi lo sguardo, pensando al riformatorio e chiedendomi angosciata se raccontarle una frottola. Non mi sembrava giusto, ma del resto niente di quella giornata lo era stato. «Diciotto», mentii, temendo di dover essere costretta a continuare a mentire agli estranei se i miei genitori non fossero tornati a prendermi.

Pearl mi fissò le mani che si stavano scurendo. «Stai bene?»

Mi accorsi di essermi dimenticata di rimettermi i guanti dopo aver controllato l'ora. «Benone, è solo un disturbo che si manifesta ogni tanto. È stata una lunga giornata». Mi voltai in fretta e condussi Giunia lungo il sentiero che si inerpicava. «Fai attenzione», ricordai a Pearl, infilandomi una mano in tasca per cercare i guanti.

«Com'è Somerset? Non ci sono mai stata», chiesi mentre camminavamo.

«Una piccola città. Piuttosto graziosa. Abitiamo vicino al lago Cumberland e passiamo un sacco di tempo ad andare in barca e a pescare».

«Sembra piacevole. Ho visto delle foto nei giornali locali, ed è proprio un bel lago».

«Sì, ma niente a che vedere con queste vostre splendide montagne. Non vedo l'ora di esplorarle tutte».

«La primavera è sempre speciale. Rimango in città per un po' e un giorno posso portarti a vedere i dintorni». Non mancava molto all'arrivo dei venti più caldi. Presto la foresta si sarebbe spogliata della coperta invernale e avrebbe profumato l'aria coi suoi aromi. Ci inerpicammo sul sentiero fangoso, con l'odore della terra bagnata che si sprigionava a ogni passo.

«Ti sei già diplomata?», indagò mentre percorrevamo un altro tornante.

«Non sono mai andata a scuola». Ero felice che fosse dietro di me, così non potevo vederla in faccia.

«*Mai*? E come hai fatto?», chiese in tono sbalordito.

«Molti ragazzini non possono frequentare. Qualcuno viene istruito a casa e altri mollano o non vanno perché sono troppo lontani, oppure non vogliono andare a vivere nelle scuole rurali, tipo l'Hindman Settlement o la Caney Creek. E tanti non vogliono che i loro figli vengano educati dalle riformatrici, anche se altri sostengono che sono fra le insegnanti migliori al mondo. Mamma dice che le riformatrici hanno reso queste vecchie montagne un posto migliore. Ma ha insistito per educarmi a casa ed è convinta di avermi dato un'istruzione migliore di quella di molta gente che ha studiato».

«Che cosa sono le "riformatrici"?»

«Forestiere benestanti mandate nelle nostre montagne per insegnare nelle scuole rurali».

Giunia si bloccò all'improvviso, appiattì le orecchie e ragliò verso le montagne irte di pini. Le fece eco uno strillo acuto, penetrante e io scorsi un uccello spaventato zoppicare verso il bordo del sentiero, trascinando un'ala.

«Che c'è?» Pearl si allungò a guardare da sopra la mia spalla. «Cosa diamine ha quella creatura ferita?»

«Quella mamma uccello», puntai il dito verso il pennuto che strillava sul ciglio erboso, «non è ferita. Il piviere femmina sta cercando di allontanarci dal nido che ha costruito sul sentiero».

Pearl fece un fischio. «E pensare che credevo di aver visto tutto nel mio ultimo impiego. Ho ancora così tanto da imparare».

«Imparerai, e le bestiole ti insegneranno qualcosa di nuovo ogni giorno».

Insieme guardammo in su lungo il sentiero roccioso e scorgemmo un avvallamento con all'interno tre uova screziate di nero.

Lasciai andare le redini di Giunia, corsi vicino al nido e ci passai di fianco. «Forza, Giunia, c'è spazio». Tornai dalla mula e poi di nuovo al nido, passandoci di nuovo accanto. «Giddap», ordinai. Ma la vecchia ragazza non voleva saperne, e si mise a ragliare in coro con gli strilli del piviere, facendo un tale fracasso che fui costretta a tapparmi le orecchie.

Alla fine, presi le redini del cavallo di Pearl, facendolo passare di fianco a Giunia. Ma l'animale si impuntò, raspò il terreno e io persi l'equilibrio, rischiando di cadere nel burrone. Giunia nitrì forte e sbuffò, mordendo il fianco della povera bestia. La mula era decisissima a rimanere al comando, e non aveva alcuna intenzione di cedere il passo al cavallo.

«Pie, buono, buono», gli intimò Pearl.

«Giunia», urlai. «*Buona*! Smettila o finirai per farci cadere giù dalla montagna». La mula diede un altro morso alla cavalcatura di Pearl mentre passavamo. Pie si impennò e mi venne addosso. Inciampai e caddi battendo il mento mentre il cavallo mi trascinava oltre Giunia, facendomi scorticare la faccia, il bruciore lancinante dei sassolini che mi si conficcavano nella pelle, le gambe penzoloni nel vuoto. Respirai a grandi boccate l'aroma di pini e foglie bagnate mulinando le braccia per trovare un appiglio e tirarmi su.

Giunia lanciò un altro avvertimento al cavallo, gli echi che si perdevano nella foresta ancora addormentata.

«Honey, non muoverti», mi gridò Pearl. Si infilò accanto a Giunia, dando uno strattone deciso alla cavezza. «Ferma», la rimproverò e le diede un colpetto sul muso.

La bestia sbuffò, poi tacque.

Corse da me. «Honey, lascia che porti qui Giunia in modo che tu possa aggrapparti alle redini».

Il sudore mi colava dalla fronte, facendomi bruciare gli occhi. Mi dibattei, lottando per trovare un appiglio, piantando gli stivali nel versante della montagna, aggrappandomi all'erba, alla roccia e ai detriti, sentendomi addosso l'odore della paura. Alla fine, mi azzardai a guardare oltre la spalla e vidi sotto di me centinaia di metri di nient'altro che cespugli e rocce appuntite.

Mi affrettai a premere la faccia contro il terreno scabro, il respiro affannoso. Giunia si avvicinò, mi annusò i capelli e io staccai una mano brancicando alla cieca per afferrare le redini. Scivolai ancora, raspai il terreno con gli stivali e persi l'appoggio di un piede, soffocando un grido. La mula mi sfregò il naso sulla schiena e io afferrai la briglia, stringendola con tutta la forza che avevo.

«Indietro, indietro», ordinò Pearl alla mula in tono sommesso.

Giunia si mosse lentamente.

Pearl mi afferrò l'altro braccio e insieme lei e la mula mi riportarono sul sentiero. Piegai il collo e guardai indietro, agitando le gambe. Fu in quel momento che mi si sfilò uno stivale e rotolò sul versante ripido e scabro, rimbalzando su rocce affilate come rasoi e cespugli spinosi, inghiottito dalla montagna.

Ansimai, alzando lo sguardo su Pearl, un po' imbarazzata, con una gran voglia di piangere ma sforzandomi disperatamente di essere coraggiosa davanti a quella donna che mostrava tanto fegato.

«Grazie, Pearl». Afferrai la sua mano tesa. «Se non ci fossi stata tu, sarei caduta fino alla fine della primavera». Mi rimisi in piedi un po' tremante, mi toccai il mento scorticato e sospirai spazzolandomi il cappotto e i calzoni da cavallerizza. Al cappotto di mamma mancava un bottone. Mi guardai attorno sul sentiero ricoperto di fango e di foglie, trovai il vecchio bottone di pelle, e me lo infilai in tasca. «Giunia, dobbiamo cercare il mio stivale prima di andare a casa».

Il mio animale sbuffò e oltrepassò con tutta calma il nido e la femmina di piviere che strepitava.

Pearl fece una risatina. «Ce l'ha sempre vinta lei?»

«È saggio dargliela vinta», risposi. Dopodiché ci venne un attacco di ridarella, i miei timori nascosti dietro un profluvio di sbuffi, risatine e sghignazzi, con le lacrime provocate dal gran ridere che mascheravano la sofferenza.

Dopo un po' la ragazza disse: «Sicura di star bene? Da qui posso proseguire da sola e lasciarti andare a casa a darti una ripulita e a riposare».

Ricacciai indietro gli ultimi strascichi di ilarità e mi asciugai gli occhi. Era una bella sensazione farsi una bella risata, e meglio ancora avere qualcuno con cui condividerla.

«Dai, Honey, scommetto che sei stanca. Me la cavo».

Fra l'orrore di quella mattina e la lunga cavalcata fino a Troublesome, *riposare* era proprio quello di cui avevo bisogno, e per un attimo fui tentata di accettare.

Giunia mi si avvicinò, mi annusò la faccia, poi mi posò il testone sulla spalla, osservando diffidente Pearl e il suo cavallo. «Andrà tutto bene a patto che Giunia si comporti bene».

La donna la guardò mentre io mi levavo l'altro stivale e lo infilavo nella sacca da sella. «Giunia, eh?» Grattò l'orecchio floscio della mula. «Senti, ma da dove l'ha preso il nome?»

«Dalla Bibbia. Mamma ha detto che sono solo poche parole, ma pare che si parli di un'apostola». Accarezzai il muso grigio della mula. «Forza, apostola, andiamo alla torre e poi a cercare il mio stivale».

Pearl frugò nella sua borsa e tirò fuori un paio di pantofole di velluto rosso. «Tieni, puoi metterti queste finché non ritrovi lo stivale».

«Non posso. Si rovinerebbero».

«Ne ho un altro paio e non mi serviranno. Mamma ha insistito per mettere in valigia due paia di tutto». Scoppiò a ridere, gli occhi luminosi e allegri.

Riconoscente, infilai le pantofole sopra i calzettoni. Mi andavano strette, ma almeno mi avrebbero tenuto i piedi caldi.

Feci un paio di passi di prova e aggrottai la fronte, sentendo il fango risucchiare quelle pantofole eleganti. Azzardai un'occhiata.

Pearl tranquillizzò Pie, fingendo di non accorgersene.

Percorremmo una serie di altri tornanti verso la postazione di avvistamento, io davanti, rasente la parete di roccia, Giunia che zoccolava lenta dietro me, e Pearl e Pie a chiudere la fila.

Ogni pochi passi Giunia si fermava e puntava lo sguardo in lontananza, come se cercasse mamma. Io la imitavo, nella speranza che fosse tutto uno sbaglio e che lei arrivasse a cavallo dall'altro versante per riportarci a casa.

In cima, Pearl esclamò: «Finalmente a casa!» Vide il grosso casotto per il cavallo e accanto il gabinetto esterno e li indicò, beandosi della vista. Avevano portato su fieno e mangime, che erano immagazzinati sotto un annesso parzialmente coperto.

La donna guardò la foresta, inalando l'aria fresca. Cieli bianchi incoronavano le cime brune degli alberi sottostanti. In lontananza, vidi una cortina di nebbia sonnecchiare sopra le montagne in ombra, diretta verso di noi. Sembrava neve e io annusai l'aria, assaporando l'alito della sua promessa frizzante. Nei pressi, un corvo gracchiò sopra il chiacchiericcio di un uccello e il vento portò il sottile lamento di una bestiola del bosco ai nostri piedi.

«Otto pianerottoli e centotrentatré gradini per arrivare alla botola», dissi a Pearl mentre legavamo le cavalcature ai piedi della torre. «Erano solo ottantaquattro gradini, ma c'è stato un incendio che ha distrutto la cabina. Hanno deciso di ricostruirla e di metterla più in alto».

Pearl si schermò gli occhi con la mano e guardò la sua nuova casa di legno in cima alla torre con la scala in acciaio all'interno della struttura a traliccio. «È perfetta», disse.

Non potevo fare a meno di chiedermi perché una donna volesse fare quel mestiere pericoloso, per non parlare di vivere quassù da sola.

Come se mi avesse letto nel pensiero, Pearl disse: «Sono nata per questo lavoro. Per essere in grado di vivere il più vicina possibile al Creatore, nella Sua natura possente. Hai mai sentito parlare di Hallie Daggett, Honey?»

Scossi la testa.

«Ho letto di lei anni fa. È stata la prima vedetta antincendio donna del Servizio forestale nel 1913. Ha trascorso quindici anni alla torre di avvistamento Eddy Gulch nella Klamath National Forest. Si trova in California. E io voglio essere come lei, solo che intendo passarne trenta di anni a fare la vedetta». Si mise a ridere.

«Caspita». La osservai un momento, ancora più impressionata dal fatto che sapeva cosa voleva e fosse decisissima a ottenerlo.

«Si sono presentati sette uomini per il posto, ma R.C. ha detto che ero qualificata quanto loro perché avevo lavorato alla torre antincendio della mia città. E ho anche superato l'esame della vista a pieni voti. Due degli uomini avevano gli occhi deboli e solo uno possedeva l'istruzione formale necessaria per diventare vedetta antincendio. R.C. ha detto che nessuno degli aspiranti aveva studiato topografia come me. La Forestale mi ha fatto scarpinare nella foresta per otto ore, e un'altra ora l'ho passata a correre su e giù dai gradini della torre con gli uomini. Siamo passati solo in tre».

Rimasi di stucco che si fosse aggiudicata l'incarico bagnando il naso a tutti quegli uomini, ed ero piena di ammirazione. Sentivo una specie di vicinanza con lei, e fui pervasa da una sensazione di affinità che non avevo mai provato. Se Pearl poteva fare tutte quelle cose, allora forse anch'io ce l'avrei fatta a sopravvivere per conto mio.

«Gli uomini non l'hanno presa bene e si sono lamentati col capo», continuò. «Hanno detto che non era giusto che una femmina portasse via la paga che spetta a un uomo. Ma alcuni di quei ragazzi non sapevano neanche come individuare un incendio, per non parlare di capire la differenza tra un focolaio, la polvere sollevata da un gregge o un banco di nebbia». Si fece un'altra risata.

«Sono felice che l'abbia avuto tu», dissi, ed ero sincera.

Fece un sospiro di felicità. «Finalmente a casa».

«Dai, ti aiuto a portar su i bagagli prima di andare da Loretta».

«Grazie. È tua parente?»

Non potevo dire a quella ragazza coraggiosa che era la mia babysitter. Così spiegai: «Loretta Adams è una cara amica di famiglia».

Pearl si mise una mano in tasca e tirò fuori due piccole chiavi attaccate a una catena e le fece dondolare, sorridendo. «R.C. mi ha dato le chiavi del lucchetto stamattina. Non vedo l'ora di ispezionare la mia cabina! Mi piacerebbe invitarti quando mi sarò sistemata».

«Sarebbe bello», risposi. Ora più che mai avevo bisogno di un'amica. E con una donna intelligente come lei, potevo imparare tantissimo.

Presi una delle sacche da sella e insieme salimmo i vecchi gradini di metallo, con la torre che oscillava leggermente e la scala che borbottava in segno di protesta mentre ci arrampicavano faticosamente in cima. Ci fermammo un attimo e Pearl scrutò l'orizzonte con la sua infilata di crinali. Indicai la cortina di neve, come veli bianchi diretti verso Troublesome.

Quando arrivammo all'ultimo pianerottolo dove il grigliato di metallo sotto la cabina portava alla botola, si lasciò sfuggire un grido.

Sbirciai da sopra la sua spalla. Qualcuno aveva segato quattro gradini di metallo, rendendo impossibile arrivare all'ingresso.

Gridò di nuovo e puntò il dito verso la botola e il lucchetto semi divelto che penzolava dal catenaccio esterno.

Fissai le parole orribili scarabocchiate sulla porta con la vernice rossa:

RIMETTITI IL GREMBIULE E TORNA AI FORNELLI... CAGNA.

Sobbalzai e borbottai un'imprecazione, piena di rabbia per l'orribile uomo che l'aveva fatto.

Pearl fece una smorfia e si mise sul fianco la mano stretta a pugno. «Scommetto che è stato Robbie Hardin. Questa mattina alla stazione dei ranger ha cercato di convincere R.C. a scommettere quanto avrei resistito. Domandandosi ad alta voce quanto in fretta me la sarei squagliata dalla montagna per tornarmene nella mia cucina accogliente di Somerset al primo temporale, o davanti alla prima bestia selvatica».

«Gli Hardin hanno sempre avuto una vena di cattiveria», dissi, ripensando ai discorsi a mezza bocca dei miei sulla responsabilità della direttrice della biblioteca, Harriett Hardin, nell'arresto di mio padre e nella sua cacciata dal Kentucky.

«Beh, non torno in nessuna cucina», affermò con rabbia. «Sono venuta qui per restare. E ci resto».

Le misi una mano sulla spalla per confortarla.

«*Ci resto*, per la miseria!» Rivolse le parole alla foresta, battendo il pugno sul parapetto d'acciaio e levando il suo grido di guerra, e in esso udii le urla di mia mamma, percepii il dolore che lei e papà avevano sofferto quella mattina.

E poi, vuoi perché era sopraffatta o esausta per il viaggio, o forse per entrambe le cose, pianse e ululò le sue maledizioni al cielo.

Mi fissai i piedi racchiusi nelle pantofole sporche di fango, torcendomi le mani, smaniosa di rendermi utile ed essere sua amica, in preda al bisogno di imprecare e piangere anche per il mio dolore. Alla fine, dissi timidamente: «Se vuoi, Pearl, puoi stare alla baita dei miei nonni finché la stazione dei ranger non avrà mandato qualcuno a sistemare i gradini. C'è spazio in abbondanza e posso darti una mano a sistemarti. A Loretta non importa se arrivo domani. Non è un problema», anche se sapevo dai miei genitori che a Troublesome i problemi non mancavano mai.

«È molto gentile da parte tua, Honey, e se non ci sono alberghi qui, dovrò accettare l'offerta». Si asciugò gli occhi con il palmo della mano.

«Non ci sono alberghi, a meno che tu non voglia affittare una stanza sopra l'emporio della Compagnia… Sempre che ce ne sia una libera».

«Grazie, la baita della tua famiglia andrà benissimo».

Da sotto, Giunia mandò un brontolio di avvertimento. Guardai oltre la ringhiera, studiando la mula. Lei alzò il muso ed emise tre ragli in rapida successione. Aveva le orecchie rigide, non rilassate, l'atteggiamento nervoso e irrequieto.

Tanto tempo prima mamma mi aveva insegnato: *Osserva gli animali, l'uccello, il cane selvatico, le bestiole, e ascolta con attenzione, perché Dio ha messo tutta la loro forza nelle orecchie in modo che possano difendersi. E quella protezione assicura anche la nostra.*

Scrutai la foresta sottostante, in cerca di qualunque movimento o segno di qualcosa che non andava. Non riuscivo a scacciare la sensazione che qualcuno ci stesse osservando. Giunia ragliò di nuovo in tono di avvertimento, e io vidi che i suoi occhi sempre diffidenti adesso erano vigili per proteggerci.

Lanciai un'occhiata alla botola e strinsi il pugno, disgustata dal vile benvenuto che gli uomini avevano riservato a Pearl. Mi riecheggiarono di nuovo nelle orecchie le urla di mamma e una lacrima rabbiosa mi scivolò sulla guancia, e promisi che avrei lottato come questa valorosa vedetta antincendio.

«Andiamo, Pearl. Devo ancora recuperare il mio stivale, e presto arriverà il brutto tempo e scenderà il buio».

3

Avevo perso Giunia.

Anche se avevo trovato lo stivale che era caduto dalla montagna, quando ero smontata dalla mula per infilarmelo, Giunia era partita a razzo diretta a est – Thousandsticks e mamma – senza preavviso, portandosi dietro l'altro stivale. A quanto pareva quel giorno era destino che avessi solo una calzatura alla volta, e dentro di me maledissi la mia stupidità.

Lasciai cadere lo stivale e partii all'inseguimento, le grida rauche e strozzate, i polpacci tesi e doloranti. Se fosse successo qualcosa alla mula, mamma non mi avrebbe mai perdonata. E io nemmeno. Giunia era intrattabile, ma era stata anche la mia protettrice e il mio animale domestico, una leggenda da queste parti. Quando avevo sette anni, un giorno stavo giocando in cortile e Giunia aveva lanciato uno dei suoi gridi di guerra dirigendosi verso di me a tutta velocità. Ero saltata in piedi senza capire, poi avevo visto il serpente che strisciava a poca distanza. Lei era arrivata di gran carriera pestando furiosamente gli zoccoli e aveva rispedito nei boschi il vecchio testa di rame. Lo stesso era successo qualche anno dopo con l'orsa e i due cuccioli che si erano avvicinati troppo: si era alzata sulle zampe posteriori e aveva protestato con tanta veemenza da far tremare i vetri delle finestre, facendo scappare gli orsi spaventati.

Pearl mi arrivò accanto con in mano l'altro stivale. «Oh, Honey, mi dispiace. Quella bestia è un guaio con la G maiuscola. Come fai a sopportarla?»

Senza fiato, mi misi le mani sui fianchi e tirai parecchi respiri profondi. «I miei genitori si arrabbieranno se le succede qualcosa, Pearl». Nessuno di loro due aveva mai alzato un dito su di me, ma io avrei sopportato cento frustate piuttosto che vedere la tristezza e la delusione nei loro occhi se le fosse capitato qualcosa. «*Giunia*!», urlai. Iniziò a cadere una neve sottile e io fui presa dal panico. «GIUNIA!»

«Monta in sella. Andiamo a cercarla», propose Pearl, sollevando il bavero del cappotto per coprirsi le orecchie. «Magari Pie riesce a raggiungerla».

«Molto obbligata, Pearl». Dopo quella mattina, apprezzavo la sua gentilezza e provavo un sollievo indicibile a non essere del tutto sola.

«Prima però puoi portarmi da Devil John? Voglio informarlo di quello che è successo così non porta lassù il mio baule lasciandolo fuori in mezzo alla neve. Magari potrebbe anche far avere un messaggio a R.C. da parte mia».

Per un attimo temetti che non saremmo riuscite a raggiungere Giunia.

«È lontano da qui?», mi chiese.

«No, ma sbrighiamoci». Non potevo permettere che il suo baule si rovinasse dopo che le avevano vandalizzato la casa. Probabilmente avrei recuperato Giunia a Thousandsticks che aspettava mamma, e sarebbe rimasta ad aspettarla finché non fosse tornata. Ero certa che l'avrei trovata là, ma quello di cui non avevo la certezza era se la legge avrebbe trovato me.

Sentimmo l'odore di fumo della baita degli Smith ben prima di arrivarci. Bussai alla vecchia porta di legno e la moglie di Devil John, Martha Hannah, la socchiuse tenendo in braccio un bimbetto. Altri tre ragazzini spuntarono da dietro le gonne della veste da casa logora e spalancarono la porta.

«Honey!», esclamò Martha Hannah stupita. «Devil ha detto che eri tornata. Non ci aspettavamo una visita così presto. Entra a mangiare qualcosa di caldo». Mise giù il bambino sul pavimento accanto a lei.

«Abbiamo fretta, signora...»

Uno dei piccoli le tirò le gonne. «Colleen, Colleen», urlò al di sopra della spalla. «Vieni a prendere i bambini in modo che possa parlare con la nostra ospite. Accidenti». Si buttò dietro la spalla una delle trecce argentate e si lisciò le gonne. «È tutta la vita che non faccio che occuparmi di bambini. Non faccio in tempo a crescerne una nidiata, che ne arriva un'altra. Peggio delle lappole». Si mise a ridere e spinse in casa uno dei piccoli.

«Signora, abbiamo un problema alla torre antincendio. C'è Devil John? »

Martha Hannah guardò Pearl. «Problema? Tu devi essere la giovane vedetta che si era persa. Benvenuta».

«Mi chiamo Pearl Grant. Piacere di conoscerla, Mrs Smith, anche in queste circostanze difficili», si presentò Pearl educatamente.

«Devil aveva una cosa importante di cui occuparsi dopo cena», disse Martha Hannah, spostando lo sguardo da me a Pearl.

Non parlò dell'alcol prodotto illegalmente, ma la distillazione clandestina apparteneva ai boschi tanto quanto la coda di volpe, il trifoglio e la belladonna che crescevano su quelle montagne. Per alcuni era come coltivare la terra, un modo per guadagnarsi da vivere, per comprare le scarpe ai figli e riempirgli la pancia.

«Sicure che non volete entrare a mangiare qualcosa? C'ho uno stufato buonissimo», disse. Ero tentata. Sentivo l'odore del cibo perfino lì sulla porta, il profumo del sugo squisito con l'aroma delle cipolle e di altre erbe.

«Molte grazie, ma dobbiamo sbrigarci, signora».

«Mando Carson a cercarlo».

Lanciai un'occhiata sopra la spalla e vidi il cielo bianco senza stelle da cui scendeva la neve. «Si tratta di Giunia. È scappata, e ho paura che stia tornando a Thousandsticks. Spero di riacciuffarla prima che si cacci in qualche guaio». O peggio, che ci facesse finire in un guaio tutt'e due.

«Quella dolce apostola ne ha di sicuro passate tante con la tua cara mamma», disse Martha Hannah comprensiva.

«Le sarei grata se informasse Mr Smith che qualcuno ha vandalizzato le scale della torre antincendio e che starò da Honey», continuò Pearl. «Gli dica che prenderò il baule più avanti».

«Accipicchia, mando subito Carson. *Carson*, vai a chiamare tuo padre, svelto!»

Il figlio ventitreenne della coppia mise fuori la testa dalla finestra. «Pa è andato a Knoxville per incontrare Allen circa un'ora fa. Oh, ciao, Honey».

Sorrisi e lo salutai con la mano.

«Carson, mettiti il cappotto, sella il cavallo e vai a cercare tuo padre», gli ordinò Martha Hannah.

Carson tirò dentro la testa.

«Spero che possa anche riferire il messaggio alla stazione dei ranger per me, Mrs Smith», aggiunse Pearl.

«Mi accerterò che lo faccia». Martha Hannah annuì.

Gli uccelli si affrettavano al nido, coprendosi con il mantello dell'oscurità. La neve cadeva più fitta e dava l'impressione che sarebbe aumentata.

«Molto obbligata, signora», la ringraziai. «Meglio che andiamo. Sarebbe magnifico trovare Giunia prima che arrivi a Thousandsticks. Altrimenti, potremmo rimanere bloccate là per la notte».

«Se conosco Giunia, è già arrivata, Honey». Fece una risatina. «Dirò a Devil che siete dirette da quella parte e lo manderò a dare un'occhiata a te e alla nostra nuova vedetta», ci assicurò Martha Hannah.

Pearl fece per protestare. «Non voglio creargli ulteriori fastidi...»

La donna scosse la testa respingendo le obiezioni della ragazza. «Insisto. Noi ci prendiamo cura delle figlie del Kentucky. Fate attenzione, ragazze. È in arrivo una grossa nevicata».

Montammo insieme Pie, fermandoci di tanto in tanto per chiamare Giunia ed esaminare il sentiero in cerca di sue tracce. A mano a mano che ci avvicinavamo a casa, mi sentivo pervadere dall'inquietudine. Speravo che Giunia fosse sana e salva e che i miei genitori fossero stati rilasciati, e che li avrei trovati lì. Sapevo di correre un rischio, e lo spauracchio della prigione per bambini pesava come un macigno.

Arrivammo a Thousandsticks poco dopo l'una del mattino. Udimmo la vecchia mula prima di vederla. Era vicino alla veranda, i nitriti che si levavano sopra il solitario canto notturno del succiacapre e del tordo. Eppure, qualcosa non andava.

Smontai e salii i gradini di corsa, presi la lanterna e i fiammiferi dalla balaustra di legno e chiamai: «Mamma? Papà, mamma, siete tornati?» La porta non era chiusa a chiave. Entrai, accesi la lanterna e la sollevai. «Mamma, papà, pa...», ripetei con voce strozzata, il cuore sempre più pesante a ogni respiro. Andai lentamente in cucina e poi nella loro camera da letto e nella mansarda dove dormivo, chiamando i miei genitori, gli unici famigliari che mi erano rimasti in Kentucky, il mio intero mondo. «Mamma, papà?»

I ragli inquietanti di Giunia si levavano nella notte mentre lei invocava disperata il ritorno della sua adorata donna dei libri.

Rifeci il giro della baita impotente e terrorizzata, con un nodo che mi chiudeva la gola, le vecchie tavole di legno del pavimento che gemevano a ogni passo tremante. «Mamma?»

«Honey, tutto okay?», urlò Pearl dal cortile.

«Non ci sono davvero», risposi, uscendo. Non volevo crederci, ma mi resi conto che era la verità. «Non ci sono».

«Honey, Honey...»

«Li hanno portati via prima e speravo fossero tornati». La oltrepassai di corsa diretta al fienile e spalancai la porta, scrutando all'interno. Il vecchio pick-up Ford di papà era lì, ma rimasi stupita di vedere che il suo cavallo non c'era. Potevo solo sperare che forse, *solo forse*, i miei genitori fossero liberi e fossero venuti a cercarmi.

La neve cadeva abbondante, in grossi fiocchi farinosi. Mi avvicinai a Giunia e premetti la faccia sulla sua pelle fremente.

Pearl mi mise una mano sulla spalla, e io lanciai un'occhiata alla mia casa e rabbrividii mentre in me si faceva strada la consapevolezza che mamma aveva ragione.

Non ero al sicuro lì.

4

Dopo aver acceso il fuoco, mi sedetti al tavolo e aspettai che Pearl si occupasse della mia ferita.

«Il matrimonio di mamma e papà è illegale», spiegai mentre lei mi passava il mercurocromo sul mento escoriato ancora dolorante per la caduta sul sentiero. Il disinfettante bruciava, e mi sventolai rapidamente la faccia per farlo passare.

Pearl si chinò verso di me e soffiò sulla ferita, alleviando un po' il dolore. «Era così che faceva mia mamma», disse sorridendo.

«La mia lo fa ancora», risposi, desiderando che fosse lì con me in quel momento.

«Perché il matrimonio era un problema?», mi chiese tornando a sedersi e osservandomi con aria pensierosa.

«Era un'unione che andava contro la supremazia morale dell'uomo del Kentucky, Dio e le leggi sui matrimoni misti, o così pensava la gente di qui», risposi a bassa voce.

Pearl mi lanciò un'occhiata perplessa.

«La legge li ha separati nel 1936 il giorno del loro matrimonio per via del colore blu mio e di mamma. E immagino anche perché la legge pensava che fossi nata fuori del vincolo del matrimonio e fosse stata commessa fornicazione. Ma dopo la morte dei miei genitori naturali, mamma e papà si sono procurati una copia del loro certificato di matrimonio che lo sceriffo aveva distrutto. Quando ho compiuto cinque anni, siamo dovuti andare fino a Washington, per trovare un giudice che riconoscesse la loro unione e permettesse loro di adottarmi ufficialmente».

«Da dove vengo io, Mr Sawyer ha cercato di sposare una donna cinese ed è stato multato e incarcerato. Quindi il problema è sposarsi con una persona di colore diverso?», chiese, ancora un po' incredula.

«Sì, in Kentucky le unioni miste non sono permesse, dice la legge». Alla luce della candela, scrutai l'espressione di Pearl per cercare tracce di disapprovazione, ma il suo sguardo era gentile e mi incoraggiò ad andare avanti.

«Il Doc ha detto che abbiamo la metemoglobinemia, un disturbo genetico». Nascosi le mani sotto il tavolo, intrecciandole in grembo. «Tutti, i miei genitori naturali e la mia mamma di adesso. Anche se papà non è uno di noi Blu, è stato punito lo stesso: incarcerato per più di tre anni e bandito dal Kentucky per altri venticinque».

La mia nuova amica sgranò gli occhi e scosse la testa con decisione. «Dovrebbe esserci una legge contro un'ignoranza del genere. Quelle persone orribili vanno bastonate con i loro orribili manganelli».

«Essere diverso, qui, nel Kentucky bianco e nero, ti mette sul gradino più basso. Negli anni ho sentito parlare di un vecchio predicatore di Troublesome che dava la caccia a tutti quelli che non erano come lui e la sua congregazione». Mi alzai e andai verso la finestra. «Mamma mi ha detto che un giorno ha aggredito lei e Giunia sull'itinerario dei libri».

«Che cosa è successo?»

«È scappata con l'aiuto di Giunia. Il predicatore aveva già annegato altri "diversi" durante il battesimo nelle acque gelide del Troublesome, dichiarando che erano peccatori e che le bizzarre peculiarità che il diavolo aveva impresso su di loro ne erano la prova. Una bambina Melungeon soggetta ad attacchi di convulsioni che non si riusciva a curare con le erbe e due dei tre gemelli Goodwin sono stati annegati dopo che il predicatore aveva detto al suo gregge che la nascita di tre gemelli era opera della Bestia e sicuro segno della progenie del diavolo. Così come il ragazzo albino e l'uomo alto un metro che era nato con un capezzolo in più. Se la prendeva con la mia famiglia e moltissimi altri».

«Quell'uomo è un bifolco ignorante e sembra Satana in persona!», commentò Pearl con rabbia.

Scostai la tenda e guardai fuori in cerca di ombre nell'oscurità, strizzando gli occhi per capire se c'erano sbirri che si aggiravano furtivi. Speravo che Martha Hannah avesse informato Devil John, perché mi sarei sentita molto meglio se ci fosse stato lui.

«Un giorno il predicatore è scomparso», continuai, girandomi di nuovo verso di lei. «Nessuno ci ha fatto molto caso».

Pearl annuì. «Papà diceva sempre che solo i miserabili, i vigliacchi e gli ignoranti se la prendono con gli umili per sentirsi forti. Ha avuto quel che si meritava, direi, una giusta dose di giustizia del Kentucky».

Sbirciai di nuovo dalla finestra la neve che cadeva fitta, ignara di costruire la mia trappola. Ripensai al deciso avvertimento dei miei di non tornare. Rabbrividii, mi sfregai le braccia e dissi: «Sembra proprio che non andremo da nessuna parte con questo tempo. Preparo qualcosa da mangiare».

Dopo una cena veloce, Pearl mi aiutò a sparecchiare la tavola e a portare i piatti nel lavandino.

«È stata una giornata dura», le dissi, «e mi spiace di averla peggiorata. Sono quasi le tre del mattino, e immagino che Devil John non verrà con questo tempaccio. Probabilmente è bloccato come noi. Dormirò in camera dei miei genitori, e tu puoi prendere il mio letto in soffitta».

«Sono contenta che tu non sia qui da sola», disse Pearl. «E poi, ti sono riconoscente di avere un posto in cui stare finché la Forestale non aggiusterà i gradini».

Lavammo i piatti e parlammo un po' della sua famiglia, del suo lavoro e della cittadina di Troublesome.

Poi Pearl si guardò attorno e chiese: «C'è una televisione da queste parti?»

«Televisione?», ripetei sbalordita, poi aggiunsi: «Ho visto delle foto, ma non ho mai sentito di *nessuno* su queste montagne che ne abbia una. Neanche un'anima».

«Sarà la cosa che mi mancherà di più, immagino. Mamma ne ha comprata una il primo anno che è andata a lavorare per la fabbrica Palm Beach a cucire abiti maschili».

Non avevo mai sentito neanche di una donna con un lavoro in fabbrica, e quando Pearl vide la mia espressione stupita, si mise a raccontare.

«Mio padre era ispettore degli abiti alla Palm dopo la guerra, e quando una cucitrice è andata in pensione qualche anno fa, mamma ha preso il suo posto». Il suo sguardo si fece distante e sul viso affiorò la tristezza. D'un tratto mosse la mano come per liquidare una preoccupazione da niente.

Che sua madre lavorasse e guadagnasse tanti soldi mi lasciò senza parole. *Due* genitori con un posto in fabbrica. Doveva essere davvero ricca, e all'improvviso mi vergognai della nostra baita modesta, delle tende fatte in casa e dei tappeti intrecciati a mano. «Cosa guardavi sul televisore?», chiesi, cambiando argomento.

Animata, Pearl si sporse verso di me e rispose: «Il mio preferito è *Your Hit Parade*. È uno spettacolo dove le persone cantano e ballano». Mosse le spalle e fece schioccare le dita mentre intonava il vivace jingle di un'azienda di sigarette che avevo sentito qualche volta alla radio.

Be happy, go lucky,
Be happy, go Lucky Strike.
Be happy, go lucky,
Go Lucky Strike today!

Sorrisi e canticchiai insieme a lei.

«Lo cantano all'inizio di *Your Hit Parade*. Ah, *I Love Lucy* e *Life with Elizabeth* sono divertentissimi. Quelle trasmissioni mi mancano proprio. Le attrici Betty White e Lucille Ball sono spassose, e una volta...»

Distratta dalle mie preoccupazioni, ascoltai con attenzione, cercando di immaginare la gente allegra nello schermo che parlava, danzava e cantava per intrattenere il pubblico.

Dopo aver asciugato l'ultimo piatto, andammo a dormire. Mi buttai a letto, esausta, ma la mia mente continuava a tornare nei posti bui e spaventosi creati dalla paura. Affondai la testa nel cuscino e lasciai che la stoffa inghiottisse i singhiozzi muti finché non mi sentii sfibrata sia nell'animo che nel corpo e caddi in un sonno popolato di incubi.

Restammo un'altra notte a causa della neve, e io non feci che controllare fuori delle finestre, pregando che il cielo si schiarisse.

«Vedi qualcuno?», mi chiese Pearl da sopra la spalla.

«Nessuno andrebbe in giro con questo tempo», dissi un po' sollevata, con il fiato che appannava il vetro freddo, e lasciai ricadere la tenda.

«Chissà se Carson ha detto a Devil John della torre antincendio. Spero non debba andare fin lassù per farmi un favore».

«Puoi fidarti di Carson, e sono sicura che Devil John riferirà il messaggio a R.C. non appena il tempo migliora». Il mio sguardo andò di nuovo alla finestra. Visto che il cavallo di papà non c'era, avevo ancora la tenue speranza di sentire i miei genitori, o il loro avvocato, o perfino di vederli tornare a casa.

La seconda mattina il cielo si rasserenò e spuntò il sole, così decidemmo di fare i bagagli e muoverci. Continuai a sbirciare fuori preoccupata.

Ansiosa di tornare a Troublesome, preparai in fretta delle focaccine mentre la mia ospite rifaceva i letti e dava da mangiare a Pie e Giunia. Pensai a mamma e papà e a cosa avrebbe potuto fare l'uomo di legge se mi avesse trovata. Pearl si affaccendava attorno a Pie, strigliandolo ed esaminando gli zoccoli.

«Sbrighiamoci, è meglio andarsene adesso che la maggior parte della neve si è sciolta», le dissi dalla veranda, con la voce esile e acuta. Ero spaventata perché sapevo che altri stavano pensando la stessa cosa.

«Pie ha un sassolino incastrato nello zoccolo e un ferro allentato. Hai un martello da maniscalco?»

«Papà tiene gli attrezzi sopra il tavolo da lavoro nel fienile».

Era quasi mezzogiorno quando finì di occuparsi del cavallo, e io chiusi a chiave la baita.

Proprio mentre stavo montando su Giunia, in lontananza comparve una strana automobile, seguita da un'altra, con le ruote che sollevavano schizzi di neve sciolta e terriccio.

Erano dirette verso di noi. Mi si seccò la bocca mentre tentavo di mandar giù la saliva.

Giunia scrollò la testa e ragliò forte, scoprendo i brutti denti marroni.

Pearl spronò Pie e mi venne vicino. «Li conosci?»

«Non lo so».

«Magari hanno notizie dei tuoi genitori. Cos'altro potrebbero volere?»

Socchiusi gli occhi. «Ho paura che vogliano altro. *Me*». Inciampai sull'ultima parola, come se mi si fosse incastrata in gola.

Pearl guardò torva le automobili che si dirigevano verso di noi. «Ma non hai fatto niente».

Basta poco per un Blu, ricordai le parole che mamma diceva a papà quando credeva che non sentissi. «Sono minorenne, compirò diciassette anni solo a luglio».

Pearl cambiò espressione.

«Mi spiace averti dovuto mentire, Pearl». Distolsi lo sguardo, vergognandomi di averlo fatto.

«Con tutto quello che hai passato, ti capisco. Ma essere minorenni non è contro la legge».

«Non dovrebbe esserlo nemmeno amare qualcuno. Ma di sicuro dovrebbe essere contro la legge che gli uomini decidano chi puoi amare e chi no».

Mi infilai in fretta i guanti. Feci un bel respiro, strinsi le redini e mi irrigidii sulla sella. Mi agitai, indecisa se correre il rischio e scappare. Mi avrebbero presa? Mi avrebbero fatto del male?

Basta poco per un Blu...

«Non hai fatto niente di male, Honey», ripeté Pearl, guardando con espressione truce le automobili, il coraggio che le faceva raddrizzare la schiena.

Rincuorata dal suo atteggiamento, tirai indietro le spalle.

Giunia drizzò le lunghe orecchie, girò in tondo e nitrì piano verso il bosco alle nostre spalle, buttando fuori una nuvoletta di condensa.

La seguii con lo sguardo, mi schermai gli occhi con la mano, e fu in quel momento che lo vidi.

5

Devil John e il suo cavallo emersero da un fitto di alberi trottando verso di noi. Il distillatore clandestino si fermò accanto a me e osservò le automobili che si avvicinavano dall'alto della sua cavalcatura, con una mano sul fodero di pelle non conciata che custodiva il Winchester. «Martha Hannah mi ha detto che voi ragazze siete passate. Sarei venuto prima non fosse stato per la neve. Ho avuto un messaggio dall'avvocato di tuo padre. Mi ha fatto sapere dell'arresto dei tuoi», spiegò a bassa voce. «Meno male che sono partito non appena il tempo è migliorato. Immagino che quelli lì abbiano avuto la mia stessa idea». Indicò i veicoli col mento barbuto.

«Siamo rimaste bloccate dal maltempo anche noi e stavamo per andarcene. Perché sono qui, Devil John?»

Lui si sedette più dritto. «Stiamo per scoprirlo».

«Cosa diremo per spiegare la nostra presenza?»

«Il meno possibile», rispose lui, serrando le labbra e guardando dritto davanti a sé.

Dalla prima auto scese una donna matura. Indossava un cappotto di lana costoso, un berretto intonato e scarpe scure. Allungò una mano nell'abitacolo e recuperò una grossa borsetta lucida, appendendosela al braccio. Lo sceriffo chiuse la portiera e la raggiunse.

«Grazie per avermi accompagnata, sceriffo», disse all'uomo di legge. «Come le ho detto al telefono, avevo sperato di occuparmi di questa faccenda qualche giorno fa ma la neve ha costretto i tribunali a chiudere, bloccando tutti in casa».

L'uomo di legge scrollò la testa. «È stato un bel disastro. Ieri mi ci è voluto tutto il giorno per tirar fuori l'automobile da un fosso».

Giunia non prestò alcuna attenzione al cavallo di Devil John. Invece fece scattare i denti in aria e raspò l'erba con gli zoccoli, calciando in direzione dell'uomo e della sua accompagnatrice. «Ferma, ferma». Strattonai le redini.

Lo sceriffo sussurrò qualcosa alla donna, poi gridò, tenendosi a distanza: «Signorina, meglio che calmi quella sua bestia cocciuta, a meno che non voglia che lo faccia io al posto suo», mi avvertì, posando una mano sulla fondina.

«Indietro, indietro», ordinai a Giunia che si agitava sotto di me. Smontai, afferrai la cavezza e diedi uno strattone di lato per costringerla ad arretrare. Quando riuscii a farla indietreggiare, mi piazzai davanti a lei.

La mula si calmò un pochino e mi posò il testone su una spalla, guardando con sospetto i visitatori.

«È tutto a posto, ragazzona, sst», la tranquillizzai, accarezzandole il muso.

«Sceriffo, mi chiamo John Smith e sono un amico della bibliotecaria del Pack Horse in pensione, Cussy Carter Lovett. Cosa vi porta da queste parti, signore?», chiese Devil John.

Lo sceriffo indicò la donna, che si fece avanti.

«Mr Smith». La donna si rivolse a Devil John. «Mi chiamo Geraldine Wallace, lavoro come assistente sociale per la Leslie County e sono qui su mandato ufficiale del governo». Rovistò nella borsa e tirò fuori dei fogli piegati.

Mi avvicinai a Giunia, maledicendo sottovoce la neve che ci aveva impedito di andarcene prima.

La donna guardò Pearl e poi me. «Chi di voi due si chiama Lovett?»

Nessuno rispose.

«Honey Mary-Angeline Lovett». Mrs Wallace ci guardò di nuovo e poi si rivolse a Devil Smith in sella al suo cavallo. «Ho un ordine del tribunale datato e firmato stamattina, 6 marzo 1953, dall'onorevole Roy Taylor dopo che i genitori della ragazza sono stati giudicati colpevoli di aver violato le leggi contro i matrimoni misti del Kentucky per la seconda volta. La corte ha stabilito che la madre sia condannata a due anni di carcere. E la libertà sulla parola del padre è stata revocata. Dovrà scontare altri due anni».

Qualunque speranza che tornassero a casa era svanita. Mani e piedi percepirono il mio terrore crescente, e non avevo bisogno di controllare per sapere che stavano cambiando colore. Temevo che da un momento all'altro il blu mi avrebbe tradita, facendo capolino tra le maglie dei guanti, rivelando chi ero. Tenendo strettamente le redini di Giunia, intrecciai le mani dietro la schiena.

La donna fece frusciare le carte e si schiarì educatamente la gola. «Dietro mia raccomandazione e data la vita immorale che la giovane ha condotto con quegli... quegli *animali*», dichiarò con disprezzo, «quei diavoli fornicatori che hanno cercato di distruggere la decenza morale del nostro popolo timorato di Dio e rispettoso della legge, il tribunale ha perciò deliberato che la minore Honey Mary-Angeline Lovett, di anni sedici, essendo orfana e senza alcun parente noto in vita, sia presa in custodia e mandata al riformatorio del Kentucky fino a che *questa* non avrà raggiunto l'età di ventuno anni...»

Questa, mi aveva chiamata. Non ero nemmeno umana ai loro occhi. Mi spuntò una lacrima di rabbia e abbassai la testa battendo le palpebre velocemente per cacciarla, in preda a una furia cocente. Pearl portò Pie più vicino a me.

«Inoltre, con il presente atto si ordina che Honey Mary-Angeline Lovett lavori la terra e...»

Il *riformatorio del Kentucky*. La prigione dei bambini. Sentii un rombo nelle orecchie, stordita dalle parole della donna che distruggevano il mio mondo e mi rubavano la vita. Per la prima volta capii come un cuore poteva spezzarsi, cosa si provava, e mi portai una mano al petto con fare protettivo. Faceva male per la perdita dei miei genitori e la punizione che incombeva su di me. La sofferenza era tale che temevo sarebbe balzato fuori dal petto, per rimanere a marcire al suolo.

La donna fece un passo verso di noi.

Giunia si agitò costringendomi ad aggrapparmi alla sua criniera, da dove potevo sentire i suoi muscoli fremere; il nitrito minaccioso che le saliva in gola sembrava volesse evocare una tempesta.

L'assistente sociale si avvicinò ancora, abbastanza da afferrarmi per un braccio se avesse avuto intenzione di farlo. Giunia puntò gli zoccoli e sferzò la coda come per scacciarla. La donna fece un altro passo, e un altro ancora.

A quel punto la mula mollò una scorreggia micidiale e ragliò due volte in segno di avvertimento, alitando il fiato caldo e puzzolente in faccia alla donna. Lei e lo sceriffo arretrarono in modo scomposto tappandosi il naso con le dita. Mrs Wallace infilò una mano nella tasca del cappotto e tirò fuori un fazzoletto.

Mi si riempirono gli occhi di lacrime, e il lezzo mi tolse il respiro. Pearl tossì diverse volte, poi si sventolò la faccia con una mano e si chinò in avanti per sussurrare all'orecchio della mula: «Caspita. Dovresti essere orgogliosa, vecchia apostola. Quella roba sarebbe capace di scrostare la vernice dalla porta del paradiso».

«Mr Smith», chiamò la donna con voce attutita, premendosi il fazzoletto sul naso e sugli occhi che lacrimavano. «Sono qui per prendere in custodia una di queste ragazze, e se non ha intenzione di dirmi chi, le prenderò tutt'e due. In un modo o nell'altro, una o entrambe, queste ragazze domani saranno in catene a trascinare pietre non appena spunta l'alba...»

Devil John sollevò una mano. «Signora, lo so che ha un lavoro da fare, ma io devo riportare a casa le mie figlie in tempo per il pranzo e i lavori domestici. La strada è lunga fra queste montagne». Guardò me e poi Pearl in sella al suo cavallo e disse a voce alta: «Lettie e Colleen, immagino che questa settimana non lasceremo le provviste per la donna dei libri. Torniamo a casa prima che vostra madre inizi a chiedersi dove ci siamo cacciati».

Guardai le borse da sella piene e mi ricordai che quella mattina le avevamo caricate sulle bestie, e fui riconoscente a Devil John per la prontezza di spirito.

«Può dimostrare che sono le sue figlie, Mr Smith?», chiese lo sceriffo, in tono cortese.

«No, a meno che non vogliate seguirmi a casa a circa trenta miglia da qui in mezzo alle montagne, e non in linea retta», rispose Devil John.

Cosa sta facendo Devil John?, mi domandai. Nessun distillatore clandestino avrebbe mai portato uno sbirro a casa sua... e nessuno sbirro avrebbe mai trovato un contrabbandiere di alcol del Kentucky che non voleva farsi trovare. *Nossignore.*

«Vi servirà una cavalcatura bella robusta. Non ci sono strade dove vivo io, solo sentieri, e qualcuno probabilmente ancora pieno di neve», li avvertì Devil John. «Vi va bene che mia moglie vi darà il pranzo. Ha messo su una pentola di fagiolini secchi stamane. Credo ci sia anche del pane di mais fritto e un'ottima torta di mele a strati per dopo. Cucina una meraviglia, la mia donna».

Lo sbirro si passò un dito sulla bocca umida e guardò l'orologio, infastidito.

Io levai una preghiera silenziosa e sperai non volesse perdersi il suo pranzo in città.

Alle mie spalle qualcuno gridò: «Papà, papà», e corse verso di noi.

Era Carson.

Il mio cuore saltò un battito e le mie mani iniziarono a tremare per la paura che potesse svelare il nostro inganno.

«Papà, ho fatto un pezzo di strada sul carro di Mr Brown». Si passò una mano sulla testa, lisciandosi i capelli castani spettinati. Aveva le guance arrossate per la corsa. «Ho dovuto farmela a piedi per il resto del tragitto», continuò senza fiato. «Mamma mi ha mandato a riportarti a casa. Uno dei piccoli ha di nuovo le coliche. Un brutto attacco, e ha bisogno che vai a chiamare una delle infermiere di frontiera».

Lo sceriffo aggrottò le sopracciglia. «Ragazzo, vieni qui», gli ordinò. «Ho da farti una domanda. Avvicinati. Qui, subito».

Carson esitò e lanciò un'occhiata interrogativa al padre.

Devil John annuì per dargli il permesso. «Vai, figliolo, fai come dice lo sceriffo».

«Sì, signore». Carson abbassò la testa e andò verso di lui a passo spedito.

L'uomo di legge gli mise una mano sulla spalla, piegò la testa e indicò me e Pearl. «Bene, ragazzo, voglio che mi dica chi sono queste ragazze e come si chiamano. Dimmi la verità, o potresti essere arrestato per intralcio alla giustizia e false dichiarazioni. Sissignore, finisci dritto in gattabuia». Lanciò un'occhiata sospettosa a Devil John.

Cercai di deglutire ma la paura mi chiudeva la gola, impedendomi di respirare. Il sole di mezzogiorno splendeva; infilai le dita sotto la sciarpa e tirai per allentare il tessuto lavorato a maglia, poi me la levai, stringendola nella mano guantata umida di sudore.

Pearl si chinò impercettibilmente sopra Pie, mormorando qualcosa che non riuscii a sentire.

Tornai accanto a Giunia, le misi una mano sul garrese e feci un respiro profondo. La vecchia mula fremette, percependo il mio timore. Strinsi le labbra, preparandomi al peggio. Sarebbe bastato un rapido istante per saltarle in groppa e scappare. *Ma se la povera Giunia si fosse fermata? Non sarebbe in grado di correre più veloce di un proiettile se lo sceriffo decidesse di spararmi.*

«Parla, giovanotto!», strillò l'assistente sociale.

Carson sollevò il braccio e ci indicò. «Beh, sono le mie sorelle, Lettie e Colleen Smith. E accidenti, Colleen», mi agitò contro un dito, «mamma non è per niente contenta che te ne sei andata senza sbrigare le tue faccende. Manco io. È la seconda volta questa settimana che te la fili lasciando una pigna di biancheria sporca».

Avvampai, sentendomi addosso gli occhi di tutti. Sentii il blu che si scuriva, facendomi formicolare le mani e i piedi, e abbassai lo sguardo per controllare che il colore non fosse colato fuori. «Scusa tanto, Carson. Ti aiuto con le tue faccende per il resto della settimana. *Promesso*», dissi con voce sommessa, chinando la testa come un cucciolo sgridato.

Lo sceriffo guardò me e Pearl, poi il ragazzo e l'assistente sociale. Strinse gli occhi, si grattò il collo.

Sulla ventosa giornata di marzo calò un silenzio imbarazzato. Un corvo gracchiò sopra le nostre teste, poi lo sceriffo mise su un'espressione contrariata. «Andiamo, Mrs Wallace. Il nostro compito qui è finito. La neve mi ha fatto rimanere indietro col lavoro. E adesso mi si sta anche freddando il pranzo», borbottò, tirandosi su il cinturone sulla pancia prominente. «Probabilmente la ragazza a quest'ora è andata a nascondersi da qualche lontano parente in West Virginia! Buona giornata, Mr Smith».

«Abbeveriamo le bestie e torniamo a casa, ragazzi», ci ordinò Devil John.

Lo sguardo furente di Mrs Wallace si spostò da me a Pearl, per poi piantarsi su di me, gli occhi ridotti a due fessure.

Incrociai le braccia e mi ficcai le mani ricoperte dai guanti sotto le ascelle, con la paura che da un momento all'altro me li avrebbe strappati via smascherandomi come una Blu.

Guardò di nuovo Pearl, poi tornò a fissarmi negli occhi.

Ricambiai lo sguardo con freddezza, decisa a fare qualunque cosa pur di restare libera e sfuggire alle orribili catene che lei era determinata a gettarmi addosso.

6

Quando l'assistente sociale finalmente smise di fissarmi e si girò verso l'automobile, le mani mi tremavano con tale violenza che le redini di Giunia scivolarono a terra. Pearl scese da cavallo per raccoglierle e me le porse. «Se ne stanno andando, Honey».

Annuii, senza riuscire a parlare, la paura appiccicata addosso come il sudore che mi imperlava la fronte.

Portammo i cavalli e la mula alla sorgente in silenzio mentre le automobili si allontanavano, gli pneumatici che sciaguattavano nella fanghiglia di neve sciolta.

Alla fine, Devil John disse: «Honey, Evan Faust mi ha detto che ha preso il cavallo di tuo padre e se ne occuperà lui. Ha detto che il tribunale ha nominato Bob Morgan come tuo avvocato. Si farà vivo presto. L'avvocato dei tuoi genitori sapeva che ti avrebbero mandata a Troublesome, così voleva avvisarti che la legge stava arrivando per portarti al riformatorio».

«Mi spiace, ma non sono mai arrivata da Loretta», dissi.

«L'ho immaginato dopo aver parlato con Carson e Martha Hannah. Sono andato alla torre antincendio e ho esaminato il danno alle scale». Fece una smorfia. «Poi ho pensato di passare da Loretta prima di venire qui, ma non rispondeva nessuno e non ho visto la tua mula. Sono andato perfino alla baita di tuo nonno Elijah. Poi è arrivata la neve e ha bloccato tutto».

«Abbiamo cercato di raggiungere la vecchia proprietà dei Carter, ma Giunia aveva altri piani».

Devil John osservò il figlio per un momento. «Meno male che Martha Hannah mi ha fatto portare Carson… nel caso ci fossimo trovati nei guai, saremmo stati in grado di restituire il doppio».

Lanciai un'occhiata al suo fucile e non ebbi il coraggio di pensare al genere di guai che avrebbe potuto restituire. Devil John era un uomo perbene, leale, ma era meglio non avercelo contro.

«Avevamo in mente di riportarti a Troublesome, e poi abbiamo sentito le automobili. Ho lasciato Carson in mezzo agli alberi e gli ho detto di ascoltare cosa succedeva e di informare la mia Martha Hannah se fosse capitato qualcosa». Devil John puntò il dito contro Carson. «Figliolo, dovevi startene buono e correre a casa se fosse successo qualcosa a me o alle ragazze…» Si interruppe, e sapevo che stava riflettendo se rampognare Carson o lasciar correre. «Ma immagino tu abbia fatto la cosa giusta».

Il ragazzo si illuminò. «Ti ho sentito parlare con gli sbirri e tutto quello che hanno detto, papà. Volevo dare una mano alla nostra Honey, la nostra Vera Blu, proprio come la sua mamma ha sempre aiutato noi», disse, usando il nomignolo che mi aveva dato quando giocavamo insieme da piccoli.

«Davvero sveglio, questo qui», commentò Devil John orgoglioso. «Merito di Cussy e dei suoi libri. Mi spiace davvero per quello che sta succedendo alla tua famiglia, Honey». Guardò me e Pearl, poi fece un sorriso astuto. «Quello sceriffo non è mai stato nella mia valle, perciò non sapeva niente del resto dei miei figli, di che faccia hanno o della loro età, né di come trovare casa mia. E sapevo che era pigro e troppo ansioso di tornare al suo pranzo per cercare di scoprirlo».

«Molto obbligata, Devil John. Sono in debito con voi e lo apprezzo. Carson, ti devo una cesta di biancheria pulita».

«Una settimana dovrebbe bastare», mi prese in giro.

«Se non foste arrivati voi, beh...» Feci una smorfia al pensiero di avere le catene alle caviglie e di spaccare pietre per cinque anni alla vecchia prigione dei bambini.

«Grazie», dissi rivolta a Pearl. «Sei stata molto coraggiosa e gentile». Con le forze che mi stavano tornando, le feci un sorriso di apprezzamento.

«Non potevo permettere che quella donna orribile ti portasse via».

Mi si scaldò il cuore perché dal suo sguardo si capiva che era sincera.

«Cerca di non agitarti», aggiunse Devil John. «Sono certo che Bob Morgan presenterà una richiesta di affidamento in modo che tu stia con Loretta. Era la volontà dei tuoi genitori. Quindi finché non ottieni quella tutela, dovrai startene nascosta in un posto sicuro».

«Vado da Loretta domattina non appena ho sistemato Pearl a casa dei miei nonni».

L'uomo si accarezzò la barba, riflettendo.

«Sono felice di occuparmi di lei», intervenne Pearl. «Se mi hanno dato l'incarico di tener d'occhio un'intera foresta, immagino di essere in grado di proteggere Honey e quella subdola puzzola travestita da mula».

«Non c'è pericolo, signore, e la vecchia casa ha protetto me e i miei per anni», insistetti.

«Immagino tu abbia ragione», ammise lui. «Pearl, qualcuno verrà a informarti una volta che i gradini saranno stati riparati. Sono passato alla stazione dei ranger mentre venivo qui, e manderanno dei saldatori un giorno di questa settimana, al più tardi la prossima. R.C. ti fa avere le sue scuse e spera che non cambierai idea sull'incarico».

«Per niente, Devil John. E sono pronta a creare problemi per proteggere un'altra donna *scomoda*», Pearl mi rivolse un gran sorriso, «una *sorella* in queste vecchie montagne».

La cappa di sofferenza, perdita e di anni vissuti nella foresta senza neanche un amico si sollevò un pochino. C'era un prozio da parte di papà in Tennessee che vedevamo poche volte all'anno, e i ragazzi di Troublesome con cui giocavo quando andavamo in visita. Ma non ero mai rimasta abbastanza a lungo per conoscere davvero qualcuno della mia età, tranne i figli di Devil John. Adesso che ci pensavo, avrei potuto avere un'amica e anche una sorella. «*Sorella*», dissi, col cuore che traboccava di speranza.

«Immagino non ci sarà penuria di donne *scomode* nel posto in cui stiamo andando. Montate in sella», riconobbe Devil John.

7

Arrivammo a Troublesome sotto un cielo spolverato di stelle, con l'aria fredda di marzo che ci soffiava sulla schiena. Giunia conosceva la strada, e se non fosse stato per il vento, mi sarei addormentata in sella.

Quando arrivammo alla baita dei miei nonni, Pearl accese la stufa e mise qualche ciocco nel caminetto, mentre io appendevo trapunte sulle finestre piene di spifferi. Pochi minuti dopo, andai in cantina a prendere provviste per la cena. Una volta sotto, posai la lanterna su un tavolo e la stanza si rischiarò.

La cantina traboccava di cibo e io osservai meravigliata i barattoli di conserve di ogni dimensione sistemati sugli scaffali che arrivavano fino al soffitto. C'erano piselli, fagioli di Lima, pannocchie abbrustolite, senape indiana, patate dolci, rape, conserve di frutta e altro ancora. Papà aveva portato sacchi di farina, vasi di mele affumicate e barili di crauti. Frutti di bosco, cachi, polpa di zucca essicati abbondavano, e file di fagiolini secchi erano appese accanto a grossi prosciutti, maiale, salsiccia e carne di cervo. Affumicata e salata, la carne sarebbe durata senza problemi per tutto quell'anno e il successivo.

Affamata, presi una striscia di pesche candite e diedi un morso al dolce. Quelle che faceva mamma erano le migliori. La aiutavo a preparare e cuocere le pesche con zucchero di canna o miele, e poi spargevamo la polpa densa su un grande tagliere pulito e la lasciavamo al sole per qualche giorno. Quando era essiccata ben bene, mamma la tagliava in strisce che appendeva dentro casa.

Mi chiesi cosa avrebbe mangiato lei per cena quella sera.

Presi un grosso cesto dal freddo pavimento in terra battuta e ci misi dentro un barattolo di stufato. Esaminai le conserve e scelsi burro di mele e un sacchetto di farina. Domattina avrei fritto spesse fette di prosciutto nel tipico condimento povero a base di grasso di prosciutto e chicchi di caffè nero, accompagnate da focaccine e mele affumicate al forno.

Finii la striscia di pesche candite, ne presi un'altra per Pearl e mi affrettai a tornare su.

Misi il cesto sul tavolo e osservai: «Hai acceso proprio un bel fuoco».

Pearl si limitò a fissare le fiamme con la tristezza che le si ammonticchiava intorno. Mi domandai se avesse nostalgia di casa come me, o se c'era qualcos'altro.

Non volevo impicciarmi e così dissi: «Ho preso il cibo e una cosa speciale per te». Le porsi la striscia di pesche. «Devi avere una gran fame».

«Cos'è?»

«Un dolce».

«Prima di cena?» Inarcò un sopracciglio con espressione maliziosa.

«Immagino non ci sia niente di male a mangiare prima il dolce». Mi misi a ridere e poi smisi di colpo, consapevole di quello che avrebbe detto mamma. Se fosse stata qui non me lo avrebbe permesso, e tirai un gran sospiro: mi mancavano il suo affetto e la protezione dei miei genitori. Pensai a Bob Morgan, e sperai che riuscisse a ottenere la tutela prima che lo Stato mi scovasse.

Dopo aver mangiato, Pearl mi aiutò con i piatti. Poi misi delle lenzuola pulite sul letto di ferro incastrato nell'angolo mentre lei controllava le cavalcature.

Era tardi ed ero impaziente di andare a dormire, in modo da poter partire presto. Mentre salivo in soffitta, lo comunicai a Pearl. Non vedevo l'ora di arrivare da Loretta, di sentirmi finalmente al sicuro. «Cercherò di tornare tra qualche giorno. E ho intenzione di passare in biblioteca. Vuoi che ti prenda qualche libro?» Sapevo che leggere le avrebbe fatto dimenticare la malinconia.

«Oh, un buon libro sarebbe magnifico. Mi farebbe piacere anche qualche giornale, se ce ne sono».

«Buona notte, Pearl». Salii l'ultimo piolo, felice di aver trovato qualcun altro con cui parlare di libri e magari col tempo anche di tante altre cose, sollevata perché presto avrei avuto un tutore che mi avrebbe tenuta lontana dalla prigione dei bambini.

Mentre andavo da Loretta, mi fermai alla sede della biblioteca di Troublesome Creek.

Entrai e studiai la bacheca. Qualcuno aveva scritto a mano l'avviso di una nuova cucciolata di cani da caccia pointer disponibili a un buon prezzo a casa di Timothy Garvey. Un altro diceva: *Una dozzina di uova a soli 65 centesimi*. Inoltre, cercavano un aiuto meccanico e un addetto alle pompe per la stazione di servizio, e c'era un avviso riguardante un paio di occhiali smarriti. Su un'altra bacheca c'era il bando per un posto di assistente bibliotecaria, e lo lessi con attenzione.

2 Marzo 1953
CERCASI AIUTO BIBLIOTECARIA ESTERNA
Abbiamo un posto disponibile per una giovane bibliotecaria a cavallo rispettabile e seria per la consegna di libri e materiale di lettura nella Knott County. Fine settimana liberi. Salario $98 al mese. Rivolgersi a Eula Foster.

Pensai a mamma. Le sarebbe piaciuto tantissimo riprendere a fare quel lavoro, e mi stupii che la paga fosse passata da ventotto dollari a quasi cento. Certo che erano un bel po' di soldi, e invidiai la persona che lo avrebbe ottenuto. Ero tentata di fare richiesta, ma sapevo che prima di tutto dovevo aspettare di essere data in affidamento a Loretta.

Un uomo mi arrivò alle spalle e io mi spostai mentre lui attaccava un altro avviso alla bacheca.

7 marzo 1953, 1 camera in affitto sopra l'emporio della Compagnia. Uso cucina e bagno. Rivolgersi a Mr Edgar Franklin.

Passai mezz'ora a esplorare la sezione delle novità cercando di indovinare cosa poteva piacere a Pearl, interrompendomi di tanto in tanto per guardare fuori dalle alte finestre e accertarmi che lo sceriffo e l'assistente sociale della Leslie County non avessero deciso di venire a ficcanasare qui nella Knott County.

Alle mie spalle una voce disse: «*Le auree mele del sole* di Ray Bradbury è proprio avvincente. Contiene ventidue racconti».

Mi girai. A parlare era stata Eula Foster, la direttrice della biblioteca e la donna per cui mamma aveva lavorato anni prima. Avevano iniziato col piede sbagliato, ma alla fine mamma l'aveva conquistata. Sosteneva che erano stati i libri a cambiare Miss Foster. Diceva sempre che le parole stampate erano in grado di ammorbidire il più duro dei cuori di pietra.

Non era stata altrettanto fortunata con un'altra bibliotecaria, Harriett Hardin. Dopo aver scoperto le cose orribili che Harriett aveva fatto ai miei, la direttrice le aveva detto che era una seminatrice di zizzania, un'istigatrice d'odio, e alla fine si era liberata di quella donna deplorevole trasferendola nella Marion County.

«Salve, Miss Foster».

«Honey, che piacere vederti. Sei venuta prima quest'anno. Come state tu e tua mamma?», chiese con calore.

«Benone, signora», mentii. «Mamma mi ha mandata prima per andare a trovare Loretta. Volevo prendere qualche libro da portare con me. Probabilmente resterò qui un po'». E poi perché volevo andare sul sicuro, presi in mano il libro di Bradbury e cambiai argomento. «Mmh. Avvincente, ha detto?»

«Oh, caspita, mi è piaciuto tantissimo», confermò Miss Foster entusiasta. «Siamo stati fortunati ad averne una delle prime copie da una grande biblioteca di Lexington. Direi che "Il frutto in fondo alla coppa" potrebbe essere il mio preferito». Si picchiettò un dito sulle labbra, riflettendo. «Ma mi è piaciuto anche "Il pedone". E c'è quel racconto meraviglioso intitolato "Le auree mele del sole". La raccolta antologica contiene alcune delle sue opere migliori!»

«Lo prenderò. Molto obbligata, Miss Foster».

Lei annuì, soddisfatta. «Bene, buona giornata, Honey. Devo tornare al lavoro». La guardai infilarsi nell'ufficietto dietro il bancone dei prestiti.

Presi anche *Strange Lady* di Robert Hichens e un romanzo di Barbara Pym, *Donne eccellenti,* che prometteva di essere divertente.

Mi avvicinai a un tavolo e trovai copie recenti dell'edizione domenicale del «Lexington Herald» e del «Lexington Leader», insieme a un numero più vecchio del «Louisville Times».

Nella sezione riviste, presi «Hit Parader» e ammirai la foto di una donna di nome Betty Grable. Sfogliai la rivista e la rimisi giù. La copertina di una copia rovinata di «Life» attirò la mia attenzione. La bella donna chiamata Janet Leigh era vestita in modo sommario con un abito increspato di pizzo che lasciava scoperta gran parte del seno. Mi guardai attorno per assicurarmi che nessuno stesse sbirciando.

Sembrava quella che mamma e le bibliotecarie più anziane chiamavano "una lettura eccitante". Mi stupì che quella rivista fosse stata messa sugli scaffali e che non fosse stata bandita dagli anziani della comunità. Eppure, la stringevo nella mano guantata, con l'audace e bellissima donna seminuda che mi guardava dritto negli occhi. Il titolo in basso a sinistra diceva: *Janet Leigh: A Marriage and A New Career*.

Mi guardai di nuovo attorno. Dovevo leggere quell'articolo eccitante su quella bella donna. Mamma diceva sempre: *Fai crescere i lettori, allarghi le loro menti, se li lasci scegliere, ma se bandisci una lettura, tarpi un'intera comunità.*

Nascosi rapidamente la rivista in mezzo alla mia pila di materiali da lettura e mi affrettai al banco dei prestiti.

La bibliotecaria Mrs Marian si avvicinò alla postazione e io le porsi la mia tessera. «Hai trovato qualcosa di interessante, Honey?»

«Sì, signora», risposi, impaziente di andarmene.

Miss Foster le si avvicinò e disse: «Con Honey faccio io, Mrs Martin, se andate a dare una mano a Mr Wilson. Sta cercando un giallo per sé e qualcosa di interessante per Elizabeth. Magari potete fargli vedere l'ultimo di Rex Stout». Miss Foster prese i miei prestiti e li raddrizzò. «Vediamo che tesori hai scovato oggi, Honey. Ricordo quando Cussy ti portava qui, e non arrivavi nemmeno al bancone. Gli anni sono volati e sei più alta ogni volta che ti vedo. Ormai devi avere, quanto? Sedici, forse diciassette anni, giusto? Non molto più giovane di tua mamma quando iniziò a lavorare per noi», continuò a chiacchierare.

Mi sentii arrossire mentre lei separava il materiale da lettura. Cosa avrebbe detto della rivista? Ma quando arrivò a «Life», la bibliotecaria non disse niente, limitandosi a timbrare i cartoncini del prestito. Quando ebbe finito, sistemò con cura il tutto e mi restituì la tessera. D'un tratto Miss Foster aggrottò la fronte. «Oh, caspita, per poco mi dimenticavo». Osservò i miei prestiti e mise una mano sulla pila. «Verresti un attimo nel mio ufficio, Honey, così possiamo scambiare due parole?»

Ero rossa per l'imbarazzo. *Mi sgriderà per la lettura eccitante o, peggio, mi bandirà dalla biblioteca?*

«Ci vorrà solo un minuto». Andò alla porta dell'ufficio e me la tenne aperta.

Mi guardai attorno in cerca di una distrazione, di qualcuno che potesse intervenire in mio soccorso. Qualche persona anziana esaminava i libri. Un altro cliente era seduto a un tavolo mentre Mrs Martin stava aiutando Mr Wilson a scegliere le sue letture.

«Ti prometto che non ti porterò via troppo tempo», disse Miss Foster.

Feci il giro del bancone per andare nel suo ufficio, col cuore che martellava così forte che temevo si sentisse.

Una volta entrate nella stanzetta angusta, la donna chiuse la porta e si sedette alla scrivania. «Accomodati, Honey». Indicò la sedia davanti a sé, sistemando dei fogli e spostando di lato una pila di libri.

Si girò verso un tavolino alle sue spalle e prese due volumi. «Li ho ordinati per te dopo che hai detto quanto ti piacevano i libri di poesia l'autunno scorso. E ricordo che Cussy mi ha detto che ne scrivi di bellissime. Dev'essere così perché hai un gusto eccellente in fatto di letture. Eccellente davvero. Proprio come Cussy».

Riconoscente, presi i libri, esaminando la copertina di *The Poetry of Ezra Pound* «Grazie, signora. Li terrò con cura». Sorrisi, sollevata che non mi avesse sgridata.

«Finiamo di segnare i prestiti», disse, soddisfatta della sua scelta.

Una volta fuori, misi i libri nella sacca da sella e accarezzai Giunia sulla spalla. Devil John mi chiamò dall'altra parte della strada, davanti alla bottega del maniscalco. Si avvicinò. «Il mio cavallo ha perso un ferro sul sentiero, e sto aspettando che il fabbro ne forgi uno nuovo. Meno male che ti ho incontrata. Mi hai risparmiato un viaggio».

«Di cosa si tratta? Avete notizie di...»

Alzò una mano. «Va tutto bene, Honey. Tuo padre ha avuto un incontro con il suo avvocato, Evan Faust e anche Bob Morgan. Gli hanno fatto compilare un modulo e firmare una lettera in cui si dice che ti affida a Loretta Adams. Bob presenterà la richiesta di affidamento a un giudice di qui. Vuole che vi incontriate sui gradini del tribunale il 12 marzo alle dodici e trenta. Sistemiamo questo pasticcio in modo che tu sia al sicuro».

«Grazie, Devil John». Gli gettai le braccia al collo e gli diedi un bacio sulla guancia. Il vecchio distillatore arrossì.

«Spero tu capisca che non potrò venire con te in tribunale quel giorno. La mia posizione discutibile nella comunità potrebbe rovinare le tue possibilità di ottenere un esito favorevole».

«Sì, signore», dissi, consapevole che il contrabbando di alcolici non sarebbe stato giudicato positivamente dalla legge.

«Ma ti aspetterò fuori sui gradini. Stai all'erta per evitare problemi». Tirò fuori un biglietto dal lungo cappotto di pelle. «Qui c'è il numero di telefono di Bob Morgan. Ha detto di chiamarlo in qualunque momento».

Lo misi nella tasca del cappotto.

«Puoi usare la cabina telefonica che c'è dentro l'emporio della Compagnia». Indicò il lato opposto della via. «Fatti trovare in tribunale la settimana prossima e puntuale». Inclinò il cappello e tornò verso la bottega del maniscalco.

«Sbrighiamoci, ragazzona». Montai su Giunia e la condussi fuori città, lungo strade piene di buche e chiazzate di nero per via delle grosse ruote dei camion del carbone. Non vedevo l'ora di arrivare da Loretta.

8

Percorrendo sentieri che sembravano disegnati con il caffè, cosparsi di foglie del colore delle monetine arrugginite e delle caramelle mou, mi diressi a casa di Loretta, domandandomi preoccupata se fosse ancora disposta a ospitarmi. Mi aveva tenuta per anni mentre mamma percorreva l'itinerario dei libri, e la sua baita era sempre stata come una seconda casa per me. Adesso avevo più che mai bisogno di lei e desideravo che mi accogliesse come al solito, mi avvolgesse in una trapunta, dopodiché avremmo chiacchierato tranquille con una tazza di tè bollente e il pane alla melassa.

Quando Giunia guadò un ruscelletto, si levò un odore di fango e acqua fresca. Era come tornare a casa, e mi fece provare nostalgia dell'epoca in cui ero bambina e la donna mi teneva in braccio cullandomi fino a farmi addormentare.

Il treno di mezzogiorno fischiò passando in mezzo alle montagne azzurre. Feci schioccare la lingua per incitare la mula ad affrettare il passo.

Dopo averla legata alla veranda, bussai e la porta si socchiuse. «Loretta?», chiamai, affacciandomi oltre la soglia.

Lei era seduta al tavolo intenta a cucire una nuova trapunta, con il sole che filtrava dalle tendine fatte a mano, il suo calore che si sommava a quello del fuoco acceso.

«Se sei Honey Mary-Angeline, ti stavo aspettando, bambina». Loretta strizzò gli occhi dietro le lenti in direzione del fascio di luce che si riversava dalla porta aperta. Infilò l'ago nel portaspilli e mise da parte la stoffa.

«Sì, signora, sono io!» Corsi verso di lei e mi abbandonai al suo abbraccio.

«La mia bellissima petunia», mi accolse in tono squillante, usando il nomignolo con cui mi chiamava sin dalla nascita. «Una delizia per questi vecchi occhi. Povera bambina, tu e i tuoi ne avete passate tante». Fece una smorfia. «Pare proprio che tu abbia bisogno di una pomata per quel mento scorticato».

«No, signora, è a posto. L'ho medicato stamattina». La abbracciai e poi feci un passo indietro. Lei si tolse gli occhiali e si sfregò gli occhi.

«Gli occhi ti danno di nuovo noia, Loretta?»

«Come al solito». La donna armeggiò con lo chignon bianco e si lisciò le gonne logore e stropicciate.

«Mi sa che dovresti chiamare il Doc per un'altra visita».

«Presto». Mi prese la mano. «Sei diventata alta quasi come tua mamma». Tirò su una busta e aggrottò la fronte. «C'è un'udienza la settimana prossima per il tuo affidamento».

«Sì, signora, lo so».

«I tuoi genitori mi hanno chiesto di occuparmi di te fino a quando non potranno farlo di nuovo loro».

«Sì, signora», ripetei con voce sommessa, sedendomi al tavolo accanto a lei. «Lo Stato vuole mandarmi alla prigione dei bambini. Se mi fai restare qui, prometto che ti aiuterò con le faccende, farò qualunque cosa mi chiederai. Posso anche trovarmi un lavoro, così posso pagare e...»

Alzò la vecchia mano. «Sciocchezze, bambina. Non accetterò soldi per occuparmi di una persona di *famiglia*. La settimana prossima metterò il mio vestito più bello e mi farò portare all'udienza da Alonzo con il suo carro. Sperando che sia sobrio».

Il nipote lo era di rado.

Lasciai andare un lungo sospiro silenzioso, sollevata. «Molto obbligata, Loretta. Sarò felice quando sarà tutto finito». Lanciai un'occhiata al lettino di ferro che usavo per dormire tanto tempo prima.

«Metti su il bollitore, bambina, e io preparerò qualcosa di buono». Loretta si alzò.

«Serve aiuto?»

«Questo piatto potrei prepararlo al buio». Fece una risatina mentre si avvicinava alla stufa a legna.

Dopo aver messo l'acqua a bollire, lasciai brucare Giunia e poi la portai nella piccola stalla davanti alla baita.

Non riuscivo a non pensare a mamma e papà. Erano in ceppi, a patire il freddo sulle brande della prigione con nient'altro che logore lenzuola di sacco per coprirsi? Scacciai quei pensieri cupi e presi i miei libri.

Loretta cucinò in padella rape, patate e salsiccia. Dopo esserci riempite lo stomaco, andai fuori a lavare i piatti alla pompa. Poi ci mettemmo a lavorare a una delle sue trapunte, chiacchierando.

«Ho visto in città un avviso in cui si dice che la biblioteca ha in mente di attivare un programma esterno sulle montagne. Per portare libri e giornali a domicilio come facevano un tempo mamma e altri bibliotecari del Pack Horse».

«Era un bellissimo progetto. Amavo le visite di tua madre».

«Ho dell'ottimo materiale da lettura che ho preso in prestito, e Miss Foster mi ha dato due libri di poesia. Potrei leggertene uno».

«Non c'è bisogno che mi leggi quegli stupidi libri del governo, bambina. Tua mamma ci provava sempre, e invece io le facevo leggere la mia Bibbia», ribatté con fermezza, ma io colsi un sorriso incresparle l'angolo della bocca mentre ripensava ai ricordi che le erano cari.

Guardai il tavolo traballante, gli diedi un colpetto con le nocche e mi tornò in mente quando mamma diceva che Loretta le faceva usare come zeppa uno dei libri della biblioteca finché non aveva finito di leggerle la Bibbia. Nonostante le rassicurazioni di mamma, Loretta si era messa in testa che il governo avrebbe pensato che rubava il suo tempo, il loro tempo, se non avesse usufruito dei prestiti della donna dei libri in qualche modo. Alla fine della visita, diceva a mamma di riprendersi il volume usato come zeppa.

Sulla parete c'era uno scaffale con diversi titoli per bambini che l'amabile signora aveva ordinato per me nel corso degli anni. Si accorse che li stavo guardando.

«Beh, una bambina deve imparare i libri per bambini, e anche le ninna nanne, le preghiere. Soprattutto la mia piccolina», spiegò, sistemandosi le gonne. Puntò verso di me un dito nodoso. *«I libri ti impareranno»*, esclamò, con un lampo malizioso e divertito nei vecchi occhi.

Mi misi a ridere, ricordando che era la mia frase preferita da bambina: la declamavo portando in giro per il cortile i libri per bambini in sella a un vecchio cavalluccio di legno, fingendo di essere una bibliotecaria del Pack Horse.

La luce delle candele sfarfallò; l'aroma del legno di pino che bruciava nel caminetto profumava la baita. Infilai l'ago dentro e fuori la stoffa, realizzando punti piccoli e regolari sulla trapunta, disperandomi perché mi avevano portato via la mia famiglia.

Dopo un po', misi da parte la trapunta e presi il libro di poesia che mi aveva dato Miss Foster, perdendomi fra le sue pagine. *I libri ti salveranno*, il mio cuore angosciato lo sapeva.

9

Attraversando le montagne avvolte nella nebbia, mi diressi verso la proprietà dei Carter per lasciare a Pearl i prestiti della biblioteca prima di andare al tribunale di Troublesome, consolata almeno un po' dal fatto che Mr Morgan avesse fissato l'udienza nella contea di Knott e non in quella di Leslie.

Pearl aveva lasciato un biglietto per dirmi che stava andando da R.C. per la questione dei gradini e che sarebbe rientrata più tardi nel caso non li avessero ancora sistemati, con un invito a pranzo alla torre antincendio la domenica se invece non fosse tornata. Ricordai con un brivido le parole orribili che qualche uomo aveva scritto sulla porta, e pensai al fegato e alla determinazione di Pearl, decisa a tenersi il suo lavoro. Mi sistemai sulla sella e raddrizzai la schiena, in cerca del coraggio per affrontare quella giornata.

Giunia percorse al trotto i sentieri del bosco bordati di lamia, dentaria e sanguinaria in boccio, guadando ruscelli gelidi e seguendo il torrente fino in città senza fare manco una bizza né impuntarsi. Era come se sapesse quanto era importante quella giornata per me, per lei.

In città, la condussi sui terreni del tribunale e la legai a una posta nella zona erbosa destinata ai cavalli. La mula fece un nitrito stanco e io indugiai accanto a lei, abbracciandole il collo e strofinandole il muso.

Passò il direttore dell'ufficio postale e mi diede un buongiorno caloroso, ma io quasi non lo udii, divorata com'ero dall'ansia per quello che mi aspettava.

Salii i gradini del tribunale e mi affacciai alla porta. Dietro una scrivania era seduto un uomo in uniforme intento a leggere il giornale. Allungai il collo oltre lo stipite. L'atrio era silenzioso, e immaginai che fossero tutti a pranzo. Battei il piede con impazienza, ansiosa che arrivassero Mr Morgan e Loretta. Ogni due minuti tiravo fuori l'orologio da tasca. Dodici e diciassette. *Dove potevano essere?*

Mi misi a osservare il viavai della città dall'alto dei gradini maestosi dell'edificio del tribunale. Davanti all'emporio di proprietà della Compagnia mineraria c'erano dei minatori in pausa pranzo, alcuni seduti sui gradini, a fumare e scambiarsi pettegolezzi dopo una lunga mattinata passata in miniera. Strizzai gli occhi per il riverbero del sole, poi me li schermai con la mano e vidi che uno di loro era rimasto in piedi in disparte. Era difficile distinguerli quando uscivano dalla miniera perché avevano tutti lo stesso aspetto, la faccia e i vestiti anneriti dalla polvere di carbone. Poi quello in disparte si tolse il casco, rivelando una chioma di lunghi capelli scuri.

Era Bonnie Powell, una delle allieve della scuola che c'era sull'itinerario di mamma tanti anni prima. La giovane aveva perso il marito in un incidente in miniera l'anno prima, e io avevo badato a suo figlio per una settimana mentre Bonnie frequentava i corsi per diventare minatrice.

Scorsi anche Wrenna Abbott, dieci anni, la pronipote di Emma McCain, i lunghi riccioli scuri arruffati e schiariti dal sole, il visetto a forma di cuore in parte adulto e in parte infantile. Emma, levatrice e guaritrice rispettata, aveva fatto del suo meglio per tirar su quella bambina selvatica. Wrenna indossava un cappotto logoro troppo grande per lei sopra il vestito in tela di sacco e camminava decisa per le strade tallonata da un gallo bianco. Il gallo strillava in segno di avvertimento, avventandosi contro chiunque pensava si stesse avvicinando.

Uno dei minatori finse di voler acchiappare la bambina, facendo infuriare ancora di più il pennuto. L'uomo fischiò e tirò un sasso al gallo starnazzante, mancandolo. Un altro gridò, ridendo: «Non saresti neanche capace di trovarti il culo con le mani».

Sussultai e tornai a guardare la bambina.

Wrenna si fermò e prese in braccio il gallo, facendogli posare la testa nell'incavo del gomito. Poi fissò il minatore con espressione gelida. L'uomo smise di ridere e distolse gli occhi.

Passarono alcune persone a cavallo, dirette dal maniscalco, con gli animali che zoppicavano impercettibilmente. Il figlio di Devil John, Carson, tenne aperta la porta dell'ufficio postale per una bella ragazza che, avevo sentito dire, corteggiava dall'autunno precedente. Rimasero in piedi a chiacchierare fuori dall'edificio per qualche minuto e io li osservai flirtare, gli occhi ridenti e le guance arrossate. Di solito lo avrei preso in giro, come facevano sempre le sue sorelle tutte le volte che si trovava una nuova fidanzata, ma percepii che quel modo di fissarsi aveva qualcosa di diverso, di più intimo, e distolsi subito lo sguardo sentendomi un'intrusa, chiedendomi se presto si sarebbe parlato di matrimonio.

Alle dodici e quaranta, Loretta arrivò sul carro di Alonzo. Corsi giù dalla scalinata ad accoglierla e ringraziai il nipote. Alonzo disse che avrebbe aspettato mentre io aiutavo Loretta a salire con cautela i trentasei gradini che portavano in cima, lasciandola riposare di tanto in tanto. La feci sedere sulla grande mensola di cemento fuori dalla porta del tribunale.

Dopo qualche minuto, una scintillante Chevrolet rosso mela parcheggiò davanti all'edificio. Ne scese un uomo che ci salutò con la mano, chiamando il mio nome. Mr Morgan indossava un completo marrone alla moda, scarpe lucide e un fedora in tinta con un elegante fiocco marezzato sull'ampio nastro in gros grain. Aveva in mano una valigetta e salì i gradini a due alla volta.

«Buongiorno. Stamattina ero nella contea vicina, non pensavo che avrei fatto così tardi. Come stai, Honey?», chiese, poi si rivolse a Loretta. «Miss Adams, la ringrazio di essere venuta qui con noi oggi e di aver offerto una casa a Honey».

«Non posso darle quello che ha sempre avuto». La donna mi rivolse un sorriso sbilenco e si tolse un pelucco dal cappotto.

L'avvocato le diede una leggera stretta al braccio e si girò verso di me.

«Come stanno i miei genitori, Mr Morgan?»

«Stanno bene e mi hanno pregato di dirti che ti vogliono bene. Oggi ci sarà una breve udienza, presieduta dal giudice Norton. È un uomo giusto».

«Conosco bene Buddy Norton», disse Loretta, portandosi la mano sullo chignon bianco per sistemarsi le ciocche in disordine.

«Il giudice stabilirà se accogliere la nostra richiesta di affidamento. Pronte?» Tenne aperta la porta per me e Loretta.

Esitai. «E se non lo farà?»

«Ci penseremo se succede. Fino a quel momento, se ti chiede qualcosa, di' la verità. E se non sai rispondere, ammettilo. Saremo seduti insieme al tavolo dei legali. Ti alzerai in piedi quando il messo annuncia il giudice e quando il giudice ti fa una domanda. Basta che tu segua le mie indicazioni». Fece un gesto col braccio per invitarci a entrare.

Loretta mi prese per mano e insieme attraversammo l'atrio, passando davanti a due uomini che parlavano ai telefoni a gettoni e ad altri che ciondolavano lì intorno in attesa del loro turno, il fumo che aleggiava spettrale sulle loro conversazioni via cavo.

Quando entrammo nell'aula, Mr Morgan ci fece strada verso il lungo tavolo di legno di fronte allo scranno del giudice e ci disse di sederci. Di fronte a noi, un ometto con un completo scialbo era seduto all'altro tavolo riservato ai legali con uno spesso fascicolo marrone davanti a sé, intento a scrivere su un taccuino.

Mr Morgan si avvicinò e lo salutò. «Salve, Dan, è da un po' che non ci si vede. Come stanno Marie e i ragazzi?»

Dan si alzò con un sorriso e gli strinse la mano. Poi abbassarono la voce. Mentre parlavano, l'uomo mi lanciò diverse occhiate.

Tornato al nostro tavolo, Mr Morgan spiegò: «Lui è Dan Greene, l'assistente sociale della Knott County. Come me e il giudice Norton, ha a cuore il tuo bene e deciderà quello che è meglio per te».

Lo guardai innervosita, chiedendomi come facessero quegli uomini a sapere cos'era meglio per me.

«Bah. Un mucchio di uomini per decidere cos'è meglio per una ragazzina», commentò Loretta.

«Pare anche a me», dissi intimorita. C'era qualcosa di spaventoso in tutta quella situazione ma non riuscivo a capire bene cosa. L'aula era opprimente, le pareti disseminate di grandi ritratti di vecchi uomini ancora più opprimenti. Frastornata, aiutai Loretta a levarsi il cappotto, poi feci lo stesso per me e appesi entrambi allo schienale della mia sedia. Mi sistemai il corpetto del vestito, le ascelle sudaticce e appiccicose.

Loretta aveva insistito per farmi un abito nuovo con una stoffa a quadretti blu scuro tessuta a mano. A me non garbava che il colore fosse uguale a quello delle mie mani, e avevo chiesto un tessuto rosa, ma lei mi aveva zittita, sostenendo che le tinte scure erano più rispettabili. Si era data da fare per una settimana intera sul modello, misurando e cucendo il vestito a maniche lunghe in modo che fosse perfetto, aggiungendo altri cinque centimetri alla lunghezza della gonna oltre quelli necessari, costringendomi a spogliarmi tenendo addosso solo la biancheria intima per provarmelo, solo per ricominciare daccapo, sempre dicendo: «Dobbiamo fare bell'impressione sul giudice».

Aveva ispezionato il vestito di nuovo quella mattina, per assicurarsi che fosse perfetto, esaminandomi palmo a palmo. Ero finalmente riuscita a sottrarmi alle sue chiacchiere nervose e al suo occhio critico solo per accorgermi a metà strada di essermi dimenticata i guanti intonati che aveva cucito.

Giocherellai col colletto alla Peter Pan e lisciai le lunghe gonne. Guardandomi attorno con aria furtiva, incrociai le braccia e ficcai le mani sotto le ascelle per nascondere il colore.

Mr Morgan tirò fuori dei documenti dalla sua valigetta e li sistemò ordinatamente sul tavolo davanti a sé. Da dietro lo scranno del giudice uscì una donna che prese posto al tavolo sottostante, esaminando le sue carte.

Qualche minuto dopo, un messo fece la sua comparsa nell'aula e proclamò «Tutti in piedi. Presiede l'onorevole giudice Norton».

Mi alzai, con le gambe molli. Loretta mi prese la mano e la strinse.

Entrò il giudice e dopo che ebbe preso posto sullo scranno, il messo disse: «Seduti, prego».

Era un giudice giovane che non ci degnò nemmeno di un'occhiata mentre scartabellava i suoi documenti.

Poi disse: «Prima di cominciare, c'è un'ordinanza del tribunale del giudice Roy Taylor nella Leslie County. Detta ordinanza stabilisce che la minore, Honey Mary-Angeline Lovett, venga presa in custodia e consegnata allo Stato, che la trasferirà al riformatorio del Kentucky. Mr Morgan, esiste una ragione per cui io non debba darle corso?»

Loretta si alzò in piedi e scosse la testa. «Perché lei viene a casa con me è la ragione, Buddy Norton».

«Miss Adams, è pregata di astenersi dagli interventi fuori luogo», la ammonì il giudice, con espressione accigliata.

Mr Morgan convinse Loretta a sedersi e disse: «Sì, Vostro Onore, c'è una ragione stringente. Ecco perché ho inoltrato una richiesta di affidamento al Vostro tribunale».

«Questo è molto insolito», commentò il giudice Norton. «Perché non si è rivolto al giudice Taylor? La ragazza dovrebbe essere al riformatorio...»

«Bah». Loretta lanciò un'occhiataccia al giudice, poi schioccò la lingua con disapprovazione. «E pensare, Buddy Norton, che ho confezionato l'abito di nozze di tua madre e poi il tuo corredino nemmeno cinque mesi dopo, quando sei nato tu», disse in tono burbero.

«*Ordine!*», gridarono in coro il giudice e il messo, facendomi sobbalzare.

Loretta sollevò il mento con aria di sfida, si portò la mano allo chignon e borbottò qualcosa sottovoce. Mr Morgan si allungò verso di lei per sussurrarle all'orecchio, poi si alzò in piedi.

Mi mordicchiai un'unghia finché Loretta non mi costrinse ad abbassare la mano. La guardai dritto negli occhi, implorandola di rimanere in silenzio.

«Vostro Onore», intervenne Mr Morgan, «sono circostanze insolite...»

«Mi puzza di un tentativo di scegliersi il giudice, Mr Morgan. Mi dica perché non dovrei rigettare senza pregiudizio e farle inoltrare la richiesta laggiù», ribatté il giudice.

Mr Greene guardò il mio avvocato con espressione contrariata, poi scrisse un appunto.

Avevo la bocca secca. Mi pizzicai la pelle della gola, sforzandomi di deglutire.

«Vostro Onore, sono in quest'aula per rappresentare ciò che è meglio per la ragazza. Come dicevo, è una situazione insolita. Miss Adams risiede qui, e questo è il luogo in cui è nata Miss Lovett, dove si trova la casa della sua famiglia, dei suoi antenati. La Legge dice che ha giurisdizione il tribunale in cui risiedono il minore e il tutore affidato. Questo, dunque, sarebbe il tribunale incaricato di far rispettare qualunque eventuale ordinanza futura, se necessario. Se la Corte potesse gentilmente guardare la lettera contenuta nel fascicolo, troverà la spiegazione». Mr Morgan tornò a sedersi e sistemò bruscamente le sue carte.

Nell'aula scese il silenzio mentre il giudice apriva il fascicolo. Sfogliò le pagine, tirò fuori un foglio e lo scorse.

«D'accordo». Poi alzò gli occhi e guardò l'avvocato. «Qui ho una richiesta da parte sua per concedere l'affidamento di Honey Mary-Angeline Lovett a Miss Loretta Adams. Al fascicolo, è allegata anche una lettera del padre dove si dice che in caso di incarcerazione chiede che il tutore legale sia Miss Adams. È corretto?», chiese.

Mr Morgan si alzò a metà e poi tornò a sedersi. «Sì, Vostro Onore».

«Mr Greene, lo Stato ha obiezioni?»

L'uomo si alzò e si girò verso di noi, studiandoci per qualche istante con la fronte aggrottata. Alla fine, alzò gli occhi verso il giudice. «Vostro Onore, l'unica preoccupazione dei servizi sociali della Knott County è che il tutore proposto sia qualificato... e che rimanga tale». Il suo sguardo si posò su Loretta, interrogativo, mentre si infilava la cravatta nella giacca e si sedeva.

«Mmh. Rimane il fatto che il giudice Taylor della Leslie County ha affidato la custodia della minore allo Stato». Il giudice mi guardò dritto in faccia.

Mi agitai sulla sedia, asciugandomi il sudore dal labbro superiore.

«Vostro Onore», intervenne di nuovo Mr Morgan. «Di certo il tribunale non avrà da obiettare a che la minore venga allevata da qualcuno che le vuole bene. Sono andato a far visita al padre, e concorda che Miss Adams sarebbe il tutore ideale. Vogliamo sperare che rispettiate i desideri del genitore...»

Il giudice alzò una mano. «Mr Morgan, non sono propenso a farmi influenzare dai desideri di un detenuto. Inoltre, prima di pronunciarmi, devo mettermi in contatto con il giudice Taylor. Alla luce della lettera del padre e della presenza di Miss Loretta oggi, che accetta la custodia della minore, potrebbe comunque...» Si interruppe e si rivolse a Loretta: «Miss Adams, dunque lei è disposta ad accettare la custodia di Miss Lovett?»

Guardai Loretta, agitatissima.

Loretta si alzò e disse: «Sissignore, Buddy Norton. Mi occupo di Honey Mary-Angeline da quando è nata. Le ho cambiato parecchie di quelle pezzuole da neonato, proprio come ho fatto con te quando tua mamma veniva a trovarmi».

Il giudice abbassò lo sguardo sulle sue carte e si schiarì leggermente la voce alla menzione dei pannolini, e io arrossii, imbarazzata per tutt'e due.

«E lei cosa mi dice, Miss Lovett?»

«Signore, Vostro Onore?» Mi alzai con le gambe tremanti, aggrappata al bordo del tavolo con le mani color indaco. Allarmata, le nascosi dietro la schiena, sperando che non le avesse notate, desiderando ardentemente di essermi ricordata i guanti.

«È d'accordo?», mi chiese in tono serio. «Sono questi i suoi desideri, Miss Lovett?»

Lo guardai stupita. Da quando i miei erano stati arrestati non ricordavo che qualcuno mi avesse chiesto che cosa desideravo io. Loretta mi diede un colpetto col gomito. «Sì, signore, ehm, Vostro Onore. Miss Loretta è come un famigliare, poco ma sicuro». Tornai a sedere prima che mi cedessero le gambe e intrecciai in grembo le mani irrequiete, nascondendole sotto il tavolo.

Il giudice annuì. «Bene, devo comunque sentire il giudice Taylor. L'udienza è sospesa mentre lo chiamo. Ufficiale giudiziario, a Miss Lovett non è consentito lasciare l'aula».

«Sì, Vostro Onore», rispose il messo e mi fissò con sguardo annoiato.

Mentre si alzava dallo scranno, il giudice si girò verso di noi e ci avvertì: «Se il giudice Taylor non accetta di revocare l'ordinanza, ho le mani legate». Poi scomparve da qualche parte sul retro dell'aula.

Terrorizzata, guardai Mr Morgan negli occhi. Se era preoccupato, non lo dava a vedere. Invece balzò in piedi e disse: «Vado nell'atrio. Devo fare alcune telefonate per un altro caso. Aspettate qui come ha detto il giudice».

Rivolse un cenno del capo a Mr Greene che si era unito a lui. Mentre ci passava accanto, l'assistente sociale della Knott County lanciò un'occhiata preoccupata a Loretta.

Vidi l'espressione turbata negli occhi di Loretta e le presi le vecchie mani.

«Stai gelando, bambina». Mi sfregò energicamente le mani.

«Loretta, se mi portano in prigione, nella nostra cantina c'è cibo per diverse stagioni. Devi fare in modo che Alonzo ti porti tutto. Avrò bisogno di qualcuno che si occupi di Giunia». Pensare alla vecchia mula tutta sola o, peggio, venduta a un impianto di lavorazione della carne perché intrattabile con la maggior parte delle persone mi spezzava il cuore.

«Sciocchezze, bambina». Mi lasciò andare le mani e mi sistemò una ciocca di capelli dietro l'orecchio. Nel suo sguardo ardeva il fuoco, ma il suo tocco era gentile. «Venderò cara la mia vecchia pelle se fanno tanto di provare a portarti via». Raddrizzò le spalle, si sistemò il colletto dell'abito fresco di bucato, poi lanciò un'occhiata malevola al messo.

Imperturbabile, l'uomo ci diede le spalle quando un poliziotto si affacciò dall'ingresso dietro allo scranno del giudice. I due si misero a parlare.

La luce del sole si riversava dalle finestre, chiazzando il pavimento in listoni di noce, allungandosi sul nostro tavolo di legno. Posai un dito sul piano e seguii le venature dell'essenza tenera e ammaccata. Mi chiesi quanti altri avessero affidato i loro crucci a quel tavolo, tirandolo a lucido con il rimorso e la sofferenza.

Guardai il messo e poi la porta alle mie spalle, contando i gradini che potevano condurmi alla libertà... pensando angosciata a quanto velocemente avrei potuto uscire di lì e correre da Giunia. Lanciai un'altra occhiata all'ufficiale giudiziario che chiacchierava col collega. Ero certa che mi avrebbe picchiata come aveva fatto lo sbirro a Thousandsticks coi miei genitori, se non peggio. Il *peggio* trovava sempre il modo di scovare i Blu, mi avevano detto, e per infrazioni di poco conto.

Avevo visto gli appunti sulla vecchia Bibbia dei miei nonni, ascoltato le parole sussurrate dei miei genitori. Diversi Blu erano stati impiccati. Un prozio era stato gettato nel pozzo di una miniera dopo aver affrontato un uomo che aveva messo le mani addosso a sua moglie. Un altro era stato sepolto vivo a Darby, una dolina che in seguito era diventata un laghetto. Molti erano stati usati nelle miniere di carbone ed erano rimasti vittime di "incidenti" come mio nonno. Era stato nel 1936, l'anno del matrimonio di mamma e papà... Per un attimo ebbi l'impressione di stare per vomitare e mi portai una mano alla fronte imperlata di sudore.

Loretta doveva essersene accorta perché si girò e si mise a frugare nelle tasche del cappotto, allungandomi una radice di angelica. «Ti calmerà i nervi, bambina. Non esco mai di casa senza la mia angelica o la corteccia di pesco».

Mi misi in bocca la radice e la masticai lentamente. Soddisfatta, Loretta posò una mano sulla mia. Nel giro di pochi minuti mi sentii meglio e mi misi a fissare l'orologio bordato di nero sopra lo scranno del giudice, osservando la lancetta rossa dei secondi avanzare lentamente. Contro la parete, un radiatore di ghisa sibilava e sferragliava, sbuffando vapore.

Passarono dieci minuti buoni prima che Mr Morgan tornasse e sedesse accanto a me. Guardò l'orologio da polso, poi si mise a scrivere su un foglio di carta. Poco dopo arrivò anche Mr Greene, che prese posto al suo tavolo.

Altri venti minuti, e io guardai di nuovo la porta alle mie spalle. Volevo andare a controllare Giunia. Baciarle il muso morbido e dirle addio. L'idea di perdere quella vecchia ragazzona, l'ultimo essere vivente che mi era rimasto, mi addolorava profondamente.

Mi tolsi la radice di bocca e la infilai nella tasca del cappotto. «Mr Morgan». Gli battei sulla spalla. Lui alzò gli occhi dal foglio. «Signore», gli sussurrai all'orecchio, «so che

Mr Faust ha preso il cavallo di mio papà. Se mi portano via, potreste occuparvi di Giunia finché non mi rilasciano? Posso pagare». Sollevai un po' il cappotto. «Mamma ha cucito dei soldi nella fodera. Potete averli tutti...»

Prima che potesse rispondermi, il messo si allontanò dalla porta. Il giudice Norton fece il suo ingresso, con la toga che svolazzava nell'aria stanca dell'aula mentre saliva i gradini che portavano allo scranno.

Ci alzammo in piedi e tornammo a sederci quando il giudice borbottò: «Seduti».

Mi torsi le mani sudaticce sotto il tavolo fino a farmi dolere le nocche.

«Grazie di aver aspettato», ci disse il giudice. «Ho fatto una fatica d'inferno per parlare con il giudice Taylor. Era in udienza. Quando ha richiamato, l'ho messo al corrente della situazione e dei desideri di Miss Lovett e di suo padre. Gli ho anche detto che la Knott County non ha obiezioni, vista la dichiarazione di poco fa rilasciata da Mr Greene. Ma...»

«*Loretta*». Le posai la testa sulla spalla, chiusi gli occhi e aspettai.

«Sst». Loretta mi diede un bacio sulla testa, mi prese le mani e io gliele strinsi, aggrappandomi alle sue dita asciutte e nodose.

Il giudice Norton proseguì: «Il giudice Taylor non l'ha presa bene quando ha sentito che Miss Lovett era fuggita dalla Leslie County per evitare l'arresto. Era un po' agitato, a dire la verità. Per non parlare dell'assistente sociale, ha riferito il giudice Taylor».

Aprii gli occhi e guardai piena di paura l'assistente sociale della Knott County.

Alle parole del giudice, Mr Greene strinse le labbra, poi fece un'espressione perplessa e abbassò la testa sul taccuino.

Loretta si irrigidì e si lasciò sfuggire un *bah* indignato.

Chiusi forte gli occhi, lottando per ricacciare indietro le lacrime.

«Ma», continuò il giudice Norton, «dopo che gli ho spiegato, si è detto d'accordo sul fatto che è nell'interesse della minore revocare la sua ordinanza e lasciare Miss Lovett in affidamento a Miss Loretta...»

Loretta si lasciò sfuggire un'esclamazione di entusiasmo roca e tremante.

«La richiesta di custodia per Honey Mary-Angeline è perciò accordata», concluse il giudice.

Aprii gli occhi di scatto.

«C'è altro, Mr Morgan?»

«No, Vostro Onore. Grazie».

«La Corte si aggiorna», disse il giudice alzandosi in piedi.

Mr Morgan ripeté: «Grazie, Vostro Onore». Prese alcune carte dall'impiegata seduta sotto lo scranno, poi tornò al nostro tavolo sorridendo. «Congratulazioni», ci disse.

«Grazie, signore. Mr Morgan, quando posso andare a trovare i miei genitori?» Avevo bisogno di vederli, di sapere come stavano, di fargli sapere come stavo io.

Lui prese un foglio di carta e scrisse qualcosa, poi me lo porse. «Qui ci sono l'indirizzo e gli orari di visita, Honey. Assicurati di lasciare tutti gli effetti personali fuori dalla prigione».

«Sì, signore, grazie», dissi, chiedendomi come avrei fatto ad andarci.

«Telefonami se hai bisogno di me». Prese la valigetta e si alzò. «Ah, un'ultima cosa, Honey...» Si mise la mano nella tasca dei calzoni, tirò fuori un nichelino scintillante e lo lasciò cadere sul tavolo. «Compra una mela alla vecchia Giunia da parte mia». Mi strizzò l'occhio, poi si avvicinò a Mr Greene e gli strinse la mano.

Sui gradini all'esterno del tribunale c'erano ad aspettarci Devil John e Martha Hannah. «Adesso sei al sicuro, Honey», dichiarò il distillatore clandestino.

«Al sicuro», ripetei in un sussurro ansante. L'unica cosa cui riuscivo a pensare era andare a trovare i miei genitori per accertarmi che lo fossero anche loro. «Devil John, c'è qualcuno che posso pagare per farmi portare da mamma e papà? Mr Morgan dice che sono a Pewee Valley e a La Grange. Devo vederli».

Devil John si accarezzò la barba, riflettendo. Martha Hannah si illuminò. «Ci sarebbe Amara Ballard, l'infermiera di frontiera appena arrivata in Old Trace Road. Ha un'automobile affidabile e va sempre a Louisville e a La Grange per i rifornimenti medici. La settimana prossima porterà il siero per vaccinare i piccoli. Posso chiedere a lei».

«Grazie, signora», dissi.

Loretta era stanca e salutammo gli Smith.

Ero impaziente di andare da Giunia. «Ci vediamo a casa, Loretta».

Lei mi trattenne la mano, riluttante a lasciarmi andare. Mi strinse in un abbraccio con gli occhi pieni di lacrime e disse: «La mia bellissima petunia sta finalmente tornando a casa».

Mr Morgan e Mr Greene uscirono dall'edificio insieme. Il mio avvocato si fermò davanti a me e sussurrò: «Un'ultima cosa, Honey. Mr Greene mi ha avvisato che rimarrai sotto l'occhio vigile del tribunale fino al compimento dei diciotto anni. Non pensare che sia preoccupato, ma tu e Miss Adams dovete essere cittadine modello e non violare nessuna legge. Non vogliamo certo che l'ordinanza venga revocata. Non metterti nei guai, e andrà tutto bene». Sorrise e mi diede una pacca sulla spalla, poi raggiunse Mr Greene che ci osservava con occhio vigile.

Revocata. Li guardai spaventata, chiedendomi cosa intendesse Mr Greene. Come avrei potuto violare la legge, per non parlare di Loretta, poi? *Basta poco per un Blu*… Quelle parole mi riecheggiarono in testa e, come i miei genitori, seppi di dover essere prudente e guardarmi da coloro che volevano far del male al nostro popolo.

10

Alonzo portò a Loretta delle quaglie che aveva cacciato l'autunno precedente e una bottiglia di liquore per sé. Noi passammo le quaglie nel burro, poi avvolgemmo i nove uccelletti in fette di guanciale e li arrostimmo su uno spiedo nella stufa a legna. Io aiutai a preparare il pane di mais e castagne e le patate dolci arrosto.

Nella preghiera prima del pasto, il nipote ringraziò il Padre celeste per il cibo e la mia sicurezza, poi aggiunse una preghiera per i miei genitori, alticcio per avere già abbondantemente attinto alla bottiglia, ma non dimentico del suo Creatore.

Quando si versò il terzo bicchiere Loretta gli lanciò un'occhiata di rimprovero.

«Zietta, un banchetto eccezionale». Ruttò rumorosamente e urtò per sbaglio il bicchiere mentre cercava di versarsi un quarto cicchetto.

La mia tutrice fece una smorfia e io balzai in piedi per prendere uno strofinaccio.

«Allora», disse, passandosi le mani sulle tasche della camicia in cui teneva gli occhiali, le penne, un pettine, una scatola di fiammiferi, una scatoletta di tabacco, carte e altre cianfrusaglie assortite… la sua vita che faceva capolino dalla stoffa bitorzoluta. «Sarà meglio che vi lasci andare a letto e torni a casa», farfugliò ubriaco, e si alzò, barcollando leggermente.

«Ti serve aiuto, Alonzo?», gli chiesi, temendo che non sarebbe riuscito a percorrere il sentiero senza cascare giù dalla montagna.

«Obbligato, Honey, ma sono cinque minuti appena, e pieno come un otre come sono, starò già russando prima che tu possa lanciarmi un richiamo e sentirne l'eco». Fece una risatina.

Alonzo se ne andò e io e Loretta ci sedemmo in veranda, sul suo dondolo di metallo dipinto di bianco e azzurro uovo di pettirosso.

Sotto la trapunta, mi accoccolai contro l'anziana donna e le posai la testa sulla spalla come facevo da bambina. La lanterna della veranda aveva la fiamma abbassata; aleggiavano ancora gli odori del fumo di caminetto, dell'olio usato per friggere e della sontuosità della cena. Un coyote solitario mandò un richiamo dalle montagne mentre la lanterna gettava una luce calda sulle assi di legno.

La gatta di Loretta, Pennie, saltò sulla veranda con un miagolio, sfregando le lunghe vibrisse sulla trapunta. Le grattai la testa beige, ascoltando le sue fusa soddisfatte.

Loretta entrò in casa e uscì con un piattino di avanzi di carne per la bestiola. Affamata, Pennie masticò vigorosamente e leccò il piatto. Si pulì i baffi, poi andò verso il ricovero di Giunia.

Dopo qualche minuto, mi raddrizzai e le chiesi: «Loretta, cos'avresti fatto se il giudice mi avesse mandata via?»

«Bah, quel ragazzino c'aveva solo da provarci. E se sua madre lo scopriva, lo spediva a suon di ceffoni fino alla contea vicina, se non lo prendevo a calci io prima. Bah», ripeté, sprimacciandosi le lunghe gonne. «Quel ragazzino ha messo su troppe arie studiando in quei lussuosi edifici di pietra e nelle grandi università per i sapientoni. E allora? Io ho fatto la scuola per adulti e ho imparato a leggere e scrivere benone. Alla Moonlight School, sai, e perbacco, c'è di sicuro una cosuccia o due che potrei insegnargli».

«Loretta, non mi avevi mai detto che avevi frequentato la Moonlight School. Com'era?»

«È stato molto prima che tu nascessi, Honey. Mi pare che ho iniziato ad andare nel 1913. Ma come probabilmente sai, le lezioni si tenevano di sera e solo quando la luna era bella piena, così io e gli altri potevamo imparare le lettere, a leggere e scrivere. Mi facevo la strada a piedi alla luce della luna fino alla scuola con un'aula sola, dove c'era la mia insegnante, Miss Sundie Ball». Negli occhi le si accese una luce segreta, poi alzò un dito e disse:

The heights by great men reached and kept
Were not attained by sudden flight,
But they, while their companions slept,
Were toiling upward in the night.[1]

«*La scala di sant'Agostino*», dissi, ricordando che mamma mi aveva detto che le scuole serali risalivano circa a quel periodo ed erano rivolte agli analfabeti, i montanari e gli

---

[1] Le altezze conquistate e tenute dai grandi uomini / non furono raggiunte con un volo improvviso; / quegli uomini, mentre i loro compagni dormivano, faticosamente ascendevano nella notte (da *La scala di sant'Agostino* di H.W. Longfellow).

uomini del Kentucky che andavano a combattere nella Prima guerra mondiale. Era fondamentale sradicare l'analfabetismo, per liberare coloro che erano imprigionati dalle sue catene, aveva detto.

Seguii con il dito il motivo intrecciato del cuscino del dondolo, cercando di immaginarmi Loretta e gli altri che arrancavano sui sentieri illuminati dalla luna. Per un momento, quell'idea mi intristì, e provai invidia per quelli che erano andati in una scuola vera. Avevo la sensazione di essere stata derubata, privata ingiustamente della possibilità di essere come gli altri alunni. Perfino la vecchia Loretta ci era potuta andare.

«Gli studenti della serale conoscevano bene il vecchio Longfellow», disse Loretta. «Erano le prime parole che ci insegnavano a scrivere... Ah, cara, si sta facendo tardi, devo andare a letto». Si alzò, malferma, mulinando un braccio.

«Che c'è che non va, Loretta?» Balzai in piedi e la sorressi.

Fece una smorfia. «Passerà, bambina, queste vecchie ossa sono solo stanche. Non sono abituate a tutto questo trambusto, e nello stesso giorno».

La scrutai in faccia, preoccupata. Lei liquidò i miei timori con un gesto e trascinò i piedi verso la porta.

La seguii all'interno. «Ti aiuto ad andare a letto. Metto su il bollitore e ti preparo lo scaldino». Ai piedi del letto in ferro di Loretta, tirai fuori lo scaldino da sotto le coperte, svitai il tappo e svuotai l'acqua del vaso a forma di maialino oltre il bordo della veranda. Presi altra legna per la stufa e il caminetto. Qualche minuto dopo il bollitore si mise a fischiare, e io riempii lo scaldino con l'acqua bollente e lo sistemai dentro al letto.

Aiutai l'anziana donna a corsicarsi e le rimboccai la trapunta. «Grazie di tutto, Loretta». Guardai l'amato viso insonnolito e le diedi un bacio sulla guancia mentre si addormentava.

Notai diverse volte che Loretta si agitava nel sonno. Preoccupata, le misi il dorso della mano sulla fronte per sentire se aveva la febbre e poi rimasi seduta per un pezzo accanto a lei a guardarla respirare.

11

Tre giorni dopo salii verso la torre antincendio mentre i venti di marzo si annodavano in pennacchi di nebbia attorno alla piccola cabina alta nel cielo. Il profumo della foresta che si risvegliava dopo il sonno invernale addolciva l'aria. Da qualche parte nelle montagne un cane abbaiò e un altro gli rispose. Quando bussai alla botola, da dentro veniva una melodia vivace.

La musica si interruppe e Pearl aprì la botola di legno. «Vieni su, Honey. Sono contenta che tu sia venuta. Sto cucinando un piatto da intenditori, e ne ho preparato abbastanza per due persone». Sventolò uno strofinaccio, facendomi segno di salire.

Mi arrampicai sui gradini ed entrai nella cabina.

«Ha un profumo delizioso».

«Hai mancato R.C. per un pelo», disse, in piedi davanti alla stufa. «La persona che ha distrutto i gradini si è introdotta nella mia cabina e ha sfasciato la radio nuova».

«Mi dispiace. R.C. ha scoperto qualcosa?»

«No, mi ha portato una delle sue vecchie radio dalla stazione e questo lucchetto nuovo per il chiavistello esterno». Puntò la forchetta che teneva in mano verso un grosso lucchetto scintillante posato sul bancone. «Voleva che potessi usarlo all'interno di notte e all'esterno quando devo fare qualche commissione».

«R.C. pensa sempre a tutto», osservai.

«Mettiti comoda. Puoi sederti dove vuoi».

La cabina era immacolata, con alcuni tappeti stesi sul pavimento. Accanto alla cucina economica c'era una stufa in ghisa, ed entrambe riscaldavano l'ambiente. Posai per terra la sacca di cuoio e mi tolsi il cappotto, ripiegandolo su una sedia.

Il lettino di legno era davanti al tavolo, con l'alto materasso da cui spuntava l'imbottitura di foglie di mais. Non era stato rifatto e io mi avvicinai, attirata da due pupazzi imbottiti che sbucavano dalla trapunta. Sfiorai la bambola di stoffa con la faccia dipinta a mano, studiai lo sbiadito vestito a fiori in tessuto increspato e i capelli di lana. Sembrava che la bambola fosse stata ricucita più volte. Accanto a lei c'era un logoro cavallo di pezza marrone con una morbida criniera dorata, una coda un po' spelacchiata e due bottoni per occhi.

Mi vennero in mente la bambola di stoffa che mamma aveva cucito e imbottito e l'orso di pezza che papà mi aveva comprato in Tennessee.

Pearl mi venne di fianco e li prese, borbottando a bassa voce: «Lascia che sposti Arlie e Mr Cleveland, così puoi sederti». Arrossì e ficcò i pupazzi sotto il cuscino, poi tirò su svelta le lenzuola e la trapunta. «Mamma ha insistito perché li portassi. Scusa il disordine. Stamattina sono stata impegnata con l'Osborne e ho dimenticato di rifare il letto». Lisciò le coperte.

Accanto al letto c'era un piccolo mobile armadio. Sbirciai oltre il cassettone verso una porta semiaperta. Stipati all'interno dell'armadio c'erano un lavamano in legno con una brocca, una bacinella e un vaso da notte.

Nel centro della stanza troneggiava un Osborne Firefinder posato sopra un ampio tavolo di legno accanto a un telefono nero a disco. Mi chinai e guardai attraverso il mirino scorrevole dell'Osborne, poi afferrai l'impugnatura e feci ruotare lo strumento allineandolo con il reticolo di puntamento.

Pearl, impegnata a cucinare, lanciò un'occhiata da sopra la spalla. «Oh, vedo che sai come funziona».

«Sì, R.C. l'ha insegnato a me e a mamma». Guardai i registri. Ce n'era uno per le segnalazioni degli incendi, un secondo per i falsi allarmi e un altro che diceva "meteo". Ne presi in mano uno con su scritto "fulmini" e ne adocchiai un altro bello spesso denominato "mappe". «Certo che registrare tutto e lottare contro gli incendi richiede un bel po' di lavoro».

«Non è un problema per me», disse. «È molto importante tenere traccia di tutto, e mi serve quando vado in cerca di fuochi da campo o principi di incendio provocati dai fulmini. Nella stagione della raccolta dei frutti di bosco non ho un attimo di respiro. Ci sono una marea di incendi quando la gente va nei boschi e lascia in giro immondizia».

Rimisi a posto i registri, poi feci scorrere un dito sul telefono, osservando i numeri bianchi sul disco rotondo.

Pearl si voltò e sollevò la forchetta sopra la padella in cui sfrigolava il lardo. «Fai pure, Honey, puoi telefonare a qualcuno se ti va. R.C. l'ha installato la settimana scorsa».

«Non ne ho mai usato uno. Non conosco nessuno che abbia un telefono», ammisi meravigliata. «Forse il Doc in città. Gli unici che ho visto da vicino sono quelli pubblici dell'emporio della Compagnia e i due a gettoni sulla parete del tribunale».

Tornò a occuparsi della padella. «Più tardi possiamo chiamare mia madre, e te la farò salutare. Accomodati».

Tenni la mano sospesa sul disco e aggrottai la fronte, pensando a mamma e papà. Se solo avessi potuto parlare con loro adesso. Tirar su il telefono in qualunque momento come Pearl e sentire la loro voce.

Frugai nella sacca e tirai fuori due file di mele affumicate e delle strisce di pesche avvolte in una pezza che avevo preso alla baita del nonno.

Pearl si avvicinò tenendo in mano un piatto di frittura di qualcosa che non riconobbi e lo posò fra la sua sedia e la mia.

Spinsi l'involto verso di lei.

«Cos'è?»

«Mamma dice di non presentarsi mai a mani vuote e di dare sempre il benvenuto a una casa nuova con qualcosa di dolce», dissi timidamente, svolgendo la frutta candita per mostrargliela.

«Grazie. Mi sono piaciute da matti quelle strisce di pesche». Mi mise davanti un piatto e una forchetta e apparecchiò anche per sé. «Prendo da bere», continuò mentre apriva la piccola ghiacciaia vicino alla cucina economica. Tirò fuori due Coca-Cola e le stappò con un apribottiglie.

La Coca-Cola fredda era un lusso raro. Una volta all'anno, in occasione del compleanno di mamma, papà ci portava a Knoxville col suo pick-up per mangiare a Regas Brothers, un ristorante elegante. Per me ordinava sempre un bicchiere grande di Coca-Cola e chiedeva alla cameriera di aggiungerci sopra due ciliegie.

Pearl mi mise davanti la bottiglia, sedette e mi passò il piatto. «Ho beccato un serpente a sonagli vicino alla catasta della legna qui sotto e l'ho ammazzato con l'ascia. Ho pensato di scuoiarlo e prepararci un bel pranzetto».

Ammirai il suo coraggio. «Mamma preparava una pastella buonissima per quelli che portava a casa papà». Ne presi un boccone e, dopo averlo mandato giù, dissi: «È squisito».

«Gene, il mio capo a Big Knob, mi ha insegnato a cucinarli».

Dopo aver mangiato, tirai fuori i giornali e *Donne eccellenti* di Barbara Pym che avevo preso per lei. «Ecco. E ho buone notizie. Sono libera. Il giudice ha detto che posso stare con Loretta».

Pearl mi studiò con attenzione. «Che bello. Vuol dire che…»

«Sì, non devo aver paura che Mrs Wallace mi trovi e mi sbatta nella prigione dei bambini, finché lei mi terrà con sé».

«Oh!» Pearl si alzò di scatto e andò alla dispensa. «Dobbiamo festeggiare sul serio!» Tirò fuori una bottiglia di vino di mirtilli e ne versò un po' in due bicchierini da liquore.

Me ne porse uno, poi alzò il suo in un brindisi ed esclamò: «Alla tua libertà». Pearl sollevò un dito. «Telefoniamo a mamma». Presi un piccolo sorso e misi giù il bicchiere. Era la prima volta che mi offrivano da bere, e pensai preoccupata a cosa sarebbe successo se qualcuno lo avesse scoperto.

Giocherellai coi capelli e i bottoni della camicetta mentre lei componeva il numero. Poi mise la cornetta fra noi. Presi fiato e sentii rimbombare uno squillo, seguito da un altro, e una voce di donna che diceva: «*Pronto?*»

«Mamma, sono io», disse Pearl. «C'è qui una persona che vuole salutarti».

La donna disse: «Chi c'è in linea? È lei, Mrs Barry? Oh, aspetta, Pearl, uno dei Barry è di nuovo sulla linea condivisa. Mrs Barry, la prego, riagganci, è per me… Metta giù, è la mia Pearly! Mrs Barry?» Ci fu un attimo di silenzio, poi si sentì un sonoro *clic*. Pearl mi mise in mano la cornetta.

Rimasi a fissarla imbambolata, le mani che si scurivano diventando blu. Ma se anche Pearl se ne accorse, non disse niente. «Portatelo all'orecchio, e parla qui in basso», sussurrò, dando un colpetto al microfono.

«Oh! Pronto, pronto, parla Honey Lovett, mamma, ehm, Mrs Grant, signora, da Troublesome Creek, Kentucky».

«Parla Elizabeth Grant, Honey, da Somerset», ribatté la madre di Pearl. Guardai fuori dalla stanza tutta finestre, osservando le montagne, la foresta e i torrenti, immaginando le miglia incalcolabili, poi riportai gli occhi sulla cornetta e di nuovo alle finestre. «È a Somerset», dissi a Pearl e mi girai lentamente, tendendo il cavo a spirale, guardando oltre le lastre di vetro che formavano le pareti della cabina la nebbia che saliva dai boschi e dai corsi d'acqua. «Laggiù a Somerset, Pearl, e parla come se fosse qui davanti a me». Mi premetti una mano sulla bocca. «*Somerset*», ripetei con voce soffocata.

La mia amica si mise a ridere e mi riportò gentilmente la cornetta vicino all'orecchio.

«Honey», continuò la madre di Pearl, «voglio ringraziarti per aver offerto un posto dove stare alla mia Pearly mentre la cabina veniva riparata».

«Sì, signora, Mrs Grant, prego». Sbalordita, restituii la cornetta a Pearl, confusa al pensiero di parlare con qualcuno che stava così lontano. Mi passai le mani sudate sui pantaloni e accostai la testa a quella di Pearl, ascoltando.

Non avevo mai capito quando mamma mi raccontava della prima volta che aveva visto un aereo volare in cielo. Provavo la stessa cosa riguardo a quel telefono.

Guardai il frigorifero, la cucina economica, il registratore e il telefono, passandoli in rassegna. Erano delle meraviglie. Avevo visto cose del genere solo nelle riviste, il gusto per le macchine legato a un certo stile di vita, e rimasi a bocca aperta, rendendomi conto che erano proprio quegli aggeggi lì.

Da sotto Giunia ragliò in risposta al nitrito improvviso di Pie. Pearl salutò la madre e riagganciò, correndo fuori sulla passerella. La seguii e la vidi scrutare gli alberi con espressione preoccupata. «Mamma mi sta mandando il mio calibro .410 e se lo becco ad aggirarsi ancora qui attorno, ho intenzione di sforacchiargli quel suo culo peloso». Un muscolo le guizzava sulla mascella.

12

Domenica pomeriggio, mentre Loretta riposava, leggevo qualche pagina e smettevo quando lei sussultava nel sonno, preoccupata dal tempo che passava a letto, temendo che stesse male.

Quando finalmente si svegliò, andai a controllare come stava. In quest'ultimo periodo dormiva moltissimo. «Loretta, *Loretta*». La scossi gentilmente per una spalla, poi le posai il dorso della mano sulla fronte. *Fresca*. Rimase sveglia giusto il tempo di aprire gli occhi e girarsi dall'altra parte. Aggrottai la fronte, perplessa. *Come facevo a sapere se dormiva troppo per essere una persona di novantuno anni?*

Verso sera la donna si alzò faticosamente dal letto appoggiandosi a me. Rimase alzata per la cena a base di pane di mais e tè caldo e, cosa perfino più insolita, a chiacchierare. Poco dopo era di nuovo a letto e liquidò le mie paure. «Non ti agitare, bambina mia. Domattina sarò come nuova».

Dovevo andare a chiamare il Doc o una delle infermiere di frontiera per chiedere loro di venire a visitarla.

Lunedì mattina, le preparai per colazione della salsiccia aromatizzata alla salvia e un semolino di mais bollito con una pinta di fagioli che avevo portato dalla cantina di casa del nonno, poi mi vestii per andare in città.

Presi il cappotto, cercai la cerniera nascosta e tirai fuori del denaro. Contai cinque biglietti da un dollaro, li piegai in due e rimisi il resto nella fodera, poi scrissi le indicazioni per arrivare a casa di Loretta da lasciare all'infermiera.

«Sta' attenta, bambina mia», si preoccupò lei, reggendosi al pilastro della veranda. «E tu», agitò un dito ossuto in direzione di Giunia, «prenditi cura della mia Honey, vecchia bisbetica che non sei altro».

Due ore più tardi bussai alla porta dell'infermiera. Non rispose nessuno. Bussai di nuovo e aspettai, cercando di sbirciare dalle finestre con le tende tirate. Probabilmente era uscita per andare a curare qualche malato. E quando passai dal Doc, non mi aprì nessuno neppure lì.

Rassegnata, rimontai su Giunia e mi affrettai a tornare da Loretta. Quando arrivai nel cortile, rimasi stupita nel vedere che la baita era buia e dal comignolo in mattoni non usciva fumo.

Dopo aver messo la mula nella stalla, corsi dentro. La casa era fredda, e chiamai Loretta mentre accendevo la lanterna e mi toglievo il cappotto e i guanti.

La donna rispose con voce roca e io mi precipitai al suo capezzale. «Loretta», dissi, guardandola, toccandole la fronte e le guance. Era pallida.

«Hai trovato il Doc, bambina mia?», chiese debolmente, tirandosi le coperte fino al mento.

«Non sono riuscita a trovare nessuno, ma ci riprovo, Loretta. Prima bisogna che tu stia al caldo». Infilai di nuovo il cappotto, andai al pozzo e pompai dell'acqua in un secchio. Dopo averlo portato dentro, uscii in veranda a prendere dei legnetti. Mentre accendevo la stufa, le chiesi se aveva mangiato qualcosa. Dal silenzio dedussi che non l'avesse fatto, e quando guardai nel lavandino in cerca di piatti sporchi, vidi che era immacolato.

Riempii il bollitore, poi tirai fuori lo scaldino freddo da sotto le coperte.

«Dammi ancora un minuto e starai al calduccio», sussurrai. «Voglio che tu beva un po' di tè prima che io esca. Poi prenderò la lanterna per andare in città a cercare il Doc. Oppure preferisci che chiami la guaritrice, Emma McCain?»

«No, bambina mia», disse in tono stanco. «Ho paura che queste vecchie ossa abbiano bisogno di qualcosa di più che erbe e tonici».

«Vado subito, Loretta, non appena ho sistemato qui».

Presi la sedia e la portai vicino al letto, mi sedetti e la aiutai con la tazza di tè. Lei bevve un sorso e io la sollecitai a berne ancora.

Dopo aver riempito lo scaldino di acqua bollente, lo rimisi sotto le coperte, poi tolsi la trapunta dal mio letto e gliela stesi sopra. «Torno il prima possibile». Le diedi un bacio sulla guancia.

Giunia sembrava aver intuito l'urgenza e tenne un'andatura vivace. Il vento gelido mi scorticava la faccia mentre la luce della lanterna ondeggiava al passo della mula, danzando con l'oscurità dei boschi e con le bestiole notturne che si aggiravano furtive.

«Più veloce», incalzai la vecchia mula. «*Più veloce!*»

Ci misi due ore ad arrivare dal Doc. Legai Giunia alla staccionata di legno bianco fuori dal cortile, spensi la lanterna e salii di corsa i gradini della veranda. «Doc», chiamai bussando alla porta. «Doc, sono io, Honey Lovett».

Un minuto dopo le luci della veranda della grande casa si accesero e la porta si spalancò.

Era Millie, la seconda moglie del Doc, e la svedese non sembrava per niente contenta mentre si stringeva la cintura della vestaglia vaporosa.

«Signora, mi spiace disturbarla, ma ho bisogno del Doc. Deve venire a visitare Loretta Ad...»

La donna scosse la testa. «*Doc är inte här, han är i Natti*».

«Ho i soldi». Tirai fuori le banconote che avevo intenzione di dare all'infermiera.

Mi spinse via il braccio. «*Natti*».

«Natti?», chiesi perplessa. «Natti cosa...»

«Natti!», urlò la donna, e io feci un salto indietro. «*Gå och se gräns sköterskorna som rider på häst. Häst!*» Indicò un punto alle mie spalle. «*Läkare i Natti*».

«Natti?» Allungai il collo per guardare all'interno della casa. «Doc», chiamai. «Sono io, Honey Lovett. Loretta Adams si è messa a letto e...»

Millie sbuffò, poi prese qualcosa dal tavolino dell'ingresso che stava accanto a lei. Si affacciò sulla soglia e mi cacciò in mano una scatola di fiammiferi. «*Natti*», ripeté in tono irritato.

Guardai i fiammiferi con la pubblicità di un edificio altissimo chiamato Terrance Plaza Hotel a Cincinnati, in Ohio.

«*Natti*», disse ancora Millie soddisfatta che avessi finalmente capito. Il Doc era via. Sentii una stretta al cuore, e rimisi i soldi nella tasca del cappotto. Millie doveva aver intuito la mia disperazione perché disse in tono più gentile: «In-*infermiere*». Indicò alle mie spalle. «A cavallo. *Ah-Amara Ballard*».

«Le infermiere di frontiera vanno a cavallo», sussurrai.

«*Ja*. Vecchia mi-maniera». Mi tolse di mano la scatola di fiammiferi, tornò dentro e sbatté la porta. Dopo un attimo la veranda rimase al buio.

Mi rimisi in strada verso la casa di Amara Ballard, spronando Giunia a sbrigarsi, sperando che stavolta avrei trovato l'infermiera.

Quando arrivai, la donna non c'era. Sedetti sui gradini dell'ingresso e aspettai per più di un'ora, preoccupata che magari non sarebbe tornata fino al giorno dopo o a quello dopo ancora. Guardai le stelle e bussai di nuovo anche se sapevo che era inutile.

Infilai una mano in tasca, tirai fuori i soldi e il biglietto, poi trovai un sasso e lo posai per terra vicino alla porta usandolo per trattenere le banconote e l'indirizzo con le istruzioni per arrivare a casa di Loretta.

Mi spolverai le mani e pregai che l'infermiera venisse, e poi perché Loretta stesse bene.

Arrivai a casa poco dopo le nove, stupita di vederla seduta a tavola con una tazza di tè, intenta a intingere nella melassa l'ultimo pezzo di pane di mais.

«Il Doc è fuori città, Loretta, ma ho lasciato un biglietto all'infermiera. Ti senti meglio?» La baciai su una guancia.

«Un pochino meglio, bambina mia. Ho mangiato qualcosa, poi mi sono fatta un infuso di bacche di biancospino».

Sapeva moltissime cose sulle erbe e i rimedi, perfino più del Doc.

Si scostò dal viso delle ciocche di capelli e si sistemò lo chignon allentato, poi mi rivolse un sorriso vacillante che non arrivò agli occhi. «Il biancospino mi ha rimessa in sesto».

Biancospino. Conoscevo bene le erbe. Mamma mi aveva insegnato che si usava per il cuore… per il mal di cuore. Studiai Loretta, in pensiero.

Lei lanciò un'occhiata alle mie mani che si scurivano. «Sto bene, Honey».

Ricacciai indietro i miei timori e annuii. «Lascia che ti prepari un'altra tazza di tè».

13

Restai sveglia la maggior parte della notte a controllare Loretta, a sbirciare l'oscurità fuori dalle tende in cerca del fascio di luce della lanterna dell'infermiera.

All'alba mi chiamò, strappandomi a un sonno profondo. «Honey?» Era in piedi accanto al mio letto, con una mano sulla testiera. «Vieni a fare colazione prima di andare da Giunia».

Mi sollevai puntellandomi su un gomito e vidi un piatto pronto sul tavolo.

Mi sfregai gli occhi sbadigliando. «Ti senti meglio, Loretta?» Calciai via le coperte e mi alzai.

«Stamattina mi sento molto meglio. Avanti, mia cara, dopo mangiato esci a prendere un po' d'aria fresca e a farti un giro con Giunia».

Provai un'ondata di sollievo e la abbracciai con cautela. Non riuscivo a immaginare cosa sarebbe successo se fosse peggiorata. «Oggi preferisco restare qui». Andai dietro la tenda appesa nell'angolo e mi tolsi la camicia da notte, infilandomi i pantaloni da cavallerizza e una camicia di flanella.

Dopo aver fatto colazione, lasciai pascolare Giunia, pulii la stalla, poi le esaminai il mantello e gli zoccoli. Dentro la casetta confortevole, la mattina tranquilla si trasformò in un pomeriggio ancora più tranquillo, e più tardi la sera inseguì le ultime ore di luce sulle vetuste pareti in ombra ricoperte di fuliggine e negli angoli ammantati di ragnatele. Sospirai.

L'infermiera non si vedeva. Ma quel giorno Loretta sembrava stare molto meglio, così misi su il bollitore e preparai il tè per tutt'e due.

Sedetti al tavolo rammendando grembiuli insieme a lei. Di tanto in tanto alzavo lo sguardo dal lavoro per accertarmi che stesse bene. Mi accorsi che si era addormentata, così allungai una mano e le sfilai con delicatezza gli occhiali, posandoli davanti a lei.

«Lascia che ti metta a letto», la svegliai con un tocco leggero sulla spalla. «Ci vado anch'io, Loretta. Sono stanca».

Mi rivolse un sorriso insonnolito e sdentato mentre appoggiava le mani sul tavolo per alzarsi in piedi. «Ti sentirai stanca solo quando avrai novantadue anni, bambina, e non un giorno prima». Agitò un dito verso di me.

«Novantadue, Loretta?»

«Domenica». Aveva gli occhi sciupati, ma lo sguardo giocoso.

Il suo compleanno era il 15 marzo, e oggi era il 17 e io me n'ero scordata e avevo passato la giornata con Pearl. Mi accingevo a profondermi in scuse e farle i miei più sentiti auguri quando lei mi zittì con un gesto noncurante della mano.

La abbracciai forte e dissi: «Buon compleanno», sentendomi triste e avvilita perché suo nipote, e adesso anch'io, ce n'eravamo dimenticati.

«Novantadue e non vado proprio da nessuna parte!», esclamò. «C'ho una bambina da tirar su».

Mercoledì mattina si impuntò insistendo che stava meglio, poi mi cacciò fuori di casa e mi guardò dalla veranda mentre montavo su Giunia.

«Sicura che te la cavi, Loretta?», le dissi lanciandole un'occhiata. «Posso restare».

«Va', e stai attenta, Alonzo mi porta in città. Le ragazze hanno una sola possibilità di crescere, e voglio che la mia abbia il meglio». Mi salutò con la mano, poi puntò un dito deformato contro Giunia. «Tieni d'occhio la mia bambina, bestiaccia cocciuta».

«Posso venire in città con te».

«No! Hai bisogno di stare all'aria aperta e far fare un po' di movimento alla tua mula. Goditi un po' di gioventù. Sarò di ritorno nel pomeriggio».

«Sì, signora. Penso che farò un salto alla torre antincendio a trovare la nuova vedetta». Speravo che la visita fosse gradita perché sarebbe stato bello chiacchierare ancora un po' con la mia nuova amica.

Io e Giunia ce la prendemmo con calma. Stavo cercando di pensare a qualcosa di carino che avrei potuto fare per Loretta come sorpresa di compleanno in ritardo quando lo vidi. «Ferma, ragazza». Smontai e legai la mia compagna a un albero. Tirai fuori un coltello dalla sacca da sella, poi attraversai una zona di capelvenere diretta a un ciuffo di erbe.

Aglio orsino. Io e Loretta lo raccoglievamo sempre, ed eccola proprio lì, spuntata in anticipo. Tagliai le larghe foglie, le legai con dello spago e le appesi alla sella. Loretta le faceva saltare con un po' di grasso del bacon, poi le condiva con sale e aceto. Quella sera avrei cucinato dei fagottini di mela e dei fagioli di Lima come contorno.

Mi spostai verso un altro ciuffo, passando le dita sulle foglie. Loretta diceva che bisogna fare attenzione ed essere sicure di raccogliere le piante giuste, non il mughetto velenoso. Esaminai la pianta per controllare che avesse il bulbo. Verificato che c'era, strappai la foglia e la annusai, inalando l'aroma di cipolla e aglio.

Correva voce che Marigold Hall nella vallata vicina avesse ucciso il marito con il mughetto velenoso dopo aver ricevuto una visita di troppo dell'infermiera di frontiera venuta per prendersi cura delle sue ossa peste. L'infermiera aveva notato delle foglie fresche di mughetto sul tavolo il giorno in cui la baita della coppia era bruciata, e in seguito si sarebbe ricordata di quella strana coincidenza. Era andata a ricucire la fronte di Marigold. Nella fretta di occuparsi della ferita, non aveva prestato troppa attenzione alla pianta velenosa.

E quando Mr Hall era arrivato pieno di alcol quella sera, pretendendo la cena, Marigold gli aveva preparato un banchetto con tutti i suoi piatti preferiti: spalla di maiale e cavoli, verdure cotte e pane di mais intinto nel sughetto vegetale proprio come piaceva a lui. Solenne e schiva, Marigold aveva raccontato allo sceriffo quanto era riconoscente del loro ultimo pasto insieme.

Mi raddrizzai, legai l'aglio e mi pulii le mani sui pantaloni da monta.

«Andiamo, Giunia. Oh...» A qualche metro di distanza scorsi dell'eufrasia e mi fermai a raccogliere anche quella, poi la misi con cura nella sacca. Era perfetta per preparare un collirio per gli occhi malati di Loretta.

Pearl mi salutò con la mano dalla passerella che correva tutt'attorno alla torre e gridò: «Oh, Honey, che bello vederti. Vieni su». Tornò all'interno della cabina.

Salii le scale che giravano attorno alla struttura. La botola era aperta e mi arrampicai all'interno.

«Sono contenta che tu sia qui», esclamò.

«Loretta è andata in città e ho pensato di fare un salto», dissi, un po' senza fiato dopo aver fatto le scale.

«Beh, già che sei qui, accomodati. Preparo qualcosa da bere». Mi sfilai il cappotto.

Tirò fuori dal frigorifero una caraffa di tè e ne versò due bicchieri. Lanciò un'occhiata alle mie mani nascoste dai guanti. «Non c'è problema, Honey. Non devi nascondere quello che sei».

Arrossii e me li tolsi, riconoscente.

Pearl mi mise il bicchiere davanti, poi guardò l'Osborne e si sedette. «Mi serve proprio un'amica. Puoi rimanere a mangiare?» Giocherellava con uno dei bottoni della camicetta e continuava a lanciare occhiate alle finestre. Alla fine, si alzò, guardò attraverso il vetro e aprì uno dei riquadri intelaiati. La metà inferiore ruotò all'infuori, mentre la parte superiore si inclinò verso l'interno della cabina, lasciando entrare la dolce aria di montagna.

«Devo tornare presto», risposi preoccupata per Loretta. «Cosa c'è che non va?» La ragazza sembrava un po' agitata. Aveva messo l'ascia vicino alla botola.

Pearl si accigliò e si lasciò cadere sulla sedia. «L'altro giorno hanno tagliato la linea del telefono, e hanno dato fuoco alla mia catasta di legna. Il povero Pie si è spaventato così tanto che è scappato dalla stalla ed è fuggito nelle montagne. Mi ci è voluto quasi tutto il giorno per recuperarlo, e parte della sera per tranquillizzarlo».

«Oh, ma è terribile! Chi farebbe una cosa del genere?» Lanciai un'occhiata al telefono.

Lei sollevò la cornetta e se la portò all'orecchio, poi la risbatté giù. «Ancora muto. Sono sicura che è stato Robbie Hardin. Ho sentito Pie agitarsi e ho guardato di sotto giusto in tempo per vedere il berretto rosso di Robbie mentre se la squagliava nel bosco». Pearl incrociò le gambe e ne fece saltellare una, contrariata. «Mi è toccato usare quella vecchia radio arrugginita per chiamare R.C. Funziona per miracolo». Indicò col pollice oltre la spalla il punto in cui stava la radio.

«Mi spiace davvero, Pearl. Cos'ha detto R.C.?»

«Pensa che Robbie sia arrabbiato perché suo cugino non ha avuto il lavoro. Ha detto che gli parlerà. A parte questo, a meno di non coglierlo sul fatto, può fare ben poco. La stessa cosa che ha detto lo sceriffo quando R.C. lo ha portato quassù».

«Gli Hardin sono gente malvagia», sussurrai.

«Mi sono portata su l'ascia finché non arriva il mio .410». Fece un sospiro e si alzò. «Ho fatto una torta al limone. Ne vuoi una fetta?»

«Sembra squisita, ma non oggi. Loretta è stata poco bene, e voglio tornare a casa».

La mula ragliò da sotto. «La vecchia Giunia è stanca. E anch'io. Grazie per il tè». Mi misi in grembo la sacca.

Pearl mi porse i giornali e il libro che aveva preso in prestito, e io li misi nella sacca e mi alzai.

«Aspetta, Honey, prendo il cappotto e ti accompagno di sotto. Voglio dare l'avena a Pie e strigliarlo».

Osservai Pearl portare fuori Pie dalla stalla. Gli strofinò dolcemente il muso e gli diede una pacca sul collo maculato, passandogli una mano affettuosa nella criniera serica. «Bravo ragazzo, Pie. Sei bellissimo», sussurrò teneramente al cavallo. Vidi i suoi timori sparire a ogni colpo di striglia, e l'espressione tesa del viso si addolcì.

Lo legò alla scala e gli esaminò le gambe. Mentre era di schiena, si girò e slegò rapidamente la corda con la bocca, lanciandola a Pearl. Lei si mise le mani sui fianchi e scoppiò a ridere.

Stupita, mi portai una mano alla bocca, ridacchiando. «Oh, Pie, spero proprio che non insegnerai questo trucco a Giunia».

Pearl gli diede una pacca affettuosa. «Okay, un breve giro per controllare i fuochi da campo e poi devo tornare al posto di osservazione», lo ammonì, agitando un dito. Pie le sbatté le labbra sulla guancia.

«*Ahi*». Fece un passo indietro e si massaggiò la guancia arrossata. «Mi hai scorticata di nuovo. Ormai dovrei saperlo, ma adoro i tuoi baci», ridacchiò.

Sapevo che Pearl doveva sentirsi sola senza famiglia né amici. A me mancavano moltissimo mamma e papà. Però avevo Loretta, e Pearl non aveva nessuno tranne me da queste parti. Sorrisi, grata a quella donna per avermi salvata dalle grinfie della prigione.

«Vieni da Loretta a pranzo domenica. Ha compiuto novantadue anni. Le cucinerò un pasto per festeggiare e sei invitata».

«Novantadue, notevole. Sono felice di conoscere e fare gli auguri alla tua cara Loretta», accettò con un sorriso riconoscente.

Novantadue. Pearl l'aveva detto con affetto, ma le sue parole lasciavano trapelare la preoccupazione. «Meglio che torni a casa alla svelta. Ci vediamo domenica, Pearl».

14

Perplessa, mi fermai e guardai dritto davanti a me. Giunia ragliò forte e sferzò la coda. Qualcosa non andava.

Un cavallo che non conoscevo era legato alla bell'e meglio al palo della veranda di Loretta, e stava brucando. Giunia scalciò di lato e nitrì con fare prepotente. Il cavallo alzò la testa. Annoiato, si rimise a brucare mentre io cercavo di calmare la mula.

Dopo aver sistemato Giunia nella stalla, salii i gradini di legno. «Loretta, ho raccolto delle erbe e dell'aglio orsino». Lasciai cadere la sacca sulla veranda e socchiusi la porta. «*Loretta?*»

La giovane donna che mi salutò indossava una giacca blu scuro con le iniziali FNS ricamate sulla manica e un paio di pantaloni da cavallerizza di lana in tinta. In testa aveva una cuffia da infermiera e portava uno stetoscopio appeso al collo.

Si portò un dito alle labbra per indicarmi di fare silenzio. «Miss Adams è malata», disse a voce bassissima. «Io sono Amara Ballard del Frontier Nursing Service. La stavo assistendo. Sei una parente?», chiese.

Per quanto riguardava Loretta e il decreto del tribunale, lo ero. «Mi chiamo Honey Lovett, e vivo con Loretta. Sono stata io a lasciarvi il denaro e il biglietto in cui vi chiedevo di venire». Sbirciai alle sue spalle.

L'infermiera annuì, comprensiva. «È in gravi condizioni; il suo cuore sta cedendo, Honey. Mi dispiace, ma ho fatto tutto quello che potevo». Amara si fece di lato.

Mi aggrappai al pilastro e boccheggiai. «Stamattina stava bene. Cosa intendete che il suo cuore sta cedendo? *Vi prego, aiutatela*».

«Mi dispiace davvero. Non posso fare altro...»

«Vi prego, ho dei soldi», sussurrai roca, con le lacrime che mi chiudevano la gola. Mi strappai di dosso il cappotto e infilai una mano nella fodera. Amara mi toccò una spalla e io vidi l'impotenza riflessa nei suoi occhi.

«È tutto quello che mi resta. L'unica persona al mondo. Dev'esserci qualcosa che potete fare per farla stare bene di nuovo. *Per favore*, infermiera Amara», la implorai, cacciandole in mano il cappotto. «Prendete tutti i soldi, basta che salvate la mia Loretta». Il suo nome mi uscì come una specie di singhiozzo.

«Mi dispiace. Ti chiamava. Entra e vai da lei, Honey, io aspetterò qui fuori per un po'». Mi restituì il cappotto.

Corsi verso il letto, mi inginocchiai e le presi la mano fra le mie protette dai guanti. «Loretta, sono io. Sono io, Honey! *Loretta*». Aspettai una risposta, ma la sua mano floscia non reagì. Mi tolsi i guanti. Mi premetti la sua mano sulla guancia, le massaggiai le dita e gliele baciai. «Loretta, sono io, la tua petunia».

Alle mie spalle una sedia grattò sul pavimento di legno. Qualcuno mi mise una mano sulla spalla. «Honey». Mi arrivò una zaffata dei suoi vestiti e del suo alito impregnati di whisky. Alzai lo sguardo verso gli occhi arrossati del nipote.

«Le è venuto un mancamento in città dopo che siamo usciti dalla banca. L'ho portata a casa e l'ho messa subito a letto. Ti stava aspettando, Honey», spiegò Alonzo. Studiò la donna. «Zietta, Honey è tornata a casa», disse, stringendo in mano un foglio. «Io devo andare adesso, ma torno stasera».

Mi alzai e mi scostai di lato, sapendo che non l'avrebbe fatto.

Si chinò a baciare la fronte terrea di Loretta e pronunciò una preghiera sbrigativa, poi le passò il dorso della mano callosa sulla guancia e le disse addio. Osservai Alonzo barcollare fuori dalla porta, diretto a uno dei suoi bagordi mensili in giro per la città.

«Loretta», sussurrai in tono urgente, tornando al suo capezzale. L'anziana sbatté le palpebre, poi aprì gli occhi. Alzò un dito deformato e io mi avvicinai.

«Sono io, Loretta».

«Mi pare che è la mia petunia più bella», tossì debolmente, «portami gli occhiali, bambina».

Mi guardai intorno nella baita di una sola stanza e li trovai sotto delle stoffe impilate su una sedia. «Eccoli, Loretta, lascia che ti aiuti». Glieli infilai, facendo attenzione a non pizzicarle le orecchie o il naso.

«Portami il vestito che c'è nel cassettone laggiù». Indicò un grosso baule.

«Loretta, devi riposare con la tua camicia da notte...»

Scosse la testa. «È importante che mi vesto».

«Sì, signora». Aprii il coperchio e tirai fuori un abito di velluto color bordeaux scuro e lo sollevai.

«È quello», disse rauca. «Aiutami a metterlo, bambina».

Mi domandai perché volesse indossarlo adesso, ma non volevo turbarla chiedendoglielo. «Sì, signora». La aiutai a sedersi nel letto e la vestii con cautela. L'abito era magnifico: aveva le maniche lunghe, il corpetto arricciato e un'elegante fusciacca. Glielo abbottonai sulla schiena, ammirando i dodici bottoncini ricoperti di velluto. «Ti sta benissimo», dissi, annodando la fusciacca.

«L'ho cucito per andare a trovare gli angeli», spiegò mentre io la facevo sdraiare di nuovo nel letto.

Mi si appannò la vista e le presi le mani, guardai nei suoi occhi deboli e arrossati, e dissi: «Hai cucito un abito bellissimo, Loretta. *Splendido*». Mi si spezzò la voce e mi sfuggì un singhiozzo. «È più bello di tutti quelli che ho visto nelle pubblicità delle riviste per i negozi, Loretta».

Incontrò il mio sguardo. «Non essere triste, bambina mia. Non è più tempo per me di stare in questo mondo, ma adesso posso lasciarlo, sapendo che sei al sicuro e che c'hai una casa». Deglutì a fatica per riprendere fiato. «Ho firmato l'atto di proprietà in favore di Alonzo e gli ho detto che devi avere sempre un posto qui. Ha promesso di rispettare le mie volontà e di cederti la proprietà quando avrai l'età per *possed-la*». Si mangiò l'ultima parola.

Le candele sfarfallarono e la luce inseguì le ombre negli angoli ammantati di ragnatele della baita immersa nell'oscurità. «Loretta, grazie, ma non dire così. Devi rimetterti in forze», sussurrai, guardandomi intorno in cerca di qualcosa per darle conforto. «Vuoi del tè? Ti leggo qualcosa?»

Mi rivolse un debole sorriso sdentato. «Continuo a preferire la mia Bibbia. Vai a prenderla, bambina, come faceva sempre la tua cara mamma».

«Sì, signora». Presi la Bibbia dal tavolo, trascinai una sedia vicino al letto e lessi.

L'infermiera tornò dentro e controllò il polso di Loretta mentre io aspettavo all'altro capo della stanza. La donna mi guardò e scosse la testa con espressione triste. «Devo andare dagli altri miei pazienti. Nella vallata vicina c'è una famiglia che è stata colpita dalle febbri, e un'altra dove i bambini hanno preso i vermi. Te la senti di stare qui con lei, Honey?», chiese Amara.

Guardai alle sue spalle la fragile sagoma di Loretta avvolta dal suo bel vestito da funerale e tirai fuori un "sì" strozzato.

«Fa' solo attenzione che stia comoda e al caldo», si preoccupò gentilmente mentre la seguivo sulla veranda, la casetta ammantata dalla nebbia umida e dall'oscurità.

«Lo farò. Obbligata, Amara».

«Gli Smith hanno detto che cercavi un passaggio in città», aggiunse poi.

«Devo andare a trovare i miei genitori nelle prigioni di La Grange e Pewee Valley».

Mi guardò in modo strano.

«Devo rivederli. Posso pagare...»

«Sono felice di avere compagnia. Parto per Louisville sabato prossimo all'alba. Fatti trovare a casa mia».

«Molto obbligata».

Mi diede una stretta alla spalla. «Mi dispiace per Miss Adams. Siamo a corto di medicine e assistenza medica qui», continuò la giovane in tono stanco. «Rende le cose maledettamente difficili con la dieta povera della maggior parte degli anziani su queste montagne. Non manca molto, adesso. Ripasso stasera. Dev'essere seppellita vicino alla sorella nel vecchio cimitero di famiglia che c'è lungo il sentiero, ha detto suo nipote. Falla solo stare comoda. I miei migliori auguri, Honey. Mi spiace moltissimo».

La ringraziai con un filo di voce.

E poi se ne andò con la sua lanterna e la borsa, l'alto cappello da infermiera che gettava un'ombra mostruosa nel cortile.

Tornai dentro, misi su il bollitore per fare il tè di sassafrasso, uno dei preferiti di Loretta, poi tirai fuori lo scaldino e lo riempii di acqua calda. Lisciai la trapunta e le rincalzai le coperte. «Stai al caldo, Loretta? Posso portarti un'altra coperta?».

«Da bere, bambina», disse rauca.

Le diedi da bere un paio di sorsi di tè, poi lessi alcune delle scritture sottolineate dalla sua Bibbia per diverse ore, sbirciando di tanto in tanto da sopra il libro.

All'improvviso Loretta mi afferrò la mano e deglutì con sforzo. «Bambina, v-voglio che tu abbia la mia Bibbia. Ho...» Respirava con difficoltà. «Ho detto a Lonzo ch'è tua».

«Ti voglio bene, Loretta». Le baciai la mano.

«È stato... facile... volerti bene», gracchiò e i suoi occhi si chiusero per l'ultima volta.

Mi chinai su di lei e sussurrai: «Loretta». Le accarezzai la mano, poi la massaggiai energicamente. «Non andartene».

Lei gemette e rantolò, poi esalò l'ultimo respiro.

«Non morire». Strinsi la mano floscia che stava diventando grigia, me la premetti sulla guancia bagnata. «Ti prego, non lasciarmi, Loretta».

15

Fuori un tempo burrascoso premeva sulle vecchie montagne e lambiva le tavole segnate dalle intemperie della baita mentre io coprivo il corpo senza vita di Loretta con la sua trapunta.

Uscii sulla veranda e offrii il mio dolore ai venti luttuosi, il cuore pesante, schiantato dalla perdita, la solitudine insopportabile, soffocante.

Loretta era stata come una parente, ciò che restava della mia famiglia. La speranza che avrebbe rimpiazzato la perdita dei miei genitori e mi avrebbe aiutata a guarire adesso era perduta in quelle antiche terre. Strinsi le mani che si andavano scurendo attorno alla ringhiera scheggiata della veranda, mi sporsi in avanti e piansi rivolta agli alberi, singhiozzai per quella donna adorata e la famiglia che mi avevano portato via.

Dalla stalla Giunia ragliò e calciò la porta, sollevandosi sulle zampe posteriori per liberarsi e venire da me. Esausta, mi raddrizzai e andai da lei, le premetti la guancia sul collo e le accarezzai il muso. Giunia fece un nitrito tremante. Adesso era tutto quello che mi rimaneva, e i suoi grandi occhi solenni e i ragli inquietanti mi facevano capire che la ragazza lo sapeva, che eravamo rimaste solo io e lei.

Pennie saltò sul bordo della mezzaporta, facendo le fusa, premendo la testa contro il muso di Giunia, e la vecchia mula la lasciò fare. Mi stupiva quanto poco ci avessero messo a diventare amiche, ma ero riconoscente che la gatta la consolasse.

Mi girai verso la baita buia di Loretta, col crepuscolo che coronava quella giornata terribile e i tempi ancora più terribili che incombevano. «Dobbiamo scendere dalla montagna per andare a cercare Alonzo», annunciai, sellando Giunia.

Quando arrivai alla casetta minuscola cinque minuti dopo, la trovai vuota e Alonzo non si vedeva da nessuna parte. Picchiai alla porta un'ultima volta, il pugno che si scuriva per la rabbia e lo sgomento.

Mi sfuggì un'imprecazione. Rifeci la strada verso casa di Loretta, senza sapere un'acca di sepolture o funerali ma immaginando che sarebbe toccato a me occuparmi di tutto. Al tavolo frugai dentro la fodera del cappotto e tirai fuori le banconote, poi le ripiegai e me le misi in tasca.

L'infermiera Amara fece un salto più tardi per informarmi che avrebbe mandato il carro funebre l'indomani, poi mi fece delle condoglianze solenni e ripartì stancamente verso i suoi pazienti successivi.

Al bagliore della candela, rimasi seduta a leggere la Bibbia di Loretta, a pregare per lei, e per me e per i miei genitori, appisolandomi quando la sera cedette agli ansiti della lunga notte.

Diverse volte mi svegliai di scatto pensando di aver sentito qualcuno piangere. Sfregandomi gli occhi stanchi, scoprivo di avere le ciglia bagnate. Non passava molto che le palpebre si facevano di nuovo pesanti, le lacrime si asciugavano e le ore che fuggivano mi chiamavano di nuovo al sonno.

Il mattino dopo, Giunia nitrì dalla stalla e io alzai la testa dal tavolo. Il sole dell'alba filtrava dalle finestre e s'insinuava tra le fessure delle vecchie assi rovinate, formando un alone sul letto di sonno eterno di Loretta.

Rimasi seduta al tavolo, riflettendo. Se fossi andata in città e avessi detto alla gente della sua morte, avrei rischiato di tirarmi addosso la legge. E senza Loretta, di sicuro mi avrebbero mandata al riformatorio. Ma meritava che i suoi amici venissero a porgerle i loro rispetti. Ero combattuta e tamburellai sul tavolo i miei pensieri inquieti.

Come aveva promesso Amara, il carro funebre arrivò poco dopo mezzogiorno e gli uomini deposero con cautela la salma in una bara di pino.

Presi i miei guanti e la Bibbia, mi guardai attorno un'ultima volta e chiusi silenziosamente la porta. Seguii i quattro uomini sul carro verso il cimitero di famiglia di Loretta.

Gli uomini scavarono con energia e alla svelta, e dopo che ebbero calato nel terreno la bara da poco prezzo e ricoperto la fossa, uno di loro, un giovane di colore, mi si avvicinò e si levò il cappello. «Mi chiamo Leon Payne, signora. Io e i miei compagni ci chiedevamo se c'era qualcun altro, oltre a voi». Tirò fuori un fazzoletto e si asciugò il sudore dalla fronte, guardandosi attorno nel piccolo cimitero.

Avevo sperato che suo nipote sarebbe venuto, ma quell'uomo burbero era andato a fare bisboccia. Mi domandai se Amara avesse dato la notizia agli altri. Era come se il mondo non sapesse che Loretta Adeline Adams fosse esistita, che si fosse ritagliata una vita per fare una differenza: una sarta dotata per molti in queste montagne, una madre per suo nipote, tata per me, e amica leale. Meritava di meglio per i suoi novantadue anni di servizio agli altri, e il senso di colpa per non aver informato nessuno della notte precedente mi pesava opprimente sul cuore.

Le voci viaggiavano in fretta nella cittadina, e ancora più rapidamente se erano brutte notizie. Pregai che Loretta mi perdonasse di non aver detto niente, ma dovevo cercare di evitare di finire in prigione. In qualche modo dovevo sfuggire all'orribile presa che lo Stato aveva su di me, e se questo mi concedeva più tempo, avrebbe significato un altro giorno di libertà.

«Signora, non c'è nessun altro?», chiese di nuovo Mr Payne. «Non c'è problema ad aspettare. Mando uno dei ragazzi in città per dire della sepoltura così la gente può venir qui a porgere i suoi rispetti».

«No, signore, solo io. E ha chiesto un funerale privato», mentii. Tirai fuori il denaro e gli diedi quindici dollari per il lavoro e altri dieci per la bara, poi ne aggiunsi ancora quattro. «Bastano, signore?»

«Certo, grazie». Si mise in tasca i soldi e disse: «Certe volte accompagno un ministro itinerante. Sarei onorato di dire una preghiera, accompagnare Miss Adams fra le braccia celesti del Padre suo».

«Molto obbligata, Mr Payne». Mi voltai per l'ultima volta, cercandolo oltre la manciata di pietre tombali sgretolate. Probabilmente Alonzo era svenuto nel suo letto, o in qualche vicolo in città.

Gli uomini si radunarono attorno alla fossa scavata di fresco, si tolsero il cappello e chinarono la testa mentre Mr Payne recitava Corinzi 15:51-57. «"La morte è stata inghiottita nella vittoria... Dov'è, o morte, la tua vittoria? Dov'è, o tomba, la tua vittoria?"»

Mr Payne fece un bell'elogio funebre, che rendeva onore a Loretta, e io gliene fui riconoscente. Quando finì, cantò una marcia funebre, lentamente e a bassa voce. Gli altri tre si unirono a lui, levando il canto dolce e addolorato alle montagne.

Guardai lo sconfinato cielo azzurro e articolai in silenzio: *Non lasciarmi, Loretta, non andartene.*

Dopo il canto, Mr Payne si avvicinò e mi mise una mano sulla spalla in segno di conforto. Gli altri uomini mi sfilarono davanti, mormorando condoglianze.

Quando se ne furono andati, rimasi da sola vicino alla tomba appena scavata. «Loretta, la tua petunia più bella ti amerà sempre e sentirà sempre la tua mancanza. Grazie per avermi letto ogni giorno quando ero piccola, per il tuo amore». Mi inginocchiai. «Mamma, papà, mi mancate. Tornate a casa presto. Tornate a casa, ho bisogno di voi». Ficcai un pugno nella terra, per consegnare la mia richiesta. Il tempo passò, le ombre si allungarono e il dolore crebbe e mi si incastrò in gola come una pietra viva che i singhiozzi non erano in grado di smuovere.

Dopo un po', Giunia mi chiamò piano. Guardai quelle antiche montagne e dissi un'ultima preghiera, poi presi una manciata di terra del Kentucky e la gettai sulla tomba. «Ti voglio bene, Loretta. Possa tu danzare con gli angeli».

16

Tornata dal funerale, diedi da mangiare a Pennie sulla veranda, poi andai dentro a togliere le lenzuola. Dopo averle lavate, pulii la baita, cercando di tenermi occupata, cercando di dimenticare che per la prima volta in vita mia ero completamente sola. Ormai se n'erano andati tutti, e quel pensiero tormentoso portò nuove lacrime.

La casa era bella, appollaiata su una cresta com'era. La baita dei miei nonni era in una vallata buia circondata dai miasmi dell'umidità, del muschio e dei licheni. Ma ogni tanto avevo nostalgia di casa… nostalgia della famiglia affettuosa che aveva scacciato le tenebre con la luce.

Ero riconoscente che Loretta avesse ritenuto opportuno condividere la sua casa con me, che avesse detto ad Alonzo di lasciarmi restare. Passai uno straccio sul tavolo rovinato, spolverai le gambe traballanti e sorrisi alla vista della zeppa di pino che serviva per tenerlo dritto. Mentre raddrizzavo le sedie impagliate feci correre le mani sulla seduta intrecciata che la vecchia signora aveva realizzato laboriosamente usando strisce di corteccia. Presi in mano il suo logoro grembiule da sarta, ne ammirai i lacci e i punti precisi, me lo premetti sul viso. Quanto volte mi ero seduta ai suoi piedi, osservandola realizzare una cosa o l'altra? Guardai la piccola fotografia di noi due posata sul comodino. Io avevo sette anni ed ero in piedi accanto a lei sulla veranda con un vestito che aveva cucito per me. Studiai il suo ampio sorriso e le braccia morbide attorno a me.

Piegai con cura il grembiule e lo appesi allo schienale della sua sedia. Il dolore si riversò di nuovo fuori. Mi mancava tanto! Feci correre lentamente lo sguardo sulla stanza, assorbendo i dettagli. La casetta di tronchi era permeata dall'amore, dalla vita che Loretta vi aveva lasciato: emanavano dalle tende fatte a mano, dai centrini, dai cesti intrecciati appesi e dalle trapunte.

Tolsi dal gancio sulla parete una vecchia teiera di rame. Era così pesante che mi sfuggì di mano e cadde fragorosamente per terra, riversando fuori dollari d'argento. Stupita, li raccolsi e li rimisi nel loro contenitore. Ne sollevai uno alla luce e studiai la Libertà seduta con lo sguardo puntato in lontananza, sfregai la data e feci i conti. Presi un'altra moneta e poi diverse altre, guardando l'anno di ognuna. Erano state tutte coniate nel 1861. L'anno in cui era nata Loretta. Suo padre le aveva portate dal Texas e le aveva messe da parte per la figlia?

Rimisi l'ultimo dollaro d'argento nella teiera e la poggiai sul tavolo. Non sapevo quanto costasse una pietra tombale, ma sicuramente con le monete e i soldi cuciti nella fodera del cappotto, Loretta avrebbe avuto una bella lapide. Magari perfino un angelo grazioso con lo sguardo rivolto verso di lei.

Quando ebbi finito di pulire, mi sedetti sul materasso nudo di Loretta e guardai fuori dalla finestra, la giornata di marzo insolitamente tiepida. Nel cortile passarono zampettando diversi tacchini. Le lenzuola pulite erano appese al filo del bucato, increspate dalla brezza del pomeriggio. Da qualche parte nelle montagne, un treno fischiò due volte.

Era come se il mondo volesse farmi sapere che non si fermava per niente, nemmeno per la morte. Aprii il cassetto del suo comodino e vidi l'ultima lettera che mamma le aveva spedito chiedendo di prendermi in affido, e scoprii di essere spaventata.

Cosa mi sarebbe successo adesso? Mi premetti un pugno sulla bocca. Balzai in piedi e corsi fuori, senza fiato, scossa da un tremito. Fra sedici mesi avrei compiuto diciotto anni. *Sarei riuscita a rimanere nascosta in quelle montagne per così tanto tempo?*

La mattina dopo, timorosa di allontanarmi dalla casa, mi agitai pensando al giudice, sperando che nessuno avrebbe chiesto di lei. Più volte mi ritrovai combattuta fra dare la notizia o non fare parola della sepoltura. Ripensai all'udienza, e a Loretta che rampognava il giudice. Pensai a quanto ero andata vicina a essere consegnata all'assistente sociale della Leslie County che non ci avrebbe pensato due volte a sbattermi in prigione. *Senza dubbio Loretta avrebbe preferito vedermi al sicuro.*

Il bollitore fischiò e mi versai una tazza di tè. Dopo un po', guardai la mensola su cui c'erano i libri per bambini che mi aveva comprato quando ero piccola. Li tirai giù, pensando alla mia collezione a casa. Erano le mie letture preferite e mi consolavano sempre tantissimo a prescindere dall'età. Mi persi a osservare le illustrazioni, rilessi i versi, bevendoli come una medicina. Di lì a poco ero al sicuro fra le braccia di Loretta, a casa e in grembo a mamma, a leggere di Mei Li e delle avventure del *Coniglietto dell'ABC*.

Sobbalzai quando sentii bussare, e per poco non rovesciai la sedia. Ero così assorbita nei libri di racconti che non mi ero accorta dei ragli di avvertimento di Giunia.

Altri due colpi e un terzo, più forte e urgente.

Socchiusi lentamente la porta e mi ritrovai davanti un uomo e una donna con i vestiti laceri. Il cappotto della donna era liso e l'uomo non aveva altro che un berretto fatto a maglia. Cercai la loro cavalcatura, e non la vidi. Avevano le scarpe sporche di fango rosso, e sembrava che avessero fatto a piedi molta strada.

«Siamo qui per parlare con voi, signora, di Miss Adams», disse l'uomo.

«Entrate», li accolsi, scossa ma sollevata che non fosse la legge, poi mi affrettai verso il tavolo per mettermi i guanti. «Ho un bel fuoco acceso».

L'uomo annuì, oltrepassò la soglia e la donna lo imitò, tenendo gli occhi bassi.

Amara doveva aver dato la notizia. «Se siete venuti a porgere i vostri rispetti, posso mostrarvi la tomba di Loretta, Mr e Mrs ehm...»

L'uomo si tolse il berretto e si schiarì la gola. «Signora, Miss Lovett, mi chiamo Howie Spencer, e questa è Mrs Spencer».

Cercai i loro occhi, ma nessuno dei due mi guardava.

Mr Spencer tirò fuori un pezzo di carta. «Possediamo questa casa adesso». Mi mostrò il documento, e io incespicai sui termini legali, col cuore che mi martellava nelle orecchie.

Arretrai vacillando e mi aggrappai al bordo del tavolo per reggermi.

«Lonzo ce l'ha venduta ieri», spiegò Mr Spencer mentre la moglie annuiva.

Quei due avevano l'aria di non avere un soldo bucato, figuriamoci il denaro per quel pezzo di terra e la casa.

«Siamo andati dall'impiegato della contea, abbiamo registrato l'atto oggi. Il notaio ha autenticato la firma di Lonzo. È tutto legale. Spiacente davvero, signora, per la morte di Miss Adams e tutto il resto».

La moglie si fissava i piedi, dondolando la testa a mo' di conferma, lanciandomi occhiate furtive.

Un nuovo dolore mi trafisse, squassandomi, e mi portai alla bocca la mano guantata, sbalordita e angosciata.

Mrs Spencer posò lo sguardo sui miei piedi nudi. Allarmata dal colore, trasalì e arretrò, facendo diversi passi indietro.

«Beh, ecco, buona giornata, signora», si congedò Mr Spencer, anche lui lanciandomi occhiate di sottecchi. Si rimise il berretto, prese sua moglie per un braccio. «Ho solo pensato di dirvi che prendiamo possesso lunedì. Lunedì a mezzogiorno, signora». Fece guizzare attorno gli occhi avidi, valutando le sue nuove proprietà, dopodiché si affrettò a uscire passando davanti ad Alonzo senza manco salutare.

Alonzo se ne stava impalato sotto uno spino di Giuda malandato, la testa fra le mani.

Corsi da lui. «È vero? Alonzo, è vero? Alonzo, ti prego, dimmi che non...» Scossi l'uomo per la spalla esile. «Maledizione, dimmelo!»

Lui alzò la faccia rossa e annuì con gli occhi pieni di lacrime. «Mi spiace, Honey. Caspita, mi spiace davvero, bambina. C-cosa ho fatto? Signore... Zietta cara, mi dispiace. Perdonami ti prego. Non volevo mancare di rispetto ai tuoi desideri, ma mi servivano tanto i soldi». Piagnucolò, giunse le mani in preghiera e volse gli occhi al cielo. «Perdonami ti prego, Padre celeste». Fece un singulto e si asciugò il naso col dorso della mano callosa, sporca di terra. «Dio sa se ho cercato di racimolare quel che mi serviva. Ho venduto perfino le mie due galline, ma non bastava. Il mio vecchio carro laggiù e quel ronzino che mi ritrovo non avrebbero fruttato abbastanza. Quei soldi mi servivano proprio per pagare i debiti, comprare un po' di cibo e altre cose».

«*Altre cose*. Hai preso su e sei andato a berti la casa di tua zia. La mia casa! Mannaggia a te, Alonzo». Furibonda, fissai l'uomo che piagnucolava davanti a me. «Per la miseria».

«Ti prego, per favore...» Mi prese per un braccio. «Puoi perdonarmi, Honey?»

Gli spinsi via la mano e arretrai. «Ho perso tutto, Alonzo, tutto», sbottai. «E adesso potrei essere sbattuta in prigione per colpa tua. *Tua*». Lacrime di rabbia mi annebbiarono gli occhi, e le asciugai bruscamente con il ruvido guanto fatto a maglia.

«Ti prego, Honey. Dammi solo il tuo perdono e abbi pietà della mia povera anima miserabile».

«Come osi chiederlo quando non ne hai mostrata un briciolo per lei?», dissi a denti stretti.

Chinò la testa. «Per favore, cerca di capire. Honey, perdonami».

Stanca e disgustata, lo fissai con durezza, prosciugata dalla rabbia, e siccome sapevo che la vecchia Loretta lo avrebbe fatto, gli diedi una pacca sulla schiena e tirai fuori un "sì" soffocato, inghiottendo un fiotto di lacrime roventi. Il vecchio singhiozzò sulla mia spalla, puzzolente per la sbronza della sera prima.

«Andiamo dentro, Alonzo». Lo aiutai a entrare in casa come tante volte avevo visto fare a Loretta.

Preparai del caffè e un pasto veloce, cercando di fargli passare la sbronza. L'uomo si vergognava e quasi non riusciva a guardarmi in faccia mentre ingurgitava la scodella di fagioli, facendo scarpetta con un panino.

Alla fine, ruppi il silenzio. «Loretta era tutto quello che avevo, Alonzo».

Lui annuì tristemente e disse: «Quando la mia adorata moglie è morta ventiquattro anni fa, la zia si è presa cura di me». Intinse di nuovo il pane nella scodella.

Guardai fuori dalla finestra. «Ti risposerai?», chiesi a bassa voce. «Loretta ha sempre sperato che lo facessi».

Spinse di lato la scodella, si passò stancamente le mani sulla barba di diverse settimane e ci rifletté per un po'. «Non ho ancora finito di piangerla, Honey. Si merita di più. Tutta una vita». La sofferenza gli incurvò le spalle.

Lasciai che il silenzio ammantasse l'aria mentre sorseggiavamo dalle nostre tazze, pensando al mio dolore, e adesso alla ferita fresca di aver perso un'altra persona, e seppi che aveva ragione.

Loretta una volta mi aveva raccontato che la moglie di Alonzo, Lily, era una levatrice. Stava tornando a casa durante una sera di pioggia dopo un'uscita d'emergenza, quando la ruota del suo calesse si era spezzata mentre attraversava il torrente. Avevano trovato il corpo diverse miglia più a valle. Alonzo non si era mai perdonato perché doveva lavorare fino a tardi e non aveva potuto accompagnarla a far partorire il bambino.

«Alonzo, fa male perdere quel che resta di Loretta a questo modo». Mi guardai attorno.

«Che cosa possiamo fare?», chiese.

«Prendi il carro e il cavallo, e io inizierò a radunare le sue cose così puoi portarle a casa tua. In questo modo non perderemo tutto quello che le apparteneva». Abitava vicino e sapevo che non ci avrebbe messo molto.

Alonzo annuì e trangugiò il resto del caffè. «Sì, salveremo quel che riusciamo della zietta. Mi spiace davvero che ho venduto la casa, Honey. Beh, non credo che ci sarà spazio per i letti, ma puoi stare su un pagliericcio sul pavimento di casa mia se vuoi».

«Torno a casa dei miei nonni», gli comunicai, sentendomi invadere dalla tristezza e dalla solitudine.

«Come preferisci». Si alzò dalla sedia. «Fa' in modo di tenerti tutti i cimeli che vuoi».

Annuii tristemente. La teiera di rame era ancora sul tavolo, e io stetti ben attenta a tenere nascoste le monete ad Alonzo, mettendole da parte per la lapide.

Riempii la sacca da sella con i libri che Loretta mi aveva comprato nel corso degli anni, insieme alla Bibbia che mi aveva lasciato, poi piegai le trapunte e le stoffe, impilandole vicino alla porta perché Alonzo passasse a prenderle più tardi.

Il sole filtrava dalle tende, riflettendosi sulle due delicate tazze bianche bordate d'oro mentre io le avvolgevo in vecchi giornali. Suo papà aveva portato quelle tazze e la Bibbia dal Texas dove era stato predicatore prima di sistemarsi qui con la famiglia nel 1857. Non si era mai agitata perché io le usavo, anche se ero una bimbetta dalle mani goffe. Me le strinsi al petto a quel ricordo, poi le misi con cautela nella sacca da sella.

Aprii la porta, mi appoggiai allo stipite e inalai l'aria fresca che sapeva di pini. Sarei tornata nella vallata dove era cresciuta mamma e dove la mia famiglia si era stabilita, il posto in cui avevo le mie radici e dove avrei potuto stare alla larga dalla legge.

Ormai era tutto quello che avevo.

17

Avevo appena finito di spazzare il pavimento quando Giunia ragliò in segno di avvertimento. Deglutii a fatica, poi scostai le tendine e sbirciai fuori dalla finestra. Con tutto quello che era successo, mi ero dimenticata di aver invitato a pranzo Pearl.

«Entra». Aprii la porta e restammo lì per un pezzo a guardarci senza dire niente, mentre io non riuscivo a nascondere la tristezza. Alla fine, dissi: «Mi spiace non poterti offrire niente. Torno alla casa dei miei. Loretta è morta mercoledì». Le parole mi uscirono di bocca a precipizio perché sapevo che avrei soffocato la nostra amicizia con un'altra bugia se non gliel'avessi detto io per prima.

«Oh, mi dispiace, Honey. È terribile!» Posò la bottiglia di vino ai mirtilli che aveva portato e mi abbracciò.

«La casa è stata venduta e io sto mettendo via le ultime cose». Mi guardai attorno nella stanza quasi vuota, felice che Alonzo fosse riuscito a portare tutto tranne il mio letto e il tavolo a casa sua. Piegai la mia trapunta e la strinsi fra le braccia insieme ad alcuni dei vecchi foulard di Loretta.

«Cosa farai?», chiese Pearl preoccupata.

«Devo tornare a casa dei miei nonni per un po'».

«Lascia che ti aiuti. C'è un nuovo ranger al campo base per sostituirmi. Ha detto che potevo prendere un giorno di riposo in più se volevo. Sarei felice di tenerti compagnia», propose con un sorriso incoraggiante.

«Sarebbe bello, grazie, Pearl. Mi farebbe comodo un po' di compagnia in questo momento». Questa nuova amicizia mi scaldava il cuore. E mentre le stringevo la mano in segno di gratitudine, sentii il dolore alleviarsi e la solitudine allentare la sua morsa opprimente.

«Posso restare finché vuoi», si offrì. «Il mio rimpiazzo è alla base e non si muoverà da lì finché non torno».

«Mi farebbe piacere. E ricordo che un tempo le vedette dovevano condividere la torre con i rimpiazzi quando avevano dei giorni liberi. Alla fine, hanno costruito la cabina base a un paio di miglia di distanza da te qualche anno fa».

«Sono ben contenta che nessuno dorma nel mio letto o frughi fra le mie cose mentre non ci sono. Ne ho avuto già abbastanza con chiunque sia stato a introdursi nella torre. E credo che il mio rimpiazzo sia ben felice di passare del tempo in più con la sua ragazza perché, quando sono passata in sella a Pie a dirgli che me ne stavo andando, ho visto una tizia che giocava alla famigliola, aiutandolo a stendere il bucato sulla corda. E lui non sembrava avere alcuna fretta di andarsene». Il viso si accese di un gran sorriso mentre mi prendeva di mano la pila, e il braccialetto coi ciondoli tintinnò in un raggio di sole. «Da' qua, Honey, lascia che le porti io».

Presi la fotografia di Loretta e me, e rimasi in piedi sulla soglia guardandomi attorno per l'ultima volta. Pearl si avvicinò e chiuse delicatamente la porta. Mi prese per mano e mi condusse nel cortile.

La gatta di Loretta mandò un richiamo e mi girò attorno, miagolando in cerca della padrona. «Meglio se vieni con noi», dissi a Pennie. «Finiresti a far da cena per una volpe o un coyote, altrimenti». Montai e Pearl mi passò la gattina. All'inizio, pensai che Giunia avrebbe potuto agitarsi, e invece si limitò a scuotere la testa e a sbuffare.

Scendemmo lungo il sentiero, seguendone il tracciato tortuoso in mezzo alla foresta, entrambe in un silenzio carico di pensieri. Annusai l'aria e respirai a fondo.

Alla fine, fu Pearl a rompere il silenzio. «Com'era Loretta?»

Sorrisi al ricordo di quanto l'anziana donna fosse diversa da chiunque altro. «Era speciale». Rievocai i bei ricordi, dimenticando quelli tristi e sgradevoli.

«Mamma ha tenuto il corredino che Loretta aveva fatto per me», dissi a Pearl. «Aveva ordinato del raso costoso per cucirmi il vestitino, una giacchina e un berretto intonati. Li aveva ricamati e aveva aggiunto del pizzo a tutti, perfino ai mutandoni. Mi vestiva sempre come se fossi una bambola».

«Perché eri la sua bambolina preferita, quella che amava», commentò Pearl.

Le raccontai del corredino anticipato del giudice che Loretta aveva realizzato, e della sua sfrontatezza in tribunale, quando lo aveva sgridato.

«Oh, Pearl, ero così spaventata: credevo che ci avrebbe fatte finire in prigione tutt'e due!»

«Vorrei averla vista!»

Ci venne un attacco di ridarella, e per poco non cascammo da cavallo mentre le raccontavo quella giornata. Grattai la testa di Pennie e mi sistemai sulla sella quando riuscii finalmente a smettere di ridere.

Non molto dopo arrivammo alla baita mentre io continuavo a ciarlare, i nervi a fior di pelle a causa dei giorni appena trascorsi, il timore di dover tornare in tribunale un peso sul cuore.

Pearl smontò da Pie, prese la gatta e disse: «Che ricordi straordinari che hai».

«È vero». Ed ero riconoscente che mi avesse incoraggiata a condividerli con lei.

Prendemmo le sacche e portammo dentro le mie cose.

«Vuoi rimanere a cena?», le chiesi.

«Solo se ti metti seduta e mi lasci cucinare».

«Te ne sarei grata, Pearl».

«Do da mangiare ai cavalli e a Pennie e torno subito», disse prendendo in braccio la gatta e strofinandole il mento sulla testolina. «Ora ti do qualcosa di buono da mangiare».

Un'ora dopo levò il secondo bicchiere di vino ai mirtilli sopra la cena di zuppa di patate e polenta fritta. «A Miss Loretta». Immerse il cucchiaio nella scodella e chiese: «Rimani qui?»

«Vorrei, ma», feci una smorfia, «la legge potrebbe non lasciarmi rimanere quando scopriranno che Loretta è morta. Con la stessa facilità con cui è arrivata, quella libertà mi è stata portata via».

«Le leggi scritte dagli uomini non proteggono granché le donne», sospirò Pearl.

Era la prima volta che ci pensavo, e ricordando il commento che Loretta aveva fatto in tribunale sugli uomini e su quello che era meglio per me, d'un tratto capii che era vero.

Presi il cucchiaio e giocherellai con la zuppa. «Solo sedici mesi per essere legalmente un'adulta, secondo la legge. Ma se la prigione dei bambini o quell'assistente sociale mi trovano, beh, possono tenermi rinchiusa altri tre anni, oltre a quelli».

«Non usciresti fino a ventun anni! Non possiamo lasciare che quella donna orribile ci riprovi. Non puoi restartene nascosta qui e basta?»

«Ho un po' di soldi che mi avanzano, ma dovrò trovarmi un lavoro», osservai posando il cucchiaio, preoccupata a quella prospettiva.

«Che tipo di lavoro?»

Pensai a Bonnie Powell, che faceva lunghi turni alla miniera, a strisciare sulla roccia dura e a respirare umidità e polvere di carbone. «Non ci sono molti lavori da queste parti, a parte la miniera».

«Ho visto qualche minatrice».

«Bonnie Powell fa quel lavoro. Però dice che gli uomini non vedono di buon occhio le donne che vanno là sotto con loro. Sostengono che le femmine cercano di portargli via il salario, e le mogli sostengono che le donne cercano di portargli via i loro uomini. Ma l'unica cosa che le minatrici vogliono è avere le stesse opportunità degli uomini, per avere un tetto sopra la testa e cibo in tavola per i figli».

Pearl arricciò il naso. «Dev'esserci per forza qualcos'altro».

«Devo trovarmi un lavoro e mantenermi, guadagnare abbastanza per poter vivere qui. È l'unica cosa che può evitarmi la prigione». Mi guardai attorno nella baita e vidi la pila di libri che avevo preso a casa di Loretta. Non approvava i libri ma, come mamma, si era assicurata che avessi tutti quelli che desideravo.

Chiusi gli occhi e per un istante sentii mamma e Loretta al mio fianco, avvertii le loro mani gentili e incoraggianti sulle spalle. La loro presenza era così vivida che balzai in piedi, spaventando Pearl.

«Che c'è?», chiese lei, accorrendo al mio fianco.

«I libri, Pearl! I libri». Scoppiai a ridere. Pensare che il posto da bibliotecaria poteva essere ancora disponibile mi riempì di speranza. «La biblioteca cerca un aiuto esterno e ha bisogno di una bibliotecaria Pack Horse. Magari potrei vedere se il posto è ancora disponibile».

«Sarebbe perfetto», riconobbe Pearl, entusiasta per me. «Sei fatta per quel lavoro».

«Mi consentirebbe di stare sulle montagne, lontano dagli occhi impiccioni della legge. Lavoro sicuro e fine settimana liberi».

«Oh, magari potremmo passare insieme il mio prossimo weekend libero! Posso invitarti su da me alla torre a mangiare, ballare e ascoltare i dischi. Ci metterà di buonumore. Faremo un pigiama party! È da un po' che non ne faccio uno. Dai, Honey. Il mio prossimo fine settimana libero è l'11 aprile».

«Non ne ho mai fatto uno, ma ho letto dei party e ho visto le foto nelle riviste. Porterò i libri», dissi, poi mi zittii, un po' imbarazzata, chiedendo che cosa esattamente si facesse a un pigiama party, sperando che non pensasse che fossi una sempliciotta.

«Libri e riviste mi sembrano un sogno», aggiunse lei.

Erano un sogno e mi fecero venire in mente l'illustrazione di Norman Rockwell che avevo visto sul *Post*. Quella che mostrava tre belle ragazze con indosso graziosi abitini colorati andate a divertirsi in città. Una festa era qualcosa che conoscevo solo per averne letto. Poterne provare una mi metteva di buonumore. Fuggire, provare la libertà della mia giovinezza, avere sedici anni anche solo per un momento, un'ora, un giorno, sarebbe stata una tregua senza uguali. Eppure, mi chiedevo se sarebbe mai successo, se gli sbirri avrebbero scoperto che avevo perso la mia tutrice.

«Mamma mi manda un pacco la settimana prossima», disse Pearl. «Mi ha ordinato delle cose della Avon, e potremmo farci le unghie, se ti va».

«Ricordo che mamma mi arricciava i capelli con strisce di stoffa. Quando si asciugavano, me li spazzolava in boccoli morbidi». Mi guardai attorno, in preda a un'ondata di tristezza, piena di nostalgia. I libri che avevamo letto insieme attorno alla stufa a legna, le serate trascorse in veranda. Spinsi via la scodella, mi alzai e andai alla finestra, giocherellando con le tendine di morbida stoffa che aveva cucito.

Pearl mi venne vicina e mi toccò una spalla.

«Mi mancano tantissimo», sussurrai, con l'angoscia che quasi soffocava le parole, il dolore lancinante per la perdita di Loretta pesante come un macigno sul cuore. Presi un respiro profondo. «Magari riesco a ottenere il posto di bibliotecaria. Averlo sarebbe in tanti sensi come avere qui mia mamma. Essere qui tutt'e due, *libere*».

18

Parlammo sulla veranda finché i cori delle creature notturne si levarono nell'oscurità, inghiottendo le nostre voci insonnolite.

Quando scesi dalla soffitta il mattino dopo, il letto di Pearl era rifatto con cura e lei non c'era. Sul tavolo c'era un filone di pane fresco avvolto in uno strofinaccio. Dopo aver mangiato, mi vestii alla svelta, poi mi affrettai ad andare in città. Mentre passavo davanti all'emporio della Compagnia, vidi alcune donne intente a chiacchierare di fronte all'edificio, ma a parte loro, per essere un lunedì mattina la città era tranquilla. Spronai Giunia sull'appezzamento dietro la biblioteca. All'interno, scorsi la bacheca e lasciai andare un sospiro, sollevata di vedere l'annuncio. Staccai l'offerta di lavoro e andai a cercare Miss Foster, ma seppi che era fuori per una commissione. Mrs Martin mi invitò ad aspettarla a un tavolo, dicendo che Miss Foster doveva approvare ogni assunzione, poi si allontanò per aiutare un cliente.

Rilessi l'annuncio con mani tremanti, lisciando il volantino stropicciato.

CERCASI, AIUTO BIBLIOTECARIA ESTERNA
Abbiamo un posto disponibile per una giovane bibliotecaria a cavallo rispettabile e seria per la consegna di libri e materiale di lettura nella Knott County. Fine settimana liberi. Salario: $98 al mese. Rivolgersi a Eula Foster.

Novantotto dollari. Più che sufficienti per riempirmi la pancia e tenermi alla larga dagli occhi vigili della legge. Fissai l'annuncio e lo rilessi un'altra volta.

Irrequieta, presi una rivista e cercai di scorrere un articolo, ma i miei occhi continuavano ad andare alla porta e alle finestre. Un'ora più tardi, Miss Foster rientrò e io pronunciai il suo nome a voce troppo alta. La bibliotecaria mi portò nel suo ufficio, un dito sulle labbra per ricordarmi di stare in silenzio. Una volta dentro, chiese: «Come posso aiutarti oggi, Honey?»

«Signora, la posizione è ancora aperta?» Strinsi le mani guantate e sollevai il volantino. «Questa, signora».

«Mmh, vediamo». Spostò alcune carte sulla scrivania, spinse di lato una pila di libri. «Non ne sono sicura. Ho approvato un'assunzione dopo che la maggiore di Evelyn Scott aveva espresso interesse e voleva compilare la richiesta, ma non so se l'abbia fatto. Accomodati, Honey», mi invitò in tono caloroso, «vado a chiedere a uno dei nostri bibliotecari se hanno visto arrivare dei moduli».

Sedetti torcendomi le mani in grembo, gli occhi fissi sulla porta chiusa. L'ufficio angusto mi soffocava e io giocherellai con i guanti finendo per tirare diversi fili, e disfacendo il bel lavoro d'ago di mamma.

Quando Miss Foster finalmente tornò, non riuscii a trattenermi e balzai in piedi. «Signora?»

Lei mi guardò un attimo, poi scosse la testa e si mise a sedere.

La imitai, calandomi lentamente sulla sedia. La bibliotecaria proseguì: «Una cosa da non credere, accidenti, ma Mrs Martin ha fatto il colloquio alla ragazza proprio ieri e ha scoperto che non ha una cavalcatura e non ha mai montato in vita sua, e per questo lavoro non va bene. No, non va bene per niente». Parve lambiccarsi il cervello sulla questione.

No, sapevo che non andava bene, e scrollai la testa in segno d'intesa, aspettando qualche istante prima di parlare. «Signora, so che potrei far un buon lavoro se mi assumeste. Giunia conosce i sentieri e io ho percorso gli itinerari dei libri con mamma molte volte, mentre lei lasciava il materiale da lettura. Vi prego, datemi una possibilità, e lavorerò sodo per voi e per i lettori. Proprio come faceva mia mamma». La supplica mi uscì di getto, le parole intessute di disperazione.

«Hai il permesso di tua madre?»

«Mamma è d'accordo», mentii, ma sapendo che lo sarebbe stata se avesse saputo del lavoro.

«Fammi fare un altro controllo con i colleghi. Ricordo che anche Ella King aveva chiesto informazioni. Mr King è morto nell'incidente in miniera di febbraio, quindi dobbiamo darle la precedenza, capisci».

«Sì, signora», dissi, solenne.

La bibliotecaria si alzò. «Torno subito».

Quando uscì sembrò che l'aria venisse risucchiata fuori dalla stanza, e ricominciai a tormentarmi le mani dentro i guanti.

Qualche minuto dopo rientrò nella stanza. «Honey, Ella si trasferisce a Jackson per stare coi genitori. C'era un'altra candidata, un'inglese che si è stabilita qui l'inverno scorso. Ma i capi non permetteranno mai che una straniera tolga il pane di bocca a una donna del Kentucky».

Annuii, perché sapevo che il Pack Horse Library Project era stato avviato per dare un lavoro alle donne povere del Kentucky, e che in queste valli c'erano fin troppe persone che soffrivano la fame e cercavano disperatamente un impiego.

Gli occhi di Eula si fecero tristi, lo sguardo distante. Poi prese una penna, picchiettò un foglio e disse con voce grave, lacrimosa: «Dobbiamo ricordare sempre, *sempre* Caroline Barnes... cosa le hanno fatto quelli che venivano da fuori».

«Sì, signora». Mi tornò in mente che mamma mi aveva raccontato molte volte di quando la fame aveva ucciso più montanari del Kentucky di qualunque influenza letale. Mrs Barnes era una donna malata che si era fatta nove miglia a piedi per arrivare in città e tentare di salvare i dodici figli dall'inedia solo per morire di pellagra in mezzo alla strada. Quante vite perdute, aveva detto mamma, e mentre i poveri di qui morivano di fame, i ricchi che stavano lontano ingrassavano.

Mi sporsi verso di lei e dissi a bassa voce: «Miss Foster, ho *bisogno* di questo lavoro».

Si riscosse dai suoi pensieri, mise giù la penna e spostò i fogli, riordinando la scrivania. «Se hai tempo di aspettare, Honey, metto insieme i moduli e lo rendiamo ufficiale. Ci serve disperatamente una bibliotecaria esterna, e abbiamo fondi sufficienti per far ripartire il nostro piccolo progetto Pack Horse che è terminato nel 1943. Ci sono ancora famiglie inaccessibili quassù, e altre che non riescono ad arrivare alla nostra sede».

«Sì, signora, posso aspettare. Molto obbligata, Miss Foster. Giunia sarà felice di tornare sui suoi itinerari». Il fiotto di parole mi uscì con un entusiasmo tale che per poco non fece traballare le foto incorniciate sulla parete.

«Prenditi qualcosa da leggere in biblioteca, e quando ho radunato tutti i documenti ti chiamo».

Venti minuti più tardi mi invitò a rientrare nel suo ufficio. Dopo che ebbi compilato i moduli, mi porse un elenco di lettori sul mio itinerario con i loro indirizzi.

«Puoi iniziare domani, se vuoi», annunciò la bibliotecaria, soddisfatta.

«Sì, signora, mi piacerebbe moltissimo».

«Il tuo avamposto per il materiale da lettura sarà lo stesso di tua mamma, la chiesetta con le cornici in legno vicino al torrente. È ancora in piedi».

«Sì, signora, me la ricordo». La ringraziai ripetutamente.

«La paga arriverà al tuo avamposto, e puoi incassarla alla banca o all'emporio della Compagnia. L'aiuto bibliotecario Oren Taft ti porterà il materiale da lettura il martedì mattina. Ah, fine settimana liberi, ma se in certi giorni non riuscissi a terminare l'itinerario, puoi rimetterti in pari quando sei di riposo. Basta che lasci un messaggio per me a Oren. Il tuo unico dovere è portare il materiale da lettura nelle mani di chiunque lo desideri».

Sollevata, inspirai l'aria impregnata dell'odore dei libri e della carta. Portare la parola scritta ad altri mi avrebbe fatta restare libera.

«Grazie per il tuo servizio, Honey. Sarà una benedizione da queste parti», disse, e sembrava sincera. Prese qualcosa dalla scrivania, poi mi appuntò la targhetta ufficiale col mio nome sul cappotto e mi restituì l'annuncio che avevo staccato dalla bacheca. Guardai il mio nome e il titolo scritti a mano in modo chiaro e corretto:

HONEY LOVETT

AIUTO BIBLIOTECARIA ESTERNA

Un campanello annunciò il mio ingresso nell'emporio della Compagnia, facendo tremare il cartello della Coca-Cola su cui campeggiava una giovane sorridente sdraiata sul pavimento a leggere un libro e con in mano una bottiglia per ricordare alla gente di "Servire la Cola a casa". Un'altra pubblicità appesa sopra il cavalluccio meccanico della *Champion* mostrava un Babbo Natale sorridente che brindava alla festività con la sua Cola. Accanto al cavallo marrone scuro, un uomo infilava delle monete in un distributore di sigarette mentre un ragazzo faceva lo stesso in un distributore di gomme da masticare rosso sormontato da una sfera di vetro.

Passai davanti alle file di salopette, pantaloni da minatore e camicie e aggirai un capannello di uomini intenti a parlare delle ultime notizie, del tempo e del lavoro, i mormorii che si levavano insieme a fili di fumo di sigaretta. Trovai un cesto di mele accanto allo scaffale del pane e al bidone delle uova, ne esaminai diverse e scelsi quella più lucida.

Alla cassa, posai il frutto sul banco. Un ragazzo all'incirca della mia età la prese, lanciando occhiate alla mia targhetta col nome. «Honey Lovett, eh? Non mi pare di aver mai sentito quel nome. Sei di queste parti?» Tirò fuori un sacchettino marrone da sotto il banco per metterci la mela.

Ero sicura di non averlo mai visto prima, eppure aveva un'aria familiare. «Mia mamma, Cussy Carter, era una donna dei libri del Pack Horse Library Project, e mio nonno Elijah era un minatore».

Spalancò gli occhi. «Mio nonno lavorava con Elijah Carter! Il tuo gli ha salvato la vita nell'incidente alla miniera del '36. Il nonno ha dato in sposa tua mamma al suo matrimonio con, uh...» Fece schioccare le dita, cercando di ricordare. «Lei era la bibliotecaria del Pack Horse e lui...»

«Jackson Lovett, mio papà», dissi stupita. I miei genitori mi avevano parlato di Mr Moore.

«Brave persone, ha sempre detto la mia famiglia. Prendi l'itinerario governativo dei libri di tua mamma?» Puntò la mela in direzione della targhetta col nome.

Arrossii e distolsi lo sguardo frugandomi nelle tasche in cerca di una moneta, impacciata dai guanti. Me ne sfilai uno per prendere i soldi. «Sì, la WPA non lo finanzia più, ma la biblioteca vuole riattivare il servizio e mi paga un salario». Gli rivolsi un sorriso timido e lasciai cadere la moneta, affrettandomi a ritirare la mano prima di rovinare tutto con le mie chiassose mani blu.

Lo sguardo del ragazzo era amichevole e non sembrò accorgersi di niente. «Io sono Francis Moore di Straight Creek. I miei si sono trasferiti là l'anno scorso per essere più vicini alla famiglia e trovare lavoro. Dovrò dire a mamma di fare richiesta per i prestiti».

«Sarei felice di averti sull'itinerario. Di avere *lei*, voglio dire». Arrossii ancora di più e avvertii la vampata di calore percorrermi tutto il corpo.

Esaminò la mela, poi la fece scivolare nel sacchetto e me lo porse, spingendo anche la moneta da cinque centesimi verso di me. «La Compagnia non può venderla. È ammaccata», disse con espressione maliziosa.

«Molto obbligata. La mia mula la apprezzerà», risposi, rimettendo in tasca la monetina e lanciandogli un'occhiata furtiva.

«Ci vediamo, Honey». Fece il giro attorno al bancone e mi tenne aperta la porta.

Praticamente mi precipitai fuori, emozionata com'ero, ma inciampai in una crepa del cemento e gli finii addosso.

Francis mi prese al volo e io mi raddrizzai e mi scostai, e per poco non gli cascai di nuovo fra le braccia per colpa della pavimentazione irregolare davanti all'emporio. Anche se sapevo di dover prestare attenzione ai marciapiedi della vecchia cittadina, era come se i miei piedi avessero acquistato di colpo vita propria e volessero rovinare la mia aggraziata uscita di scena.

«Hai bisogno che ti accompagni dalla tua mula?», chiese con gentilezza.

Sentii di nuovo il rossore salirmi alle guance. «No, ehm, è solo che questo marciapiede è peggiorato un sacco». Sollevai il sacchettino con la mela. «Obbligata. Ci vediamo dopo, Francis». Mi allontanai prima che i piedi mi tradissero un'altra volta.

Francis si ficcò le mani nelle tasche dei calzoni e rimase fermo a guardarmi un attimo, la sua espressione era un misto di preoccupazione, divertimento e una strana gradevole curiosità.

Abbassai gli occhi e mi affrettai a raggiungere Giunia, senza guardarmi indietro, per timore di inciampare di nuovo o, peggio, di veder cambiare la sua espressione. Nel corso degli anni avevo notato che lo sguardo di molte persone si offuscava di spavento, quando vedevano mamma o assistevano al mutamento di colore delle mie mani.

Tirai fuori un coltellino dalla sacca da sella e affettai la mela per Giunia. La vecchia mula mangiò ascoltandomi parlare del ragazzo carino che avevo appena conosciuto.

«Oh, mi sono comportata come una sciocca», sussurrai. «Una sciocca imbranata. Ma lui aveva una faccia bellissima».

Giunia sbuffò, segnale che ne aveva abbastanza della mela e delle mie chiacchiere.

Quando fummo al sicuro nei boschi, saltai giù dalla mia cavalcatura, presi il volantino e lanciai una serie di urla entusiaste, girando su me stessa.

Giunia ragliò facendo da contrappunto alla mia eccitazione e afflosciò le orecchie, soddisfatta. Per due volte, le baciai il muso morbido e le grattai le orecchie.

«Riesci a crederci, Giunia?» La baciai nuovo. «Mi *pagano* per portare la mia cosa preferita... i libri. Libri!» Per la prima volta da giorni, il mio cuore si colmò di speranza e felicità, e io risi e vorticai finché non mi vennero le vertigini, inebriata per il mio lavoro, e ancor di più per aver conosciuto un ragazzo.

Roteai velocissima un'altra volta, il viso rivolto all'insù, le braccia in fuori verso gli antichi pini, riempiendomi i polmoni del profumo della loro libertà e della loro crescita sfrenata, finché Giunia sbuffò un avvertimento annoiato e mi diede una musata, facendomi cadere in ginocchio sul sentiero ricoperto di foglie fradice.

Quando tornai alla baita, fui stupita di trovare Devil John, Carson e Mr Morgan seduti in veranda. A disagio, scivolai giù dalla mula, girai attorno a Pennie e ai suoi miagolii di richiamo, e portai Giunia nella stalla passando accanto ai loro cavalli. Poi mi diressi verso la veranda con la mia sacca e osservai gli uomini, che avevano un'espressione preoccupata. E sapevo che quella preoccupazione sarebbe ricaduta su di me.

«Mr Morgan». Posai la sacca. «Perché siete qui?»

«Salve, Honey». Si alzarono, e l'avvocato puntò un dito verso di me. «In qualità di tuo avvocato nominato dal tribunale, oggi sono qui per te. Per la morte della tua tutrice. John è stato così gentile da accompagnarmi a casa tua».

Trasalii.

«Sono molto dispiaciuto per Miss Adams, e mi dispiace per quello che significa per te». Aveva un'espressione contrariata.

Carson e Devil John mormorarono delle condoglianze.

Tutta la cittadina sapeva di Loretta, e io ero stata una sciocca a pensare che avrei potuto tenere nascosto il funerale e restarmene rintanata lì. Mi sforzai di deglutire, spostando lo sguardo dall'uno all'altro. «Sì, signore».

«Senza un tutore, il giudice potrebbe facilmente rimetterti nelle mani dello Stato», disse Mr Morgan. «Mandarti al riformatorio».

«Che cosa posso fare?», chiesi, il panico che mi artigliava lo stomaco mentre mi sfilavo i guanti e li infilavo nella tasca del cappotto, le mani chiazzate per la paura.

Il silenzio riempì la foresta, ma era assordante come quello delle raganelle che levavano i loro cori nell'oscurità.

Devil John si sporse verso di me. «Forse abbiamo trovato un altro modo per proteggerti». Poi diede un colpetto col gomito a Carson.

Spostai lo sguardo dall'uno all'altro.

Carson arrossì e tirò fuori un mazzolino di centella asiatica e viole del pensiero da dietro la schiena, mettendomele sotto il naso.

Presi il mazzetto e borbottai un "molto obbligata", pensando che magari erano per la morte di Loretta.

Ma Carson rimase lì impalato con qualcos'altro negli occhi. I suoi occhi esprimevano qualcosa di strano, che mi metteva a disagio ma, non riuscendo a capire cosa fosse, indietreggiai alla svelta.

Devil John si girò verso il figlio e agitò il dito verso di me, con un breve cenno del capo.

Carson mi condusse in giardino. Si levò il cappello di cuoio floscio, rigirandoselo fra le mani, poi si schiarì delicatamente la gola. «Honey, ecco, vorrei sposarti». Mi rivolse un gran sorriso che però non raggiunse gli occhi. «Mi sposeresti?»

Mi sfuggì un gemito. Conoscevo Carson da sempre, ma non avevo mai avuto alcuna idea romantica nei suoi confronti. E papà non mi avrebbe mai permesso di sposarmi così giovane.

«Sarei orgogliosissimo di averti come nuora. Anche Martha Hannah», aggiunse Devil John.

Esasperata, mi voltai verso Mr Morgan, con la gioia suscitata dall'incontro con Francis e dal nuovo lavoro che mi si inacidiva nelle viscere.

«No, Mr Morgan», dissi in un sussurro a malapena udibile.

«È vero che saresti al sicuro», ribatté l'avvocato. «E la legge non potrebbe metter becco nell'unione. Il tribunale si limiterebbe a dichiararti adulta. E lo Stato perderebbe la sua presa su di te. Sono sicuro che tuo padre darebbe il suo consenso scritto per questa unione...»

«Ma sono una Blu!» Sollevai le mani irrequiete. «La legge dice che siamo misti, e non posso sposare i bianchi».

«Non con questi». Devil John infilò una mano in tasca e tirò fuori dei delicati guanti bianchi con l'orlo di pizzo. «Li ha fatti Martha Hannah, e troveremo un giudice di pace della contea vicina che ti sposi. Qui quasi nessuno sa che sei una Blu. Tua mamma ha sempre fatto in modo che le tue mani fossero nascoste dai guanti. Ti ha tenuta al sicuro».

Carson mi portò ancora più lontana dagli uomini e sussurrò: «Mi prenderò cura di te, Honey».

«Carson, io...» Mi tormentai il colletto. «Ti sono riconoscente, ma non posso». Aggrottai la fronte alla vista della delusione che gli si dipingeva in faccia. «È stata un'idea di tuo papà e sembra più... beh, carità». Gli rimisi in mano il mazzolino di fiori.

«Honey, no, non è così. Giuro che è un'idea mia e solo mia. Sposami e lascia che ti protegga», insistette.

Sconvolta, indietreggiai scuotendo la testa. «Non siamo più dei bambini, Carson, a pescare e a giocare nel torrente. Non voglio giocare alla famigliola con nessuno... neanche con te. Non ti voglio bene in quel senso». Pensai ai miei genitori, al grande amore che provavano l'uno per l'altra, al modo in cui risplendeva come una fiamma inestinguibile. Io desideravo quello. «Carson, ho sedici anni e non ho ancora avuto la possibilità di conoscere l'amore». Distolsi lo sguardo, pensando a Francis, al suo sorriso. «Voglio quella possibilità». Incrociai le braccia, imbarazzata.

«Ci sono cose ben peggiori che sposare me. È così brutto che preferiresti andare... in *prigione*?» Pronunciò l'ultima parola con ferocia.

Sorpresa dalla sua durezza, feci un passo indietro. Guardai il mazzolino che stringeva in mano e pregai di trovare le parole giuste.

«È perché sono figlio del distillatore clandestino, Honey? Posso trovare lavoro in miniera». Abbassò la voce a un sussurro e lanciò un'occhiata al padre. «Spaccherò quella roccia maledetta, lavorerò sottoterra e mi scaverò due fosse, qualunque cosa sia necessaria perché tu rimanga libera».

«*No, Carson*», sibilai sottovoce. «Le nostre famiglie sono amiche da sempre. Siete delle brave persone».

«Potrei essere un *buon* marito». Lanciò un'occhiata al di sopra della spalla verso Devil John.

«Mi dispiace».

«Ma hai già sedici anni», mormorò, ripescando le parole che alcuni da quelle parti dicevano quando una ragazza rischiava di diventare una vecchia zitella.

«Non ho bisogno di accalappiare un marito prima del mio prossimo compleanno, Carson. E non ho intenzione di sposare un uomo la cui felicità appartiene a un'altra. Ti ho visto con Greta Clemmons».

Lui aggrottò la fronte, sapendo che era vero.

Guardai Devil John dritto in faccia e affermai con tutta la determinazione che avevo: «Sarò adulta fra sedici mesi. E ho un lavoro rispettabile con una buona paga». Tirai fuori il volantino dell'offerta di lavoro dalla tasca del cappotto e glielo mostrai, poi battei un dito sulla targhetta col nome. «Ho una casa e mezzi per mantenermi». Puntai un braccio verso la casetta di tronchi. «E senza dover accettare la carità, Devil John. Se la legge dice che sono grande abbastanza per sposarmi a sedici anni, perché non può dichiararmi adulta quando ho una casa, un lavoro e posso cavarmela da sola?» Spostai lo sguardo su Mr Morgan. «Perché, signore?»

L'avvocato ricambiò lo sguardo, riflettendo su cosa rispondermi.

Gli uomini rimasero in silenzio mentre io li scrutavo in faccia, la domanda forte e chiara, ma sospesa in silenzio fra loro. Carson tormentava la tesa del cappello floscio e mi lanciava occhiate di sottecchi, rosso in faccia e con espressione infelice... immaginavo per aver fallito il compito che suo padre gli aveva affidato.

Alla fine, Mr Morgan disse: «Honey, possiamo entrare e parlare in privato?»

«Sì, signore».

«Honey, aspetta». Carson mi prese la mano. «Non voglio che ti spediscano in quella maledetta prigione. Sarei onorato di averti come mia sposa», tentò di nuovo, un sorriso sofferto sulle labbra.

Carson era un uomo perbene, di quelli che hanno ancora i modi gentili e il sorriso fanciullesco... l'aspetto che i giovani mantengono prima che l'età adulta, l'antica terra del Kentucky e le durezze della vita se ne impadroniscano e lo facciano avvizzire.

«Mi spiace davvero, Carson», ripetei e presi su la sacca.

«Devil, non ci vorrà molto». Mr Morgan aprì la porta e mi fece cenno di entrare.

Guardai il vecchio distillatore e, vedendo la sua delusione e l'espressione preoccupata, sperai che non avrebbe pensato che ero un'ingrata.

Entrai nella baita e lasciai cadere la sacca vicino alla porta. Mr Morgan mi seguì, e il vecchio pavimento di legno gemette sotto il peso dell'avvocato mentre si toglieva il cappotto e me lo passava. Lo appesi al gancio e gli offrii qualcosa da bere.

«Caffè, se ce l'hai, Honey». Si accomodò su una sedia e puntellò i gomiti sul tavolo, osservandomi.

Accesi la stufa economica e misi su il bollitore, poi tirai fuori il vecchio percolatore francese di mamma, con la base di rame e la boccia di vetro, riempii il fornello di cherosene e lo accesi dopo aver messo l'acqua e il caffè. Quando ebbe finito, versai il caffè per Mr Morgan e il tè per me nelle tazze di Loretta, dopodiché le posai sul tavolo.

Lui bevve un sorso e disse: «Hai proprio un bel posticino qui».

Mi guardai attorno, orgogliosa di aver pulito e rifatto il letto prima di uscire quella mattina.

«Dimmi di più del tuo lavoro», indagò.

«La biblioteca mi ha assunta per ripristinare il programma esterno. Sono aiuto bibliotecaria, e porterò i libri sulle montagne per la gente che non può venire in città. Come faceva mamma tanto tempo fa. E mi danno settanta dollari in più di quelli che prendeva lei».

Si sfregò il mento, studiandomi. «Diffondere la lettura è un lavoro molto importante. Rispettabile. È anche una grande responsabilità, in queste montagne». Tamburellò le dita sul tavolo. «È proprio un peccato che la legge proibisca a un minore di possedere proprietà finché non diventa maggiorenne. So che Miss Adams avrebbe voluto che avessi le sue cose perché me l'aveva confidato». Fece una smorfia. «Stamattina è passato Leon Payne, e mi ha detto che ti sei occupata del funerale di Miss Adams e lo hai pagato. Si è meravigliato di quanto fossi composta anche se avevi fatto tutto da sola».

A disagio, mi tormentai le mani chiazzate di blu, sfregando il palmo sul piano di legno rovinato. «Sì, signore. Alonzo, ecco, era indisposto. Ho intenzione di far fare una lapide. Con i soldi che mi ha lasciato e la mia paga, farò in modo di prendermi cura di lei nel suo eterno riposo». Pensai a Loretta lassù in cielo che volteggiava con il suo bel vestito, danzando con gli angeli.

«Che bella cosa, Honey». Bevve un altro sorso di caffè, poi mise giù la tazza di porcellana. «In città si dice che Alonzo ha venduto la casa di Miss Adams, nonostante il suo desiderio che tu avessi un posto dove stare. Mi hanno riferito che si è presentato ubriaco, ha spifferato tutto e ha detto che lo avevi aiutato a prendere gli oggetti personali di Miss Adams così non li avrebbe persi».

Presi la delicata tazza di Loretta e dissi a bassa voce, con la mano che mi tremava un po': «Non ci sembrava giusto che degli estranei avessero le cose personali di Loretta. Alonzo e io abbiamo pensato che dovessero andare alla famiglia e alle persone che amava. Io ho preso la mia trapunta, queste tazze e qualche altra cosa. È quello che Loretta avrebbe voluto».

«Tornando alla generosa offerta di Carson. Il Kentucky non si oppone a dare in matrimonio delle spose bambine, e so che l'idea non ti piace ma...»

Posai la tazza facendo traballare il piattino, poi mi lasciai cadere le mani in grembo. «No, signore, non mi piace».

«Honey, c'è qualcuno che potrebbe farti da tutore?»

«Forse potrebbe farlo Pearl Grant. È la nuova vedetta della torre antincendio ed è molto responsabile».

«Quanti anni ha Pearl?»

«Diciannove».

«Il tribunale non lo consentirà. Ti viene in mente qualcuno con più di ventun anni?»

«Solo Devil John, e immagino ci sia Alonzo», considerai con un gemito.

«In qualità di tuo legale nominato dal tribunale, devo avere a cuore la tua sicurezza, il tuo benessere e ciò che è meglio per te. Non potrei raccomandare Alonzo, e il tribunale non accetterebbe la tutela di John». Ci rifletté qualche istante. «Lasciami capire come fare. Magari potremmo trovarti un affido. Parlerò con qualche ministro della zona».

«Che cos'è l'affido?»

«Famiglie che si occupano di bambini orfani oppure che hanno perso i genitori».

«Estranei? Ma io non ho perso i miei genitori, Mr Morgan. Il tribunale me li ha portati via, tutto qui». Gli fissai le mani, poi alzai di nuovo gli occhi per guardarlo in faccia.

Intuì la mia richiesta muta: «No, Honey, è molto improbabile che il tribunale affidi la tutela di una giovane donna a un uomo non sposato». Mi mostrò il dito senza fede. «Meglio che torni in ufficio. Nel frattempo, abbiamo ancora un'opzione. *Carson*».

«La legge mi manderà in prigione se non mi sposo? Mi porterà via la libertà?»

«Qualcosa del genere, anche se è un po' più complicato di così. Però sì, il succo della faccenda è questo».

«*Libertà*». Mi rigirai la parola nella mente. «Beh, quella di mamma e papà gli è stata portata via perché si sono *sposati*». Scossi la testa. «Non voglio andare in prigione, o essere punita con il matrimonio. Voglio solo la mia libertà, Mr Morgan».

Lui mi guardò per un momento lunghissimo, rimuginando qualcosa. «Fammi tornare in ufficio a lavorarci su, e anche a parlare con qualche ministro».

«Dovrò sposarmi?»

«Presto ne saprò di più».

Lo seguii alla porta. Dalla veranda guardai gli uomini salire a cavallo.

Carson si avvicinò in sella al suo, mi guardò, poi rivolse lo sguardo alle montagne. «Honey, ci è proprio mancata una donna dei libri in queste vallate. Sarà bello avere di nuovo i libri per me e per i miei nipoti. Mamma ne sarà entusiasta». Mi guardò con aria meditabonda, e si chinò dalla sella con la mano aperta. «Sarà come ai vecchi tempi, Vera», disse usando il soprannome che mi aveva dato.

«I vecchi tempi». Mi avvicinai al suo cavallo e gli presi la mano, intenerita dalla sua proposta gentile.

«L'offerta è ancora valida, Honey, e ti onorerei ogni giorno, costruirei per noi una bella casa e il mio cuore apparterrebbe solo a te». Mi lasciò andare la mano.

«Obbligata, Carson. Ma i libri sono il rifugio per il mio cuore. E come te, voglio decidere del mio matrimonio dovessi mai incontrare qualcuno. Porterò i libri a Martha Hannah e ai piccoli. Fino alla finestra della vostra baita, come faceva mamma».

Il suo sguardo mi diceva che capiva, poi inclinò il cappello e seguì gli altri uomini fuori dal cortile.

Rimasi all'esterno finché scese il crepuscolo riempiendo il cielo di uno sterminato blu scuro, e la solitudine e le preoccupazioni mi spinsero a rientrare.

19

Libertà. Quella parola continuava a girami in testa. Ero sollevata all'idea che ci fosse la possibilità di ottenerla senza sposarmi. Ma mi interrogavo sulla legge, sul perché fosse tanto ingiusta e crudele, e mi disgustava il pensiero che gli uomini del Kentucky fossero disposti a mandare le loro giovani nella prigione dei bambini se non potevano farne delle spose bambine.

Speravo di aver preso la decisione giusta riguardo a Carson, e che non avrebbe turbato la nostra amicizia. Aveva detto "come ai vecchi tempi", perciò forse lo intendeva davvero e saremmo potuti tornare all'epoca in cui eravamo soltanto amici.

Da una mensola sopra la stufa a legna presi la vecchia candela da corteggiamento di mamma che mio nonno aveva usato per i pretendenti. Giocherellai con la spirale di ferro, spostando su e giù il fermo. Quel gesto mi spinse a chiedermi quante volte nonno Elijah l'avesse regolata per una lunga visita del pretendente di turno e quante volte mamma avesse imbrogliato abbassandola per cacciar via qualunque corteggiatore indesiderato che pensava si sarebbe presentato. Mamma mi aveva raccontato che, dopo che era venuto papà aveva lanciato il portacandele nel cortile, ma che lui l'aveva raccolto per tenerlo quando fosse venuto il mio turno. Non potei fare a meno di chiedermi a che altezza l'avrebbe regolata per Carson, e mi azzardai a paragonarlo a Francis, spaventata all'idea che i padri da queste parti facessero ancora cose simili alle figlie. Riflettei sulla ragione per cui gli uomini decidevano tutto.

Girai il portacandele e toccai la spirale di ferro, riflettendo sulle conversazioni che dovevano essersi svolte attorno a quella candela. Anche se mamma aveva detto di aver scelto papà, doveva essere stata dura avere un padre che decideva della tua felicità o della tua infelicità per una vita intera. Mi avvicinai al baule vicino al letto, lo aprii e seppellii la candela da corteggiamento sotto una pila di trapunte.

Presi una raccolta di poesie dalla libreria e mi rasserenai leggendo la dedica di papà a mamma per il giorno del loro matrimonio, rievocando con affetto quanto erano devoti l'uno all'altra e l'amore appassionato per le parole scritte. Seguii col dito le parole della poesia di Yeats, *Verso un'isola sull'acqua,* che papà aveva scritto sotto la dedica: "Per la mia adorata sposa e donna dei libri, Cussy Mary Lovett, 20 ottobre 1936".

Ero riconoscente a Carson, ma ancor più per il lavoro di bibliotecaria. Un mestiere e un salario – e i libri – significavano che avrei potuto almeno sopravvivere, e con le mie sole forze. Sicuramente Mr Morgan avrebbe trovato un modo.

Mi lasciai cadere sulla sedia della cucina e scorsi la lista di lettori che mi aveva dato Miss Foster. Dopo averla studiata, fui presa dall'entusiasmo e mi misi al lavoro per programmare l'itinerario.

Il lunedì sarebbe stato il giorno migliore per visitare la scuola in pietra e altri tre lettori nelle vicinanze, Oliver Baker, l'apicoltore, la levatrice Emma McCain e Mr Prine, costretto in casa. Il martedì sarei andata all'avamposto a prendere il materiale da lettura e a sistemare sugli scaffali i vecchi prestiti. Mercoledì sarei passata dai Flynn, dagli Evans e dai Cecil, poi aggiunsi Devil John e Pearl come ultime tappe.

Picchiettai la matita sul foglio, riflettendo. C'era la comunità del bibliotecario Oren Taft, Tobacco Top. Lassù abitavano nove famiglie, ed erano conosciuti come i valligiani, fra i più poveri di quelle montagne. Mr Taft lavorava alla biblioteca a tempo pieno dopo aver trasferito sua moglie più vicino alla città. Avrei portato il materiale da lettura a suo figlio il giovedì.

La minatrice Bonnie Powell, l'infermiera Amara Ballard e la famiglia Gillis erano in programma per il venerdì. Mentre scrivevo l'ultimo nome mi fermai a riflettere. C'erano diverse famiglie che si chiamavano Gillis, e mi chiesi quale delle tante facessero parte dei miei lettori.

Quando ebbi finito di lucidare gli stivali di mamma da mettere il primo giorno di lavoro, era ora di andare a letto, e mi affrettai a uscire per dar da mangiare a Pennie e Giunia.

Dopo una colazione veloce, misi in un involto due polpette di salsiccia e una frittella di mele, poi aggiunsi due carote per Giunia.

Impaziente di percorrere i versanti delle montagne, la mula procedeva di buon passo. Era come se la mia nuova vita avesse risvegliato la sua di un tempo, piena delle promesse e della speranza che i libri ci avrebbero concesso.

Nei boschi, il fumo dei camini si levava in volute nella nebbia, piumoso, rivelando i nidi mimetizzati di casette spettrali. Quando vide la cappella con le cornici in legno vicino al torrente, nitrì e lanciò un richiamo. «Piano, ragazzona». Tentai di farla rallentare. Ma lei accelerò ancora l'andatura, ricordando l'avamposto e la donna che la montava allora.

La mula si fermò di fronte alla porta della chiesetta e levò il muso, annusando l'aria. Sbuffò e perlustrò i dintorni con i grandi occhi e le orecchie tese in avanti. Fece oscillare la testa a sinistra, poi a destra, e osservò ancora, le orecchie sempre drizzate. Si guardò attorno di nuovo scoprendo i denti, quasi stesse dibattendo fra sé la mossa successiva. Dal camino semidiroccato ricoperto di edera una colomba tubò piano e poi più forte, due volte, prima di spiccare il volo, il battito delle ali un fruscio nel folto degli alberi.

La vecchia apostola stronfiò, sferzò la coda, poi si lasciò sfuggire un gemito basso e tremante, un accordo in sordina di note lamentose che non avevo mai sentito. Quel suono sordo e prolungato veniva dal profondo di Giunia, si riverberava nella carne e nei muscoli, sgorgava dritto da un cuore desolato.

Smontai e le grattai le orecchie, cercando di rassicurarla. «Giunia, mi spiace, ma lei non è qui». Le diedi una pacca sul collo. «Avrai di nuovo l'itinerario dei libri e la renderai orgogliosa». Sospirai, piena di nostalgia per mamma, addolorata per tutti noi. Se solo avesse potuto vederci. «Mamma manca anche a me», sussurrai.

Gli occhioni di Giunia si spalancarono ancora di più quando feci il suo nome.

Mi spostai lentamente lungo il fianco della mula. «Devo scaricare la borsa da sella e la sacca di cibo e portarle dentro, vecchia mia. È il nostro primo giorno di lavoro».

Non appena tolsi le sacche, l'animale partì a razzo, nitrendo e ragliando, sfrecciando diretta a est. «GIUNIA!» Lasciai cadere le borse e le corsi dietro, spaventando con le nostre grida il picchio muratore, le cicale e gli usignoli che dai loro nidi innalzarono canti di protesta.

«*Giunia!*»

Mi fermai un miglio più avanti lungo la foce del torrente, e mi piegai in due con le mani puntellate sulle cosce per riprendere fiato. Dopo un minuto, la chiamai di nuovo ma udii solo i trilli chiacchierini degli uccelli, e di lei non c'era traccia. Diedi un calcio a un sasso, sollevando terra e detriti, arrabbiata con me stessa per essere stata tanto sciocca da permetterle di scappare un'altra volta. Battei le palpebre, mi guardai di nuovo attorno.

Corsi per un altro miglio, fermandomi per perlustrare il bosco e chiamarla. Esausta, mi misi a camminare, col timore che mi sarebbe toccato fare a piedi le trenta miglia fino a Thousandsticks.

Qualche minuto dopo, sentii i suoi strilli indignati e i ragli di protesta.

Mr Taft, il bibliotecario, conduceva Giunia dietro un cavallo, con un sorriso solare sulla faccia sciupata.

La mula testarda scalciò in avanti, facendo scattare la mascella cercando di mordere il cavallo.

«Oh, ragazzona, mi hai messo una fifa blu». Corsi verso di loro, gli occhi appannati dalle lacrime. «Mr Taft, molto obbligata per il vostro aiuto, signore. È scappata dall'avamposto». La ispezionai in cerca di graffi e lacerazioni, controllandole gli zoccoli prima di affondarle la guancia nel pelo. «Andrà tutto bene, Giunia». La tastai con le mani, facendole scorrere verso l'alto, verso il basso e sotto la pancia, controllandola come mi aveva insegnato mamma.

«Stavo venendo a portarti i prestiti all'avamposto, e ho immaginato che la ragazza se la fosse data a gambe. L'ho presa proprio mentre mi passava accanto a tutta velocità, e senza cavaliere», spiegò il bibliotecario con una risatina.

«Le manca mamma». Presi le redini, sollevata.

«Sì, tua mamma manca moltissimo a tutti da queste parti». Guardò in lontananza e capii che stava pensando a lei, la sua donna dei libri di tanti anni prima. Era un lettore affezionato, e mamma lo aveva aiutato a ottenere il lavoro alla biblioteca. «Portiamo il tuo materiale alla cappella», disse. «Devo tornare alla biblioteca e lavorare al banco. Giovedì verrà il mio ragazzo».

«Mr Taft, molto obbligata per il vostro aiuto di oggi, e mi farò trovare all'appuntamento con vostro figlio. Giunia...» Iniziai a rimproverarla mentre la montavo, ma mi interruppi. Mi mancò il coraggio di proseguire. Quella povera bestia teneva la testa bassa con aria scorata, i fianchi che fremevano per la sofferenza che solo la solitudine è capace di suscitare.

«Mi manca lei e mi manca anche papà». Anch'io avevo il cuore oppresso, gravato dal peso soffocante dell'aspra terra del Kentucky e dell'esistenza ancora più grama e della gente indurita.

«Honey», Mr Taft mi studiò un istante prima di continuare a bassa voce, «i libri possono aiutare a curare tutti i mali del cuore. Me l'ha insegnato tua mamma». Annuì. «Ricordo che mi prestò un libro rovinato di un tizio che si chiamava Rabindranath Tagore, che veniva dall'altro capo del grande mare. Lontanissimo da queste valli impregnate di sangue e dalle nostre montagne blu sussurranti. Ricordo uno dei passaggi che mi aveva citato: "*La fede è l'uccello che sente la luce e canta quando l'alba è ancora oscura*". Proverò a cercarti qualcuna delle sue opere, se ti fa piacere».

«Sarebbe proprio bello, Mr Taft. Mi piace leggere i libri di poesia».

Il bibliotecario ci seguì all'avamposto. Legai Giunia a un albero e poi lo aiutai a scaricare il materiale da lettura e a portarlo dentro.

Prima di andarsene, mi porse un biglietto. «Miss Foster mi ha chiesto di dartelo. C'è qualche altra richiesta di prestiti. Ha detto che ti sarebbe molto riconoscente se potessi inserirli nel tuo programma. E ci sono anche richieste specifiche dai tuoi lettori».

I miei lettori. Quelle parole mi scaldarono il cuore. «Obbligata, Mr Taft». Presi il biglietto e lo scorsi, stupita di vedere Francis e un altro lettore il cui nome non riconobbi.

Posò la lanterna sul tavolo. «Tieni la luce per il tuo avamposto». Tirò fuori un biscotto dalla tasca del cappotto e me lo porse. «Questo terrà Giunia nelle vicinanze e la renderà docile. La mia donna ha preparato un impasto di avena, carote, mele e melassa, poi l'ha cotto e l'ha tagliato in pezzi per il mio cavallo».

Se ne andò fischiettando e guadò il torrente, diretto in città.

Scesi dalla veranda e raccolsi la mia sacca. «Basta guai, per oggi», la ammonii. Giunia mi guardò negli occhi con aria innocente, anche se tutt'e due sapevamo come stavano le cose. Spezzai il biscotto all'avena, e la mula deliziata piegò le orecchie all'ingiù mentre gustava il sapore dolce degli ingredienti.

«Ti piace, Giunia?» Mi spinse il muso sulla mano per averne ancora. «Te ne preparerò altri ma solo se la smetti di scappare via». Le grattai il collo e le diedi il resto del biscotto.

Tornai dentro la chiesetta e mi guardai attorno. A parte un vecchio tavolo di legno tutto graffiato con una sedia e qualche mensola segata a mano, l'avamposto era vuoto, pieno di ragnatele, sporcizia e fantasmi di sermoni.

Su una mensola trovai uno dei vecchi album di ritagli di mamma, un libro prezioso che lei e le altre bibliotecarie realizzavano per i lettori quando era difficile procurarsi i libri veri. Soffiai sopra la copertina, togliendo la polvere con il braccio.

Mamma aveva parlato molto del Pack Horse Library Project che la Kentucky Federation of Women's Clubs aveva creato nel 1913. Il programma era stato chiuso l'anno seguente, dopo che il benefattore che l'aveva finanziato, un barone del carbone, era morto. Ma nel 1934 le donne del Kentucky suggerirono che fosse ripristinato sotto l'egida della Works Progress Administration del presidente Roosevelt. Andò avanti fino al 1943, quando i finanziamenti si interruppero.

Ricordo quanto ero rimasta stupita nel sapere che il presidente pagava i bibliotecari ventotto dollari al mese, e basta. Prima di ereditare Giunia, mamma doveva noleggiare il cavallo da Mr Murphy, pagandolo 7,25 dollari al mese. Senza libri o soldi per acquistarli, lei e gli altri librai dovevano arrangiarsi come potevano per mettere insieme il materiale da lettura.

Ma i bibliotecari erano determinati e avevano fatto richiesta di libri in regalo ai boy-scout, all'Associazione genitori-insegnanti e ad altre istituzioni. Di lì a poco furono avviate raccolte fondi da un penny per l'acquisto del materiale da lettura, e arrivarono libri scartati e logori, riviste e quotidiani. E mentre aspettavano il materiale da lettura, gli album di ritagli divennero veri e propri tesori.

Un angolo della copertina di cartone era stato rosicchiato da un topo, e il clima umido dei boschi aveva fatto arricciare la maggior parte della carta. Aprii l'album rilegato azzurro sbiadito e voltai con cautela le fragili pagine piene di ritagli presi da riviste e giornali. C'erano molti uccelli colorati in volo, fiori allegri, ricette, motivi per trapunte e suggerimenti domestici incollati sulle pagine, insieme ad annotazioni scritte a mano. Tante volte mamma mi aveva fatta sedere al tavolo insieme a lei con il vasetto di colla perché la aiutassi a realizzarli. Nelle ultime pagine lessi le poesie e le preghiere che aveva trascritto con la sua grafia elegante. Chiusi l'album e lo rimisi sullo scaffale, sentendo ancora più acutamente la sua mancanza.

In un armadio trovai vecchi attrezzi per pulire, e mi misi a spazzare e spolverare, starnutendo a causa della polvere. Quando ebbi finito, portai un secchio al torrente e lo riempii d'acqua per lavare il pavimento di legno imbarcato.

Era un ufficio grande come quello di Miss Foster. Era il *mio* ufficio. Fuori gli uccelli davano il benvenuto al nuovo giorno, i loro canti che si innalzavano dai boschi sussurranti diretti alle montagne antiche come il mondo.

Orgogliosa, mi presi un momento per ammirare la mia opera prima di andare avanti a sfregare. Quando rimisi a posto la scopa e lo straccio, notai una pila di quotidiani sullo scaffale più alto. Salii su una sedia e ne presi uno per guardarlo, chiedendomi se gettarli via o tenerli, in caso qualcuno avesse chiesto dei vecchi giornali. Esaminai il numero del 1943 e lo posai sul tavolo per leggerlo dopo aver finito di lavorare.

Diverse ore più tardi, sedetti e divisi il materiale da lettura, passando in rassegna i libri, le riviste e i giornali e organizzandoli per i giorni successivi, mentre sbocconcellavo il pranzo che mi ero portata. Lo trovavo consolante, come se in un certo senso mamma fosse seduta accanto a me. Chiusi gli occhi e buttai fuori il fiato, immaginando le volte in cui lei era stata qui, intenta a esaminare i libri per assicurarsi che ogni lettore ricevesse la lettura adatta.

Quando ebbi terminato mi misi a sfogliare il vecchio quotidiano finché una pagina non attirò la mia attenzione: era la notizia della morte di un uomo di nome Byrne McDaniel che qualcuno aveva cerchiato in inchiostro nero. Parlava di un caso in tribunale in cui l'uomo del Kentucky era stato coinvolto tanti anni prima:

In un'importante causa giudiziaria, Byrne McDaniel ottenne l'emancipazione quando se ne andò di casa all'età di dodici anni dopo che il padre non aveva adempiuto al suo dovere di genitore e l'aveva invece costretto a lavorare per guadagnarsi da vivere. Nel 1909, quando Byrne aveva quattordici anni, il tribunale gli concesse lo status di adulto [...] liberando il ragazzo, per tutto il periodo della minore età, dalle cure, dalla custodia, dal controllo e dagli obblighi [...] Byrne servì con onore nella Seconda guerra mondiale e fu insignito della Silver Star per il valore in azione [...] Byrne ne diede il merito all'emancipazione [...] Era diacono della White Oak Church, e praticava [...] verrà ricordato per [...]

Emancipazione, mi rigirai la parola nella mente e pensai alla mia libertà mentre leggevo i traguardi che Byrne aveva raggiunto nella vita.

Mamma aveva detto molte volte che i libri l'avevano aiutata a sopravvivere, le avevano dato una libertà che non aveva uguali in quelle montagne. E stando seduta in silenzio nel punto in cui si era seduta lei un tempo, i libri diedero speranza anche a me.

Rilessi il necrologio di Byrne, seguendo le parole con il dito mentre le assorbivo a una a una, poi misi nella sacca il vecchio giornale.

Libertà. Non riuscivo a pensare ad altro. Presi un libro e passai una mano sulla copertina consunta, sfogliai le pagine, piena di meraviglia per il potere che le parole scritte potevano darti.

Animata, misi nella sacca il resto dei prestiti di Mr Taft, pensando alla mia libertà, consapevole che in qualche modo i libri erano la chiave.

20

Quando arrivai a casa trovai la porta socchiusa, e un gran baccano provenire dall'interno.

Allarmata, smontai da Giunia, tirai fuori il fucile dalla custodia di pelle e salii con cautela in veranda, l'arma appoggiata alla spalla.

Trattenendo il fiato, sollevai un piede e spalancai la porta. Piatti rotti, pentole e padelle spostate, e sacchi strappati di farina, zucchero e noci disseminati sul pavimento, col contenuto sparpagliato ovunque.

Poi sfrecciò verso di me.

Giunia ragliò forte quando il procione si precipitò fuori dalla porta passandomi accanto, sibilando e strillando. Con le gambe molli, mi appoggiai a uno dei pilastri della veranda guardando Giunia che cacciava la creatura fuori dal cortile, mentre Pennie usciva a razzo dalla stalla e si univa all'inseguimento.

Col fiato corto, ripensai a una coppia che abitava nella vallata accanto. Una notte erano stati svegliati da un procione rabbioso che era entrato dal camino e aveva strappato via mezza faccia alla donna che dormiva.

Dopo aver recuperato Giunia e sistemato il disordine, preparai i biscotti di Mrs Taft sperando di poter ridurre la mula a più miti consigli impendendole di scappar via. Presto il sole si fece basso e io accesi la lanterna e il fuoco, poi presi il diario per leggere le poesie che avevo scritto e vergare un biglietto per Mr Taft chiedendogli di lasciare all'avamposto qualche libro di poesia.

Diedi una scorsa all'elenco dei lettori del giorno dopo, poi mi infilai la camicia da notte, una di quelle di mamma. Grata che l'avesse messa nel mio bagaglio, passai le mani sulla trama logora e premetti sulla guancia la stoffa morbida.

Presi il giornale che avevo portato a casa, avvicinai la lanterna e lessi un'altra volta l'articolo sull'emancipazione di Byrne. Non riuscivo a non far correre i pensieri.

All'alba mi misi cappotto e guanti e montai su Giunia per il mio itinerario del mercoledì. La prima tappa era Mr Cecil. Era un minatore vedovo che si prendeva cura di Charlotte, la figlia tredicenne, mi aveva spiegato Miss Foster.

Dopo aver lasciato i prestiti, imboccai il sentiero che portava dagli Smith e mi inoltrai nei boschi finché non arrivammo alla baita del distillatore clandestino.

Mentre Giunia oltrepassava la corda del bucato puntando dritta alla finestra aperta di Martha Hannah, come era sua abitudine fare quando faceva la tappa con mamma, dalla casetta provenivano risate e strilli di bambini.

«Honey». Martha Hannah si portò una mano al petto. «Che bello per questi vecchi occhi vederti arrivare qui proprio come faceva la tua mamma». Si sporse per grattare la testa di Giunia. «Anche tu, ragazzona». Si girò e prese mezza carota per la mula.

La mia vecchia ragazza sbuffò il suo grazie e divorò la carota, poi mise dentro la testa per averne ancora.

Tre paia di occhi curiosi sbirciarono dal davanzale. Giunia allungò il muso e scompigliò i capelli dei bambini, che strillarono e si tirarono indietro ridacchiando.

Mi girai per prendere il materiale dalla sacca.

«Vi ho portato dei libri per bambini. C'è uno *Sports Afield* per Devil Jonh e *Woman's Day* per voi. E degli opuscoli del dipartimento della salute, oltre all'ultimo volantino dell'emporio della Compagnia». Le diedi tutto.

«Grazie, Honey. Cibo per l'anima, poco ma sicuro. E Devil gradirà il suo nuovo giornale».

Carson attraversò il cortile con passo indolente. «Cosa mi hai portato, Vera Blu? O sei finalmente venuta per fare il bucato di una settimana come mi hai promesso a Thousandsticks?», mi chiese in tono scherzoso. Aveva un'espressione da ragazzino, lo sguardo illuminato dal buonumore.

Mi misi a ridere, ricordando il dito ammonitore che mi aveva puntato contro davanti allo sceriffo e all'assistente sociale. «Dovrà aspettare, Carson, e pare proprio che abbia dimenticato il tuo libro. Ti porto qualcosa di bello la settimana prossima. Promesso. Magari, nel frattempo, tuo papà ti presterà la sua rivista».

«Puoi leggere ai piccolini». Martha Hannah si sporse dalla finestra e gli disse: «Vieni dentro ad aiutarmi, così posso metter su da mangiare».

«Ohi, Ma, stavo andando a trovare Greta», replicò Carson, lanciandomi occhiate di sottecchi.

«Greta sembra simpatica», dissi abbassando lo sguardo, memore della sua proposta.

«Avevi ragione, Honey. È la ragazza giusta, e ho in mente di sposarla l'anno prossimo», mormorò. «Ma come ho detto, la proposta è ancora valida se serve a tenerti fuori di prigione».

Annuii, intenerita dalla sua offerta.

«Muoviti, Carson», ordinò Martha Hannah.

«Ci vediamo». Sorrisi.

Lui ricambiò e salì i gradini di corsa.

Salutai Martha Hannah e mi avviai verso la torre antincendio.

Riconoscente per il lavoro, la prima settimana passò in un lampo mentre aspettavo di sentire Mr Morgan. In men che non si dica era venerdì ed ero diretta a casa di Bonnie Powell, la prima delle tre tappe dell'itinerario di quel giorno, mentre la mattinata fresca cedeva il passo a un mezzogiorno tiepido, che mi spinse a slacciarmi il cappotto.

Mentre legavo Giunia alla veranda scheggiata retta da pali rosi dai tarli, una vecchia con un cane striato alle calcagna uscì dal cortile. La casa dall'aspetto esausto aveva visto giorni migliori: il tetto era imbarcato, le assi annerite mezze marce e deformate verso l'esterno. Frugai nella sacca e lanciai un'occhiata alla giovane vedova che era apparsa sulla porta.

Bonnie spalancò la porta a zanzariera rovinata fumando una sigaretta, la salopette ricoperta di polvere di carbone e il casco da minatore ancora in testa. «Ci vediamo domani, nonna», salutò la donna. «Oh, Honey, grazie di avermi messa sull'itinerario». Bonnie scese i gradini, gettò il mozzicone e lo spense con lo scarpone infangato di terra scura. «Mio cugino Francis me l'ha detto, e mi sono iscritta subito perché speravo di poter avere i libri».

«Non sapevo che fosse tuo cugino», dissi, ma adesso che lo diceva notavo una certa somiglianza.

«Già, bravo ragazzo, ha diciotto anni, due meno di me. abbiamo sentito tutti la mancanza di tua mamma… anche la tua, dolcezza». Mi pizzicò la guancia con affetto, poi si avvicinò a Giunia per darle una carezza. «Ehi, apostola, ti ricordi di me, ragazza?» Baciò la mula sul muso. Giunia afflosciò le grandi orecchie, tutta contenta. «Ricordi Bonnie? Ti ricordi?»

Era difficile dimenticare Bonnie. Le ultime due estati che avevamo trascorso a Troublesome avevo badato a suo figlio mentre lei e suo marito andavano a Knoxville per una serata in città, o per incontrarsi con un'altra coppia di amici al Moose Club.

Quando avevo bussato alla porta di casa sua la prima volta, anni prima, Bonnie aveva aperto con indosso nient'altro che un reggiseno a proiettile e un corsetto che aveva ordinato dal catalogo Frederick's of Hollywood, i capelli avvolti in grossi bigodini, ai piedi delle ciabatte di raso giallo canarino.

Bonnie adorava parlare, e a me piaceva ascoltare le sue chiacchiere amichevoli. Colpita dalla sua bellezza e dal carattere dolce, ero rimasta seduta al tavolo della cucina a guardare affascinata mentre si dava l'eyeliner e si truccava le palpebre con un ombretto azzurro cielo, si metteva il fard sulle guance e si dipingeva le labbra di un audace rosa carico. Dopo aver finito, aveva fatto lo stesso con me, lasciandomi senza parole per la quantità di trucco che aveva usato… e turbando i miei genitori quando avevo chiesto i cosmetici.

Quel giorno Bonnie aveva gli occhi stanchi, e sembrava che avesse pianto. Mi si avvicinò e sbirciò nella sacca alle mie spalle.

«Vuoi vedere cos'ho? Un sacco di ottimo materiale, Bonnie», dissi, orgogliosa di quello che avevo scelto. Mi feci da parte per farle vedere meglio.

«Certo che sì. Andiamo in veranda. Nonna ha appena messo giù il piccolo prima di andarsene. Scusami». Si fermò sui gradini, spostando con un calcio un pacchetto vuoto di Lucky Strike. «Non avevo i soldi per comprare un dondolo come si deve».

«Come sta Joey Junior?», le chiesi portando la sacca sulla veranda. Ci sedemmo vicine sull'ultimo scalino accanto a diversi posacenere in vetro pesante ricolmi di mozziconi di sigaretta.

«Sta crescendo bene. Ho sentito di Miss Adams. Mi spiace tantissimo che se ne sia andata. Aveva fatto un corredino bellissimo per il piccolo prima che nascesse. Scusa se non sono venuta al funerale, ma i capi della Compagnia non mi avrebbero dato comunque la giornata libera».

Mi tolsi un pelucco dal cappotto, sentendomi in colpa dato che ero io, in realtà, il motivo per cui nessuno aveva potuto salutare Loretta per l'ultima volta.

Bonnie si tolse il casco e lo lanciò sul pavimento di legno alle sue spalle.

Rimasi di sasso quando vidi che i suoi bei capelli erano tagliati corti come quelli di un ragazzo. Bonnie continuò a tirar fuori libri e materiale da lettura come se non si fosse accorta del mio stupore.

Prese un altro libro, *I primi cent'anni di Hitty*, scritto da Rachel Field e illustrato da Dorothy Lathrop, e se lo strinse al petto con un sorriso. «Ricordo che la donna dei libri lo portava alla scuola. Tua mamma ce lo ha letto tante volte. Era il mio preferito».

«Certo che quella bambolina di legno ne ha fatta di strada», commentai, cercando di non fissarla ma tornando col ricordo a tutte le volte che mamma me lo aveva letto tenendomi in braccio.

«Ricordi Hitty che incontra Charles Dickens?» Bonnie si accese un'altra sigaretta. «Oh! E la volta che è uscita di nascosto per andare a un concerto con un ragazzo? Secondo me che la donna dei libri ti ha letto tutte quelle storie è il motivo che oggi sei una donna dei libri tanto intelligente». Fissò il cortile spoglio punteggiato di torte di vacca e soffioni, rigirandosi sul dito la sottile fede d'oro.

Annuii debolmente, pensando a mamma.

Bonnie frugò nella sacca cercando altre cose da leggere e aggiunse a bassa voce: «Sono stati i minatori». Si strinse nel pugno un ciuffo di capelli corti e sospirò. «Alcuni sono proprio malevoli. Mi hanno tagliato i capelli dopo che la settimana scorsa ha ceduto uno dei controventi della galleria. Hanno detto che porta sfortuna avere una donna giù nella miniera e che la prossima volta mi ricoprono di pece».

Tirò fuori un opuscolo del dipartimento della salute, lo mise sopra al libro di Field e a un altro intitolato *L'insegnante di inglese*. «Mi hanno trascinata nella pancia buia della miniera, mi hanno gettata a terra. Ho cercato di lottare, ma erano troppi. Vedi?» Abbassò il colletto della camicia macchiata rivelando graffi e lividi sul collo e sul petto. «Uno mi ha cacciato in bocca le ciocche tagliate per impedirmi di urlare, quasi mi faceva morire soffocata. Fortuna erano solo i capelli. Hanno detto che la prossima volta mi andrà peggio».

Scioccata, scrollai la testa in preda allo sconcerto e mormorai un'imprecazione. «Dovresti andare dall'infermiera».

Bonnie scosse il capo e fece dei versi sommessi, come se volesse sputare, quasi che sentisse ancora in bocca i capelli, poi si passò la lingua sui denti e ne grattò la punta con l'unghia.

«Mi spiace tanto, Bonnie. Lascia che avvisi l'infermiera Ballard», mi offrii di nuovo. «È sul mio itinerario di oggi. Non è lontano, subito dopo i Gillis».

«Non fa niente». Bonnie scrollò di nuovo il capo e deglutì con sforzo mentre frugava nella sacca in cerca di qualcos'altro da leggere. «Perché tanto non posso mollare. Non ci sono altri lavori e devo mantenere me e il mio bambino. Così ne ho parlato a uno degli uomini del capo, e lui mi ha presa per la pettorina della tuta e ha sussurrato: "Lo vuoi un consiglio,

Bonnie? Fa' come Dessie la Grossa, o quei ragazzi continueranno a creare guai. E io c'ho già guai abbastanza laggiù senza femmine isteriche. O così o prendo a calci quel tuo culo ossuto e ti sbatto a fare il turno con le civette"».

Strinsi il pugno, le nocche blu per il furore.

«E Dessie la Grossa non è grossa per niente tranne qui». Bonnie sollevò due mani a coppa all'altezza del seno. Si passò una mano sui capelli rasati in un gesto nervoso, poi si rigirò di nuovo la fede attorno al dito. Abbassò la voce e prese un altro libro, studiandolo. «Prima Dessie la Grossa si metteva la salopette come me, ma adesso se ne va in giro con i pantaloni aderenti e una camicia sbottonata fino all'ombelico. *Fa contenti gli uomini. Fa contenta te... e ti permette di portare il cibo in tavola,* mi ha avvertita».

Strinsi il pugno più forte. «Bonnie...»

«Sai cos'altro ha detto l'uomo del boss?» Mi lanciò un'occhiata di sottecchi, fece un tiro dalla sigaretta e tornò a studiare i libri. «Sono cose importanti che noi donne dobbiamo dire alle altre».

Quelle parole mi fecero piacere. Le ero grata che mi ritenesse una sua pari, che pensasse che ero una donna.

Si interruppe, mi scrutò in faccia. «Sai che ho sempre parlato chiaro con te, e la vecchia Bonnie non ha intenzione di indorarti la pillola. Perché certe volte bisogna chiamare la merda col suo nome. D'accordo, dolcezza?»

Sussurrai un debole *sì,* ma avevo paura di sentire quello che Bonnie stava per dirmi.

«L'uomo del boss m'ha detto che quei ragazzi lavorano sodo, e gli tira su il morale quando una femmina carina si mette in ghingheri per loro... ha detto che si spaccano la schiena a scavarsi la fossa per i baroni della Compagnia, e che è il minimo che io posso fare... Poi mi ha lasciato intendere che potrei avere un lavoro *più leggero,* a spingere i carrelli anziché spalare il fango fradicio sui nastri. Come Dessie la Grossa».

Mi premetti la mano sulla bocca, sconvolta.

Bonnie infilò la mano nella sacca e lasciò cadere un altro libro sulla sua pila. «Non fanno che tastarmi i seni... mi mettono quelle loro zampacce luride in mezzo alle gambe quando salgo sul montacarichi per scendere nella miniera e poi sui carrelli. *Oggi mi hanno smanacciata otto volte, strappandomi la tuta con le loro unghie rotte*. Non posso permettermene una nuova, perciò mi tocca tirar fuori di nuovo la scatola del rammendo».

Chinai la testa davanti alla vergogna di Bonnie... una vergogna di cui però si erano macchiati gli uomini.

Sbatté giù un altro libro, scosse la cenere della sigaretta, allargò un poco le ginocchia per guardarsi la salopette. Batté le palpebre e borbottò una parolaccia.

Le toccai un braccio, consapevole che era stanca e sfiduciata.

Si azzittì, ma poco dopo disse rauca: «Accidenti, voglio il mio uomo, il mio brav'uomo». Le parole le uscirono sforzate, un lungo gemito gutturale che veniva dal profondo del suo corpo. «Mi manca tantissimo il mio Joey».

Tirò fuori il cordino di cuoio da sotto la camicia e baciò la moneta da cinque centesimi della Compagnia che era appartenuta al marito. Joey aveva sempre in tasca una manciata di gettoni della miniera e mi allungava immancabilmente qualche nichelino in più dopo che avevo fatto la babysitter per loro.

«Era un brav'uomo, il tuo Joey». Le misi una mano sulla spalla, col cuore che sanguinava per quella giovane madre vedova, il suo dolore pesante come un macigno.

Si passò la monetina sulle labbra. «Riesco ancora a sentire i suoi baci», mormorò. «Ogni giorno. Sai, una ragazza dovrebbe sposare un uomo il cui ultimo bacio può aleggiarle sulle labbra per sempre». Allungò una mano e mi sistemò dietro l'orecchio una ciocca di capelli che mi era caduta davanti alla faccia. «*Per sempre*. È quello che ho fatto io, dolcezza».

Pensai a suo cugino, chiedendomi come fossero i suoi baci, e mi sentii avvampare.

Bonnie giocherellò di nuovo con la fede sottile, girandosela attorno al dito prima di sbattere un altro libro sulla sua pigna con un colpo secco. «Per la miseria, quei figli di cane dovranno ammazzarmi, perché non sarò mai un'altra Dessie che la dà via in una galleria buia».

Dentro casa il bambino si svegliò e iniziò a piagnucolare.

Bonnie si alzò con i libri e il materiale da lettura, un cenno di ribellione nel sorriso con cui mi salutava. Sospirò e guardò al di sopra della spalla, poi lanciò il mozzicone in cortile. «A quanto pare oggi Joey Junior non ha intenzione di dormire. Grazie, prenderò questi, Honey». Si girò verso la porta, ma non prima che i suoi occhi si fissassero nei miei… il monito diretto a me e alle altre donne scritto sul viso abbattuto.

21

Seguimmo il torrente e ci fermammo in una zona in ombra perché Giunia potesse brucare e bere mentre io pensavo a Bonnie, riflettendo su quali libri avrei potuto portarle per renderle la vita più facile, più felice.

Rimasi seduta per un po' sulla sponda ricoperta di muschio mangiando un panino con la carne che mi ero portata per pranzo e guardando l'acqua del torrente sussultare e incresparsi sulle rocce, il canto cristallino degli uccelli che si levava gioioso fra i rami degli alberi vestiti di foglie nuove. I miei pensieri tornarono al Cumberland, a mamma e papà, a ciò che avevamo e a ciò che non avevamo mai potuto avere perché loro due si amavano. Mi premetti un dito sulle labbra, chiedendomi se avrei mai incontrato l'amore.

Riandai con la mente all'improvvisa età adulta di Byrne di cui avevo letto sul giornale, consapevole che, se volevo avere una possibilità nella vita, dovevo trovare il modo per guadagnarmi la maggiore età.

Giunia mi venne accanto sgocciolandomi acqua sulla testa e ragliando. Seguii i suoi grandi occhi. Due ragazzini con in mano delle canne da pesca ci stavano correndo incontro. Mi pulii le mani dalle briciole e infilai i guanti.

«Signora, siete la nuova donna dei libri, vero?», mi apostrofò il più alto dei due. «Mi chiamo Pete Duncan, e questo qui è mio fratello, Franklin».

«Salve, Pete e Franklin», dissi alzandomi in piedi e togliendomi le gocce d'acqua dai capelli, spolverandomi i calzoni. «Io sono Honey Lovett, l'aiuto bibliotecaria esterna».

«Che fortuna avervi incontrata. Abbiamo sentito del nuovo itinerario dei libri. Vorremmo esserci anche noi, signora. Stiamo a solo cinque minuti dal torrente, la casa piccola di assi bianche con le due capre in cortile».

Giunia fece sentire la sua voce, e i ragazzini strabuzzarono gli occhi. Fecero un passo indietro. «A mamma e a noi ci piacciono i libri, e possiamo leggere tutto quello che ci date. Se non è troppo disturbo, donna dei libri».

«Sarò felice di passare da voi il venerdì», accettai.

«Grazie, signora», dissero i ragazzini in coro.

Feci qualche domanda per poter scegliere cosa portare loro da leggere. Pete aveva dodici anni e gli piacevano i gialli, mentre Franklin stava per compierne dieci e preferiva i libri sui cani e la natura. Li ascoltai imitare i versi degli uccelli come gli aveva insegnato il padre. Franklin fece il richiamo dell'uccello-gatto, del fringuello e dell'usignolo, e io battei le mani piena di meraviglia quando ognuna delle bestiole rispose al suo canto.

Entusiasta di avere altri lettori, li salutai e mi avviai verso la tappa successiva.

Qualche minuto dopo, Giunia si fermò di colpo e drizzò le orecchie. Io piegai il collo a destra e a sinistra, sentendo delle grida provenire dagli alberi.

Allarmata, piantai i talloni nei fianchi della mula e la feci entrare nel cortile che c'era più avanti.

A qualche metro dal pozzo una donna strillava, agitando le braccia. Alle sue spalle c'era una corda del bucato piena di pannolini, lenzuola e calzoni che si gonfiavano al vento. Per terra vicino a una cesta della biancheria capovolta c'era un lenzuolo sporco.

«Sono la donna dei libri, che cos'è successo?», gridai.

«Mio figlio, Johnnie Gillis». Fece oscillare la testa e corse verso il pozzo. «Aiutatemi, donna dei libri! Da questa parte! Qui».

Giunia sbuffò e fece un passo di lato, cercando di tornare indietro.

«Alt», le ordinai e smontai, prendendo le redini della mula recalcitrante e tirandola verso il pozzo. «Cos'è successo?», chiesi di nuovo, senza fiato.

«Il mio Johnnie. È caduto dentro il pozzo. Ho pensato di stendere finché c'era il sole. L'ho perso di vista un attimo per appendere l'ultimo lenzuolo. Aiutatemi, oh Signore, pietà, aiutatemi. Mio marito si arrabbierà da morire», supplicò con le lacrime agli occhi. Aveva una guancia tumefatta e un taglio sulla fronte. «Aiutatemi, donna dei libri».

Guardai nel pozzo e vidi il bambino tremante aggrappato alla corda e a un vecchio secchio immerso per metà nell'acqua. Non poteva avere più di due anni, tre al massimo.

«Tiratelo fuori!», gridò. «Io non ho abbastanza forza. Portatelo su con quella corda». Indicò la fune annodata avvolta attorno alla manovella.

Guardai in fondo al pozzo, mi girai verso Giunia e poi tornai ad affacciarmi verso il bambino. «Tieniti stretto, Johnnie, ti tiriamo fuori da lì. Resisti». Mi legai le redini di Giunia attorno alla vita e cercai di azionare la manovella per tirar su la corda cui era attaccato il secchio, ma il bambino era troppo pesante, oppure era incastrato. Temevo che tirando con più forza, la fune si sarebbe spezzata o avrebbe ceduto, condannandolo a una tomba d'acqua.

Mrs Gillis si lamentava e ricominciò a strillare. Giunia puntò gli zoccoli e cercò di liberarsi, e mancò poco che mi trascinasse per terra.

«Alt, alt». Mi girai di scatto e Giunia smise di tirare. Mi venne in mente la volta che papà aveva recuperato una cucciola randagia da un pozzo, tirandola su usando una corda e il suo cavallo. Daisy aveva vissuto una lunga vita con noi dopo quella volta. «Mrs Gillis, avete un'altra corda?»

La donna si premette il pugno tremante sulla bocca.

«Una corda, Mrs Gillis?»

Indicò il capanno. «Sì».

«Se andate a prenderla, signora, sarà d'aiuto».

La donna partì di corsa, inciampando due volte, intralciata dalle lunghe sottane verdi.

Accarezzai il muso di Giunia e le parlai a bassa voce. «Tiriamo fuori il bambino, e mi serve il tuo aiuto, ragazzona».

Il piccolo piagnucolò e io mi sporsi oltre il bordo in cemento del pozzo e dissi: «Vengo giù a prenderti, Johnnie. Tieniti forte». Johnnie era a cavalcioni del secchio, aggrappato con tutte le sue forze, e mi guardò con gli occhi strabuzzati per la paura. Mi tolsi il cappotto e i guanti e li gettai nell'erba, ricordando papà che faceva la stessa cosa.

Mrs Gillis tornò di corsa con una lunga corda. La legai al pomello della sella di Giunia, con la sensazione di essere guidata dalle mani di papà, sempre parlando sommessamente alla mula, poi mi avvolsi la corda attorno al petto e sotto le braccia, assicurandola con un nodo dell'asino.

«Mrs Gillis, Giunia mi calerà nel pozzo perché possa tirar fuori suo figlio. Ho bisogno che le diciate quando avanzare e quando arretrare». Adesso la donna stava tremando, le guance rigate di lacrime. Continuava a guardare il sentiero alle sue spalle.

«Svelta. Johnnie non resisterà ancora per molto. Mio marito arriverà da un momento all'altro».

«Ci provo, signora».

«Tiralo fuori!»

«Mrs Gillis, signora, potete farlo per me, aiutare la mula?» *Evitare che mi schianti sul fondo,* pensai, le parole mischiate al sudore. Le feci mettere una mano sulla corda legata alla sella di Giunia e lei farfugliò un *sì* ansimante con gli occhi fissi sul pozzo.

Tirai Giunia verso di me e salii lentamente sul muretto del pozzo, presi un bel respiro e mi calai oltre il bordo. «Avanti», la guidai, mentre scendevo un centimetro alla volta. «Avanti!»

Giunia obbedì e mi permise di arrivare sempre più vicina al bambino che si lamentava. «Tieniti alla corda e al secchio, Johnnie. Avanti, avanti, Giunia!», urlai.

«Avanti», ripeté Mrs Gillis a pappagallo.

Avevo le mani sudate e sentivo venir meno le forze, ma mi ero avvolta la corda stretta attorno a un polso, e resse. Pregai che la mula riuscisse a tirarci fuori, pregai che la corda tenesse, pregai che Johnnie riuscisse a resistere ancora un po'… e pregai che Mrs Gillis facesse la sua parte.

A mano a mano che scendevo si faceva più buio e il mio corpo impediva il passaggio della luce del sole, la muffa e l'umidità mi solleticavano le narici, si insinuavano sotto i vestiti, bagnandomi la pelle sudata. Poi toccai il secchio col piede e scesi ancora un po' per portarmi all'altezza del bambino. Mi avvicinai a lui e gli dissi di aggrapparsi al mio collo. Johnnie lo fece e quasi mi strozzò; tossii, lo presi saldamente nell'incavo del gomito e mi sforzai di mettermi dritta per non incastrarmi nelle pareti del pozzo.

«Tieniti forte, Johnnie. Indietro, indietro!», urlai disperata a Giunia, le parole che riecheggiavano sulle pareti del pozzo.

Mrs Gillis ripeté le mie parole alla mula con voce spezzata dal pianto e la udii imprecare contro la bestia, i colpi attutiti e i ragli di Giunia che protestava per le botte.

«No, Mrs Gillis. Nooo!» Johnnie piagnucolò e io strinsi più forte il corpicino tremante. «Sst, va tutto bene, Johnnie». Poi in tono più urgente: «Piano, indietro, piano, Giunia».

«Tira. Indietro», urlò Mrs Gillis alla mula.

«Piano, ragazzona». Giunia fece di nuovo come le avevo detto, e salimmo lentamente verso l'alto. Quando le nostre teste spuntarono dall'orlo del pozzo, Mrs Gillis arrivò di corsa e mi strappò il bambino dalle braccia. «Ma-ma-ma», gorgogliò il piccolo.

«Ferma, Giunia», le comandai scavalcando il bordo. Quando toccai terra, mi liberai della corda legata sotto le braccia scossa dai brividi e la lasciai cadere a terra. «Sta bene, signora?» Tirai su il secchio di cuoio e lo assicurai saldamente.

«Niente di grave, donna dei libri, solo qualche livido e dei graffi». Mrs Gillis venne verso di me, con Johnnie in equilibrio su un fianco. «Grazie infinitamente», disse con gli occhi pieni di lacrime. «Lo hai salvato... hai salvato me. Quel vecchio pozzo è asciutto da un paio d'anni e abbiamo messo una pompa sulla sorgente. Ma quando piove forte e si scioglie la neve si riempie d'acqua. Quest'anno più del solito». Carezzò la testolina bagnata del figlio, gli diede un bacio sulla guancia, mentre lui si succhiava il pollice con impegno.

Lasciai andare un sospiro di sollievo, feci scorrere le mani sui pantaloni bagnati, battei per terra gli stivali fradici e mi esaminai la camicia. Il colletto e una manica erano strappati, e mancavano tre bottoni bianchi dove Johnnie mi si era abbarbicato addosso, o magari li avevo persi scendendo o salendo. Anche il vestito verde brillante di Mrs Gillis sembrava aver perso dei bottoni e qualche centimetro del pizzo attorno alla vita penzolava strappato.

Restammo lì impalate a guardarci, lanciando occhiate al pozzo col secchio assicurato in alto vicino alla manovella. Per un po' nessuno parlò, pensando a quello che sarebbe potuto succedere, e a quello che non era successo. Tutti da quelle parti conoscevano storie di bambini smarriti e ritrovati in fondo al pozzo di famiglia.

Alla fine, Mrs Gillis disse: «Mi spiace di aver picchiato la tua mula. Mi sono spaventata. Perdonami. Ti prego, chiamami Guyla Belle». Si sporse verso di me. «Guyla Belle Gillis. Vengo dal North Carolina». Allungò una mano tremante, poi mi rivolse un piccolo inchino tenendo stretto Johnnie.

«Honey Lovett, Guyla Belle», risposi, poi piegai la testa in direzione di Johnnie. «La nuova donna dei libri al vostro servizio», dissi con un sorriso, sollevata che il bambino stesse bene.

«La donna dei libri ti ha salvato dal pozzo. Di' grazie, tesoro», gli disse Guyla, senza smettere di accarezzargli i capelli e la faccia.

«Donna libi savvato pozzo, azie», ripeté il bimbo, poi mi indicò e lo disse ancora a voce più alta.

«Donna dei libri, lascia che ti porti un asciugamano e delle calze asciutte per il disturbo. Resta qui. Torno subito», si offrì Guyla, raccogliendo la corda.

Tornò pochi minuti dopo con Johnnie avvolto in una coperta e una mela per Giunia. «Vorrei poterti offrire di più».

«Molto obbligata. È più che sufficiente», la tranquillizzai, riponendo la mela nella sacca. Scossa dai brividi, mi asciugai meglio che potevo con la salvietta logora, togliendomi gli stivali bagnati, l'aria fredda pungente sulla pelle.

«Dammi le tue calze», disse Guyla, allungando una mano per prenderle. «Te le lavo e le faccio asciugare per la settimana prossima».

«Se non è troppo disturbo, lo apprezzerei, Guyla Belle. Farò lo stesso con queste». Mi infilai le calze asciutte e gli stivali umidi e sospirai, grata per il calore. «Lascia che ti dia i tuoi libri, Johnnie. Ho una cosa bellissima apposta per te».

«La mela è per dopo». Accarezzai Giunia e le sussurrai un grazie nell'orecchio, poi tirai fuori dalla sacca *Andy e il leone*. Ma quando cercai di darglielo, il bambino vide le mie mani blu e strizzò gli occhi. Fece una smorfia, diventò tutto rosso e si mise a piagnucolare, seppellendo la faccia nel petto della madre come se avesse visto la zampa di un orrido lucertolone.

Ritrassi la mano di scatto, imbarazzata, piena di vergogna e avvilita per aver spaventato il bambino… per averlo fatto piangere di paura. Una volta, quando papà ci aveva portate al ristorante di Knoxville, una cameriera aveva lasciato cadere il vassoio alla vista di mamma. Un'altra era trasalita vedendomi senza guanti. Alla fine, ci avevano messi in un angolo buio vicino alla cucina dove avevamo aspettato venti minuti buoni che qualcuno venisse a prendere le ordinazioni, e solo dopo che papà aveva parlato con il gestore del locale.

Se Guyla Belle si era accorta del colore, era troppo educata per parlarne, perché cullò Johnnie e gli mormorò parole tranquillizzanti, cercando di calmarlo. «Sst, Johnnie. La donna dei libri ti ha salvato dal pozzo. Di' grazie».

Obbediente, il bambino farfugliò di nuovo: «Donna libi savvato pozzo», sfregandosi gli occhi.

Esitante, gli porsi di nuovo il libro. Lui lo prese, ficcandosi in bocca il bordo della copertina di cartone. «E questo è per te, Guyla Belle». Le allungai un romanzo rosa.

Guyla Belle strinse il libro. In lontananza si udì sbattere la portiera di un'automobile. Lei sgranò gli occhi per la paura e sussurrò a voce bassissima: «Ti prego, non dire niente a mio marito, Honey. Sst, Johnnie». Gli tolse il libro di mano e si infilò i prestiti sottobraccio.

Un attimo dopo, Mr Gillis entrò a passo stanco nel cortile, sporco e provato dopo il turno in miniera, con in mano una confezione da sei di Falls City Beer e la gamella del pranzo. «Per la miseria, mi manca il vecchio furgone che avevo l'anno scorso. M'è toccato chiedere un passaggio a Toby. Uno di questi giorni avrò abbastanza soldi per comprare il suo vecchio pick-up così non sarò costretto ad aspettare», si lamentò con un lungo sospiro ansimante.

Rimasi di sasso. Era l'uomo che aveva preso in giro la piccola Wrenna e il suo gallo domestico davanti all'emporio della Compagnia. Aveva una mano graffiata e sporca di sangue.

«Ti sei fatto male. Cos'è successo, Perry?», chiese Guyla Belle preoccupata, esaminandogli la ferita.

«Un uomo non può bersi una birra in pace. Il dannato gallo di quella stronza della Abbott mi ha aggredito fuori dall'emporio. Lei è strana forte, e se riesco a mettergli le mani addosso, gli tiro il collo a quel cavolo di uccellaccio».

Giunia sbuffò e puntò gli zoccoli.

«Per la miseria, ho dimenticato di nuovo il casco. Sulla macchina di Toby». Mise giù le birre e si levò un cappellino rosso della Texaco con la stella a malapena riconoscibile, lasciandolo cadere accanto a Guyla Belle insieme alla gamella, poi prese in braccio Johnnie. «Cosa c'è, figliolo?» Il bambino lanciò un'occhiata alle mie mani e riprese a frignare.

«Johnnie ha avuto un p-piccolo incidente, ma sta bene, è solo un graffio. Oh, e la donna dei libri, ecco, ha portato...» Guyla Belle parlava a raffica, stringendosi i libri al petto.

«Taci, donna», la rimbeccò lui. «Che c'è da agitarsi per niente, figliolo?»

Guyla Belle fece per aprir bocca ma Mr Gillis alzò una mano come per colpirla, e lei fece un passo indietro spaventata.

Oh, era uno di quegli uomini ignobili, ma certo, il tipo che parlava a suon di pugni, che picchiava le donne gettandole a terra e giù dalle scale, che le sbatteva contro i muri e le trascinava nei vicoli bui. Vigliacchi come quelli che avevano tagliato i capelli a Bonnie e distrutto la cabina di Pearl. Sentii montare la rabbia e il disgusto, e mi spostai più vicina a Guyla, con Giunia alle calcagna.

Mr Gillis socchiuse gli occhi quando vide che cosa aveva turbato il figlio e si affrettò a stringere un braccio sporco attorno al bambino per proteggerlo. «Avevo sentito che eravate tornati. Sei una di quei Blu, non è vero? Una di quei Blu immorali che mio papà ha cacciato via dalla città nel '36».

«No, signore, non sono immorale…»

«Uh uh». Fece oscillare la testa. «Ero alto come un soldo di cacio, ma ho sentito tutto dalla mia parente Harriett Hardin. Hai chiesto per quell'itinerario dei libri, Guyla?» Lanciò alla moglie un'occhiata dura, e lei chinò la testa e cercò di scomparire nei libri che stringeva al petto.

Mi irrigidii.

Giunia mi venne più vicina e drizzò le orecchie allarmata, posandomi il muso sulla spalla e fissando l'uomo con occhio vigile.

«Aspetta, è il nostro asciugamano, quello, Guyla? Hai lasciato che lo usasse?», chiese Mr Gillis, guardandomi come se mi fosse spuntata una seconda testa.

Guyla mi prese l'asciugamano con mani tremanti e farfugliò delle scuse. «Perry…»

Misi una mano sul braccio della donna con fare rassicurante, ma lei si ritrasse di scatto come se si fosse scottata.

«Mr Gillis, mi sono bagnata venendo qui e ho chiesto una salvietta a vostra moglie. Lei non voleva darmela, ma l'ho supplicata».

L'espressione di Mr Gillis era un misto di paura e diffidenza, e irradiava l'odio radicato nella sua gente e in quelli venuti prima. Intuivo che il marcio stava facendo il suo lavoro. E sapevo che nulla poteva cambiare le cose... né le persone come lui. Guardai il figlio di Mr Gillis, consapevole che gli avrebbe trasmesso il disprezzo, lo avrebbe mantenuto vivo e lo avrebbe inculcato nel ragazzo e nei figli del ragazzo e in quelli che sarebbero venuti dopo.

«Vuoi che mi becco qualcosa e mi ammalo?» Le strappò di mano la salvietta e la gettò a terra, calpestandola con lo scarpone. «*Bruciala!* E toglici dal suo itinerario, e piantala di perder tempo con quegli stupidi libri che ti mandano in pappa quel cervello da gallina che ti ritrovi. Ridaglieli, subito. C'hai da fare le tue faccende», ringhiò a denti stretti, tirando un calcio alla gamella.

Il contenitore di metallo la colpì su uno stinco e Guyla lanciò un grido, lasciò cadere i libri e si premette una mano sul profondo taglio che sanguinava. Il bambino si sfregò gli occhi e si mise a piangere. Mr Gillis gli pizzicò una guancia con ferocia. Giunia strillò e io strattonai le redini, temendo che lo avrebbe attaccato.

«Chiudi il becco, ragazzino. Donna, portami una birra e metti in tavola il mio cavolo di pranzo!» Portò in casa il figlio in lacrime, che continuò a fissarmi.

Un cane macilento e senza coda uscì da sotto la veranda e si allontanò in fretta. Guyla si precipitò a prendere la birra, il berretto e la gamella del pranzo. «Ti prego, non togliermi dall'itinerario, donna dei libri». Mi prese per un braccio. «Lavora fino a tardi quasi tutti i giorni, e io ti lascerò una bottiglia di latte vuota sul bordo del pozzo se puoi venire, insieme ai prestiti vecchi», sussurrò restituendomi i libri. «Non conosco nessuno e non ho parenti. Neanche un'anima, e sono lontana dalla mia casa di Greenville. Ho solo i libri. Glieli terrò nascosti. *Ti prego*». Zoppicò verso la casetta di tronchi e si girò a guardarmi con occhi imploranti prima di sparire all'interno.

Era inquietante, come l'espressione di Bonnie. Anche se avevo paura di lui, pensai alla coraggiosa minatrice e annuii una promessa: *sì*. Poi la ripetei, più determinata questa volta.

Dovevo credere che i libri le avrebbero dato potere... che l'avrebbero liberata dalle angherie del marito.

Giunia mi tolse il testone dalla spalla, ma il dispiacere rimase, opprimente. Buttai fuori il fiato. «Ti sei comportata benissimo, ragazza mia». Le diedi una carezza. «Avrai quella mela succosa non appena torniamo a casa». Alzai gli occhi sulla casa dei Gillis e avvertii un brivido sfiorarmi il collo, facendomi accapponare la pelle.

Rimisi i libri nella sacca, mi infilai il cappotto e ficcai in tasca i guanti umidi. La porta si aprì e Mr Gillis uscì in veranda con in mano una birra e una pistola infilata nella cintola. Mi lanciò un'occhiata malevola mentre ingurgitava l'alcol, poi lanciò la bottiglia nella nostra direzione. «Prendi quel sentiero e levati di torno!»

Giunia gli ragliò contro e Mr Gillis mise la mano sul calcio della pistola. Tirai le redini e condussi la mula fuori dal cortile in fretta e furia. Mi guardai alle spalle più volte, per assicurarmi che non avesse deciso di inseguirci.

22

Amara Ballard era fuori dalla stalla del cavallo, le mani sui fianchi. «Mi dispiace tantissimo per la morte di Miss Adams, Honey, ma è bello rivederti, e in circostanze migliori. Come te la passi?»

«Loretta mi manca, ma sono grata per i ricordi, per la tua visita», le dissi mentre smontavo da Giunia.

«Ti serve ancora un passaggio per andare a trovare i tuoi genitori?», chiese.

«Certo. Grazie. A che ora devo essere qui?» Legai Giunia a un palo alto, eccitata.

«Parto all'alba, se la gravidanza di Katherine William non mi trattiene. Puoi lasciare la mula in quell'edificio laggiù, dove tengo l'automobile, e chiederò a uno dei ragazzi di venire a occuparsi degli animali mentre siamo via».

«Molto obbligata, Amara, ma la vecchia Giunia si agita in presenza degli uomini, a meno che non li conosca».

«Ragazza sveglia. Chiederò a una delle infermiere. Cosa mi porti oggi?»

«Ho una buona selezione. Cerchi qualcosa in particolare?» Tirai giù la sacca.

Lei si tolse il cappello e disse: «Beh, hai qualche storia d'amore? E mi mancano i giornali di casa. Pensi di riuscire a procurarti una copia del "Louisville Times"?»

Sorrisi. «Le storie d'amore piacciono anche a me. Ne abbiamo diverse, e ho gli ultimi numeri del "Times"». Mi chiesi se apprezzasse le letture eccitanti. «Posso perfino darti una copia di "Life" con Janet Leigh in copertina». Pensai alla fotografia audace della stella del cinema, poi rimasi zitta, con la sensazione di essermi spinta troppo oltre.

Amara ridacchiò. «Diventeremo amiche».

Sorrisi e tirai fuori il giornale arrotolato, passandoglielo. La donna abbassò lo sguardo e aggrottò la fronte alla vista della mia pelle blu. Si infilò il giornale sottobraccio e mi prese la mano, esaminandola.

Io la ritrassi e la ficcai in tasca, tastando i guanti bagnati.

«Ti senti male, Honey? Non stai bene...»

«No, è un difetto genetico, ha detto il Doc. Si chiama metemoglobinemia. La maggior parte della mia famiglia ce l'ha da secoli». Agitai la mano in un gesto esagerato. «Salta fuori quando mi agito, o succede qualcosa di brutto...», spiegai con un'alzata di spalle, non volendo dirle quello che era successo a Bonnie e dai Gillis. Bonnie aveva rifiutato di farsi vedere dall'infermiera, e poteva darsi che Amara volesse dare un'occhiata al bambino dei Gillis. Ma se Mr Gillis scopriva che era caduto nel pozzo, avevo paura che Guyla Belle ne avrebbe pagato lo scotto, e forse anch'io.

«C'è una cura?»

«Nessuna cura. Il blu di metilene può farla sparire per un po'. Però mamma ha detto che certe medicine sono peggiori della malattia».

«Mmh, il vecchio farmaco contro l'avvelenamento da cianuro. Metemoglobinemia». Ripeté il parolone. «Non conosco il termine medico, ma sono curiosa. Devi dirmi di più quando andiamo a Louisville».

Annuii, frugando nella sacca. «Questo non è male. *Con tutto il mio cuore*». Glielo diedi. «È la storia d'amore fra Carlo II e Caterina di Braganza».

Amara studiò la copertina e poi lo girò per leggere il retro.

Mi era piaciuto perché la principessa aveva un'anziana donna cieca come Loretta che le dava consigli astuti. «Ah, l'autrice, Margaret Campbell Barnes, guidava le ambulanze a Londra durante l'ultima guerra», aggiunsi.

«Lo prendo!»

Le porsi un volantino dell'emporio della Compagnia e alcuni opuscoli della chiesa.

Sopra di noi sfrecciò un uccello solitario, levando il suo vivace chiacchiericcio al sole basso che viveva le sue ultime ore prima del buio. Il nitrito di Giunia fece da contrappunto al canto.

«Si sta facendo tardi», dissi.

«Abiti ancora da Miss Adams?»

«Sono tornata a casa dei miei nonni perché Alonzo ha dovuto venderla».

«Quel vecchio è un disastro, parola mia», commentò. «Grazie per questi. Ci vediamo domani».

«Molto obbligata, Amara. Non vedo l'ora di riabbracciarli, e ti pagherò la benzina».

Pensare che avrei visto i miei genitori cancellò le brutture di quella giornata e accese una fiammella di gioia nel mio cuore. Mi affrettai verso Giunia, il passo leggero, e le diedi un bacio sul muso. «Domani. Domani, ragazzona, sarò fra le braccia di mamma e papà!» Giunia aprì i grandi occhi insonnoliti e nitrì piano.

Le diedi una pacca sul collo e pensai alla proposta di Carson, chiedendomi se parlarne ai miei. Avrebbero potuto spingermi ad accettare per il mio bene. Ci riflettei e decisi che non ne avrei fatto parola. Invece, avrei mostrato loro il necrologio di Byrne.

23

Sabato mattina mi svegliai alle due, affrettandomi a mangiare e vestirmi, impaziente. Ricordavo che la benzina costava circa trenta centesimi il gallone e tirai fuori dalla fodera del cappotto due dollari, poi scelsi pesche essiccate, focaccine e mele, prendendo il doppio di tutto per condividerlo con mamma e papà. Misi le provviste nella vecchia sacca di pelle di mamma.

Uscii con una lanterna per andare da Giunia. La mula venne fuori a passo lento, insonnolita. «Oggi vedrò mamma e papà, quindi devi portarmi alla svelta a casa dell'infermiera». Lei drizzò le orecchie e si guardò attorno, come se al solo nominarla, mamma potesse spuntar fuori all'improvviso. «Niente capricci oggi, Giunia. Dritta da Amara».

La sellai e infilai la borsa di pelle nella sacca da sella. Giunia scoprì i denti, mordicchiando l'aria in silenzio. «Ho dimenticato i tuoi biscotti». Lei fece oscillare la testa in segno di disappunto, sfregandomi il muso sulla spalla. Corsi dentro a prendere una scorta dei suoi bocconcini.

Mentre ci allontanavamo dalla baita la lanterna sbocconcellava l'oscurità e la foschia mattutina che si levava in volute. Di lì a poco iniziò a scendere una pioggerellina sottile. Mi tirai il berretto di lana sulle orecchie e affondai il mento nel cappotto.

In lontananza si udivano dei latrati, il botta e risposta stridulo che faceva avanti e indietro sopra le cime dei pini. Mi irrigidii. L'abbaiare riprese, riverberandosi nella foresta e facendomi drizzare i peli sulla nuca. *Coyote*. Lanciai un'occhiata alla custodia del fucile e cercai di far accelerare l'andatura a Giunia.

D'un tratto, sentii qualcosa muoversi sulla sella dietro di me e arrampicarmisi con cautela in grembo. Mi sfuggì un grido tremulo e chiusi gli occhi, sentendo l'animaletto strisciarmi sulle gambe.

Giunia ragliò forte e si fermò.

Con le mani che tremavano sollevai la lanterna e deglutii con sforzo. Col fiato corto, presi un bel respiro e aprii gli occhi, poi buttai fuori l'aria che avevo nei polmoni come fosse un macigno.

Pennie. Mancò poco che svenissi per il sollievo.

La gatta si era nascosta nella sacca da sella. «Pennie», dissi con voce stridula, carezzandole la testolina. «Non sono mai stata così felice di vederti. Ma mi hai quasi fatta cascare di sella dallo spavento. Devi tornare indietro».

Giunia sbuffò impaziente, esalando nuvolette di vapore. Pennie si stirò e fece la pasta sul garrese della mula, ronfando a tutto volume. Giunia fremette di piacere e piegò le orecchie, mordicchiando l'aria.

Mi tirai in grembo la gatta e girai la mula per tornare indietro. Quando arrivammo a casa, smontai e portai Pennie alla stalla. Ma Giunia ci batté sul tempo e si fiondò dentro. Non aveva intenzione di muoversi.

Fissai il cielo buio, preoccupata. Avevamo già perso un'ora per riportare la gatta a casa, e mi toccò passare un'altra mezz'ora a cercare di convincere Giunia che ragliava indignata, a ripartire. Mi prese la frenesia. *Amara mi avrebbe aspettata o sarebbe partita senza di me?* Finalmente riuscii a far uscire la mula attirandola con un biscotto.

«*Svelta*». La incitai con le gambe. «Svelta, Giunia. Non voglio perdere il passaggio». Qualche ora dopo smise di piovere e il sole penetrò la foschia umida, dipingendo il cielo di pennellate color lavanda, rosa e arancione. Gli uccelli levavano i loro cori, un chiacchiericcio cinguettante che salutava il nuovo giorno.

Tagliai per la città ancora addormentata, a parte un minatore che entrava a lunghi passi nell'emporio. Mrs Martin era diretta in biblioteca, e il tribunale era deserto.

Quando arrivammo nel cortile di Amara, vidi con sollievo che le luci di casa erano accese. «Tu starai in quell'edificio laggiù», spiegai a Giunia. Smontai e la legai alla veranda, poi cercai in tasca il suo biscotto. «Fai la brava, ragazzona. Torno subito per metterti nella stalla di Amara». Le diedi un bacio sul naso, poi salii i gradini di corsa e bussai piano. Dal caminetto della baita salivano sbuffi di fumo di legna.

Amara mi aprì la porta con un dito sulle labbra per segnalarmi di fare silenzio. «Entra a scaldarti, Honey. Puoi appendere il cappotto al gancio», sussurrò. Oltrepassai la soglia e mi tolsi il cappotto e il berretto bagnati, appendendoli a un attaccapanni accanto alla porta. Abbassai lo sguardo sui guanti e me li sfilai.

Mi stupii di vedere vicino alla finestra dall'altra parte della stanza un lettino con una minuscola sagoma rannicchiata sotto le coperte.

«Accomodati, Honey, ti porto del caffè».

Preoccupata, mi sedetti al tavolo, lanciando occhiate di sottecchi al lettino improvvisato.

Qualche minuto dopo, Amara sedette accanto a me con due tazze piene. «Mi spiace, ma ho un paziente. Il bambino, Johnnie Gillis, sta meglio perché ieri sera gli ho fatto un'iniezione di penicillina per la polmonite».

«Johnnie», mormorai, e di colpo mi sentii male.

«Si riprenderà, ma nessuna delle altre infermiere può restare qui con lui, perciò oggi non posso muovermi».

Ci rimasi malissimo. «Spero che il piccolo guarirà in fretta», dissi, sincera, anche se la notizia mi colpì come un pugno nello stomaco, la delusione cocente di non poter andare a trovare i miei genitori. Dovevo vederli e dirgli di Loretta e Byrne, e informarli che ero rimasta senza tutore.

Amara sorseggiò il caffè in silenzio mentre i miei pensieri si rincorrevano frenetici. Quando non riuscii a mandar giù un altro sorso, spinsi da parte la tazza.

«Grazie. Meglio se vado», riuscii a formulare continuando a pensare a mamma e papà, oppressa dalla tristezza in quella stanza angusta che puzzava di marcio, malattia e disinfettante.

Amara allungò un braccio sul tavolo e mi diede un colpetto sulla mano. «So che è un bel pezzo di strada, ma se passi di nuovo sabato prossimo, forse...»

Fummo interrotte da un improvviso bussare alla porta che mi fece sobbalzare.

Amara aprì la porta, lasciando entrare odore di fumo di legna e pini. Sulla soglia c'era Mr Gillis, con Guyla Belle al seguito. «Come sta Johnnie stama...» L'uomo mi vide e si interruppe nel mezzo della frase, allungando un braccio nella mia direzione. «*Tu!* Cosa ci fai qui con mio figlio? Non ti avevo detto di non farti più vedere, tu e quei libri?»

Feci un passo indietro.

«*Mr Gillis!*», lo rimproverò Amara in un sussurro aspro, lanciandogli un'occhiataccia. «Miss Lovett è un'ospite a casa mia, e se non abbassate la voce, mi vedrò costretta a chiedervi di andarvene».

Sul lettino Johnnie si svegliò e si mise a sedere. Guardò la madre sfregandosi gli occhi, poi vide me. Mi indicò. Proprio quando pensavo che si sarebbe messo a strillare e sarebbe scoppiato a piangere, se ne uscì: «Donna libi pozzo, azie», e lo ripeté, questa volta con un gran sorriso stampato in faccia, desideroso di compiacere la madre.

Mr Gillis si girò verso di me.

Gli occhi spenti di Guyla Belle si riempirono di lacrime.

«Che c'è, figliolo?», chiese a bassa voce, spostando lo sguardo da me al bambino. «Caduto pozzo, paa-pi. Pozzo fatta bua a Johnnie», disse il piccolo imbronciato.

«Guyla, il bambino dice quello che credo sta dicendo? *Guyla!*», sbraitò, levandosi il berretto della Texaco e colpendola in faccia. «Hai lasciato che mio figlio cadesse in quel pozzo?»

«Ma-ma-mmaa!» Johnnie scoppiò in singhiozzi, mettendosi in bocca il lenzuolo e ciucciandone un angolo.

«Nostro figlio s'è beccato la polmonite perché è caduto in quel pozzo gelido pieno di pioggia invernale, Guyla?» La moglie prese a tremare e incassò la testa nelle spalle. Mr Gillis le mollò un manrovescio, spaccandole il labbro. «Poteva annegare, donna!»

Guyla Belle incespicò all'indietro e cadde, battendo la testa sul bordo in mattoni del caminetto.

Soffocai un grido. Dall'esterno Giunia ragliava furibonda, tirando calci alla veranda.

Amara corse da Guyla Belle e le si inginocchiò accanto. «Fuori di qui, Mr Gillis».

Lui fece una smorfia e strinse il pugno.

«*Immediatamente,* Mr Gillis. Non glielo chiederò di nuovo», gli intimò gelida e lanciò un'occhiata al fucile appeso sopra la mensola del camino.

L'uomo seguì il suo sguardo, poi girò la testa di scatto verso la moglie con una smorfia rabbiosa, la mascella irrigidita.

Amara incrociò il mio sguardo e poi lo spostò sul fucile.

Mi precipitai verso la mensola, ci battei sopra la mano irrequieta, pronta a imbracciare l'arma. «Fuori, Mr Gillis».

L'uomo si girò verso di me, gli occhi sgranati. «Cagna blu», ringhiò.

Poi, rivolto a Guyla Belle, disse a voce bassissima: «Alzati. C'ho un altro turno di sedici ore in quel buco d'inferno, Guyla, per poter portare il cibo in tavola e tenerci un tetto sopra la testa. Ho sposato una scansafatiche buona a nulla, manco capace di far da madre a mio figlio. E adesso mi toccherà lavorare ancora più ore per pagare il cemento da mettere su quel dannato pozzo. Fai vestire mio figlio e lo porti via di qui, e mi prepari da mangiare per mezzanotte, quando smonto». Guardò Johnnie, lanciò un ultimo sguardo sprezzante alla moglie e uscì come una furia.

Corsi alla porta. Giunia sbuffò con rabbia, calciò di lato e si impennò cercando di colpirlo. «Se n'è andato», dissi, chiudendo la porta.

Guyla Belle gemette e cercò di alzarsi, e io corsi da lei.

«Aiutami a farla sedere al tavolo», disse Amara, esaminando la faccia della donna e passandole con delicatezza le dita sulla testa. «Metti su dell'acqua a scaldare, Honey. E prendi il mercurocromo che c'è vicino alla stufa».

Andai al lavello, riempii il bollitore e lo misi sulla stufa. Quando iniziò a fischiare, versai l'acqua in un catino e lo posai sul tavolo.

Amara lavò la profonda lacerazione sulla fronte di Guyla Belle e io le passai la boccetta di mercurocromo.

Strinsi fra le mie le mani della donna mentre l'infermiera versava gocce di disinfettante arancione sulla ferita aperta. Guyla Belle si lamentò per il bruciore e la fronte le si ricoprì di sudore mentre stringeva forte la mia mano umidiccia, gli occhi colmi di dolore e infelicità.

Qualche minuto dopo, Amara le aveva dato i punti e bendato le ferite.

Preparai del tè e ne misi una tazza davanti a Guyla Belle, ma lei la ignorò e la spinse da parte.

«Grazie per aver tirato fuori Johnnie dal pozzo, Honey. Adesso devo tornare a casa». La donna si alzò incerta, si avvicinò al lettino e diede un bacio al bambino. «Vieni che ci vestiamo, figliolo. Mamma deve andare a casa a finire i mestieri». Diede un buffetto alle ginocchia del figlio e tirò indietro le coperte. «Grazie ancora, donna dei libri, per aver salvato il mio ragazzo. Apprezzo i vostri servigi, infermiera Amara».

Amara si avvicinò a Johnnie. «Vorrei trattenere voi e il bambino fino a domani, Mrs Gillis», disse. «Assicurarmi che non abbiate una commozione cerebrale e che il bambino sia abbastanza stabile da muoversi».

Ma lei scosse la testa. «Se mi portate i vestiti, possiamo andare, signora».

«Sono là, Mrs Gillis». Amara li indicò. «Li ho lavati». Guyla Belle prese gli abiti puliti del bambino da uno sgabello nell'angolo, li posò ai piedi del lettino e iniziò a vestirlo. Dopo aver finito, l'infermiera gli misurò la temperatura col termometro, poi lo scosse per far scendere il mercurio nella colonnina di vetro, riponendolo nell'astuccio di pelle. «Sarei più tranquilla se vi fermaste, Mrs Gillis».

«Ti prego, resta, Guyla Belle», insistetti, seguendoli alla porta.

«Scusate per tutto il disturbo», si limitò a dire lei. «Perry non è sempre stato così. Il carbone ti mette il diavolo in corpo, cattivo com'è. Si insinua nei cuori e li fa diventare neri come la cenere che continua a infilarsi nelle stanze appena spazzate».

Johnnie si aggrappò alla mano della madre. Pensai a Bonnie là sotto, ai bravi minatori, al bimbetto che avevo davanti che si induriva fino a diventare un grumo di carbone annerito.

«Ti prego, portami i libri, Honey, prometto di tenerli da conto, nascosti. *Prometto*», mi implorò Guyla Belle, con la disperazione che affiorava nella voce tremante.

«È troppo pericoloso tornare là», sussurrai, posandole una mano sulle spalle incurvate.

«Pericoloso se non lo faccio. Non potrei mai lasciarlo. Non ho soldi né famiglia. Solo lui e il mio bambino», disse, reggendosi con una mano allo stipite e stringendo la manina del figlio con l'altra, poi uscì.

«Aspetta, Guyla Belle».

Si girò verso di me.

Non riuscivo quasi a guardarla negli occhi gonfi. Aveva l'aria smarrita, la tristezza e la disperazione uno spettacolo insostenibile. «Farò in modo che tu abbia i libri».

Mi rivolse un'espressione riconoscente. La guardammo camminare lentamente e con difficoltà attraverso il cortile, con Johnnie che le trotterellava accanto.

«Tornano sempre da quei codardi buoni a nulla, indipendentemente da quante volte le ricucio o gli sistemo le ossa rotte», commentò Amara, le parole intrise di amarezza.

Quando la madre e il figlio scomparvero in mezzo al bosco, tirai fuori il cipollone e vidi che erano quasi le undici e mezzo. Tentai la sorte e chiesi ad Amara: «Facciamo in tempo?»

«Sono cinque ore buone di macchina, Honey, e non arriveremmo mai in tempo per l'orario di visita in prigione né al centro sanitario prima della chiusura». Mi toccò il braccio. «Mi dispiace. Magari oggi puoi provare a telefonare. Organizziamoci per sabato prossimo».

Puntai lo sguardo sulle montagne ammantate di foschia, il cuore pesante.

«Lascia che ti prepari il pranzo, Honey. È il minimo che possa fare per il disturbo».

«Obbligata, ma mi sono portata da mangiare. Credo che andrò in città a prendere alcune cose che mi servono». Volevo scappar via e andare in un posto dove avrei potuto star male senza che gli altri mi vedessero.

Mi chiusi piano la porta alle spalle e andai da Giunia, mi accasciai contro la mula e le seppellii la faccia nel mantello, ricacciando indietro le sofferenze di quella mattinata. La vecchia bestia non reagì, rimase immobile, e seppi che era addolorata quanto me.

24

Rimontai in sella alla mula e cavalcai verso la piazza cittadina gremita, in preda alla smania bruciante di mettermi in contatto coi miei genitori.

Uomini e donne si scambiavano saluti, intenti alle occupazioni del sabato. Condussi Giunia all'ufficio postale, lì la legai a un palo, pensando di acquistare dei francobolli per scrivere ai miei.

Bill, il direttore, aspettò pazientemente mentre decidevo quali comprare. Alla fine, scelsi un foglio di francobolli da tre centesimi blu scuro delle *Women in Our Armed Services*, ammirando le quattro donne coraggiose che avevano combattuto nei quattro corpi dell'esercito. Osservai i loro visi allegri, stupita che fossero blu. Mi chiesi se il colore fosse un artificio dell'artista o se lo fossero stati davvero, e perché mai la guerra avrebbe dovuto renderle tanto felici… dubitando che i loro generali a quattro stelle fossero meglio di quelli delle donne di Troublesome, la minatrice, l'infermiera, la vedetta…

Un uomo in fila dietro di me si avvicinò, scoccandomi un avvertimento impaziente sul tallone con la punta della scarpa. Feci un passo avanti, pagai i francobolli e le buste, e lasciai l'edificio.

Entrai in biblioteca e indugiai a esaminare gli ultimi arrivi. Quando ebbi finito, uscii in strada e rimasi a guardare i minatori in pausa pranzo davanti all'emporio della Compagnia. Alcuni chiacchieravano fra loro mentre altri salivano sul retro dei pick-up per tornare nelle gallerie. Cercai Bonnie ma non riuscii a vederla.

Poco dopo, sulla porta comparve Perry Gillis insieme a un altro minatore, seguito da Bonnie. La ragazza aveva in mano una Coca-Cola e si spostò dall'altro lato, lontana dagli uomini, sorseggiando la bevanda fredda. Portava ancora la salopette annerita; non aveva obbedito agli ordini dell'uomo del boss.

Francis aprì la porta dell'emporio e guardò fuori. Quando vide la cugina, la raggiunse. Intuii che era turbato per qualcosa perché Bonnie non faceva che scuotere la testa. Poi si tolse il casco da minatore e lo gettò a terra; il copricapo sporco di carbone rimbalzò sulla strada, i capelli corti di Bonnie ritti in testa come uno spaventapasseri lacero ormai inutile.

Il cugino indietreggiò come se l'avessero colpito e indicò il taglio da maschio. «Chi è stato? Dimmelo!» Il suo grido si levò sopra la cittadina e le montagne coperte di pini, il viso chiazzato di rabbia.

Il gruppetto di minatori intenti a chiacchierare si guardò alle spalle. Francis si avvicinò come una furia, urlando: «Chi di voi luridi depravati ha toccato mia cugina? Fareste meglio a dirmelo, o dovrete vedervela con me». Alzò i pugni.

«Francis, basta», lo supplicò Bonnie, prendendolo per un braccio. Ma lui si liberò con uno strattone. «Francis, *ti prego...*» La Coca-Cola cadde sul marciapiede, e il collo rotto della bottiglia rotolò in strada.

Corsi accanto a Bonnie. «Francis, basta», urlai. «Per favore, non farlo!»

Mr Gillis diede uno spintone al ragazzo. Francis lo colpì alla mascella e poi i due si misero a picchiarsi in mezzo alla strada. Francis mise a segno un paio di pugni ben assestati, ma l'uomo era più forte e lo colpì una volta, una seconda. Il ragazzo crollò in ginocchio.

Gillis si guardò attorno, poi si chinò lentamente per raccogliere un grosso pezzo della bottiglia. Scattai in avanti e lo allontanai con un calcio, l'esasperazione di quella mattina andata storta concentrata nella punta dello stivale rabbioso. L'uomo mi rivolse una smorfia feroce e allungò la mano verso il collo rotto della Cola.

Sbalordita dalla mia furia, indietreggiai incespicando. Un altro minatore prese Gillis per un braccio e gli torse il polso, facendogli cadere di mano il vetro tagliente. Francis si rialzò in piedi, si fece avanti barcollando e si avventò di nuovo contro Gillis. Diversi uomini corsero fuori dall'emporio e li separarono, trascinando Francis verso l'ingresso. «Vieni, figliolo», gli disse uno di loro, «andiamo di sopra a darci una ripulita». Francis rientrò zoppicando.

Bonnie raccolse il casco e si allontanò in fretta.

Gli uomini rimasti parlavano concitati a Gillis, che si lasciò andare a un profluvio di imprecazioni.

Preoccupata per Francis e impaziente di allontanarmi da Gillis, decisi di entrare anch'io. Magari potevo provare a usare il telefono per chiamare i miei genitori come aveva suggerito Amara. Incerta, aspettai qualche minuto, poi tirai fuori un dollaro dalla tasca del cappotto e mi avviai verso l'emporio.

Perry Gillis mi si parò davanti bloccandomi la strada. Avvicinò la faccia alla mia e disse: «Se porti un altro di quei luridi libri a casa mia, anche solo una pagina, inoltrerò un reclamo alla biblioteca e ti denuncerò alla legge per esserti messa in mezzo fra un uomo e sua moglie».

Mi feci piccola piccola, ricordando di aver letto da qualche parte della vecchia legge sull'alienazione degli affetti.

Mi venne ancora più vicino e io incassai la testa nelle spalle, tirandomi indietro, consapevole che se c'era una cosa che i Blu avevano in comune con le altre donne, era proprio quello: schivare le botte degli uomini. Come tutte le donne del Kentucky, sapevo qual era il mio posto e quando chinare il capo e cedere. Era un mezzo di sopravvivenza insegnato fin da subito, inculcato nelle bambine dalla più tenera età.

«Ascoltami bene, ragazzina. M'hai sentito?» Mi prese per i capelli e tirò forte, provocandomi una fitta bruciante. Mi si riempirono gli occhi di lacrime mentre lui affondava le zampacce e dava un altro strattone.

Mi sfuggì un grido.

«La pianti di far andare quella tua ciabatta con mia moglie e stai alla larga da casa mia!» Mi respirò in faccia il suo alito fetido e mi spintonò strappandomi una ciocca di capelli. Quando alla fine osai alzare la testa, stava tornando verso il gruppetto di minatori.

Sconvolta, fissai la sua schiena ansimando forte, cercando di capire se togliere Guyla Belle dall'itinerario o no. Mi massaggiai la testa con una smorfia. Se avessi perso il posto, non avrei potuto mantenermi da sola. Avevo bisogno di quel lavoro e della paga regolare. Se Gillis mi avesse mandato lo sceriffo, avrebbe peggiorato le cose e rovinato quello che Mr Morgan stava cercando di fare per tenermi fuori di prigione. Potevo perdere anche quel poco di libertà che mi restava.

Ma Guyla Belle aveva implorato il materiale da lettura, e io glielo avevo promesso. Lei voleva disperatamente i libri, e io volevo fare quello che potevo per lei. E Miss Foster non aveva forse detto che era mio compito, mio dovere, portare i libri a tutti i lettori? Mi avrebbe licenziata se avesse saputo che non l'avevo fatto? Mi tornarono in mente le difficoltà che aveva affrontato mamma ai suoi tempi. Alcuni di quelli che aveva sul suo itinerario erano individui pericolosi. Ma lei aveva tenuto duro, determinata ad ampliare il numero di lettori.

Feci un respiro tremante, e mi ripromisi di essere più cauta e di prestare attenzione alla bottiglia del latte di Guyla Belle.

Entrai nel negozio e aspettai al banco che mi cambiassero le monete, fissando l'insegna di metallo con sopra l'affascinante diva del cinema, Hedy Lamarr, che dichiarava *La RC è la più buona!* con la pancia praticamente nuda nel suo completo due pezzi a quadretti blu con lo scollo alla Bardot che le lasciava le spalle scoperte.

Lanciai occhiate furtive a Gillis dalle vetrine dell'emporio, osservandolo indugiare là fuori con gli uomini come se aspettasse qualcuno. Mi massaggiai la testa dolorante e frugai in un espositore di trottole di legno, ammirando i giocattoli colorati. Poco dopo comparve Francis, con la faccia rossa e un occhio che iniziava a gonfiarsi, una strisciata arancione di mercurocromo su un taglio che gli attraversava la guancia.

«Honey», disse senza guardarmi in faccia, «cosa posso fare per te oggi?» Prese una trottola e la lasciò ricadere nel contenitore. «Le trottole vengono un nichelino l'una».

«Sono contenta che tu stia bene, Francis».

Arrossì. «Mi spiace che tu abbia dovuto assistere a quella scena, Honey, ma uomini come Gillis vanno rimessi al loro posto o continueranno a fare del male alle donne. I minatori hanno detto che la donna dei libri ha allontanato il vetro da Perry Gillis con un calcio. Grazie per l'aiuto».

Annuii, imbarazzata, e mi toccai con cautela la testa indolenzita.

«Cosa posso fare per te?»

Mi sfilai un guanto, mi sistemai una ciocca di capelli dietro l'orecchio e tirai fuori un dollaro dalla tasca del cappotto. «Mi servono degli spiccioli per il telefono a pagamento».

Lanciò un'occhiata alla mia mano, poi aprì il registratore di cassa. Contò in silenzio soprattutto monetine da cinque centesimi e qualcuna da dieci e me le mise nel palmo, sfiorandomi la mano chiazzata di blu.

Ritrassi il braccio e osai guardarlo in faccia mentre mi rimettevo il guanto, temendo la sua reazione. Ma la sua espressione era rimasta gentile e amichevole. Feci tintinnare le monetine, mi guardai attorno e alle spalle, preoccupata che qualcuno potesse sentirmi, poi mi sporsi sul bancone e sussurrai. «Come si usa, Francis?»

«Eh?»

«Non ho mai usato un telefono a gettoni». Avvampai per l'imbarazzo e aggiunsi: «Non ne avevo mai avuto la necessità finora».

Gli si accese un lampo divertito negli occhi e diede una voce a qualcuno che si chiamava Eddie. «Bada alla cassa mentre le do una mano sul retro». Francis uscì da dietro il bancone e mi accompagnò alla cabina telefonica che stava in un angolo.

Aprì la porta di vetro della cabina ed entrò, invitandomi a fare lo stesso. «Okay, ecco come funziona», spiegò, in piedi con la spalla che sfiorava la mia.

Arrossii. A parte le zuffe per gioco con Carson e i suoi fratelli quando eravamo piccoli, non ero mai stata così vicina a un ragazzo. E l'odore piacevolmente strano del corpo maschile mi dava alla testa mentre cercavo di farmi piccola piccola per lasciargli spazio.

«Prendi su questo ricevitore così e metti un nichelino nella fessura a destra. Ecco, qui, Honey. Poi giri il disco. La guida del telefono è sulla mensola». Avvicinò un dito ai numeri fingendo di muoverlo in senso orario, poi infilò il polpastrello nelle aperture circolari, facendo ruotare il disco. Lo rifece. «Se non sai il numero, il centralino lo troverà al posto tuo», disse.

Abbassai lo sguardo, sentendomi stupida. «Cen-tra-li-no?», ripetei la parola lentamente, sillabandola.

«Ecco, per parlare con il centralino basta fare lo zero». Rifece il movimento circolare.

Annuii. «Molto obbligata per l'aiuto, Francis, ma puoi aspettare fuori nel caso abbia bisogno di te?»

«Certo, Honey». Mi passò accanto e uscì dalla cabina, rosso in faccia esattamente come me.

Mi sfilai i guanti, inserii una moneta e composi lo zero.

«Numero, prego?», chiese la centralinista.

«Signora, parla Honey Lovett di Troublesome Creek, Kentucky. Voglio parlare con mia mamma alla prigione femminile di Pewee Valley, Kentucky, per favore».

«Divisione femminile, riformatorio statale del Kentucky. Inserisca altri cinque centesimi, prego».

Armeggiai nella tasca del cappotto e lasciai cadere la moneta nella fessura.

«Attenda, prego».

«Sì, signora, centralinista. Molto obbligata».

Francis mi dava le spalle, le mani ficcate nelle tasche dei calzoni, e si sforzava di non ascoltare.

Due lunghi squilli e rispose una donna. «Divisione femminile, riformatorio statale del Kentucky, parla Mrs Holland».

«Signora, Mrs Holland, parla Honey Lovett da Troublesome Creek, signora. Voglio parlare con mia mamma, per favore...»

«È concessa una telefonata al mese, e solo ai detenuti modello».

«Quando può telefonarmi mia mamma?»

La donna sospirò, seccata. «Chi è sua madre, signorina?»

«Cussy Mary Lovett».

La sentii girare delle pagine. Poco dopo disse: «A Lovett è stato sospeso il diritto di telefonare e di ricevere visite. Lei è la figlia?»

«Sì, signora». Facevo fatica a respirare e mi guardai attorno frenetica, inalando aria viziata.

«Abbiamo cercato di contattare i parenti ma non avevamo un recapito. Sua madre si trova nell'infermeria della prigione».

«Infermeria, ma perché?» Mi cedettero le gambe e mi lasciai cadere sulla panchetta di legno, avvolgendomi attorno alla mano il cordone del telefono. «Cos'è successo a mia mamma?»

«Mi dispiace. Dovrà parlare col suo avvocato al riguardo». Udii un *clic*.

«Cosa c'è che non va? Signora? *Signora?*» Mi aggrappai alla mensola metallica su cui era poggiata la guida del telefono.

Rimasi a fissare la cornetta, me la portai di nuovo all'orecchio. «*Signora?*»

Francis bussò alla porta di vetro e articolò: «Tutto bene, Honey?»

Mi infilai i guanti e spinsi la maniglia d'ottone per aprire la porta. «Devo andare subito a Peweee Valley».

«Lunedì ho il giorno libero, posso chiedere il pick-up a mio padre e portarti».

«Molto obbligata, Francis, ma prima devo mettermi in contatto con Mr Morgan».

Eddie chiamò Francis dal davanti dell'emporio. «Devi richiamare Mr Webb, Francis».

Il ragazzo aggrottò la fronte. «Devo tornare al lavoro. Se cambi idea e ti serve quel passaggio, basta che me lo dici». Si avviò, poi si girò verso di me. «Senti, Honey, ehm... ti andrebbe di uscire? Magari a vedere un film al cinema? O un picnic sul torrente? Usciresti con me, Honey?» Lo disse in fretta, si ficcò le mani in tasca e si dondolò sui talloni, in attesa.

Ero sbalordita che me lo avesse chiesto e quando non risposi, Francis aggiunse: «Mamma sarebbe felice di prepararci un cesto di cose buone da mangiare».

«Mi piacerebbe ma...» Cercai una scusa perché avevo bisogno del permesso di papà. Ma non me la sentivo di confessargli che era in prigione. Alla fine, gli dissi la verità: «Non ho ancora il permesso di uscire coi ragazzi».

«Chiedi a tuo padre». Aveva lo sguardo animato e implorante, il sorriso caloroso.

«Non è qui», risposi, perché volevo dirgli di sì ma non volevo rivelargli dov'era mio papà.

Si sporse in avanti e batté con le nocche sulla cabina telefonica. «Magari puoi telefonargli?» Mi sorrise, si voltò e tornò verso il bancone. Lo vidi lanciarmi occhiate mentre apriva un sacchetto marrone e iniziava a riempirlo con la spesa di un cliente.

Agitata, sedetti sulla panchetta della cabina e frugai nella sacca in cerca del numero di Mr Morgan.

Sentii la sua voce prima di vederlo. Mr Gillis e una donna coi capelli grigi che aveva in mano un sacchetto della spesa erano uno accanto all'altra vicino alla rastrelliera degli abiti da lavoro, dandomi le spalle. Premetti il ginocchio contro la porta a soffietto e la socchiusi, ascoltando.

«Ci ho provato, Ma», lo sentii dire in tono preoccupato. «Mi stanno facendo morire. Guyla non è in grado di badare al bambino».

«Sapevo che era una buona a nulla fin dall'inizio, figliolo», sibilò la madre. «Avresti dovuto cacciarla a pedate tempo fa. Hai parlato con tuo cugino Robbie?»

«Non sono riuscito a vederlo. La miniera mi porta via tutto il tempo. E non riesco a concentrarmi sul lavoro, Ma, preoccupato come sono per quel che può capitare al ragazzino. Ho paura che la prossima volta si farà male sul serio, magari addirittura...» Mr Gillis si sfregò la faccia, tirò su col naso. «Mi serve un altro impiego che non mi fa finire sottoterra anzitempo, e non voglio perdere mio figlio».

La madre gli scostò una ciocca di capelli dagli occhi. «Parlerò di nuovo con Robbie, gli dirò di lavorarsi quella ragazzetta idiota che sta alla torre. Nel frattempo, tu ti liberi di Guyla».

Mr Gillis si girò leggermente verso di lei, quasi stesse cercando una specie di permesso.

Lei annuì, poi lo fece di nuovo, con più decisione. «Tu ti liberi di quell'essere inutile, poi c'avremo da preoccuparci solo di te e del ragazzo. Ti procuri anche tu quell'impiego comodo alla foresta come Robbie. Nel frattempo, dirò a tua sorella di badare al bambino», disse, dandogli una pacca sul braccio. «A Ida non dispiacerà dare una mano al suo fratellino. Stanotte vai a fare il tuo turno, e io parlerò con Robbie e Ida».

La donna si voltò per andarsene e incrociò il mio sguardo. Mi affrettai a chinare la testa e chiusi la porta della cabina, facendo sbatacchiare il vetro. Fui percorsa da un brivido freddo mentre lei se ne andava tutta impettita. Aspettai di sentire i passi di Mr Gillis. Poi la campanella dell'emporio suonò, annunciando la sua uscita.

Mi ricomposi, trovai il biglietto da visita di Mr Morgan e feci il numero, lasciandolo suonare sette volte prima di riappendere. Aspettai un attimo, poi riprovai. Ma l'avvocato non rispose. Potevo andare alla periferia della cittadina dove aveva il suo ufficio, ma sapevo che, se non aveva risposto al telefono, era probabile che fosse chiuso.

Riflettei se provare a chiamare papà, ma un uomo bussò sul vetro e indicò l'orologio, in attesa di usare il telefono.

Uscii dall'emporio, passando oltre il gruppetto di minatori, desiderando che la donna di Pewee Valley mi avesse lasciato parlare con il dottore della prigione. *Dottore*. Il vecchio Doc di campagna era il nostro medico di famiglia; magari poteva aiutarmi.

All'angolo c'erano Greta e Carson, le teste accostate a sussurrarsi segreti, giovani innamorati tutti presi l'uno dall'altra e dimentichi del mondo.

Lungo la via passò Wrenna col suo gallo. Gillis era ancora lì, a mangiare una mela e a leccarsi le ferite, il piede calzato dallo scarpone sporco di fango poggiato sulla vetrina dell'emporio. Fece finta di acchiappare la ragazzina, suscitando la reazione furibonda del volatile e le risate sguaiate e brutali degli uomini che lo incitavano in coro.

Gillis diede un altro morso alla mela e poi la tirò contro il gallo, che sbatté le ali e strillò indignato.

Per qualche secondo Wrenna lo guardò in modo strano, poi lanciò un richiamo musicale e l'uccello si affrettò a raggiungerla. Prese in braccio il pennuto e passò davanti agli uomini senza fermarsi, con un cestino di frutti di bosco, uva turca e altre erbe selvatiche che probabilmente aveva raccolto per la bisnonna, Emma.

Cavalcai Giunia diretta a casa del Doc, nella speranza che potesse aiutarmi.

Millie aprì la porta con espressione contrariata.

«Signora, devo parlare col Doc».

«*Läkare som äter middag*». Agitò una mano, scacciandomi.

Cercai di guardare alle sue spalle. «Doc», urlai, «sono Honey Lovett».

Millie mi guardò truce. «*Middag!*» Si indicò la bocca, fece il gesto di masticare, poi smise e mi fissò inebetita. «*Lovett*. Donna dei libri?»

«Libri? Donna dei libri, sì». Mi puntai un dito sul petto. «Donna dei libri, Honey Lovett».

«*Böcker*», esclamò con aria sognante e mi tirò dentro casa.

Il Doc arrivò nell'ingresso con un tovagliolo infilato nel colletto. «Honey», disse, stupito. «Unisciti a noi. Stavamo giusto pranzando. Millie, metti un piatto per la bambina».

Millie si girò e si affrettò lungo il corridoio, borbottando qualcosa.

«Devo parlarvi a proposito di mamma».

«Sono appena tornato in città. Vieni in sala da pranzo; ne parliamo dopo mangiato». Mi prese il cappotto e lo appese sull'elaborato attaccapanni, poi mi fece cenno di passargli i guanti.

Lanciai un'occhiata alle sue spalle verso Millie, esitando: non volevo che mi vedesse le mani.

Il Doc intuì quello che stavo pensando e disse: «È la moglie di un dottore, perciò sa che siamo tutti diversi, bambina. E per fortuna. Unisciti a noi. Millie ha preparato un banchetto».

Sollevata, mi sfilai i guanti e lui li posò sul tavolino dell'ingresso. Era difficile non ammirare a bocca aperta quella casa bellissima, non lasciar indugiare lo sguardo sulle grandi stanze rivestite di pannelli di legno davanti a cui passavamo.

In sala da pranzo, Millie mi mise davanti un raffinato piatto di porcellana, con accanto scintillanti posate d'argento.

Sedette di fianco a me. «*Äta*».

Prese la forchetta e indicò il cibo che avevamo davanti. Poi prese il tovagliolo di lino dal mio piatto e me lo mise in grembo.

Era di stoffa costosa e io esitai, per timore di sporcarlo.

Il Doc sedette di fronte a me. «Serviti pure, Honey, verdure fresche, maiale squisito e il favoloso *raggmunk* di Millie».

Millie rivolse un sorriso radioso al marito, poi mi passò un vassoio di quelli che sembravano pancake con la marmellata. «*Ät. Du är för tunn*».

Il Doc disse a Millie: «*Reta inte*», poi rivolto a me: «È preoccupata che non mangi abbastanza, e io le ho detto di non darti il tormento». Tagliò un pezzetto del maiale che aveva nel piatto.

Millie mi passò una scodella, e io mi servii di un po' di ciascun piatto, senza rendermi conto di quanto fossi affamata. Se si accorse delle mie mani blu per l'emozione, non ne fece parola.

Era uno dei pasti migliori che avessi mai assaggiato, perfino più buono del cibo del ristorante Regas Brothers' di Knoxville. «È squisito, signora. Molto obbligata».

Millie mi rivolse un gran sorriso, pareva aver capito. Ma quando mi scostai dal tavolo, scosse la testa. «*Efterrätten kommer*», disse alzandosi.

Il Doc bevve un sorso d'acqua e disse: «Ti ha chiesto di rimanere seduta. Non muoverti».

Un attimo dopo, la moglie tornò con due grosse girelle alla cannella e ce le mise davanti. Ne presi un morso e l'impasto dolce e burroso mi si sciolse in bocca. Mi picchiettai il tovagliolo sulle labbra e annuii a Millie in segno di apprezzamento.

La donna mi sorrise, compiaciuta, e iniziò a raccogliere i piatti sporchi. Quando mi alzai per aiutarla, disse di nuovo: «*Efterrätten*», e mi agitò contro un dito.

«La donna ti sbatterà fuori dalla cucina se cerchi di aiutarla. Io ci ho provato fin troppe volte, e la mia cara moglie mi caccia via», disse il Doc.

«Come avete conosciuto Millie, Doc?»

Il Doc mandò giù il boccone e si pulì la bocca col tovagliolo, uno scintillio nello sguardo gentile. «Beh, un collega mi ha invitato a un evento della chiesa a Beauty». Si stese il tovagliolo sulle ginocchia. «Quella sera aveva cucinato Millie, e mi ha servito uno dei suoi pasti favolosi. Era così buono che sono tornato ai ritrovi ogni mese, divorando qualunque cosa mi mettesse davanti per farmi notare». Fece una risatina. «Devo aver messo su cinque chili prima di chiederle finalmente di uscire, e altri cinque prima di decidere di sposarla. Millie rende tutti i nostri pasti una cerimonia, e le piace cucinare. Goditi il dessert, Honey».

Dopo aver finito di mangiare, il Doc mi condusse in salotto e mi fece cenno di accomodarmi. Sedetti su una delle poltrone verde pastello con un motivo di delicati fiori arancio. Gli ampi braccioli di castagno erano lucidi e lo schienale mi accolse con la sua comodità.

«Mi spiace molto per Miss Adams, Bluette e Jackson», disse, usando il soprannome che aveva dato a mamma quando era piccola, dichiarandola una *ragazza sana che può diventare blu come la damigella color fiordaliso che vola a pelo d'acqua sui torrenti del Kentucky*. «Sono stato via quasi tutto marzo… Sì, grazie, Millie». La moglie gli servì una tazza di caffè e ne offrì una anche a me, posando il vassoio sull'elaborato tavolino intagliato a mano che c'era fra noi prima di andarsene.

«È stata dura perdere Loretta. Mi manca tantissimo. Oggi ho chiamato la prigione, e hanno detto che mamma è in infermeria. Hanno detto che non potevo andare a trovarla né parlarle. Mi serve il vostro aiuto, Doc».

«Cos'ha?»

«Non hanno voluto dirmelo», risposi, tormentando un filo penzolante del polsino della camicia.

Il Doc inarcò un sopracciglio bianco. Dopo un momento disse: «Lascia che telefoni alla prigione. Resta qui e mettiti comoda mentre cerco di arrivare in fondo a questa cosa».

Prese la tazza di caffè. Dopo che fu uscito, mi alzai e mi avvicinai alla mensola del caminetto, guardando le fotografie e le statuine che aveva collezionato. Dieci minuti dopo, sentii aprirsi la porta a scomparsa. Millie lo fermò in corridoio e gli disse qualcosa a bassa voce.

Un attimo dopo rientrò nel salotto e prese posto in poltrona. Lo imitai.

«Anzitutto, Bluette non è malata, Honey».

Rilassai le spalle con un sospiro esausto.

«Ho parlato con la direttrice Marie Sanders e le ho detto che ero il medico personale di tua madre. Sembra una persona a posto. Mi ha informato che Bluette è stata sottoposta a sterilizzazione dopo che il tribunale l'ha ordinato alcune settimane fa».

«*Sterile*», dissi, sconvolta, ricordando che mi aveva parlato della possibilità di darmi un fratello o una sorella.

«L'eugenetica non è rara nel caso di, ecco... *certe* persone, Honey, soprattutto quando ci sono in ballo le leggi sui matrimoni misti».

Mi irrigidii. Persone *diverse*.

«Ma la direttrice mi ha spiegato che alcuni medici della prigione erano curiosi e volevano eseguire dei test». Si massaggiò il mento, riflettendo. «La cosa non mi lascia tranquillo, perciò le ho chiesto se possiamo passare domani a far visita a Bluette. Ha detto che non c'è problema».

Mi accasciai contro lo schienale della poltrona. «Obbligata, Doc». L'avrei vista, finalmente.

«Perché non porti quella tua mula scorbutica in una delle poste del fienile, e le dai un po' di avena? Dirò a Millie di prepararti una stanza. Non vorrai rifarti tutta la strada per arrivare sulle montagne solo per dover rimetterti in strada col buio domattina. Partiamo alle prime luci dell'alba», disse il Doc con voce gentile.

«Devo tornare a casa a dar da mangiare alla gatta e a prendere degli abiti puliti per il viaggio. Non dovrei metterci più di un paio d'ore».

«Ci vediamo più tardi, allora. Stai attenta, bambina». Si alzò.

Feci una sosta mentre passavamo davanti alla casa di Guyla Belle. Attraverso gli alberi la vidi seduta sui gradini della veranda. Non potevo fermarmi, però magari potevo fare un salto a vedere come stavano lei e Johnnie al ritorno e darle un libro che le avrebbe tirato su il morale. Giunia tenne un buon passo e arrivammo a casa in fretta, con il tempo di fare le cose con calma.

Svuotai le sacche e diedi da mangiare a Pennie che protestava a gran voce. Passai in rassegna i miei vestiti, e scelsi un abito e della biancheria, poi indugiai davanti allo scaffale su cui c'erano i libri che avevamo portato dalla casa del Cumberland per quando stavamo a Troublesome.

Dopo averli studiati per un po', salii in soffitta per esaminare quelli che tenevamo lassù, incluso un vecchio dizionario che mamma aveva ricevuto dalla sua amica Queenie Johnson. Queenie aveva lavorato con mamma per un po' di tempo ma si era trasferita a Philadelphia nel 1936 e si era diplomata in biblioteconomia. Quando avevo compiuto otto anni, mamma mi aveva regalato il dizionario.

Aprii con delicatezza il grosso volume e mi inumidii la punta di un dito, girando le pagine consunte e ingiallite in cerca della E finché non trovai la parola. *Emancipazione, f., l'azione e l'effetto dell'essere emancipato ecc.; liberazione, affrancamento, riscatto.* Pensai a Byrne McDaniel e a come aveva ottenuto la libertà.

Chiusi il dizionario e me lo strinsi al petto. Dovevo trovare il modo di convincere Mr Morgan a farmela ottenere.

Posai il volume, esaminai gli scaffali e presi due romanzi, poi scesi la scala a pioli e li misi nella sacca da sella insieme ai prestiti restituiti dell'itinerario del venerdì e al giornale.

Quando entrai nel suo cortile, Guyla Belle era ancora seduta da sola sui gradini, e vidi la bottiglia del latte sul bordo del pozzo. Quando mi vide balzò in piedi e si avvicinò zoppicando, una luce nello sguardo assente.

«Donna dei libri, pensavo che non t'avrei rivista più».

«Buonasera, Guyla Belle. Volevo lasciarti un libro, e vedere come state tu e Johnnie».

«Sei un balsamo per questi occhi stanchi, Honey. Grazie per essere passata». Percepii la solitudine nella voce affannata. «Sto guarendo. Il bambino ha ancora un po' di febbre, però ha mangiato con appetito e ha giocato un po' in veranda prima che lo mettessi a letto. È robusto e probabilmente domani sarà vispo come un grillo e mi costringerà a rincorrerlo per il cortile». La donna aveva il viso scavato e la sua risata suonò falsa.

Smontai da Giunia e frugai nella sacca, lanciando occhiate alla donna picchiata, consapevole che ci sarebbe voluto un pezzo prima che potesse correr dietro a chiunque. Mi chiesi cosa stessero tramando Gillis e i suoi parenti e pregai che Guyla Belle non corresse pericoli, desiderando che avesse un posto sicuro dove andare.

Dopo aver cercato un po', tirai fuori *Il risveglio*. Il romanzo di Kate Chopin era uno dei preferiti di mamma, nonostante alcuni credessero che fosse immorale e portasse le donne sulla cattiva strada, allontanandole da ciò che gli uomini ritenevano giusto, perché raccontava di adulterio e indipendenza femminile. Ma io pensavo che a Guyla Belle, così lontana da casa sua, sarebbe piaciuto leggere la storia di Edna Pontellier, la coraggiosa donna del Kentucky che viveva in Louisiana. Magari il libro l'avrebbe aiutata a superare la sofferenza.

«Credo che questo ti piacerà, Guyla Belle». Mi guardai attorno e alle spalle, esitante.

Lei me lo prese di mano avidamente. Studiò la copertina, poi lo girò per leggere la quarta e sfogliò le pagine, lo sguardo affamato di parole scritte.

«Guyla Belle, ero così di fretta che ho dimenticato di riportarti le calze che mi hai prestato. Se la bottiglia del latte è sul pozzo, te le restituisco venerdì».

«Grazie, donna dei libri». Distolse lo sguardo dal libro. «Sembra proprio bello. E lo terrò con cura. Promesso».

Udii Johnnie chiamarla da dentro casa.

Giunia nitrì piano, una nota allarmata nel richiamo sommesso.

A disagio, mi guardai di nuovo attorno, poi lanciai un'occhiata al libro che Guyla Belle stringeva in mano, sulle spine. Alla fine, diedi gambe a Giunia. «Ci vediamo venerdì prossimo, Guyla Belle».

Il Doc mi accolse sulla porta di casa, offrendosi di prendermi la sacca.

«Obbligata, Doc, ma non è pesante. Ci ho messo solo un vestito pulito e un libro da leggere stasera».

«Oh, libri». Sollevò un dito deforme. «Millie ha detto di aver sentito che hanno riaperto il programma Pack Horse e che sei stata assunta. Voleva che ti chiedessi se puoi inserirla nel tuo itinerario. È da un po' che desidera qualche buon libro da leggere».

«Sì, signore. Sono la nuova aiuto bibliotecaria esterna. Sarei felice di aggiungerla al mio itinerario del venerdì».

«Molto bene. Millie apprezza un buon libro, le hanno insegnato a leggere l'inglese da bambina, ma non ha ancora imparato a parlarlo. Diciamo che è troppo cocciuta per rinunciare alla sua lingua». Sorrise. «Le piacciono i romanzi storici e anche quelli ricchi di suspense. Legge anche le storie d'amore, ma non troppo osé».

«Sì, signore, me lo ricorderò. Molto obbligata per la vostra generosa ospitalità».

«Millie è impaziente di farti vedere la tua camera. L'ha preparata per te, e credo che la troverai molto confortevole», disse facendomi entrare in casa.

Al piano superiore, mi lasciai cadere su un grande letto morbido pieno di cuscini e ammirai piena di meraviglia i bei mobili, il cassettone di mogano con lo specchio stondato, gli intagli elaborati e i piedi ad artiglio che richiamavano la testiera del letto. Mi tolsi gli stivali impolverati e affondai le dita dei piedi nel tappeto persiano, ammirandone la tessitura, i colori vivaci e il delicato motivo floreale.

Qualche minuto dopo sentii bussare, ed entrò Millie con asciugamani, sapone, una camicia da notte e una vestaglia. Posò tutto timidamente ai piedi del letto e fece il gesto di lavarsi la faccia, poi indicò una nicchia. Quando uscì, mi avvicinai e rimasi sorpresa nel trovare una vasca bianca con le zampe ad artiglio, un lavandino di porcellana e un gabinetto, tutto più lussuoso di qualunque cosa avessi visto sui giornali, per non parlare di aver mai usato. Dopo aver provato i rubinetti e il tappo, feci un lungo bagno e mi sfregai meticolosamente da capo a piedi, lavandomi via le brutture di quella giornata e sentendo rilassarsi i muscoli contratti.

Andai a letto ma non riuscii a leggere, preoccupata com'ero per quello che avevano fatto a mamma e per la sua salute.

A un certo punto della serata Millie doveva essere entrata in silenzio a prendere i miei vestiti perché, quando mi svegliai, li trovai lavati e piegati sopra il baule ai piedi del letto.

La mattina la donna si presentò nella mia stanza con un vassoio di porridge fumante, dolci cotti al forno, caffè e succo d'arancia. «*Äta. Äta*, donna dei libri», disse in tono caloroso e uscì dalla stanza sollevandosi le gonne.

Presi un panino dolce, buttai giù il succo d'arancia, ma non riuscii a mandare giù altro. Ero troppo ansiosa di vedere mamma. Mi affrettai a prepararmi.

La moglie del Doc era in piedi accanto all'automobile e mi passò un grosso secchio di metallo per il latte coperto da un panno. Lo presi per il manico di legno, lo posai per terra e scostai lo strofinaccio per guardare cosa conteneva. Millie ci aveva messo ghiaccio, carne affumicata, panini imbottiti, frutta, un vasetto di giardiniera e altri cibi che non riuscii a identificare. «Molto obbligata, signora, per l'ospitalità, per tutto».

Il Doc lo posò sul pavimento dell'auto davanti allo strapuntino. «Ci vediamo questo pomeriggio, non so a che ora torno», la informò mettendo nel baule un cestino con due piatti e delle posate. Prese la valigetta da medico, salì in macchina e la gettò sui sedili posteriori.

Millie si sporse all'interno del finestrino e gli diede un bacio sulla guancia. «*Hej då*», disse in tono squillante e mi salutò con la mano. «*Hej då*».

Cercai di ripetere le sue parole, e lei si mise a ridere quando sbagliai a pronunciarle.

«Pronta?», chiese il Doc.

Annuii solenne, un po' spaventata al pensiero di cosa avrei potuto scoprire laggiù, chiedendomi se fosse mai possibile essere pronti per andare in una prigione.

25

Attraversammo le vie di Troublesome, la cittadina chiusa e addormentata per il giorno del Signore. I primi respiri dell'alba arrivarono in sfumature attenuate di rosso rubino e giallo, insinuandosi fra i rami delle robinie e dei castagni in boccio, in mezzo ai tronchi dei pini schierati come soldati.

Sulla Highway 721 ai margini della città, la piccola Wrenna e il suo gallo camminavano nell'erba alta ai margini del bosco impenetrabile. Mentre ci avvicinavamo, la bambina si avventurò sulla strada con indosso un lungo abito informe, la balza arricciata gialla lacera che strisciava per terra. Il Doc scosse la testa e disse: «Povera piccola, sempre in giro come un'anima in pena».

Mi girai a guardare finché la figuretta emaciata scomparve fra le chiazze tremolanti del nastro d'asfalto.

Nonostante la comoda Plymouth del Doc, le strade strette e piene di buchi ci facevano sobbalzare. Di lì a poco la carreggiata si allargò, nuova e più liscia, e noi superammo pascoli e praterie verdi dove brucavano vacche e cavalli.

Parlammo un po', e io gli dissi del mio lavoro e chiacchierai di libri, poi gli confidai che lo Stato voleva mandarmi alla prigione dei bambini.

«Ci sono un sacco di ragazze della tua età con un lavoro, e molte sono spose bambine che tirano su la loro famiglia. Adesso che vivi per conto tuo, e ti guadagni da vivere, e nessuno ti dà noia, mi verrebbe da pensare che il tribunale ti guarderà con occhio benevolo e ti lascerà in pace», commentò il Doc. «Mi hai detto che ti hanno assegnato un avvocato?»

«Sì, signore. È Mr Morgan. Sta cercando di aiutarmi a rimanere libera finché potrò stare di nuovo coi miei genitori».

«Conosco bene Bob. È un brav'uomo. Sono sicuro che si comporterà nel modo giusto con te».

A me preoccupava di più quello che avrebbe fatto l'assistente sociale della Leslie County.

Il Doc chiacchierò della primavera, di casa sua e di Millie, e proprio quando avevo trovato il coraggio di chiedergli di farmi da tutore, disse: «In estate andremo a far visita ai suoi parenti in Svezia e ci rimarremo per sei mesi. Sarà una grande avventura, ma di sicuro mi mancherà casa mia».

Guardai fuori dal finestrino, delusa, sentendomi sciocca per aver pensato che degli sposini sarebbero stati disposti a farsi carico di me.

Mi girai verso di lui. «Avete mai sentito parlare di un uomo di nome Byrne McDaniel, Doc?»

Lui si sfregò il mento, riflettendo. «Non posso dire di conoscerlo».

«Ha ottenuto la sua emancipazione a soli quattordici anni, dopo aver trovato lavoro. Fra poco io ne compirò diciassette».

Il Doc sollevò un dito. «Non ho dimestichezza con le leggi. Ma ne parlo a Bob. Come ho detto, ci sono parecchie giovani sposate da queste parti e alcune vedove che vivono da sole. Visto che hai un lavoro rispettabile, non dovrebbe esserci motivo per cui tu non possa ottenerla. E perché un qualunque giudice non te la conceda». Mi lanciò un'occhiata.

Tornai a guardare fuori dal finestrino, temendo che il mio colore e il fatto di essere femmina avrebbero potuto essere i motivi per cui non potevo ottenerla. Peggio ancora, ero perseguitata dalle parole aspre del giudice Norton e preoccupata che il giudice e l'assistente sociale della Leslie County nutrissero del risentimento.

Il Doc rimase in silenzio e accese la radio, girando la manopola della sintonia finché le voci ebbero la meglio sulle scariche. L'annunciatore parlò delle notizie, poi presentò un predicatore, il reverendo Daniel Cox. L'uomo fece il suo sermone, poi altri tennero il loro mentre noi macinavamo miglia.

Ogni tanto mi accorgevo di essermi assopita e lottavo per rimanere sveglia.

Il Doc si fermò per fare il pieno di benzina. Andammo ai servizi pubblici per rinfrescarci, poi comprò delle bibite. Al bancone, indicò una fila di barrette dolci. «Le preferite di Millie sono le Seven Up al burro dolce e all'arancia, e le mie le Chicken Dinner». Prese la barretta alle nocciole e la preferita di Millie e le mise su bancone per pagarle. «Il ricordo della vecchia promessa di Hoover, "un pollo in ogni pentola"». Sogghignò. «Scommetto che la tua preferita è quella lì al cioccolato».

Sorrisi e indicai la Bit-O-Honey, e lui la prese e la mise accanto alla sua e a quella per sua moglie.

L'addetto riempì il serbatoio e lavò tutti i finestrini. Quando cercai di dare al Doc i soldi per la benzina e la barretta, lui li respinse con un gesto: «Offro io. Era da un po' che avevo intenzione di venire a trovare te e Bluette. Sarà bello rivederla».

Cercai di ricordare quando era stata l'ultima volta che era venuto da noi nel Cumberland, e mi resi conto che era passato più di un anno.

«Molto obbligata, Doc», lo ringraziai infilando la barretta nella sacca per dopo.

Quando ci fermammo nel parcheggio della prigione eravamo tutti e due provati dal viaggio. Ci erano volute quasi cinque ore per arrivare, e scendemmo dalla Plymouth indolenziti, sgranchendoci le gambe. Guardai gli orribili edifici grigi, le torrette di guardia e la recinzione di filo spinato tagliente, e fui percorsa da un brivido.

«Honey, lascia qui il cappotto e i tuoi oggetti personali», disse il Doc, ingobbito dalle lunghe ore di macchina. Si sfilò lentamente il soprabito e lo stese ripiegato sullo strapuntino fra i sedili davanti.

Mi tenni i guanti e piegai anch'io il cappotto posandolo sopra il suo, poi misi la sacca sul pavimento dell'auto mentre lui prendeva la valigetta da medico. «Possiamo portarle da mangiare?»

Scosse la testa con fare solenne.

«Ho un giornale in borsa».

Un altro no.

All'ingresso principale aspettammo mentre una guardia controllava i nostri documenti. Il Doc gli mostrò il tesserino da medico, e il secondino ispezionò la sua valigetta. Poi mi chiese di scrivere il mio nome e la persona che ero venuta a trovare. Lo annotai con cura nello spazio riservato ai visitatori – la data, 28 marzo 1953, e il nome di mamma nella casellina del detenuto – e porsi la matita al Doc.

Percorremmo lo stretto marciapiede che portava a un edificio con una scritta sopra l'ingresso che diceva "Amministrazione". Il Doc aprì la porta di legno e mi fece cenno di entrare. Quando misi piede nel minuscolo ingresso la puzza di umidità, disinfettante e marciume mi colpì come uno schiaffo. Davanti a me c'era un'altra massiccia porta con le sbarre, dietro la quale c'era un'altra guardia.

Sulla sinistra si apriva un uscio marrone che conduceva chissà dove.

Il secondino si avvicinò alle sbarre e chiese: «Che cosa vi porta qui?»

Il Doc si fece avanti e rispose: «Sono venuto per vedere la mia paziente, Cussy Mary Lovett, che è in infermeria. Questa è sua figlia, Honey Lovett».

Annuii, impaziente di vedere mamma.

La guardia andò verso la parete e tirò su la cornetta del telefono. «Dica all'aiuto infermiera di portar giù Lovett».

Riappese, sganciò una grossa chiave d'ottone che portava alla cintura e aprì la porta. «Entrate dal cancello di sicurezza. Svuotate le tasche, mettete borse e oggetti personali sul tavolo», disse in tono annoiato. Entrammo nello spazio angusto e la guardia chiuse le sbarre alle nostre spalle. Guardai l'altra porta di sicurezza di fronte a noi, con la sensazione di essere in trappola, imprigionata.

Il Doc posò la valigetta sul tavolo di legno graffiato e si tolse di tasca gli spiccioli, il portafoglio e le chiavi. La guardia esaminò tutto e poi spinse di nuovo gli oggetti verso di lui.

«Si tolga i guanti, signorina».

Me li sfilai con riluttanza, li posai sul tavolo e feci un passo indietro. Ma l'uomo non li prese, e invece fissò con gli occhi fuori delle orbite le mie mani chiazzate di blu.

Il Doc si schiarì la voce, e la guardia rivolse la sua attenzione ai guanti, lanciando di sottecchi occhiate preoccupate alle mie mani.

«Uh, mi serve il benestare del mio capitano, dottore». Mi diede un'altra occhiata, andò alla parete e sganciò la cornetta. Mise una mano a coppa attorno al microfono. Sussurri concitati si arrampicarono sulle pareti di cemento, si infilarono in mezzo alle vecchie sbarre di metallo annerito e corsero lungo corridoi bui e stanzette ancora più buie.

«Blu».

«Infermeria».

«Lovett».

«Dottore». Udii le parole isolate, e ognuna non faceva che scurire la mia pelle blu.

«Giuro su Dio, capitano. No, signore, la prigioniera non è nella stanza blu, no, signore. Sì. Devo andarmene di qui, signore». Ci lanciò un'occhiata da sopra la spalla.

Fissai la guardia, frastornata, col panico che mi serrava il petto.

Il Doc doveva aver intuito il mio stupore perché si chinò verso di me e sussurrò: «Ho sentito dire dai colleghi che la stanza blu è dove le guardie picchiano i detenuti, riempiendoli di lividi. Ma lei è in un posto sicuro».

Fissai il grosso orologio appeso al muro e guardai la lancetta dei minuti avanzare lenta, scattare avanti nell'ora successiva. Oltre il cancello udii un cigolio provenire dal corridoio immerso nell'oscurità, il rumore del metallo che scricchiolava e si faceva sempre più vicino.

«Mamma!», gridai quando vidi l'aiuto infermiera spingerla su una sedia a rotelle verso la porta con le inferriate. Mamma stava accasciata su una vecchia carrozzella, a piedi scalzi, i polsi legati con cinghie di cuoio ai braccioli di metallo. Indossava una vestaglia logora e il braccio sinistro era racchiuso in una pesante ingessatura da quando lo sceriffo glielo aveva rotto. L'altro braccio era pieno di lividi, aveva lo sguardo vacuo e la pelle blu del viso tirata sulle ossa la faceva somigliare a uno scheletro. Corsi verso di lei e mi inginocchiai aggrappata alle sbarre, premendo il viso sul metallo freddo che ci divideva. «Mamma, cosa ti hanno fatto, cosa ti hanno fatto?»

Lei mi fissò come se non mi riconoscesse. Poi gli occhi le si riempirono di lacrime e mi rivolse un sorriso fiacco, scrutandomi in faccia. «Ho-Honey, stai bene. Stai bene, tesoro mio?»

Battei le palpebre per ricacciare indietro le lacrime e tirai fuori un *sì* strozzato.

Mamma mosse le dita, guardando l'aiuto infermiera con occhi imploranti.

La donna aggrottò la fronte e slegò una delle cinghie.

Mamma allungò il braccio ossuto in mezzo alle sbarre e mi sfiorò il viso con le dita. «Non piangere, Honey. Tutto bene a casa? Hai tutto quello di cui hai bisogno?»

«Sì, sì, signora, e anche Giunia sta bene», mentii, posando una mano tremante sulla sua, chiudendo gli occhi al tocco gentile di mia mamma. «Ti voglio bene, mamma».

«Ti voglio bene, Honey».

«Il braccio ti fa molto male?»

Il suo sguardo si fece vacuo.

Il Doc si avvicinò zoppicando, ancora irrigidito dal viaggio. «Lascia che ti controlli le pulsazioni, Bluette».

Quando ebbe finito, passò a esaminare il braccio buono, sfiorandole con delicatezza le vene del polso e del braccio. «Bluette», sussurrò, «stanno facendo dei test? Da quanto tempo ti tengono là? Da quanto hai quel gesso?»

Mamma chinò la testa e sulla guancia ossuta le scese una lacrima mentre si premeva la mano sul ventre. «Mi hanno portato via la biancheria dopo aver fatto la sterilizzazione, Doc», mormorò, piena di vergogna.

Il Doc fece una smorfia.

La mia mano si scurì e io la strinsi a pugno, alzandomi in piedi lentamente. «Le avete già portato via abbastanza!

Dov'è la biancheria di mia mamma?», chiesi, spostando lo sguardo dall'aiuto infermiera al secondino. «Che cosa ne avete fatto?» Guardai l'aiuto furente. «Ridategliela!», urlai alla guardia, con la collera che mi chiazzava di blu la mano sollevata. Mi scagliai contro di lui.

Allarmato, il Doc parve recuperare le forze e mi afferrò per un braccio, trattenendomi. «Honey, basta...»

Si aprì una porta vicino al tavolo e nell'atrio entrò un ometto basso e grasso, che si tirò su i calzoni dell'uniforme. Guardò l'aiuto infermiera dietro le sbarre e disse: «Riportala su, Irene».

«No, no», protestai. Mamma allungò un braccio fra le sbarre, mi carezzò la guancia con la faccia rigata di lacrime. Le presi la mano e le baciai il palmo, stringendola fra le mie.

L'aiuto infermiera tirò indietro la sedia a rotelle, separandoci. Spinse mamma lungo il corridoio, ed entrambe furono inghiottite dall'oscurità. «*Mamma*», urlai. Il Doc mi prese per il braccio, tirando. «Honey, se vogliamo farle visita devi calmarti».

Mi azzittii, ricacciando indietro la sofferenza.

L'uomo in uniforme, che aveva un distintivo appuntato sulla camicia bianca inamidata, ci si avvicinò. «Sono il capitano Haeg, e non posso permettervi di urlare qui dentro. La visita è finita!»

«M-mi spiace. Non lo farò più. Promesso». Sollevai le mani blu, implorando un'altra possibilità. «Glielo giuro, signore, vi prego, lasciatemi vedere mia mamma».

L'uomo fece una smorfia e arretrò.

«Signore, ho parlato con la direttrice Sanders ieri, e ho avuto il permesso di visitare la mia paziente, Cussy Lovett», intervenne il Doc.

«Non ho ordini in tal senso sulla mia scrivania». Agitò una mano, liquidandoci. «Dovrete parlare di nuovo con la direttrice settimana prossima. Ci sono già stati abbastanza problemi per oggi».

«Senta, giovanotto, la direttrice ha detto...», ricominciò il Doc.

«Io ho *detto*, la visita è finita!»

Il Doc scosse la testa di capelli bianchi e strinse gli occhi. «Alla ragazza manca sua madre, e abbiamo fatto molta strada, capitano. La prego, telefoni al suo capo, e lei chiarirà tutto. Non vorrà negare una visita a madre e figlia. È il giorno del Signore e la cosa cristiana da fare...»

Il capitano allargò le gambe e spinse il petto in fuori, agganciando i pollici alla cintura. «Qui dentro, io sono Dio la domenica, e ho detto visita finita».

«Bene, *Dio*, immagino dovrà rendere conto al diavolo per il suo peccato», ribatté il Doc. «Pranzerò con il mio buon amico governatore Wetherby questa settimana. E sono sicuro che Lawrence ascolterà con interesse il modo in cui lei maltratta la mia paziente. Ai vostri ordini», ringhiò il vecchio medico condotto, superandolo per avvicinarsi al tavolo. Si rimise in tasca il portafoglio, gli spiccioli e le chiavi e prese la valigetta da medico. «Andiamo, Honey». Raccolse i miei guanti e me li porse.

Guardai alle spalle dei secondini, scrutando il corridoio. «Vi prego, voglio vedere mia mamma», sussurrai, desiderando disperatamente la sua presenza. Il Doc mi prese per un braccio e mi condusse fuori.

Fissai il filo spinato finché non scomparve, consapevole che mi avrebbero potuta rinchiudere dietro una di quelle barriere in qualunque momento. Viaggiammo perlopiù in silenzio per tre ore buone, ognuno di noi perso nei suoi pensieri, io in preda alla disperazione, imbarazzata di aver rovinato tutto e aver fatto perdere tempo al Doc. Adesso più che mai mi rendevo conto che era solo questione di tempo prima che quello che era successo a mamma succedesse anche a me. Mi avrebbero messa in catene come un animale da circo, mi avrebbero portato via la possibilità di avere figli, poi mi avrebbero usata come cavia. Guardai i guanti, giocherellai con le dita. Pensai a Guyla Belle e poi a Bonnie, e alla loro lotta per sopravvivere.

Tornai con la mente al mio lavoro. Mi premetti le nocche sulla bocca, angosciata e delusa. Se volevo farcela, dovevo combattere, e in qualche modo sapevo che non l'avrei fatto solo per me.

Il Doc aveva il gomito puntellato sul bordo del finestrino, e si tamburellava nervosamente le dita sulle labbra.

Alla fine, si sporse in avanti sopra il volante per vedere meglio e imboccò una strada con un cartello che diceva: *Parco Statale Natural Bridge*.

«Immagino che dovremmo mangiare qualcosa per evitare che Millie si agiti. E credo che questo posto non sia peggio di altri, e il paesaggio è migliore di quello da cui veniamo. Poco più avanti c'è un'area picnic», disse.

Premetti il palmo sul finestrino, stupita dalla bellezza del posto. La strada serpeggiante era ombreggiata da castagni, tsughe, querce dei tintori e liriodendri di dimensioni imponenti. Ovunque giravi lo sguardo c'erano piante lussureggianti e vistosi fiori primaverili.

Il Doc mi guardò. «Ci portavo la mia Lydia ogni primavera».

«È bellissimo», dissi, sapendo che sentiva la mancanza della moglie, morta anni prima.

Fermò l'auto in un'area dove c'erano dei tavoli da picnic sotto una tettoia. Prese il cesto dal baule e me lo porse, poi sollevò il secchio del latte posato sul pavimento davanti ai sedili posteriori. Arrivati al tavolo, il Doc tirò fuori piatti e posate, poi aprì il secchio, sistemando con cura le pietanze preparate da Millie, come probabilmente gli aveva insegnato lei. Mentre iniziava a riempire i piatti, lanciò un'occhiata alle mie mani coperte dai guanti.

«C'è una medicina che puoi prendere se il colore ti disturba, Honey. Si chiama blu di metilene».

«Sì, signore. Mamma mi ha detto che lo usavano per curare l'avvelenamento da cianuro. Mi ha raccontato che gli effetti collaterali erano peggio del sollievo temporaneo che dava. Che non era una cura, e che il nostro colore – *qualunque* colore – *non* è un veleno e non ha bisogno di essere curato. Solo le piccole menti avvelenate andrebbero curate. È per questo che devo metterli, per proteggermi». Guardai una famigliola che stava facendo il picnic. Con un gesto di sfida, mi tolsi i guanti e li lasciai cadere sul tavolo.

Il Doc fece una smorfia e indicò tutto quel ben di Dio che Millie aveva preparato per noi. «È stata una lunga giornata. Qui c'è un sacco di roba buona. Serviti pure, Honey», mi sollecitò. «Parleremo di Bluette mentre mangiamo. Un uomo non può ragionare quando ha fame. Ed è il momento di usare la testa».

Mi brontolò lo stomaco, e seppi che aveva ragione. Mamma diceva una cosa simile quando uno dei miei giocattoli artigianali si rompeva e io mi arrabbiavo, lo scrollavo o lo gettavo a terra. Diceva sempre: *Non si può essere arrabbiati e ragionare nello stesso momento. Non c'è nulla di sbagliato nell'essere arrabbiati, ma le due cose di rado coesistono. Usiamo la testa, tesoro mio.* E poi mi aiutava con calma, usando gesti misurati, ad aggiustare il giocattolo rotto.

Usare la testa. Riflettei su quelle parole, cercando di capire quale fosse la cosa più intelligente per me. I libri erano intelligenti. Ti davano potere. E d'un tratto seppi che il mio lavoro e i libri erano la strada verso la libertà. Erano tutto ciò che desideravo e di cui le donne del mio itinerario avevano bisogno. Una via di fuga, un amico, una lezione, e *libertà* per noi tutte.

«A cosa pensi, Honey?»

Imbarazzata, risposi: «*Ai libri*».

«Bluette aveva sempre quell'espressione quando pensava ai libri». Il Doc sorrise, spezzò in due un panino e ci mise dentro del tacchino affumicato, ci spalmò sopra un po' della giardiniera di Millie e me lo porse.

«Molto obbligata». Aspettai che ne preparasse uno anche per sé.

Ne staccò un morso generoso e si mise a masticare. Dopo aver inghiottito il boccone, disse: «Chiamerò il suo avvocato e gli chiederò di farsi dare un'ordinanza del tribunale in modo che possa visitarla all'ospedale cittadino, e capire che farmaci le somministrano in prigione. Dopo aver preparato le mie conclusioni, andrò dal governatore Wetherby e chiederò la grazia per tua madre. Se lo avessi saputo prima, sarei potuto intervenire. Ma ultimamente ho viaggiato così tanto che non è stato facile rimanere aggiornato». Diede un altro morso al panino, masticando lentamente. «Penso che il governatore mi darà ascolto». Si pulì la bocca con uno dei tovaglioli di lino che Millie aveva messo nel cesto, lo piegò e se lo stese sulle gambe.

Lo ringraziai e addentai a mia volta il panino. Era gustoso, ma il buon sapore non era sufficiente a cancellare il sapore amaro della visita, l'immagine tormentosa di mia mamma malata. La scena mi angustiava, togliendomi l'appetito. Pensai a mamma seduta lì senza la biancheria intima, alla perdita della sua femminilità. Le mani mi si chiazzarono di blu per la collera, in preda a un senso di colpa lacerante per aver rovinato l'incontro con la mia rabbia infantile.

«Finisci di mangiare». Il Doc si ripulì le mani dalle briciole e si alzò. «Dobbiamo ripartire. Prima arriviamo, più in fretta posso aiutare Bluette».

Diedi un altro morsetto, pensando di nuovo ai libri e alla strada pericolosa che mi si parava davanti.

26

Arrivammo a Troublesome mentre il sole si abbassava dietro le creste alberate mettendo a letto la cittadina, un'oscurità color polvere di carbone che stendeva il suo manto sulle antiche montagne del Kentucky.

Il Doc aprì la portiera del passeggero e io scesi, con l'alito delle montagne avite che mi soffiava dolce sul viso, un gradito benvenuto dopo la puzza abietta delle mura della prigione.

«È tardi, bambina». Controllò l'orologio da tasca. «Le sei passate da poco. Ci farebbe piacere se restassi per la notte».

«Domattina ho l'itinerario dei libri, ma vi ringrazio molto per l'offerta e per avermi portata a vedere mamma». Mi infilai il cappotto e presi la sacca. «Ringraziate Millie da parte mia e ditele che le porterò il materiale da lettura venerdì». Gli diedi un bacio sulla guancia.

«Sarà felicissima di avere dei libri nuovi. Entro a fare qualche telefonata. Stai attenta». Il Doc mi mise una mano sul braccio, poi si avviò verso casa.

Materiale da lettura. Pensai al mio – il necrologio del giornale – e alla nostra conversazione.

Lo chiamai e lo raggiunsi di corsa. «Doc, potrei usare il telefono? Devo chiamare Mr Morgan».

«Vieni pure, lo faccio io».

Dentro casa, il Doc sollevò la cornetta e compose il numero sul disco, e dopo qualche istante mi porse il ricevitore.

Al primo squillo rispose una donna: «Studio legale Morgan».

«Signora, ho bisogno di parlare con Mr Morgan».

«Il suo nome?»

«Honey Lovett».

«Rimanga in linea, prego. Mi faccia controllare se è ancora in studio».

Il Doc si allontanò per darmi privacy e io sentii Millie che gli parlava, la voce calda e musicale.

Rispose Mr Morgan. «Honey, stavo giusto uscendo dall'ufficio. Tutto bene?»

«Sì, signore, ma ho bisogno di sapere se il tribunale mi lascerà stare a casa mia e tenermi il mio lavoro. Ho letto...»

«Ci sto lavorando, Honey».

«Mi serve sapere qualcosa al più presto, signore».

«I tribunali sono sempre lenti, Honey. Tu stai fuori dai guai e continua a fare un buon lavoro. Ci vediamo fra qualche giorno».

«Aspettate, Mr Morgan. Ho letto il necrologio di un uomo di nome Byrne McDaniel su un vecchio giornale, che sottolineava il suo caso di emancipazione... Mr Morgan, è ancora lì?»

«Vai avanti, hai tutta la mia attenzione».

«Non sono tanto diversa da Byrne, e desidero la stessa cosa. *La mia libertà. L'emancipazione*».

Ci fu un lungo silenzio mentre aspettavo che mi dicesse che per me era diverso, che ero una femmina e non potevo avere quello che desideravo, che mi dicesse che avrebbe deciso lui cos'era *meglio per me*.

E invece lui rispose: «Conosco il caso del 1909. *Rounds Bros. contro McDaniel*. Continua a guadagnarti le tue buste paga. Lasciami fare qualche ricerca e poi mi metterò in contatto con te».

«Mr Morgan...» Udii il *clic* mentre mi accingevo a raccontargli della visita a mamma.

Giunia era impaziente di uscire dal granaio e mi annusò i capelli, la faccia e i vestiti. *Percepisce che sono stata vicina a mamma?* Non poteva essere. Mi ero lavata le mani ai bagni del parco prima di ripartire. Poi la mula sollevò il muso, saggiando l'aria, nitrendo e sbuffando piano. «Non è qui, Giunia. Torniamo a casa». Mi premette di nuovo il muso sulla guancia, e io risentii la mano di mamma che si infilava fra le sbarre per carezzarmi il viso.

Accesi la lanterna e tornammo di buon passo nella valle, a mio agio ora che ero protetta dall'ombra dell'edera rampicante e dall'oscurità punteggiata di pini, lo scalpitio degli zoccoli sul terreno e il respiro antico della foresta che portavano con sé un nuovo proposito.

Lunedì mi fermai alla scuola, e la direttrice Walker si precipitò fuori ad accogliermi. «Miss Lovett, è una benedizione del cielo», disse dai gradini, «avere di nuovo il progetto Pack Horse. Ho sentito parlare del lavoro straordinario che vostra madre ha fatto anni fa quando fu avviato».

«Grazie, signora». Presi il materiale dalla sacca, mi avvicinai e le porsi quattro libri.

Udii suonare una campanella e Miss Walker si girò verso la scuola. «È la seconda campanella. Magari settimana prossima farò in modo che gli alunni vi incontrino».

«Sarebbe bello, Miss Walker. Ci vediamo lunedì prossimo».

La guardai rientrare. Mi arrivò il suono delle risatine eccitate dei bambini, e per un istante mi chiesi come sarebbe stato andare in una scuola vera come quella. Avevo chiesto molte volte a mamma di poter frequentare la scuola, ma ogni volta la domanda veniva liquidata, mentre papà commentava che sarei stata più al sicuro a casa. Intendeva dire che ero diversa, differente dagli altri, ed essere *diversa* mi metteva in pericolo. Ma non potevo fare a meno di immaginare come sarebbe stato sedere in una classe piena di compagni che imparavano come facevano loro ogni giorno, godere della loro amicizia.

Mi fermai a sbirciare dalla finestra. Una ragazza che sembrava mia coetanea chiacchierava e rideva con altre due, e in faccia le si leggevano l'entusiasmo e l'esistenza spensierata. Mi chiesi come sarebbe stato essere una di loro. Le ragazze si voltarono e mi videro. Imbarazzata, chinai la testa e mi affrettai a tornare da Giunia.

Più tardi mi fermai con Emma McCain sulla veranda della sua casetta. Era una guaritrice che dispensava tonici, pozioni e pietre protettive ai montanari da quando potevo ricordare. Dopo che le ebbi dato alcune riviste, mi chiese di aspettarla mentre andava a prendere una cosa. Quando tornò fuori, mi diede una piccola pietra, liscia come ghiaccio nero. «Ti proteggerà», disse. «Ho dato a tua mamma uno di questi magneti tanto tempo fa».

Mi rigirai la pietra fra le mani coperte dai guanti, studiandola.

«Quella lì viene dalla pancia di un cervo bianco di due inverni fa». Indicò un alto palo a croce accanto al capanno dove era appesa la carcassa sventrata di un cervo. «Tengo gli occhi aperti quando li pulisco».

«Molto obbligata, Mrs McCain. Sembra proprio che si sia procurata un bel po' di ottima carne da quello».

«Me l'ha portato Early Brighton dopo che ho curato suo figlio».

Giocherellai con la pietra. Avevo visto qualche cervo "fantasma" nella Cumberland Forest. I rari esemplari albini erano uno spettacolo. La gente sapeva che le magnetiti prese dagli animali insoliti erano speciali, magiche perfino. Avevo sentito storie di persone che le avevano trovate nella testa dell'etheostoma spilotum, il coloratissimo pesce che viveva nei torrenti di quelle zone, nel ginocchio di una marmotta e in altre creature. Papà ne aveva trovata una nello stomaco di una tartaruga azzannatrice che aveva pulito perché mamma ne facesse una zuppa.

Le persone da queste parti avevano tradizioni bizzarre, fatte di segni e presagi, e di usanze tradizionali. Mi tornò in mente uno degli album di ritagli del Pack Horse che avevo sfogliato, dove c'erano i consigli di Emma, e di averne sentiti altri. Ricordai dei ragazzi che portavano al collo un cordino di cuoio cui era appeso un pene di procione, convinti che funzionasse da amuleto per attirare le ragazze dopo che la guaritrice aveva dato quel consiglio a un giovane che non riusciva a trovare una compagna.

C'erano ragazze convinte che infilarsi un quadrifoglio nella biancheria intima avrebbe attirato un corteggiatore ricco. E Loretta non aveva forse dormito con delle pietre lattiginose sotto le palpebre dopo che Emma gliele aveva date? La guaritrice le aveva assicurato che le pietruzze avrebbero eliminato qualunque corpo estraneo rinforzandole la vista.

Un'altra delle pratiche di Emma suggeriva alle levatrici di mettere del pepe sotto il naso delle partorienti per accelerare il travaglio. Immergere i neonati nell'acqua oleosa preveniva le malattie durante il primo anno di vita. E c'era una ricetta della vecchia guaritrice per i bambini che soffrivano di diarrea estiva. Emma McCain aveva scritto: *Per curare il disturbo intestinale, schiacciare degli onischi e metterli in infusione nell'acqua bollente, poi far bere l'infuso al malato.* Credeva che i chiodi prelevati da una forca e utilizzati nelle panchine avrebbero protetto gli uomini dalla morte violenta. La guaritrice avvertiva che starnutire prima delle sette avrebbe portato nemici prima delle undici.

E io non sapevo forse di dover tenere vicino al cuore le ciocche di capelli dei miei genitori morti che papà aveva intrecciato in un anello funebre per proteggermi e onorare la loro dipartita mantenendo viva una parte di loro? Toccai il piccolo bozzo che avevo sotto i vestiti, le loro vite accoccolate vicino al mio cuore.

«La gente non apprezza più come un tempo i vecchi rimedi, adesso che quelle infermiere rurali moderne sono arrivate nelle nostre montagne con le loro medicine di città», disse Mrs McCain.

Feci una smorfia, perché ricordavo che Loretta non aveva voluto le erbe e i tonici della guaritrice al suo capezzale, ma aveva chiesto le *cose di città*. Sapevo che l'anziana donna aveva preso male la perdita dei clienti a favore delle infermiere, e non potei far altro che annuire e starla a sentire.

La pronipote di Emma arrivò nel cortile con il suo gallo.

«Da quando sono morti i suoi genitori e i suoi nonni, non c'è verso di farla star ferma, quella bambina», commentò Mrs McCain. «*Wrenna,* vieni qui».

Avevo sentito che erano finiti giù da un dirupo col loro pick-up qualche anno prima.

«Sta sempre in giro con quel suo Tommie. Ho provato a farle portare una pietra speciale, ma non ha voluto saperne e l'ha gettata via. Il buon Tommie se l'è pappata». Guardò

Wrenna con affetto, i vecchi occhi colmi di tristezza. «Immagino che abbia tutta la protezione che le serve con Tommie che si porta in giro le energie positive della pietra e le fa la guardia. Figurati che la notte se ne sta appollaiato sul montante del suo letto, vigile».

Wrenna si fermò e mi guardò incuriosita. Osservai il gallo che becchettava al suo fianco, cercando cibo nell'erba. Tenendo d'occhio la bambina, Tommie chiocciò sommesso e fece oscillare la testa per richiamare l'attenzione di Wrenna mentre raccoglieva dei semini e glieli lasciava cadere ai piedi.

Un falco passò sopra le nostre teste lanciando le sue strida e Tommie inclinò il capo, allungò il collo ed emise un *uu-uu* acuto.

«*Uuut-uuut*», rispose Wrenna in tono rassicurante, scrutando il cielo.

Mrs McCain fece una risatina. «Galline in pericolo, sta dicendo. Il mese scorso un cane randagio si è introdotto nel cortile in cerca di avanzi, ringhiando a Wrenna. La bambina ha lanciato il suo richiamo e il vecchio Tommie si è precipitato giù da quell'albero. Ha cacciato via quel cagnaccio rognoso». Mrs McCain puntò un dito screpolato e ossuto verso il gallo bianco. «Sissignora, certo che l'ha fatto. Loro due stanno sempre lì a parlottare».

Ammirai l'attaccamento e il fare protettivo dell'animale nei confronti della bambina e ripensai a Rudy, il gallo variopinto che i miei genitori avevano allevato insieme alle galline. Rudy non faceva che andarsene in giro tutto impettito, cacciando Giunia dal cortile per tenerla lontana dalle galline, e la mula reagiva indispettita, ragliando e sbuffando offesissima, e le toccava aspettare fuori portata finché non aveva il via libera. Alla fine Giunia aveva imparato a tollerare quel volatile testardo, gli si era addirittura affezionata, e gli aveva concesso di salirle in groppa.

«Secondo voi le piacerebbe un libro, Mrs McCain?»

«Sospetto di sì. Ha praticamente consumato l'inchiostro del suo preferito, quello che le avevano regalato i genitori tempo fa, *Casa di bambola*».

Annuii. Mamma mi aveva letto il libro di Rumer Godden molte volte.

«Adora leggere. E quei libri aiutano perché la scuola non vuole tenerla. Non si riesce a farla stare seduta ferma e non vuole separarsi da Tommie. Wrenna, Wrenna Jean», la chiamò l'anziana guaritrice, «vieni un po' qui a farti dare qualcosa di bello dalla donna dei libri». Aggrottò la fronte. «Ho provato di nuovo alla scuola rurale l'anno scorso, ma non ha voluto saperne, così quelle donne di città hanno detto che è meglio tenerla a casa».

Inalai il profumo inebriante di bosco e di pini e non riuscii a immaginare Wrenna, quella bambina libera come l'aria, che ci rinunciava per una classe soffocante satura di polvere di gesso. Puntai il mento verso Giunia e feci un cenno alla ragazzina. «Vieni a sceglierti un libro, Wrenna».

«Donna dei libri, se potessi avere uno di quei libri di Irvin Cobb, ve ne sarei oltremodo grata», disse Mrs McCain.

«Sì, signora, posso portargliene diversi. Ho notato *The Thunders of Silence* e *The Glory of Coming* sugli scaffali della biblioteca quando sono passata». Cobb, lo scrittore e umorista del Kentucky, era uno degli autori preferiti da queste parti, e mamma teneva in casa la maggior parte dei racconti di *Old Judge Priest* che erano appartenuti al nonno.

Wrenna mi seguì alle sacche da sella e aspettò mentre io esaminavo i libri per bambini. Allungò una mano e carezzò il collo della mula, e Giunia le sfregò il muso sulla guancia, sfiorandole la testa con le labbra morbide. Wrenna non rise ma aveva gli occhi spalancati per il piacere. Tommie emise un *cuu-cuu* sommesso e rimase al suo fianco, con il capo rivolto verso Giunia. La mula sferzò la coda e arretrò, guardando il gallo con diffidenza.

Trovai due libri, *Il cavallino bianco* di Elizabeth Goudge e *Twig* di Elizabeth Orton Jones. Cercai ancora, pensando ai libri che Loretta e mamma mi avevano comprato quando aveva circa l'età di Wrenna. Ce n'era uno fantastico intitolato *La collina dei conigli* per i ragazzini che amavano gli animali. Ce l'avevo a casa nella Cumberland Forest, ma forse avrei potuto trovarne una copia in biblioteca.

«Ecco qui, Wrenna, la prossima volta te ne porterò altri», le dissi porgendoglieli.

La ragazzina allungò una mano, solleticò le grandi orecchie morbide di Giunia, poi prese i libri guardandomi negli occhi, con un misto di curiosità, innocenza e altre cose che non afferravo.

Cercai ancora nel caso mi fosse sfuggito un altro libro che le sarebbe potuto piacere, e tirai fuori la barretta Bit-O-Honey che mi aveva comprato il Doc e che avevo tenuto da parte per quando percorrevo i miei itinerari. Wrenna guardò con desiderio il dolcetto, leccandosi le labbra, così scartai la barretta di mou e mandorle e la spezzettai, separando i quadratini dall'involucro.

Gliela porsi e lei deglutì, fissandola. «Serviti pure. Il Bit-O-Honey è il mio dolcetto preferito».

Wrenna mi studiò un attimo, poi si frugò nelle tasche del vestito. Tirò fuori diverse castagne matte e un fiore appassito, infine mi allungò il bocciolo e una castagna prima di prendermi di mano il dolce.

Mrs McCain disse: «La bambina non fa che portarmi regalini».

«Il fiore è bellissimo e questa castagna è la più lucida che io abbia mai visto. Grazie, Wrenna». Sorrisi ed esaminai la castagna matta, che molti pensavano portasse fortuna.

Esitante, la bambina assaggiò il dolce con la punta della lingua, poi gli diede un'altra leccatina, gli occhi sgranati per il piacere.

«Wrenna?» disse Mrs McCain, la voce bassa e musicale. «Wrenna Jean, di' grazie alla donna dei libri». Ma la bambina non la udì. Si era già seduta per terra a leggere con Tommie appollaiato sulla spalla come se stesse leggendo anche lui, articolando lentamente le parole e masticando il dolcetto appiccicoso.

Salutai, montai su Giunia e la spronai verso la tappa successiva, la baita dei Moore. Prima di arrivarci, mi sistemai i capelli e la camicia, per essere sicura di essere in ordine quando lo avrei visto.

Mrs Moore insistette perché entrassi. «Francis non c'è, ma lui e mia nipote Bonnie mi hanno detto tutto del nuovo servizio di prestiti e non vedevo l'ora di iscrivermi».

Ci rimasi male. Avevo sperato di fare due chiacchiere con lui lontano dall'emporio della Compagnia.

Entrai nella casetta accogliente, con le facce sorridenti dei parenti appese alle pareti di legno in cornici artigianali. C'erano ritratti di Bonnie e Francis insieme in cortile. Su un tavolino c'erano altre foto. Mrs Moore si accorse che guardavo e si avvicinò, prendendo in mano una piccola cornice. «Questo è mio papà, Howard», picchiettò un dito su uno degli uomini, «e questo è tuo nonno, Elijah Carter, fuori dalla miniera Blue Diamond».

Passai un dito sul ritratto. Il nonno non era molto diverso dal padre di Mrs Moore: indossavano tutti e due abiti ricoperti di polvere di carbone, avevano la faccia annerita e tenevano nelle mani sporche il casco da minatore. Era la prima volta che vedevo una sua fotografia e la osservai meglio, desiderando aver passato più tempo con lui prima che morisse.

Mamma teneva la vecchia lampada d'ottone al carburo che portava sul casco sopra la mensola del camino. Me la faceva accendere una volta all'anno, il giorno del suo compleanno, e poi mi leggeva il vecchio foglio ingiallito su cui c'erano le parole che nonno Elijah aveva chiesto di pronunciare per lei prima di morire, chiedendo all'amico di prendere il suo posto durante il matrimonio dei miei genitori.

Mettimi come sigillo sul tuo cuore, come sigillo sul tuo braccio; perché forte come la morte è l'amore, tenace come il regno dei morti è la passione: le sue vampe sono vampe di fuoco, una fiamma divina!

«Tienila, Honey, io ne ho altre», disse Mrs Moore, togliendola dalla cornice e porgendomela. Risistemò le fotografie e si soffermò su una in particolare. «Questa è mia cugina Kelly Ann Moore». Prese il ritratto di una donna in sella a un cavallo con dei libri in mano. «Era una bibliotecaria Pack Horse a Straight Creek prima di sposarsi e trasferirsi in Texas. Era una straordinaria donna dei libri. E questa in sella al suo mulo», prese un'altra foto, «è la mia cara amica Laura Adams di Letcher. Un'altra coraggiosa donna dei libri che ha lavorato al programma».

«Molto obbligata per la foto, Mrs Moore». Ero entusiasta e non vedevo l'ora di mostrarla a mamma. Eccetto la foto con Loretta, non c'erano ritratti della nostra famiglia, manco uno, sospettavo perché ci vergognavamo del nostro colore. Mi premetti la foto al petto prima di lasciarmela scivolare in tasca.

«Immagino dovrò aggiungerne presto un'altra di mia nipote con gli abiti da lavoro», disse Mrs Moore in tono addolorato, passando una mano sulla cornice vuota. «Pa diceva sempre che il carbone non è un buon vicino per la nostra gente, per la nostra terra e i suoi abitanti. Porta via gli uomini alle mogli, lasciandosi dietro troppe vedove».

Dentro di me sussultai, chiedendomi che vestiti avrebbe indossato Bonnie quel giorno.

27

Il primo giorno di aprile portò una spolverata di neve sulle montagne, che ammantò di un ingannevole e tardivo bianco natalizio i germogli appena nati, ancora teneri di vita, mentre un tordo cocciuto cantava il suo ritornello, le note flautate un'invocazione alla primavera. E Mr Morgan non si era ancora fatto vivo.

Per l'ultima tappa del mercoledì, Giunia si arrampicò fin da Pearl. Mi era mancata la mia amica ed ero impaziente di rivederla. Infilai le mani guantate nelle tasche del cappotto e sfiorai le monete e le banconote che avevo preparato, nella speranza che lei mi avrebbe permesso di usare il suo telefono.

Alla torre antincendio legai la mula sotto il primo pianerottolo, portai con me alcuni libri e salii in fretta i gradini.

Pearl sollevò la botola e io salii nella cabina. «Vieni, dammi il tuo cappotto bagnato, così lo metto vicino alla stufa». Prese i libri e li posò sul tavolo, poi appese il cappotto. «Caffè, Honey? L'ho appena fatto».

«Molto obbligata». Mi sfilai i guanti e mi sfregai le mani intirizzite.

Mise due tazze sul tavolo e si sedette di fronte a me.

«Hardin ti ha creato altri problemi?», chiesi, con in mente la conversazione fra Gillis e la madre che avevo origliato all'emporio della Compagnia, chiedendomi come riferirlo a Pearl. Feci per dirle qualcosa, ma cambiai idea. Glielo avrei detto in occasione del pigiama party. In quel momento smaniavo di chiamare i miei genitori. Lanciai un'occhiata al telefono.

Lei se ne accorse e disse: «Tutto tranquillo. Hanno riparato il telefono. Sei riuscita ad andare a Louisville con l'infermiera?»

«Mi ci ha portata il Doc, e ho visto mamma domenica, ma solo pochi minuti. La tengono in infermeria».

«Mi dispiace tanto. Cos'ha?»

«Un braccio rotto da quando lo sceriffo l'ha arrestata, e hanno eseguito una sterilizzazione. E adesso è diventata una curiosità per i dottori della prigione».

«L'hanno fatto davvero, portarle via la possibilità di essere madre? Povera la tua mamma».

«Mamma ha solo trentacinque anni, e lei e papà speravano di avere altri figli un giorno».

Che orrore. «Hai visto tuo padre?», chiese poi Pearl.

Scossi la testa. «Volevo chiederti di usare il telefono per provare a chiamarlo. Ho del denaro nella tasca del cappotto per pagarti».

La mia amica liquidò l'offerta con un gesto e spinse il telefono verso di me. «Chiama».

Studiai l'apparecchio, ricordando che lo zero era per il centralino. «Non potrà parlarmi. Dovrò dare il tuo numero e dirgli di richiamare».

«Nessun problema». Mi porse la cornetta.

Mi passai le mani ansiose sui calzoni, avvicinai il ricevitore all'orecchio e composi lo zero.

«Numero, prego», chiese la centralinista.

«Non ho il numero, signora».

«Chiedile di cercare il numero e passarti la linea», sussurrò Pearl, con un gomito puntellato sul tavolo e la mano a sorreggersi il mento.

«Signora, potrebbe mettermi in comunicazione con il Kentucky State Reformatory di La Grange, per favore?» dissi.

«Un attimo, prego».

«Suona, Pearl». Mi alzai e fissai lo sguardo lontano fuori dalla finestra della cabina, trattenendo il fiato. Sentivo il cuore accelerare a ogni squillo.

«Edificio amministrativo del Kentucky State Reformatory. Parla Clark», rispose un uomo al quarto squillo.

«Sì, signore, Mr Clark, parla Honey Lovett da Troublesome Creek, e vorrei sapere quando posso telefonare a mio papà, Jackson Lovett».

«Lovett, Lovett, Lovett, *Jackson*...», disse, con la carta che mormorava frusciante mentre lui sfogliava le pagine. «Eccolo. Al prigioniero Lovett è permesso fare una telefonata il sabato alle due del pomeriggio, signorina».

«Il sabato alle due del pomeriggio?» Lanciai un'occhiata a Pearl e lei fece di sì con la testa, indicando il numero scritto sull'apparecchio.

«Dagli questo numero, Honey».

«Ehm, signore, potreste dargli questo numero di telefono da parte mia?» Guardai i numeri neri stampati in cerchio su fondo bianco, tenendoci un dito sospeso sopra.

«Qual è?», chiese l'uomo con fare brusco.

«785-508, signore».

Mr Clark lo ripeté, sbagliando una cifra.

«No, signore, è 7-8-5-5-0-8», ripetei lentamente.

«Lo metto nel suo fascicolo». E riappese con un sonoro *clic*, facendomi sobbalzare.

L'ha scritto giusto? Guardai le montagne, il segnale di libero lacerante come un coltello che mi trapassava il cuore. Pearl mi prese la cornetta di mano e la rimise a posto. «Magari ti telefona sabato, Honey». Mi diede una pacca sulla spalla. «Sarò qui tutto il giorno. Prometto che non mi muovo, né questo sabato né il prossimo, finché non riesci a parlare con tuo padre». Si sedette al tavolo e batté una mano sulla sedia accanto perché mi unissi a lei.

«Grazie, Pearl».

«So che deve mancarti proprio tanto, Honey. A me il mio manca da morire».

«Dov'è?», le chiesi, stupita.

«Papà è stato arruolato nell'esercito quando avevo nove anni. L'hanno mandato in Francia a combattere nella Seconda guerra mondiale. La casa era sempre silenziosa, e mamma passava un sacco di tempo chiusa in camera sua. Non cucinava più e non si occupava delle faccende domestiche. A me mancava ogni giorno. Otto dei miei compagni di scuola hanno perso il padre laggiù. E così, probabilmente come mamma, passavo ore a temere l'arrivo dell'uomo con l'uniforme della Western Union, a pregare che non si sarebbe presentato con il telegramma che ne annunciava la morte».

«È terribile, Pearl. Non riesco a immaginare cosa debba essere stato combattere nella Seconda guerra mondiale». Mi sedetti accanto a lei. «Papà ha passato in prigione parte di quel periodo, ma quando è uscito non gli hanno permesso di arruolarsi. Quanto è rimasto via tuo padre?»

«Troppo». Pearl fece una smorfia. «Papà tornò a casa tre anni dopo. Con una gamba maciullata... e il cuore a pezzi. Gliel'avevano amputata laggiù. Era un uomo diverso, che viveva come un fantasma ambulante. Stava seduto in veranda la sera tardi da solo a bere bourbon. Certe volte, quando il dolore dell'arto fantasma diventava insopportabile, imprecava, si strappava via le cinghie di cuoio e lanciava la protesi di legno in cortile. Poi gridava e ci svegliava perché andassimo a riprendergliela. Non è più stato lo stesso, non voleva parlare di quello che era successo, tranne quando gridava nel sonno. Dio ha preso quel che restava di lui per portarlo in un luogo migliore nell'autunno del '51. Ma in realtà l'ho perso molto prima».

Pensai alla possibilità di non rivedere mai più mio padre e a come sarei riuscita a sopportarlo. «Mi dispiace tanto per la perdita di tuo papà, Pearl». Mi avvicinai e la strinsi in un abbraccio, e avvertii il suo dolore nelle spalle che sussultavano.

Giovedì il vento di aprile sibilava tra le foglie come un nugolo di vespe inferocite mentre io mi dirigevo verso la comunità di Tobacco Top. Passai davanti a casa di Loretta e qualche istante dopo vidi Alonzo sul suo carro.

Mi fermai accanto a lui e Giunia emise due brevi ragli di avvertimento rivolti al vecchio ronzino dell'uomo. «Buongiorno, Alonzo».

«Honey, che piacere vederti. Sto andando in città». Si portò una mano al cappello per evitare che il vento glielo strappasse via, vergognandosi di guardarmi in faccia. «Una bella giornata serena ma ventosa», disse.

Il carro era pieno dei mobili, delle pentole e delle trapunte di Loretta. «Cosa ci fai con le cose di Loretta?»

Lui scosse la testa. «Non ho spazio, ho pensato di venderle, a meno che tu non voglia qualcosa».

Venderle per un paio di bottiglie di torcibudella, pensai, ma me lo tenni per me. Smontai da Giunia. Dal retro del carro spuntava il bellissimo dondolo di Loretta, e io sfiorai il motivo intrecciato, ricordando le conversazioni che avevamo fatto sedute lì.

«Vuoi quello, Honey?», chiese Alonzo lanciandosi un'occhiata alle spalle.

Non ci sarebbe stato sulla mia veranda, già occupata da due sedie a dondolo e un tavolino. Lo guardai per un momento, poi cercai nella tasca del cappotto e tirai fuori un dollaro e degli spiccioli. «Molto obbligata. Lo porteresti sulla veranda di Bonnie Powell?»

«La vedova Powell?»

«Sì, signore».

«Sicuro. So dove sta».

Si mise in tasca il denaro e ripartì, lasciandosi dietro una scia di odore di cavallo, whiskey e sporcizia.

Intristita, lo guardai allontanarsi con tutto quello che conoscevo, le ultime cose rimaste della mia Loretta, finché non riuscii più a vedere il suo cappello né a udire l'acciottolio delle ruote del carro.

Alla tappa di Tobacco Top, legai Giunia accanto a una lapide e cominciai a tirar fuori libri e riviste per la piccola comunità che viveva a otto miglia dal passo.

La mia mula allungò il collo e sbuffò rivolta al visitatore, il figlio di Mr Taft, Tom, quando scese dalla veranda cadente della casa dei bisnonni, con le finestre sbarrate, inclinata, ricoperta di glicine, edera e caprifoglio selvatici.

«Honey». Mi salutò con la mano. «Sei un balsamo per gli occhi. Quando Pa ha detto che avresti portato i libri quassù, le nostre esclamazioni si potevano udire fino in cima alle montagne. C'è voluto del bello e del buono per trattenere la mia giovane Iris dal venire quaggiù oggi». Tirò fuori un vasetto dalla sacca e me lo porse. «Mia moglie l'ha preso dalla buca delle patate stamane, m'ha detto di dare questa marmellata di mirtilli alla figlia della nostra graziosa Picasso, la nostra nuova donna dei libri».

«Molto obbligata con Mrs Taft. E ricordo quando mamma mi ha detto che tuo papà la chiamava così». Sorrisi. «Dal dipinto blu di Picasso della *Donna col casco di capelli*».

«I miei hanno sempre detto che il nostro Creatore aveva tenuto il suo colore preferito per la nostra straordinaria donna dei libri». Tom indicò il cielo azzurro e poi iniziò a prepararsi per il ritorno.

Pensai a mamma in prigione, al fatto che veniva trattata in modo diverso solo perché era diversa. Ma qui avevo sempre visto i bravi lettori accoglierla a braccia aperte e urlare di gioia tutte le volte che lei arrivava coi suoi tesori. E adesso potevo portare anch'io i libri come faceva lei, e sentii il cuore pieno di orgoglio e amore per la parola scritta. Anche se mamma e io eravamo le ultime Blu, le uniche rimaste della nostra gente, e diverse dagli altri, i libri univano tutti noi.

28

Restando in sella a Giunia, rivolsi lo sguardo al pozzo e cercai di vedere se c'era la bottiglia di vetro del latte. Il cortile era deserto. Un'erba rada spuntava in mezzo a chiazze di falsa ortica, rosa canina e senape selvatica in fiore. Abiti e lenzuola bagnati erano appesi alla corda del bucato di Guyla Belle, e l'odore di liscivia si mescolava a quello delle piante in boccio. Il triciclo arrugginito del bambino giaceva riverso su un fianco. Le tende alle finestre erano tirate.

Mr Gillis dev'essere a casa. Feci voltare la mula per riprendere la strada e prima di allontanarmi lanciai un'altra occhiata in direzione del pozzo, allungando il collo per vedere meglio. Non potevo esserne certa e non osavo entrare nel cortile per controllare da vicino, ma pareva che Mr Gillis lo avesse finalmente chiuso, e lasciai andare un sospiro, sollevata per l'incolumità del bambino.

Poi la porta di socchiuse e una donna piccola di statura e dall'aria trascurata mise fuori la testa. «Se cercate Guyla, non c'è», disse, la voce lugubre.

Spronai l'animale perché si avvicinasse. «Signora, sono Honey Lovett, l'aiuto bibliotecaria esterna della nostra sede».

Johnnie sgattaiolò fuori e la donna lo abbrancò tirandoselo accanto.

«Donna libi». Mi indicò, il visetto striato di terra, gli occhi gonfi di pianto. «Donna libi e-e-e *mamma*. Pozzo!»

«Ciao, Johnnie», lo salutai in tono amichevole. «Signora, sapete dove posso trovare Guyla Belle?», chiesi alla donna.

«Sono la zia del bambino, Ida Gillis. Perry è al lavoro e Guyla se n'è andata».

«*Andata*». Quella parola mi spaventò. Ma era un sollievo sentire che lui era al lavoro, e le rivolsi un sorriso incerto. Misi una mano nella sacca e dissi: «Volevo solo restituire le calze pulite di Guyla Belle…»

«Se n'è andata e ha lasciato la città. Che liberazione». Trascinò dentro il bambino e sbatté la porta.

Liberazione?

Rimisi in fretta le calze nella sacca. Sentii il bambino piangere una volta prima di azzittirsi. Poi vidi la sua faccetta triste e solcata di lacrime comparire da dietro la tenda. Mise una mano sul vetro.

Giunia nitrì sommessamente e fece un passo di lato, girandosi. Mi guardai alle spalle un'ultima volta, poi le premetti i talloni sui fianchi. «Alt, ragazzona». Dagli alberi filtravano schegge di luce che fecero scintillare i frammenti di vetro sparsi sopra la lastra di cemento che chiudeva l'imboccatura del pozzo. Strizzai gli occhi e vidi il collo rotto di una bottiglia del latte sul terreno accanto al pozzo, e sotto i due libri che le avevo portato. Smontai e mi avvicinai, lanciando occhiate furtive alla baita. Passai le mani tremanti sul coperchio di cemento, tornando col pensiero alla volta in cui Guyla Belle aveva quasi perso Johnnie. Per quanto sgradevole fosse, Mr Gillis si era almeno preso la briga di chiuderlo.

Lo ricordava anche Giunia e scalpitò nervosa, cercando di farmi allontanare, strattonando le redini. «Va tutto bene, ragazzona, Johnnie è al sicuro e non ci cadrà più dentro».

Turbata, raccolsi il libro per bambini e accanto vidi *Il risveglio*. Le pagine erano accartocciate e la copertina era stata strappata via con furia. Rabbrividii e feci il giro attorno al pozzo. Alla base erano spuntate due giunchiglie, e un dente di leone aveva trovato il modo di crescere da una crepa. Osservai la pianta tenace, quel suo modo di sopravvivere in ogni circostanza, anche contro la forza dell'uomo e del metallo. Resistetti all'impulso di strapparlo, sapendo bene che sarebbe rispuntato un anno dopo l'altro, e mi chinai, sfiorandogli la corolla gialla con le dita e pregando che Guyla Belle avesse la stessa forza di sopravvivere alle percosse.

Giunia mandò un altro raglio ansioso, e io mi guardai di nuovo attorno nel cortile. Percepii un movimento con la coda dell'occhio e girai la testa di scatto verso la baita. Socchiusi gli occhi, sforzandomi di capire chi fosse.

Le tende si scostarono e comparve la sagoma di qualcuno, che sparì altrettanto in fretta dietro la stoffa. Era possibile che fosse Guyla Belle, reduce dall'ennesimo pestaggio, o aveva davvero fatto le valigie e se n'era andata?

Trovai Bonnie Powell sulla veranda di casa sua, spaparanzata sul bel dondolo di Loretta a fumare. Aveva una gamba ripiegata sotto di sé e usava l'altra per dondolarsi avanti e indietro. Mi fece cenno di raggiungerla.

Presi due libri e un opuscolo e salii i gradini.

Lei mi restituì i prestiti della volta prima. «Ehi, dolcezza, guarda un po' qui. Ero appena tornata a casa e l'ho trovato in cortile, come se niente fosse. Nuovissimo, per giunta. Non c'era un biglietto, niente di niente». Fece scorrere la mano sul bracciolo di metallo, seguendo il motivo della seduta vuota accanto a lei. «Manco un'ammaccatura», osservò meravigliata. «Nonna era fuori a stendere i panni e ha detto che non ha sentito nessuno. L'abbiamo portato in veranda e ci sta perfetto». Lanciò il mozzicone nel cortile brullo e si spazzolò la cenere che le era caduta sulla salopette.

Ero riconoscente che questa volta Alonzo avesse tenuto fede alla sua parola e non mi avesse imbrogliata. «È proprio bello», confermai. Non volevo dirle che veniva da me, perché avevo paura che pensasse che era carità.

«C'ho avuto un'altra giornataccia in miniera, a spalare carbone sul nastro trasportatore e a mangiare quella disgustosa polvere di roccia. Ho vomitato due volte perché ho finito quelle pillole di vitamina C che mi ha prescritto il Doc. Dice che aiutano a combattere la malattia causata dalla polvere». Bonnie stirò il collo e se lo massaggiò, poi esaminò la bretella rotta della salopette a cui mancava il bottone di metallo. «Quei cacchio di uomini peggiorano le cose con le loro zampacce». Fissò lo sguardo nel vuoto come se ripensasse a qualcosa di spiacevole. «Ma questo m'ha svoltato la giornata. Non vedo l'ora di farlo provare a Joey Jr». Lo fece dondolare col piede e il cigolio sommesso rallegrò l'aria del pomeriggio.

«Crollerà all'istante», dissi con un sorriso, ripensando a tutte le volte in cui Loretta mi aveva cullata sul dondolo per farmi addormentare.

Le porsi i due libri nuovi e lei osservò le copertine prima di posarli accanto a sé. «Sembrano proprio belli. Questo qui...» Batté la mano sulla *Saga di Vigdis*. «Mi stupisce che Miss Foster lo tenga nella sua biblioteca».

«Ho pensato che ti sarebbe piaciuto qualcosa di diverso».

«Grazie. Era sempre speciale avere i libri della collezione personale di tua mamma. Ti facevano pensare davvero». Tamburellò le dita sulla struttura metallica del dondolo e si spinse di nuovo col piede. «Questo renderà molto più facile l'ora di andare a nanna».

Giocherellai con i libri che tenevo in grembo, mi tolsi i guanti sudati e passai i palmi blu sulle copertine.

Bonnie si sporse in avanti, allungò una mano e prese un barattolo da un litro pieno di semi di girasole. Se ne versò qualcuno sul palmo e rimise giù il barattolo.

Studiò i grossi semi marroni con la fronte aggrottata. «Sissignore», mormorò, «diventerà *tutto* molto più facile per la vecchia Bonnie adesso».

Negli occhi le si accese una luce strana, quasi pericolosa, mentre esaminava i semi, rigirandoseli fra le dita.

Giunia superò al trotto un gruppetto di minatori riuniti davanti all'emporio della Compagnia, levando un raglio di avvertimento rivolto agli uomini come faceva sempre. Alcuni chiacchieravano accanto ai pick-up parcheggiati, altri uscivano in fretta e furia dall'emporio come se fossero in ritardo. I minatori indossavano camicie e calzoni puliti, e sapevo che erano diretti al primo turno.

Scrutai nervosamente le facce in cerca di Gillis e non lo vidi. A parte i libri, ero la cosa più vicina a un'amica che avesse sua moglie. Sapevo che avrebbe continuato a minacciarmi finché non avessi rinunciato alla tappa di Guyla Belle e al nostro legame.

Diedi gambe a Giunia per spronarla ad accelerare il passo.

A casa del Doc mi aprì Millie. «Donna dei libri. *Läkare. Läkare*», chiamò da sopra la spalla, le parole musicali che riecheggiavano nell'atrio. Le porsi due volumi presi dalla sacca, e lei studiò le copertine di *Un sasso per Danny Fisher* e *Il fiore oscuro*, poi mi tirò dentro casa. «*Till dig*». Si avviò lungo il corridoio, agitando un dito e lasciandomi da sola nell'ingresso. Un attimo dopo tornò con una borsa di tela e me la porse.

Guardai dentro e vidi due arance.

«*Äta*». Si indicò la bocca e poi puntò un dito verso la mia.

«Uh, mangia, sì, molto obbligata, Millie. Le tengo per dopo». Le misi nella sacca.

«*Böcker*», disse aprendo uno dei libri, e si incamminò lungo il corridoio sfogliando una pagina.

«*Libri*», tradussi, sperando che avesse detto quello.

Comparve il Doc. «Honey, sono contento che tu sia qui. Vieni in salotto. Vorrei parlarti un attimo».

Lo guardai, chiedendomi se avesse brutte notizie. Ero passata qualche giorno prima per sapere se c'erano novità ma a casa non c'era nessuno. «Mamma sta bene?»

«Sì. Accomodati». Mi fece cenno di seguirlo. «Ho visitato tua madre martedì». Mi condusse nel salotto. «Gradisci del tè o del caffè, o qualcos'altro?»

«No, signore. Come sta?» Mi sedetti, preoccupata.

«Sta bene, ma...»

Mi sporsi verso il Doc. «Ma cosa? Le hanno fatto del male...?»

«Sta bene, Honey. Ma ho parlato con il governatore e lui mi ha detto che non è nel suo interesse superiore accordarle la grazia in questo momento».

Gemetti. *Come avrei potuto passare altri due anni senza di lei, e come avrebbe potuto lei rimanere viva per altri due anni?* «Le hanno portato via la sua femminilità! Che ne è dell'*interesse superiore* di mia madre?», sbottai.

«Devi capire, bambina mia, temi delicati come le leggi contro i matrimoni misti sono... Beh, ecco, alcuni argomenti sono politicamente spinosi e non sono molti i funzionari eletti a volersene occupare. Mi dispiace».

Provai un tuffo al cuore.

«Ma almeno le sono stati restituiti alcuni privilegi. E martedì prossimo pranzerò con il governatore e dovrei poterti dire di più».

«Posso telefonarle?»

«Non vedo perché no».

«Molto obbligata, Doc. Non posso tollerare di saperla in quella prigione un minuto di più. C'è altro che posso fare, signore?» Udii il telefono squillare nel suo studio.

Mi rivolse un cenno comprensivo. «Continuerò a insistere, bambina. Magari troveremo un compromesso».

Millie si affacciò alla porta del salotto e disse qualcosa in tono entusiasta, mostrandomi un libro.

«La telefonata è per me. E sembra proprio che Millie sia contenta delle sue nuove letture». Il Doc si alzò e io lo imitai. «Non mi darò per vinto. E tu nemmeno, Honey. Stai facendo un lavoro magnifico come donna dei libri. Bluette sarebbe fiera di te».

Mi affrettai all'emporio della Compagnia nella speranza di telefonare a mamma, superando senza fermarmi Francis che stava servendo un cliente alla cassa.

Entrai nella cabina telefonica, mi tolsi i guanti, chiamai il centralino e attesi. Ma dopo aver infilato le due monete da cinque centesimi che mi erano state chieste, la centralinista disse di non averle ricevute e ne pretese altre. Dovetti inserirne altre tre prima che facesse il numero. Alla fine, riuscii a parlare con la prigione, solo per sentirmi dire che mamma era in un altro edificio a lavorare alla lavanderia. Esasperata, riattaccai e contai gli spiccioli.

Francis bussò sul vetro. «Tutto okay, Honey?»

Socchiusi la porta. «Sì, ma il telefono mi ha preso più soldi di quanto avrebbe dovuto. Mi è toccato inserire cinque monete prima che la centralinista facesse il numero».

«Certe volte capita. Scusa, Honey. Aspetta qui, vado a prendere la chiave e ti restituisco gli spiccioli».

Dopo un attimo, Francis tornò con in mano una chiave. Sorrise e si infilò nella cabina insieme a me. Io mi scostai cercando di fargli posto, osservandolo a disagio mentre apriva il cassetto alla base del telefono contando i miei nichelini, il suo odore maschile inebriante in quello spazio ristretto.

Mi passò le monete, e il calore della sua mano indugiò sulla mia pelle. Ci guardammo negli occhi e nei suoi vidi accendersi il desiderio. «Voglio portarti fuori presto, Honey», disse in un sussurro roco. «Passare la giornata con te». Poi mi si avvicinò e mi stampò un bacio febbrile sulle labbra.

Io ricambiai, lasciandomi avvolgere dal suo odore.

Un tamburellio sul vetro ci fece scostare. Eddie chiamò Francis mentre si affrettava verso il retro dell'emporio. «È appena arrivato il camion, e mi serve una mano a scaricare».

Imbarazzata, cercai di muovermi ma Francis bloccava la porta.

Mi guardò, gli occhi ancora pieni di desiderio mentre armeggiava con la porta e usciva dalla cabina. «Esci con me, Honey». Mi prese la mano e la tirò con delicatezza, poi si avviò di corsa sul retro per aiutare Eddie.

Sorrisi e mi portai le dita alle labbra, tastando il bacio. Per il resto di quel giorno, e l'indomani e il giorno dopo ancora ero sicura che, se avessi controllato avrei trovato il suo bacio ancora lì. E pensai a quello che aveva detto Bonnie, e mi chiesi se Francis sarebbe stato l'uomo giusto.

Sabato non arrivava mai. E non vedevo l'ora di parlare con papà e chiedergli il permesso di uscire con un ragazzo. Arrivai alla cabina di Pearl a mezzogiorno, due ore prima dell'appuntamento telefonico, volando su per gli scalini di metallo come se avessi alle calcagna un calabrone bianco, i piedi che battevano un ritmo metallico nella foresta sonnolenta.

«Che bello che sei arrivata prima. Avevo proprio bisogno di un po' di compagnia», mi accolse Pearl.

«Speravo non ti dispiacesse. Sto morendo dalla voglia di parlare con mio padre», dissi senza fiato per la corsa e l'eccitazione.

Si mise a ridere. «Avrei fatto lo stesso. Sto mangiando un boccone. Lascia che ti prenda un piatto».

Dopo un pasto a base di paté di fegato di maiale e pane di mais, Pearl scese per dar da mangiare a Pie, mentre io spostavo lo sguardo dal telefono all'orologio che gli avevo posato accanto. Ogni tanto guardavo l'Osborne Finder, in cerca di segni di fumo. Non vidi la pericolosa combustione lenta della fiamma bianca provocata dalla carta o dalla legna incendiate. Presi il mio orologio e feci scattare il coperchio di vetro.

Pearl tornò poco prima delle due. «L'hai sentito?»

Scossi la testa con fare solenne.

Quando la lancetta dei minuti arrivò alle due, mi irrigidii sulla sedia e sentii le spalle contrarsi. Poi la lancetta si mosse lentamente, segnando le 14.07, e mi sfuggì un piccolo ansito di disperazione. Alle 14.24, Pearl mi mise una mano sul braccio e diede una stretta. La guardai, con la preoccupazione che mi scuriva le mani. Quando arrivarono le 14.27, il telefono si mise a suonare e io scattai in piedi, urtando Pearl.

«Solleva la cornetta. Svelta, prendila», disse lei, eccitata quanto me, facendo tintinnare il braccialetto.

La tirai su in fretta e furia e me la portai all'orecchio. «Papà, papà, sono io, Honey. *Papà?*» Perplessa, la allontanai e guardai l'apparecchio telefonico.

Pearl me la prese di mano e disse: «Pronto, *pronto*?», poi rimase zitta un attimo. «Mamma, non posso parlare. Sto aspettando una telefonata. No, mamma, per favore metti giù...» Pearl afferrò il cordone scuotendo la testa. «Metta giù, Mrs Barry. Mrs Barry, metta giù il telefono! Ti chiamo più tardi, mamma. No, mamma, non è un buon momento. più tardi. *Metta giù, Mrs Barry!*», ripeté a denti stretti prima di sbattere la cornetta sulla forcella e guardarmi con aria di scuse.

Papà non avrebbe chiamato e io presi l'orologio da tasca, incapace di reggere la delusione nei suoi occhi riflessa nei miei.

«Honey, rimani...», mi implorò.

«Ho delle cose da fare, Pearl», mentii, imbarazzata di aver visto deluse le mie speranze. «Molto obbligata per la tua generosa ospitalità. Il pranzo era buonissimo». Mi misi il cappotto, raccolsi la sacca e i vecchi prestiti della ragazza e aprii la botola.

«Oh, Honey, mi dispiace veramente...»

Il telefono diede un lungo trillo. La mia amica mi prese per la manica e mi riportò vicino al tavolo.

Mi portai la cornetta all'orecchio, e dissi con una vocina esile: *«Papà?»*

Pearl sgranò gli occhi con espressione interrogativa.

«Parla il centralino, ho una telefonata a carico del destinatario da parte di Mr Jackson Lovett del Kentucky State Reformatory per Miss Honey Lovett».

Guardai Pearl e annuii. «È il centralino per una chiamata a carico del destinatario...»

«Svelta, accettala», disse con un sorrisone, annuendo.

«Sì, centralino, accetto», risposi.

«*Honey,* sono papà. Che bello risentirti, figlia mia». Il calore della sua voce viaggiò per tutte quelle miglia, e io guardai fuori dalle finestre sentendo un abbraccio protettivo.

«Papà. *Papà!*» Mi portai un pugno alla bocca, fissando il cielo sereno, quasi piangendo di gioia.

«Figlia mia». Tossì. «Come stai? Loretta si prende cura di te? Sei al sicuro?»

Il suo avvocato non gli aveva ancora detto della morte di Loretta. Mi lasciai cadere sulla sedia, ricacciando indietro le lacrime. «Sì», sussurrai a fatica, perché non volevo dirgli che non era così. Non volevo rovinare quel momento di felicità. «Sto bene».

«La vecchia Giunia fa la brava?»

«Giunia si sta comportando benissimo. Però le manca mamma».

Pearl uscì sulla passerella e si avvicinò al parapetto. Sentii la nostra mula ragliare piano dal basso.

«Presto saremo di nuovo insieme», disse a bassa voce, costringendomi a sforzarmi per sentire le sue parole frammiste ai colpi di tosse.

«Ah, papà, c'è un… un ragazzo. Mi ha chiesto di uscire e…»

Udii un sospiro ansimante, poi un lungo silenzio.

«Ecco, vuole portarmi a fare un picnic. Presto compirò diciassette anni», gli ricordai.

«Chi è?»

«Francis Moore, il nipote di Howard Moore».

Papà tossì, poi si schiarì la gola e rispose in tono cauto: «Fallo conoscere a Loretta, e se lei approva, hai il mio permesso».

Aggrottai la fronte, scossi la testa e borbottai un: «Va bene, papà», poco convinto.

«Hai parlato con mamma, figlia mia?»

«Ho visto mamma, e verrò a trovare anche te».

«Come se la cava laggiù?» Tossì di nuovo. «Honey?»

«Bene», mentii, con le bugie che mi chiazzavano le mani di blu. «Ma devo venire a trovare te il prima possibile».

«Meglio se scrivi. La prigione non è un posto adatto a una giovane signora».

«Papà, *per favore*. Ho un passaggio. Mi porta un'infermiera di frontiera oppure il Doc».

Ci fu un altro lungo silenzio. Poi lo udii fare un gran sospiro. «Figlia mia, non sono consentiti visitatori alla prigione, solo telefonate».

«Perché, cosa c'è che non va?» Mi alzai, tirando il filo.

«Alcuni qui hanno la febbre», ansimò. «C'è un'epidemia... di poli...» La voce tonante di un uomo sovrastò quella di papà: «*Tempo scaduto, Lovett*».

Trasalii, giocherellando nervosamente con il cordone teso, arrotolandolo attorno alla mano scurita. «Papà, hai detto *polio*?»

«Scrivimi, piccola donna dei libri». La conversazione venne disturbata da rumori e urla.

«Papà?» Guardai di nuovo fuori dalla finestra: avrei voluto raccontargli tutto, reclamare la sua saggezza e la sua consolazione, con le parole che mi urlavano nella testa lottando per uscire. «Papà, Loretta...»

«Ti voglio bene, Honey», sussurrò roco.

«Papà, ti voglio...» Mi lasciai ricadere sulla sedia, col gelo che mi intorpidiva le ossa, i miei sentimenti perduti nel *clic* aspro e crudele della linea.

29

Lunedì mattina vidi arrivare i due uomini dalla finestra di casa. Li guardavo avvicinarsi e sentivo crescere l'agitazione.

Devil John e Mr Morgan entrarono nel cortile a bordo di un carro proprio mentre stavo preparando la sacca per andare all'avamposto.

Quando sentii bussare, spalancai la porta. «Mr Morgan, i miei stanno bene?»

«Bene, benissimo, Honey. Sono qui per te. Posso entrare?»

Esitante, mi preparai al peggio e mi feci da parte, pensando a papà, col timore di altre cattive notizie dal tribunale, dall'assistente sociale e dallo sceriffo.

«Piacere di vederti, Honey. Resto qui sul carro, Bob», disse Devil John.

«'Giorno, Devil John», lo salutai prima di rientrare in casa.

Libri, riviste e giornali erano sparpagliati sul tavolo e sulle sedie. Mi affrettai a fare spazio per l'avvocato, impilando i prestiti dei lettori sul lettino all'altro capo della stanza.

«Non disturbarti. Vedo che tieni la casa in ordine, Honey». Chiuse la porta e un respiro della foresta si insinuò all'interno, alitando sulle lenzuola pulite che avevo lavato il giorno prima usando un goccio dell'olio di rose di mamma.

«Sì, signore, stavo preparando il materiale per il lavoro. Caffè?», chiesi mentre sistemavo sul letto gli ultimi quattro libri.

«Non mi dispiacerebbe».

«Ci sono dei biscotti di pastafrolla sulla stufa». Volevo essere ospitale, perciò non gli dissi che non erano venuti bene e che quelli di mamma erano più buoni. «Posso offrigliene qualcuno?»

«Grazie, basta il caffè», rispose.

Dopo che gliene ebbi portato una tazza, mi chiese di sedermi.

«Certo che sei proprio lontana da tutti. M'è toccato chiedere a Devil John di portarmi qui perché pensavo che non sarei mai riuscito a ritrovare la strada da solo».

Ero riconoscente di essere ben lontana dalla città e speravo che questo mi avrebbe protetta e tenuta al riparo dallo sguardo impiccione del tribunale.

«Come va il lavoro?»

«Bene. La gente sembra davvero contenta di riavere il servizio». Esitai. «La maggior parte, almeno». Non volevo dirgli di Perry Gillis, casomai mi procurasse fastidi con la legge.

«Ottimo». Mr Morgan bevve un sorso di caffè e posò la tazza sul tavolo. «Stavo pensando al nostro ultimo incontro di marzo. E soprattutto alla nostra recente conversazione telefonica... a quello che hai detto della tua libertà e del caso McDaniel. Mi ha fatto riflettere, e ne ho parlato con alcuni colleghi. Pensano che tu sia stata piuttosto sveglia. Geniale, perfino».

Felice del complimento, mi agitai sulla sedia, mettendomi in grembo le mani che si stavano chiazzando di blu.

Bevve un altro sorso e mi studiò da sopra l'orlo della tazza di Loretta.

«Quindi, Honey, ho avuto la possibilità di riflettere sulla tua situazione, in particolare sulla domanda relativa al perché la legge ti consentirebbe di sposarti...»

Scossi la testa e serrai la mascella. «Non sposo Carson, Mr Morgan. Sarebbe come, beh, sarebbe come sposare mio *fratello*». Alzai la voce, saltai in piedi e presi il giornale dalla mensola, lo aprii alla pagina dei necrologi e glielo sbattei davanti.

«Voglio questo», dichiarai, battendo la mano sulla carta ingiallita. «Quello che ha avuto il quattordicenne Byrne McDaniel. La *libertà*».

L'avvocato lanciò un'occhiata al quotidiano e lo spinse da parte. «Honey, non sono venuto qui per farti sposare nessuno. Sono venuto per dirti che le tue richieste sono valide e forse possiamo fare qualcosa per farti ottenere la risposta giusta... la tua libertà».

Trattenni il fiato, aspettando mentre beveva un altro sorso di caffè.

«Potrebbe esserci una possibilità, Honey. Come mi hai detto il mese scorso. Hai una casa ben tenuta, un lavoro importante e rispettabile con un'entrata fissa. Sei piuttosto intelligente, e mi piace il tuo modo di pensare», mi indicò, «e la maturità con cui hai gestito la situazione. E la sai una cosa? Forse anche il giudice Norton potrebbe vederla così. Ti sto proponendo di provare a ottenere l'emancipazione. Che ne dici?»

«Emancipazione», ripetei piano, desiderandola con tutta me stessa.

«Non avresti più bisogno di un tutore legale, e ti sarebbe concesso di stare per conto tuo. Non ti serve neanche il permesso di tuo padre dato che è in carcere, ma ovviamente aiuterebbe se lo avessi, e ti renderebbe più rispettabile. Ma devo avvertirti che i Tribunali l'hanno concessa solo a particolari condizioni».

«Perché?», chiesi preoccupata.

«I figli, soprattutto nelle zone rurali, sono un bene prezioso per i padri che hanno bisogno di braccia per lavorare la terra o aiuto in casa senza dover sborsare un salario. Quindi, beni e servizi vengono sempre per primi in tribunale».

«Io però non sono un bene, signore».

«No, certo che no. Lavori per mantenerti. Ma legalmente i figli sono considerati il bene invisibile del padre. Vediamo». Si guardò attorno nella stanza fermandosi sul calendario appeso alla parete. «Oggi è il 6 aprile, e penso di poter abbozzare qualcosa nel giro di qualche settimana. Poi posso depositare presso il tribunale una richiesta per l'emancipazione di Honey Lovett. Spero che fissino un'udienza fra un mese o due. Ho parlato con Mr Greene, e lui ha l'impressione che i servizi sociali non dovrebbero opporsi più di tanto. Se vivi per conto tuo non gli costi un centesimo».

«Libertà». Saggiai la parola, percependo la speranza.

Lui sorrise. «E date le circostanze, credo che tuo padre acconsentirà, il che renderà tutto più facile. Parlerò col suo avvocato e inizierò da quello».

«E mamma?»

«Posso chiederlo anche a lei, se vuoi, ma al tribunale interessa solo il parere del padre».

«Mamma era nell'infermeria della prigione, signore».

Mr Morgan fece una faccia perplessa. «E per cosa? Dovrei avvertire il tribunale se fosse malata».

«Il Doc e io siamo andati a trovarla il 29 marzo dopo che la direttrice gli aveva detto che il tribunale aveva ordinato che fosse sottoposta a sterilizzazione. Lui pensa che i dottori stiano anche facendo degli esperimenti su di lei perché sono incuriositi dal suo colore. E ho visto lo sceriffo che l'ha arrestata romperle il braccio».

Lo sguardo di Mr Morgan si indurì. «Ma cosa diavolo...»

«Il Doc si sta dando da fare».

«Non preoccuparti, Honey. Farò in modo che Mr Faust controlli come sta e gli dirò di parlare con il giudice e la direttrice».

«Sabato ho parlato con papà al telefono. Ha detto che non potevo andare a trovarlo, e credo stesse cercando di dirmi che in prigione c'è un'epidemia di polio. Ha detto che gli uomini hanno la febbre».

Vidi l'inquietudine insinuarsi nello sguardo dell'avvocato. «Informerò il suo legale non appena rientro in ufficio». Spinse da parte il resto del caffè e si alzò. «Lascia che gli avvocati si occupino dei tuoi genitori, e concentrati sul lavoro. Conserva le buste paga da mostrare al tribunale».

Lo seguii alla porta. «Mr Morgan, niente di tutto ciò sembra giusto».

«Che intendi, Honey?»

«Le leggi, signore. Quelle fatte dagli uomini sull'amore e il matrimonio. Volevo chiedervi quando cambieranno le leggi sulle unioni miste in modo che le persone possano amare chi vogliono. Perché pensano che sia sbagliato per i miei genitori, per *chiunque,* amare un'altra persona?» *Per me, amare chi voglio*. Ricacciai indietro quelle parole, perché mi era tornato in mente Francis, e la possibilità che qualunque futuro potessi avere con un ragazzo venisse cancellato, poi mi sfiorai le labbra. Era ancora lì, appassionato e nuovo di zecca, uguale a quando mi aveva baciata nella cabina del telefono.

«Mr Morgan, loro non odiano, amano. Non sembra giusto che gli uomini facciano leggi che ignorano le leggi di Dio. Pensate che le cambieranno, Mr Morgan?»

Mi fissò con aria pensierosa e dopo un bel po' disse: «Anche se di rado succede abbastanza in fretta e mai in fretta come dovrebbe, Honey, mi aspetto che come per tutte le leggi sbagliate, il cambiamento arriverà».

All'avamposto Mr Taft mi aveva lasciato una scatola di metallo piena di biscotti all'avena per Giunia e due libri di poesia per me, *Harmonium* di Wallace Stevens e *Rosemary and Pansies* della poetessa del Kentucky Effie Waller Smith insieme ai prestiti per i miei lettori. Non appena vidi le raccolte, le aprii e mi misi a leggere, assaporando le parole e i versi dei poeti, finché non mi accorsi che era passata mezz'ora.

Dopo aver sistemato i vecchi prestiti e infilato nelle sacche quelli nuovi, trovai una busta con sopra scritto il mio nome. La aprii con attenzione. Quando vidi che era la mia paga, il salario che mi spettava per le ultime settimane di marzo, corsi fuori ridendo e girando su me stessa, ebbra di gioia per aver ricevuto il mio primo stipendio. Agitai la lettera in direzione di Giunia.

La ragazzona sbuffò davanti alla mia scempiaggine. Misi una mano nella tasca del cardigan e tirai fuori uno dei biscotti che Mr Taft aveva portato per lei. Finora quelli che avevo preparato avevano funzionato e Giunia non era più scappata via. Lo prese avida, spingendomi il muso nella mano per averne altri.

«Ho intenzione di cucinartene un secchio con questi soldi». Esultai e girai su me stessa. La mula allungò il muso e cercò di portarmi via il foglio.

«È quasi mezzogiorno, Giunia. Andiamo in città, così ti compro una mela». Le carezzai la testa, poi guardai di nuovo la busta paga. Avevo visto quelle di papà e sapevo delle tasse. Ma lo stesso lasciai andare un fischio quando vidi la voce delle trattenute federali. «11,75 dollari».

Chi se ne importava. Dedotte le tasse mi restavano cinquantaquattro dollari e rotti, che erano un sacco di soldi per fare una cosa che amavo, qualcosa in grado di dimostrare al tribunale che mi ero guadagnata la libertà.

«Andiamo in città, vecchia mia».

Legai Giunia a una posta dietro l'emporio della Compagnia e feci il giro sul davanti.

Vidi Bonnie in ginocchio intenta a dar da mangiare al gallo di Wrenna dal palmo della mano. Rimasi a guardare, incantata che quell'uccello scontroso la lasciasse fare. A qualche metro di distanza, Perry Gillis e altri minatori ridevano. Alcuni degli uomini gli dicevano di lasciare in pace le ragazze.

Gillis provocò diverse volte la ragazzina facendo mostra di avvicinarsi. Il gallo gli si avventò contro e poi tornò da Bonnie, ma l'uomo era riuscito a strappargli una penna della coda e gridò: «Guardate qui, amici. Bonnie vuole un assaggio di uccello. Ce l'ho qui io, ragazza». Si passò la penna sull'inguine. Il gruppetto rise sguaiatamente, ma alcuni uomini si allontanarono, disgustati da quel comportamento osceno.

Scalza, Wrenna osservava in silenzio dalla strada, apparentemente impassibile.

Girai attorno a Bonnie e al gallo. «Buongiorno, Bonnie», la salutai.

«Ehi, Honey». Alzò gli occhi sorridendo, ignorando gli schiamazzi degli uomini. «Ho finito l'ultimo che mi hai dato. Quello di Undset. Bello davvero. Quella Vigdis era proprio speciale. Tosta come pochi».

Sul collo aveva un livido e dei graffi freschi. La salopette era tenuta su da una spilla da balia che reggeva la bretella strappata.

«A Tommie piacciono i miei semi di girasole», disse tirandone fuori uno di tasca. «Sissignora, mi sono fatta un nuovo amico... non è così, Tommie?» Il gallo prese il seme, poi emise un *cluck-cluck-cluck* entusiasta, convinto di avere anche lui una nuova amica. Bonnie gli sfiorò la cresta rossa, fece scorrere le mani annerite dal carbone sulle piume bianche del dorso. «Sei proprio un bel ragazzo, Tommie. Tieni d'occhio Wrenna. Magari puoi tener d'occhio anche me... eh, bel tipo?» Bonnie allungò una mano e gli carezzò il bargiglio.

Chiocciando sommessa all'uccello, lasciò cadere un seme per terra. Il gallo le si avvicinò di lato, lisciandosi le penne, sfiorandole la mano con le piume, poi emise una serie di *tu-tu-tu* acutissimi e le rilanciò il seme.

Bonnie fece una risatina e raccolse il dono mentre i minatori si spanciavano dalle risate.

Wrenna intonò un richiamo ritmato: «*Cuu-cuu*». Tommie sobbalzò e starnazzò, poi volò al suo fianco.

Li guardai allontanarsi, con il gallo che conduceva Wrenna, tenendo un'ala distesa verso di lei e scattando da una parte all'altra, girando in cerchio attorno alla ragazzina, mettendosi davanti e poi portandosi alle sue spalle, cantando piano, guidandola al sicuro.

Bonnie li fissò, passandosi i semi da una mano all'altra. Per la prima volta sotto la maschera di polvere di carbone e fatica vidi che la giovane sorrideva radiosa. E un sorrisetto mi incurvò le labbra quando colsi il mio riflesso nella vetrina dell'emporio. Mi sistemai una ciocca di capelli dietro l'orecchio per rendermi presentabile prima di entrare.

Eddie si affacciò alla porta dell'emporio e gridò: «Ha chiamato Mattie e ha detto di riferire a voi minatori che gli serve che degli uomini accorcino la pausa pranzo. Dice che c'ha un problema al pozzo».

Gli uomini borbottarono scontenti e alcuni si affrettarono ai pick-up.

«Ci vediamo venerdì», dissi a Bonnie prima di entrare nell'emporio, ma lei non mi sentì. Aveva gli occhi fissi sulla ragazzina e il gallo.

Quando passai davanti al bancone Francis mi salutò con la mano, e io non riuscivo a smettere di sorridere e di lanciargli occhiate furtive, sentendo addosso il suo sguardo mentre facevo compere.

In fila alla cassa, una donna comprò burro e farina. L'uomo davanti a me disse: «Francis, puoi cambiarmi l'assegno?» Osservai Francis contare il denaro della Compagnia e darlo al minatore, sapendo che alla fin fine il Re Carbone possedeva il lavoratore del Kentucky.

Francis lo salutò con fare amichevole e si allungò per prendere un boccone da una scodella, cercando di fare la sua pausa pranzo durante una giornata frenetica.

Quando fu il mio turno, appoggiai alla cassa una mela e un sacchetto di avena, uno spesso taccuino e una confezione di buste. Tirai fuori lo stipendio e glielo porsi. Lui posò la scodella e la spinse da parte.

«Cos'è?» Era abbronzato e aveva l'aria sana per essere stato all'aperto nelle giornate soleggiate di inizio primavera. Sorrise e si pulì la bocca col dorso della mano. «La lettera col permesso per uscire con me da parte di tuo papà?», mi prese in giro.

Sentii le orecchie e le guance avvampare, il bacio che ancora mi faceva formicolare le labbra. «Può darsi», risposi stando allo scherzo. «Te lo faccio sapere presto». Ricambiai il sorriso timidamente.

«Sarebbe bellissimo», disse.

Indicai l'assegno dello stipendio. «Miss Foster ha detto che potevo incassarlo qui».

«Certo». Guardò il foglio e lo girò. «Vedi qui, Honey». Posò il dito sullo spazio per la firma, poi prese una penna a inchiostro. «Devi firmarlo prima che l'emporio mi permetta di cambiartelo».

«Oh, avevo fretta e l'ho scordato», mentii liquidando la cosa con un gesto noncurante. Desideravo fargli buona impressione. «Lo faccio subito. E voglio contanti, non il denaro della miniera, Francis». Presi la penna e misi una firma elaborata. Dopo aver incassato l'assegno, mi rese la matrice e io pagai quello che avevo comprato.

«Ti serve altro, Honey?»

Guardai con desiderio l'espositore coi rossetti, lo smalto, il fard e altri cosmetici. Qualcuno mi arrivò alle spalle e tirò fuori una Cola dal frigorifero rosso.

L'uomo mi girò intorno e lasciò cadere un nichelino sul bancone e passò la Cola a Francis, che prese un apribottiglie, la stappò e mise la moneta nel registratore di cassa.

«L'ho riempito giusto ieri sera», disse Francis. «Buona e fresca, se ne vuoi una, Honey».

Ero tentata e riuscivo a sentire il sapore del liquido zuccherino ghiacciato sulla lingua. Contai i soldi, poi li misi nella sacca.

«Posso fare altro per te?»

«Mi serve una lapide, Francis. Per Miss Adams».

«Ho sentito che se n'è andata». Assunse un'espressione grave. «Mi è dispiaciuto tanto. Sears e Roebuck non le vendono più, hanno smesso di tenerle nel loro catalogo nel '49, quindi dovrai rivolgerti al vecchio Geary. Ti do l'indirizzo». Scrisse il nome e l'indirizzo all'interno di una bustina di fiammiferi. «Su Bridges Road, superi il cimitero della contea e vedrai un grosso fienile sulla destra e il pascolo delle vacche di Willard a sinistra. All'ingresso di Geary c'è una grossa pietra».

Prese la mia busta di carta e fece il giro del bancone, scortandomi alla porta. Mi porse il sacchetto e disse: «Volevo dirti che mia mamma prepara una ciotola del suo squisito pudding alla banana per i cestini da picnic». Indicò la ciotola da cui stava mangiando. «Buonissimo. A dire la verità, il migliore del Kentucky, di tutto il Paese perfino», disse, una luce giocosa nello sguardo.

Era ardito e un filo troppo audace, ma risposi: «Molto obbligata. Ultimamente ho proprio voglia di un buon dolce». Mi passò la bustina di fiammiferi.

«Beh, l'autista delle consegne mi aspetta. *Tu* non aspettare troppo». Si ficcò le mani in tasca, facendo tintinnare le monetine che aveva nei calzoni, poi si avviò di buon passo verso il retrobottega.

Uscii dalla porta e riuscii a fare solo qualche passo prima che Perry Gillis mi bloccasse la strada. Alcuni uomini risero sguaiati e un altro minatore rimproverò l'uomo, rivolgendogli parole oscene.

Cercai di passare oltre ma Gillis mi si parava davanti ogni volta, un'espressione dura sul volto. Poi si mise in bocca una sigaretta e tirò fuori un accendino d'argento annerito, azionando la rotella una volta, poi una seconda, tenendomi la fiammella tremolante a pochi centimetri dalla faccia e spostandola lentamente in cerchio, con l'odore della pietrina e dello stoppino bruciato che mi pungeva le narici.

Aveva uno sguardo crudele, letale, e io pensai a Guyla Belle e alla bottiglia rotta e alle ombre in agguato nella casetta di tronchi. Mi chiesi cosa ne avesse fatto di lei, spaventata all'idea che magari non era scappata, e che invece lui le aveva fatto del male e la teneva rinchiusa in casa.

«Mr Gillis, per favore lasciatemi passare», lo pregai, scossa, chinando la testa. «*Per favore, signore*».

D'un tratto Bonnie si mise in mezzo e fece cadere l'accendino di mano a Gillis. Lui la colpì in testa e lei si scansò tirandomi indietro, lontana da lui.

«Vai, dolcezza», mi incoraggiò a pochi metri dall'emporio della Compagnia, lanciando occhiate feroci a Gillis. «Ci penso io a fare in modo che ti lascia in pace».

Guardai alle mie spalle la faccia paonazza di Gillis e rabbrividii.

30

Seduta al tavolo della cucina di Mr Geary contai 121,23 dollari per la lapide, poi li ricontai mentre sua moglie ci serviva un cestino di panini da mangiare insieme al caffè. Dopo aver usato tutte le monete d'argento di Loretta e quello che era avanzato del mio salario, mi rimanevano quattordici centesimi.

Ero orgogliosa, felice che Loretta avrebbe avuto una lapide così bella. Prima, nel laboratorio, Mr Geary mi aveva aiutata a scegliere un angelo da mettere sopra la modesta pietra tombale e mi aveva promesso che avrebbe lucidato, inciso e installato la lapide di marmo al cimitero degli Adams entro la fine di maggio. Era l'angelo perfetto, e io passai una mano sul marmo bianco, ammirandone la maestria e la bellezza.

Parlammo di posare una lapide anche per i miei genitori morti, e Mr Geary disse che poteva realizzarne una adatta per centodiciannove dollari. Dopo aver fatto altri conti, spiegò che avrebbe preso un deposito di diciassette dollari e che avrei potuto pagare una rata mensile per la pietra tombale dei Moffit. Gli promisi che avrei portato il deposito di lì a poco.

Mamma mi aveva raccontato qualcosa di Angeline, ma menzionava di rado Willie, aggiungendo solo che tutti e due erano affamati di libri, di conoscenza. E che era Angeline la più appassionata dei due, e che aveva voluto i libri e il sapere per me. Avrei voluto poter conoscere i miei genitori, che fossero vissuti di più.

Giunia era stanca mentre tornavamo a casa con il sole che si tuffava nel cielo a ovest e una sottile pioggerellina iniziava a cadere. Quella sera mi infilai sotto le coperte e provai un impeto di gioia, di pace, grata per la lapide di Loretta e sollevata che i miei genitori, Angeline e Willie, ne avrebbero finalmente avuta una, anziché le piccole pietre grezze che segnavano la loro tomba. Il tamburellare della pioggia sul tetto di lamiera accompagnò lietamente i miei pensieri al riposo.

Mentre salivo sulla torre antincendio, Pearl urlò un saluto da sopra.

Arrivata alla cabina, lasciai cadere la sacca sul pavimento e tirai fuori i nuovi prestiti. Li posai accanto all'Osborne e misi via il materiale della settimana prima.

Pearl chiacchierava allegra tagliando fette di torta e versando il tè freddo. Quando ebbe finito, si sedette.

Mi sporsi sul tavolo. «Ho delle novità».

«Anch'io!», esclamò lei, e vidi il segreto danzarle negli occhi. «Prima tu, Honey». Si posò il tovagliolo in grembo e iniziò a mangiare la torta.

Presi il tovagliolo piegato e feci lo stesso. «Mr Morgan proverà a chiedere l'emancipazione per me al tribunale».

«Cosa significa?»

«È quando il tribunale può concedere la libertà a un minore se ha una buona ragione».

«Libertà... Immagina, niente più preoccupazioni!», si meravigliò Pearl. «Ma c'è dell'altro, te lo vedo negli occhi». Si mise a ridere. «Avanti, sputa il rospo».

«Ho conosciuto un ragazzo».

La mia amica sgranò gli occhi e sussurrò: «Anch'io. Raccontami prima del tuo».

«È Francis dell'emporio della Compagnia».

«Oh, è carino», commentò lei. «Quel sorriso, e le fossette».

«Mi ha chiesto di uscire, ma non ho ancora avuto il permesso. Potrei aver bisogno di telefonare di nuovo a papà».

«Quando vuoi. Ma se ottieni la libertà, non ne avrai bisogno».

«Papà si aspetta che glielo chieda». Presi un boccone di torta e masticai. «Francis mi ha baciata». Sentii che arrossivo.

Pearl mise giù la forchetta, sgranando di nuovo gli occhi.

«L'ha rubato», confessai con aria cospiratrice.

«Racconta, Honey!»

Risi. «Gliel'ho lasciato fare. Magari questo sabato posso telefonare a papà prima del nostro pigiama party?»

Pearl aggrottò la fronte. «Ho un appuntamento». Si alzò, prese il calendario dalla parete e batté sull'11 aprile, dove aveva segnato "party". «Oh, Honey, mi spiace aver dimenticato l'invito. Gli dirò...»

Delusa, mentii: «Non c'è problema. Sabato ho comunque delle faccende da sbrigare e un itinerario da recuperare. Come si chiama?»

«Perry».

Le mani mi si scurirono di colpo e misi giù la forchetta. «Mmh, conosco solo un Perry da queste parti».

«È di qui. Si chiama Perry Gillis, è un giovane minatore robusto. Ha le braccia più muscolose che abbia mai visto».

Deglutii a disagio, rimettendo ordine fra i pensieri. Abbassai lo sguardo e giocherellai con un filo che penzolava dall'orlo del tovagliolo, poi lo piegai a metà e lo sistemai con cura accanto al piatto, posandoci sopra la mano.

«Perry è il cugino di Robbie Hardin», continuò Pearl. «È venuto qui quattro volte negli ultimi sei giorni, per cercare di rimediare a quello che ha fatto il suo parente. Le prime tre volte l'ho cacciato. C'era qualcosa che non quadrava, anche se non riuscivo a capire cosa. Qualcosa che non diceva in quei suoi begli occhioni. Poi mi ha spiegato che era tutta opera di Robbie e si è scusato con gentilezza».

Quando non aprii bocca per un pezzo, Pearl chiese: «Cosa c'è che non va, Honey?» Lanciò un'occhiata alle mie mani rivelatrici. «Avanti. Dimmi. Non siamo ancora neppure usciti insieme, non è che sto per andarci a letto o sposarlo».

Mi sentii avvampare e spinsi via il piatto. Iniziai dalle cose facili… e che ero certa fossero vere. Che Gillis aveva picchiato Francis, tormentava Wrenna Abbott e aveva fatto del male a Bonnie Powell. Poi mi interruppi, cercando di decidere cos'altro dire.

Pearl rigirò il tovagliolo e se lo rimise in grembo ben dritto. «Gliene parlerò. Ma forse sono stati loro a cominciare o gli hanno fatto qualcosa. Ehi, mi ha perfino portato quei fiori».

Guardai il vaso di violette posato sul cassettone.

«Ha un caratteraccio, Pearl, e sua moglie, Guyla Belle, è scomparsa da un po'. E io ho una brutta sensazione al riguardo».

«L'ha lasciato», ribatté lei.

«No, è *scomparsa*». Scossi la testa, comprensiva. «Non l'ho detto ad anima viva, ma più ci penso, più sono convinta che c'entri lui».

Mi guardò incredula per un attimo.

«Il bambino, Johnnie, è caduto nel pozzo. Sono riuscita a tirarlo fuori, ma...»

«Ma cosa, Honey? Puoi dirmelo». Pearl mi prese la mano chiazzata di blu.

«Non sono sicura che non abbia fatto di nuovo del male a Guyla Belle».

Pearl socchiuse gli occhi e sul suo viso comparve la paura. «Che cosa sai?»

«Beh, ero passata dall'infermiera. Amara stava curando il bambino per una polmonite. Quando Perry ha scoperto che era caduto nel pozzo, ha picchiato la moglie davanti a noi. C'è stato bisogno di metterle dei punti».

La ragazza si alzò e si mise a fare su e giù per la cabina. «*No*». Irrigidì la mascella e si batté un pugno sulla coscia. «Mi ha fatto credere che gli ha chiesto il divorzio e se n'è andata. *Schifoso bastardo*».

Abbassai gli occhi, detestando di assistere alla sua infelicità. «Ho sentito Perry e sua madre parlare all'emporio della Compagnia. Robbie stava cercando di aiutare Perry a ottenere il tuo lavoro. Volevano anche liberarsi di Guyla Belle».

Pearl si girò e guardò fuori dalla finestra. «Se non vado, continuerà a cercare di portarmi via il lavoro. Comincio a pensare che sia quel tipo di persona».

«Mi ha minacciata perché andavo a trovare sua moglie, e ho paura che lui e Robbie potrebbero spingere anche te ad andartene». Era quel tipo d'uomo, e se per avere il posto da vedetta significava ingraziarsela, lo avrebbe fatto. Peggio ancora, se non fosse riuscito a conquistare Pearl, era impossibile dire cosa avrebbe potuto farle.

«Honey, mi ha invitata a pranzo a casa della madre con la sorella, Ida, e il bambino».

«Ho continuato a passare da loro, nella speranza di vedere Guyla Belle. Però Giunia si agita tantissimo, si comporta in modo strano. Guyla Belle avrebbe dovuto lasciare una bottiglia del latte sul pozzo per segnalarmi che avevo il via libera e che Perry era al lavoro. Ma ho trovato il libro che le avevo prestato in cortile, strappato. È stato sicuramente Perry. Lei amava i libri e non avrebbe mai fatto una cosa del genere», aggiunsi.

«Non penserai...» Smise di camminare su e giù e si fermò davanti alla finestra.

«Non so più cosa pensare. Ma sono preoccupata per lei. Magari l'ha rinchiusa in casa e sta male. Potrebbe averla ferita seriamente, questa volta. Guyla Belle ha detto a me e Amara che non lo avrebbe mai lasciato. È del North Carolina, non ha famigliari, denaro, né un altro posto dove andare. E più ci penso, più mi convinco che c'è qualcosa che non quadra».

Pearl si risedette, giocherellando distrattamente con il braccialetto. «Mia nonna diceva sempre che i vigliacchi che picchiano le donne cercano sempre quelle sole. Questo dà loro più potere di quello che hanno già in partenza. Ho sentito dire che alcuni di questi individui prendono moglie solo per poi allontanarla dalla sua famiglia... in modo da nascondere le malefatte agli occhi dei parenti di lei». Bevve un lungo sorso del suo tè, poi sbatté il bicchiere sul tavolo. «Per la miseria». Si avvicinò al cassettone e prese il vaso di fiori, poi aprì la porta che dava sulla passerella e lo lanciò oltre il parapetto.

Fui percorsa da un brivido che mi fece accapponare la pelle, e mi chiesi cosa sarebbe potuto succedere a Pearl, e forse anche a me.

31

L'aria del mattino era umida, addolcita dall'odore balsamico dei pini mentre io indugiavo sulla veranda ascoltando la pioggerella battere sul tetto. Ma nulla poteva rannuvolarmi l'umore, perché era l'11 aprile e Pearl aveva deciso di fare il pigiama party.

Rientrata in casa, frugai in un baule e trovai una vecchia camicia da notte in flanella e gettai il capo scialbo sulla pigna di quelle scartate perché orribili. Alcune mi stavano ormai piccole, altre erano consunte. *Cosa dovrei mettermi per una festa in pigiama?*

Sfogliai una rivista e studiai gli abiti femminili alla moda, poi misi da parte il giornale, esasperata. Alla fine, ripresi la camicia da notte in flanella, piena di dubbi. *Non ho mai partecipato a una festa di alcun genere. Devo mettermela prima, o indossarla quando arrivo o…? Oh, non potevo certo attraversare le montagne a dorso di mulo con addosso soltanto quella. Che fare?* «Se solo ci fosse mamma», mi scappò detto con un gemito.

Mi tolsi i vestiti e indossai la camicia da notte, poi ci misi sopra i calzoni e la camicia, sistemando la gonna alla bell'e meglio. Scomodo, ma non c'era altro modo.

Pearl non rispose quando bussai in anticipo sull'orario concordato, e sbuffai per la mia impazienza, chiedendomi dove potesse essere. Riprovai a dare un colpetto alla botola, poi scesi dalla torre.

Mi sedetti sotto la tettoia, in attesa, nella pioggia che da leggera si trasformò in un acquazzone che veniva giù di traverso. Più cupa del cielo, continuavo a controllare l'orologio. *Dov'è finita?* Giunia drizzò le orecchie e rivolse la sua attenzione al bosco, e io pensai di aver visto qualcosa di rosso balenare tra le foglie, sicura che la vista mi stesse giocando dei brutti scherzi.

Battei un piede sul terreno e mi passai la mano sui capelli fradici, infuriata per dovermene stare lì al freddo sotto l'acqua, il fiato che formava nuvolette nella pioggia che non voleva saperne di smettere. Dopo un'ora, Giunia guardò verso il sentiero e lanciò una serie di ragli di avvertimento.

Pearl smontò da Pie e lo tirò nella stalla. «Honey, scusami per il ritardo. Ho dimenticato l'ora. Sei zuppa. Andiamo di sopra».

Tolse a Pie la sella e i finimenti e gli ispezionò velocemente il mantello e gli zoccoli, poi prese una sacca che aveva posato per terra e insieme arrancammo su per i gradini. Prima di entrare nella cabina, mi scossi l'acqua dal cappotto e sfregai gli stivali sul pianerottolo di metallo.

Pearl accese la stufa e frugò nel cassettone in cerca di abiti asciutti per me. «Metti questi fino a che i tuoi non si asciugano. È il vestito preferito di mamma», disse a bassa voce, porgendomelo insieme a un paio di calze.

«Obbligata. Sarà bello stare al caldo», accettai, un po' più tagliente di quanto volessi, e andai dietro il paravento per togliermi il cappotto e i vestiti zuppi.

«Pare che voglia smettere di piovere», disse Pearl, sollevata. «Vedo il sereno verso ovest».

Quando mi fui cambiata, portai i vestiti bagnati vicino alla stufa. Pearl aprì uno stendino di legno. «Ecco, si asciugheranno in un lampo».

Mi prese il cappotto, guardò il mucchio di vestiti che avevo in mano e si mise a ridere. «Chi si mette il pigiama sotto i vestiti per una festa?»

Stanca, infreddolita e avvilita, nonché irritata oltre ogni dire per aver aspettato sotto la pioggia, ribattei aspra: «Io. Metto il pigiama per una festa che si chiama *pigiama party*. Perché non ci sono mai stata, e la mia raffinata amica non ha detto al topolino di campagna cosa mettersi, né l'ha avvertita che avrebbe battuto i denti per il freddo aspettando una festa di cui si era dimenticata».

«Che rottura che sei, Honey...»

«*Rottura*? Mi stai dando della rompiscatole?» Dentro di me sentivo una marea montante. La perdita dei miei genitori e dell'adorata Loretta, la paura di dover fare le cose di nascosto e di guardarmi le spalle da Gillis. E avevo difficoltà a tenermi dentro tutto.

Pearl alzò le spalle e appese il mio cappotto. «Qualcuno le sta rompendo».

Lasciai cadere i vestiti asciutti e con uno strattone presi i miei pantaloni bagnati, infilandomeli in fretta e furia. «La *rompiscatole*», afferrai anche la camicia e sentii i brividi quando la indossai, «è arrivata in orario. Ho perso tante cose, ma tu non mi prendi in giro e mi porti via la mia dignità, Pearl Grant, per poi fare la superiore...» Mi interruppi e mi morsicai la lingua per non dire parole che avrebbero ferito, e lasciato cicatrici indelebili. Un silenzio carico di tensione scese fra noi. «Io me ne vado».

Per un attimo nella cabina angusta ci fu una calma terribile. Poi la ragazza scoppiò a piangere.

Mi sentii meschina e avrei voluto piangere anch'io, ma le lacrime appartenevano a lei, e io non mi ero guadagnata quel diritto, dato che ero stata io a provocarle. «Scusami, ma...», dissi, ed ero sincera, e avrei tanto voluto potermi rimangiare quello che avevo detto, consapevole di non dover accampare giustificazioni che avrebbero solo indebolito le mie parole di rammarico. «Perdonami. Mi dispiace davvero, Pearl. Ti prego, non piangere».

«Honey». Tirò sul col naso e scosse la testa. «Non è quello. È Perry Gillis. Sono andata all'emporio a comprare delle uova per la nostra colazione. Ho incontrato Perry nel parcheggio sul retro e gli ho detto che non potevamo vederci. Si è infuriato e mi ha colpito la mano facendomi cadere le uova». Si asciugò gli occhi e fece un gran sospiro. Allungò una mano, prese l'abito e me lo porse. «Mi dispiace averti fatta aspettare. È stato scortese».

Nel sentir parlare di Gillis rimasi a bocca aperta. «È pericoloso...»

«Hai ragione. Mi ha afferrata per un braccio e ha iniziato a insultarmi. Alla fine, sono intervenuti Francis e Eddie e l'hanno cacciato via». Si tirò su la manica e si massaggiò il braccio chiazzato di rosso. «L'ho visto coi miei occhi».

Presi il vestito. «Stai bene? Dovremmo metterci il ghiaccio su quello».

«È solo un livido perché me l'ha stretto». Liquidò la cosa scuotendo la testa, poi esaminò con attenzione i ciondoli. «Qualche giorno fa, mi sono fermata alla casa di Perry. Il bambino era fuori in cortile da solo sul triciclo. Mi è venuto incontro, piangendo, ma non sono riuscita a capire cosa diceva. Ida è uscita di corsa a prenderlo. Ha detto che Perry non era in casa, che stava facendo un doppio turno. Questo è quanto. È sparita prima che potessi aprir bocca».

«Povero Johnnie», dissi, infilandomi l'abito imprestato.

Pearl prese un foglio dal tavolo e me lo porse. «Sono uscita lasciando la cabina aperta perché sapevo che stavi arrivando. So che è rischioso, ma prevedevo di rientrare in tempo, non fosse stato per il cavolo di Perry. Giusto nel caso, pensavo che saresti entrata e avresti letto il messaggio». Lo presi e lo lessi. *Honey, una scappata in città per le uova. Torno presto: mettiti comoda.*

Ero stupita che Pearl lasciasse aperta la cabina, anche per poco tempo.

Prese una grossa scatola di latta colorata dalla mensola, la aprì, tirò fuori una bottiglia di whiskey Chicken Cock e lo versò in un bicchiere. «Scusa. Puoi perdonarmi?»

«Solo se tu prometti di perdonare me». Le rivolsi un sorriso timido, vergognandomi moltissimo di essere scattata a quel modo, preoccupata di rovinare la nostra amicizia, di perdere mia *sorella.* Ma lei aveva un animo generoso, le sue parole erano sincere e lo sguardo gentile, e non pensavo che sarebbe stata tanto meschina da lasciare che quello screzio ci allontanasse. «Cosa pensi di Guyla Belle, Pearl?»

«Ho una brutta sensazione e dovremmo parlarne a qualcuno. Lo sceriffo, magari?»

«Non sono tanto sicura. È parente di Perry e Robbie, però possiamo provare».

Pearl rabbrividì. «Se gli uomini all'emporio non fossero intervenuti, non so proprio cosa sarebbe potuto succedere».

«So che Perry è malvagio, dopo averlo visto picchiare Guyla Belle e minacciare me».

La mia amica sospirò rumorosamente. «Mi sa che abbiamo bisogno tutt'e due di un drink. E di distrarci un po'». Mi tese il bicchiere di bourbon. «Sono di riposo, il mio sostituto è alla base, ed è arrivato il momento della nostra festa». Sollevò la bottiglia col gallo e i fiori sull'etichetta, agitandola. «Meglio di una buona bottiglia di puro whiskey del Kentucky c'è solo l'indirizzo di un distillatore amichevole».

Inarcai le sopracciglia con aria interrogativa.

Pearl gettò indietro la testa e rise. «Non osavo andare da Devil John. E in questa contea l'alcol è illegale, così ho chiesto a Francis. Mi ha detto che Devil John non vende l'alcol ai ragazzi. Ma mi ha indirizzata da un tizio discreto che lavorava con lui e di tanto in tanto produce alcol di contrabbando».

Mi unii alla sua risata. «Sembra proprio che Francis non si limiti a baci rubati, ma smerci pudding da primo premio e buon whiskey».

«Avanti, Honey, bevi un bicchiere. Ti riscalderà, e ti meriti un po' di divertimento».

Annusai il bourbon con fare esitante, poi presi il mio primo sorso di superalcolico e inghiottii, tossendo e strozzandomi con il liquido che bruciava. Sentii pizzicare il naso e mi si riempirono gli occhi di lacrime. Guardai l'ora e mi accorsi che era troppo tardi per chiamare papà a proposito di Francis. «Dimmi qualcosa dei pigiama party». Ansimai e scossi la testa, inclinando di nuovo il bicchiere.

«Beh», mi guardò con aria divertita, cercando di non ridere, «non ne indossi mai uno bagnato. Soprattutto se ti fermi a dormire. Casomai qualcuno pensi che ti sei pisciata a letto».

Ridacchiai, sentendo l'alcol entrare in circolo.

Pearl se ne versò altre due dita. «Dovremmo mettere un po' di musica, Honey». Tirò fuori da sotto il letto due valigette, una piccola beige e rossa e un'altra più grande, che aprì. Era un grammofono nuovo.

«Somiglia proprio a quelli delle riviste», dissi da sopra la sua spalla, guardandomi attorno nella cabina. «Mai visti tanti aggeggi moderni tutti nello stesso posto». Mi sedetti accanto a lei sul tappeto.

Mi passò la valigetta più piccola. «Qui ci sono i quarantacinque giri. Scegline uno».

Feci scattare i fermi e vidi i dischi allineati fra divisori di metallo come quelli nelle riviste. Dovevano essercene venti, forse di più. Non sapevo un bel niente di musica, a parte gli inni e le ballate che mi aveva insegnato mamma, e le porsi quello intitolato *The World Is Waiting for the Sunrise,* di due tizi che si chiamavano Les Paul e Mary Ford.

Pearl lo mise sul giradischi e cantò insieme alla canzone vivace, senza sbagliare una parola, facendo schioccare le dita, con il tintinnio dei ciondoli che sottolineava il ritmo. Io battei i piedi e mi sforzai di canticchiare la melodia allegra.

Suonammo qualche altro disco, e Pearl mi offrì un secondo whiskey. Era caldo e leniva il dolore proveniente da un posto situato più in profondità delle ferite della carne. Accettai, ridendo un po' a disagio, consapevole che i miei non l'avrebbero trovato altrettanto divertente. Passai in rassegna la valigetta dei dischi, ne tirai fuori uno che diceva Nat King Cole, *Unforgettable* e glielo diedi.

Pearl mise su la canzone struggente. A metà, mi chiese: «Honey, hai mai avuto un ragazzo?»

«No». Rimasi zitta un attimo, domandandomi perché me l'avesse chiesto, poi bevvi un sorso. «Ma Carson ha chiesto la mia mano a marzo».

Sgranò gli occhi stupita. «*Carson Smith?* Racconta».

«È un caro amico. E basta. Voleva salvarmi dal riformatorio».

«Io sarei stata tentata perché...» Si interruppe, a disagio.

Inclinai la testa, in attesa.

«Beh, uno dei ragazzi del posto da cui vengo è stato mandato al riformatorio dopo aver rubato delle caramelle al negozio del vecchio Peyton. Quando alla fine è uscito, ha giurato che non ci avrebbe mai più rimesso piede. Diceva che sui terreni dell'istituto c'era un grande cimitero nascosto per quelli che finivano schiacciati dalle rocce, morivano di febbre o non rispettavano le regole». Abbassò la voce.

Rimasi in silenzio per un po', chiedendomi quanti non ce l'avessero fatta.

Pearl frugò tra i dischi in silenzio, come se avesse parlato troppo.

Scacciai il pensiero della prigione e cambiai discorso: «Carson è innamorato cotto di Greta Clemmons, e penso che si sposeranno. Comunque, non avevo bisogno di nessun permesso per sposarmi a sedici anni, e lo Stato avrebbe dato la sua benedizione. Ed eccomi qui, a lottare per la mia libertà perché *non* voglio sposarmi».

«Le leggi che riguardano le donne non hanno nessun senso perché sono create e imposte dagli uomini, e fatte apposta per tenerci prigioniere. Sai, mia madre lavora, ma quando è andata per aprire un conto in banca, l'impiegato si è rifiutato e le ha detto che doveva avere l'autorizzazione di papà».

«Non ho nessuna fretta di sposarmi». Sorseggiai il drink. «E se riuscirò a ottenere la libertà, non ho intenzione di perderla per un uomo qualunque». Pensai a Francis, e strinsi le labbra, percependo ancora il suo bacio.

«Avevo un innamorato alle superiori. Dale Clark», disse Pearl in tono sommesso, senza guardarmi negli occhi. «Avevamo parlato di sposarci dopo esserci diplomati. Lui era quello *indimenticabile*. Il ragazzo che può baciarti e farti dimenticare di respirare». Rimise i dischi nella valigetta.

Ascoltammo per un po' le note del sassofono che risuonavano fra le parole della canzone malinconica.

«Cos'è successo?», chiesi alla fine, imbaldanzita dal bourbon.

Pearl si strinse nelle spalle e si riempì il bicchiere, cercando di decidere cosa dirmi. Fletté il polso e strinse fra le dita uno dei ciondoli a forma di cuore del suo braccialetto. Mi guardai attorno, in attesa, chiedendomi se avesse scambiato l'audacia per indiscrezione.

«È stato lui a darmi questo». Sollevò il braccio e picchiettò l'unghia sul cuoricino.

Mi sporsi in avanti e studiai il ciondolo con al centro due cuori intrecciati attraversati da una freccia. «È bellissimo», dissi.

Mi guardò negli occhi con espressione indagatrice, poi prese fiato e con lo stesso tono sommesso continuò: «Avevano organizzato una festa in un granaio abbandonato vicino a casa un mese prima del diploma. Bevevano tutti tranne me». Sollevò il vasetto che usava come bicchiere e bevve un altro sorso come per farmi vedere.

Battei le palpebre, cercando di schiarirmi la mente, e misi giù il bicchiere, intuendo che il suo segreto era un dono, qualcosa che pensava mi fossi guadagnata.

«Era tardi. Dale e io avevamo litigato sull'ora, sul fatto che si era sbronzato, e che stava continuando a bere. Mi disse che ero una cagasotto». Pearl tirò il ciondolo con rabbia. «Avevo il coprifuoco, quindi lo lasciai lì con un'altra coppia». Scosse la testa con amarezza. «Dovevano aver bevuto ancora parecchio dopo che io me n'ero andata perché Dale, Anna ed Eugene non ce la fecero a scendere dal solaio dove si erano addormentati ubriachi quando il fienile prese fuoco. Hanno detto che era stato causato da una sigaretta accesa. Eugene fumava. E con tutta quella paglia vecchia e lo strame, beh, si è propagato in fretta».

Le sue parole erano amare, intrise di dolore come se fosse appena successo.

«Che cosa orribile. Mi dispiace, Pearl».

Lei si allungò e mise su un altro disco intitolato *Tennessee Waltz*. Poi si lasciò ricadere di fronte a me e si passò le dita fra i corti riccioli scuri.

La cantante era triste e parlava dell'amica che le aveva portato via il suo uomo. Pearl cantò insieme al disco e alla fine disse: «Il diavolo mi ha rubato il mio innamorato quel giorno. Ecco perché ho deciso di accettare quel lavoro estivo a Big Knob e sono finita qui. Questo, e il fatto che se andava bene per Hallie Daggett, andava bene anche per me».

Rabbrividii, pensando alla sua perdita e a quelle morti tragiche.

«Se fossi rimasta, avrei potuto salvarli». Strinse il pugno. «La pensano così anche in città...»

«No, Pearl. Saresti potuta morire insieme a loro».

«Non lo saprò mai».

«Sono felice che tu non fossi lì». La guardai negli occhi tormentati dal senso di colpa, sperando di trovare il modo per alleviare la sua tristezza. «Starai benissimo qui a vigilare sulle nostre montagne», aggiunsi a bassa voce, prendendole la mano e stringendola tra le mie.

«Basta discorsi tristi». Mi studiò le unghie e inarcò le sopracciglia. «Ho lo smalto perfetto per te. E qualche trucco che puoi provare. Avanti, ti faccio vedere».

«Perché?», chiesi, perplessa.

«Beh, è una festa, per divertimento, e ti farà anche sembrare più grande se ti trucchi all'udienza per l'emancipazione. Possiamo fare pratica adesso», spiegò.

«Oh, più grande. Sì, è una buona idea». Guardai i suoi orecchini.

«Vuoi che ti fori le orecchie? Mamma l'ha fatto a me. E ho comprato delle patate all'emporio della Compagnia per ogni evenienza». Mi sorrise maliziosa, mettendo in mostra le fossette.

«Patate?» Mi portai le mani alle orecchie, terrorizzata all'idea, spaventata dal dolore. «Non so, Pearl. E poi, beh, non possiedo degli orecchini».

«Puoi mettere i miei con le perle finché non te ne procuri un paio. Ho forato le orecchie a Jane Scott all'ultima festa, e sono venute perfette».

«Ha urlato?»

«Ha strillato come un maiale scannato, ma Jane urlerebbe anche se una formica le camminasse sul mignolo del piede. Non fa molto male, Honey. Eddai, sarà divertente e poi sarai tu quella raffinata», mi prese in giro alzandosi. «Prima mettiamo qualcosa sotto i denti. Ho preparato da mangiare stamattina. Devo solo scaldare le focaccine e tirar fuori il prosciutto dal frigo».

Mangiammo e parlammo di libri mentre mi truccava. Quando ebbe finito, prese una boccetta di profumo dal cassettone e me ne spruzzò un po' sul collo e sui polsi, profumando la cabina.

Mentre mi guardavo allo specchio, studiando la mia trasformazione, Pearl tirò fuori una padella, la scaldò e ci versò dei chicchi di mais, preparando una porzione generosa di popcorn al burro. Tre drink e un'ora dopo, Pearl sterilizzò un ago, mi anestetizzò il lobo con un cubetto di ghiaccio e mi mise una patata dietro l'orecchio.

«Non muoverti, Honey».

Mi tornò in mente quando mamma mi aveva fatta vaccinare dal vecchio Doc contro il vaiolo, la scarlattina e altre brutte malattie, e d'un tratto mi venne l'istinto di fuggire. «Aspetta, mi scappa la pipì, e non voglio farmela sotto». Mi alzai di scatto e mi infilai in bagno per usare il vaso da notte.

Seduta di nuovo al tavolo, buttai giù una sorsata di liquore, chiusi gli occhi e feci un bel respiro, poi un altro, aggrappandomi alla sedia di legno con tutta la forza che avevo mentre Pearl mi spingeva l'ago nel lobo.

«Ecco fatto!», esclamò, chinandosi verso di me. «Tutto bene, Honey? Spero non abbia fatto troppo male».

Esalai un *sì* tremante, sollevata che fosse durato poco. Pearl mi pulì il lobo con alcol disinfettante, mi infilò l'orecchino a bottone con la perla e passò all'altro. «Non toglierli per circa un mese... più a lungo li tieni, meglio è. Gira gli orecchini più spesso che puoi e tieni la pelle pulita con l'alcol».

Guardai nello specchio, ammirando i suoi graziosi orecchini e il trucco che mi aveva applicato. «Adesso sembro più grande. Molto obbligata, Pearl», la ringraziai con uno sbadiglio.

Era stato un bel pigiama party, e ciondolammo in giro ridacchiando mentre mettevamo via i dischi, sistemavamo e lavavamo i piatti.

Pearl andò dietro il paravento e si mise la camicia da notte. Da sotto arrivò il lungo raglio di Giunia. «Non mi piace. Meglio che vada a vedere». Mi avviai verso la porta che dava sulla passerella, ma Pearl corse da me e mi prese per un braccio, tirandomi indietro. «Non andare fuori col buio dopo aver bevuto. Giunia starà benone. C'è Pie a tenerle compagnia».

Scossi la testa e cercai di schiarirmi le idee. «Sono ubriaca», ammisi con una risata, e mi lasciai cadere sul giaciglio soffice che aveva preparato per me.

Pearl si sedette sul suo letto e prese in mano il cavallo di pezza. «Eccoti qui, caro Mr Cleveland. Al galoppo senza fermarci, dobbiamo battere gli incubi stanotte. Avanti, dritti nel mondo dei sogni, Mr Cleveland», disse, col materasso imbottito di foglie di mais che scricchiolava mescolandosi alla sua cantilena mentre si girava. Ma le sue parole non erano spensierate né scherzose; erano forzate e stanche, e suonarono come un'implorazione desolata.

32

Delle urla mi riscossero da un sonno profondo.

Mattina presto, confusa e ancora intontita dall'alcol della sera prima, tossii, l'odore del fumo che mi pizzicava la gola, cercando di svegliarmi del tutto.

«Fuoco, Honey, *Honey*». Per un attimo non capii dove mi trovavo, né chi mi stava chiamando, e il mio cervello annebbiato pensò alla casa di Thousandsticks, poi al lettino a casa di Loretta e alla baita dei Carter.

La sentii urlare di nuovo, imprecare e strattonare la botola.

Disorientata, saltai giù dal giaciglio, impigliandomi nelle coperte, tossendo e inciampando. «Pearl?» Mi guardai attorno e mi infilai gli stivali. La luce dell'alba entrava a fiotti dalle finestre della cabina illuminando di giallo le spirali di fumo che si insinuavano nella stanza.

«C'è un fuoco fuori da questa cacchio di botola e noi siamo chiuse dentro, Honey».

L'artiglio gelido della paura mi strizzò lo stomaco, nauseante. «Gillis», sussurrai.

«E suo cugino Robbie! Ho sentito i loro passi. Passami l'ascia, Honey. *Svelta!*» Batté il piede calzato dallo stivale sulla botola.

«E la porta che dà sulla passerella?», chiesi, correndo verso la stufa a prendere l'ascia, a testa bassa per evitare il fumo.

Lei tossì e scosse la testa. «Non possiamo rischiare di restare bloccate là fuori nel caso il fuoco si propaghi. Dobbiamo uscire da questa cabina e raggiungere i pianerottoli di metallo. E l'unico modo è passare per questa dannatissima botola».

Mi sfregai gli occhi, col fumo che mi annebbiava la vista. «Devo aprire le finestre?»

«Lasciale chiuse, così il fuoco non ci arriverà addosso».

Le passai l'ascia. In preda a un accesso di tosse, sollevò il pesante attrezzo e lo calò con forza sulla botola. «Svelta, bagna qualche asciugamano». Le parole le uscirono strozzate per il fumo.

La colpì un'altra volta, ma la spessa tavola di quercia non cedeva. Calò di nuovo l'ascia, facendo tremare la cabina mentre io correvo verso l'armadio, mezza soffocata, chiedendomi se chi aveva appiccato l'incendio avesse anche tagliato la linea telefonica.

Urtai contro il portacatino e bagnai gli asciugamani, poi mi gettai acqua sul viso e sui capelli prima di darne uno a Pearl e di passarmi l'altro sulla faccia e sul petto. Il fumo era denso e si stava scurendo, inghiottendoci.

Da basso Pie nitrì e Giunia lanciò un raglio acutissimo.

Pearl colpì la botola diverse altre volte, senza esito. Poi calò l'ascia sui cardini e sul telaio, facendo volare schegge di legno.

Il fumo era soffocante e ci faceva tossire e boccheggiare in cerca d'aria. Seppellii la faccia nell'asciugamano e lo strinsi fra i denti, con il panico che minacciava di esplodere in urla, il cuore che martellava furibondo. «*Pearl*», gemetti.

«Non preoccuparti, Honey. Ci tiro fuori di qui». Calò di nuovo l'ascia e io udii un debole schianto. «Chiama R.C. con la radio e digli che abbiamo un incendio quassù», mi ordinò, respirando a fatica.

Si rimise a calare l'ascia sulla botola, e a ogni colpo gli schianti si facevano più forti, mescolati alle sue imprecazioni. «Apriti, maledetta!», urlò mentre colpiva con violenza il legno.

Strisciai sul pavimento della cabina, tirai giù la radio e premetti il pulsante. «Pronto? Pronto?» Tossii. «Aiuto, c'è qualcuno? Parla Honey Lovett». Dalla scatola metallica uscì una scarica di interferenze. «R.C.?» Premetti il pulsante più volte. «R.C., abbiamo un incendio alla cabina di Pearl e non riusciamo a uscire! R.C.? C'è qualcuno? *Al fuoco!*» Guardai frenetica fuori dalle finestre la luce del mattino gialla per via del fumo che si addensava nel locale angusto a ogni istante che passava. Da un momento all'altro ci avrebbe inghiottite e gettate nell'oscurità. «Pearl?»

«Continua a provare», urlò. Aveva il viso lucido di sudore e i capelli corti appiccicati al cranio mentre menava colpi d'ascia nel tentativo di far cedere la botola di legno.

«R.C., rispondi, rispondi!» Premetti il pulsante due volte. «*Per favore, per favore*».

«Honey, ricevuto, sto arrivando», replicò R.C. con voce calma e controllata.

Strisciai verso Pearl, squassata dalla tosse. Mi alzai e barcollai nella cabina invasa dal fumo. «Pearl, non riesco a vederti». Allungai una mano, cercando di trovarla.

«Sta' giù, Honey», mi ordinò e vibrò un altro colpo. Ci fu un rumore di legno e metallo che si schiantavano sul pianerottolo sottostante.

Quando la luce e il fumo filtrarono attraverso la spaccatura che Pearl stava aprendo nella botola, sentii le lacrime bruciarmi gli occhi. «Resisti, Honey, ci siamo quasi. Prendi l'estintore».

Tornai verso la stufa a tentoni, facendo cadere pentole e padelle nel tentativo di trovarlo. Quando ci ebbi messo le mani sopra, mi lasciai cadere in ginocchio, tossendo, e tornai lentamente verso Pearl a carponi.

Lei tirò un calcio alla tavola di legno e finalmente la botola cedette. «Quei bastardi ci hanno chiuse dentro». Si batté una mano sul petto inalando grandi boccate d'aria.

Mi piegai in avanti con le mani sulle ginocchia, tossendo e ansimando. Quando alla fine riuscii a rimettermi dritta, guardai oltre lei e vidi sui gradini il lucchetto e diverse paia di impronte di fango. Più in basso scorsi il berretto da baseball della Texaco di Gillis.

Pearl mi prese di mano l'estintore e lo diresse verso il fuoco che avevano acceso usando ceppi e fascine. Nell'aria aleggiava odore di benzina. Dovevano aver portato su tutto nelle prime ore del mattino.

La ragazza prese il cappotto dal gancio, se lo ripiegò sul braccio e disse: «Scendiamo e lasciamo prendere aria alla cabina».

Annuii, anche se avrei voluto avere il tempo di vestirmi.

Quando il fuoco fu ridotto a un mucchietto di ceneri fumanti, Pearl mi aiutò a superarlo fino al pianerottolo successivo, dove ci sporgemmo oltre il parapetto per immettere aria fresca nei polmoni. Guardai Giunia, dandomi della stupida. Ero troppo ubriaca per scendere al buio quando avevo pensato di sentire quel rumore di passi e prima ancora i ragli di avvertimento della mula. Invece di andare a vedere mi ero tirata le coperte sulla testa e mi ero riaddormentata.

La vecchia bestia sollevò il muso, mi vide e lanciò un nitrito da far accapponare la pelle, come per rimproverarmi.

Rabbrividii al pensiero degli uomini che cercavano di fare del male a lei e a Pie, e mi chiesi se ci avessero provato e lei li avesse allontanati scalciando. Mi chiesi cosa sarebbe successo se avessi cercato di fermarli. Mi sfregai le braccia.

Nel giro di qualche minuto avevamo ripreso fiato e scendemmo lentamente le scale, inalando l'aria rorida del mattino. Quando arrivammo in fondo, corsi a controllare Giunia mentre Pearl faceva lo stesso con Pie.

La vidi chinarsi e raccogliere un torsolo smangiucchiato per poi gettarlo a terra con rabbia. Notai dei pezzetti di mela vicino alla mula. Avevano corrotto le cavalcature per farle stare buone. Per qualche ragione, Giunia glielo aveva permesso. Non era da lei, e mi domandai se insieme agli uomini fosse venuta anche la sorella di Perry, per aiutarli.

Quando vidi che erano incolumi, mi lasciai cadere sul pianerottolo più basso, esausta.

Pearl accarezzò il cavallo e gli seppellì il viso nel collo. «Avremmo potuto fare la fine di Dale e degli altri». Tremava come una foglia, e io mi alzai e mi avvicinai. Mi premetti le dita sulle labbra e distolsi lo sguardo, in pena per lei.

Dopo un po' dissi a voce bassa: «Pearl, vieni a sederti accanto a me e riposa un attimo». Le misi un braccio attorno alle spalle e la guidai al pianerottolo.

«Sono stati Perry e Robbie», affermò, tirando un calcio ai torsoli di mela.

«Forse anche sua sorella dato che Giunia non si lascia avvicinare facilmente dagli uomini».

«Ha senso. Altrimenti avremmo sentito la vecchia apostola agitarsi».

In preda al senso di colpa, abbassai lo sguardo sulle mani, studiandomi le unghie. Se non fossi stata così ubriaca, l'avrei sentita. Tossii diverse volte, con il fumo che mi bruciava ancora i polmoni. «Perry mi ha accusata di mettermi in mezzo a loro due con il libro che avevo dato a Guyla», confessai e mi sedetti accanto a lei. «Ha detto che sarebbe andato dallo sceriffo se non fossi stata attenta».

Pearl flettè le dita e mi coprì le mani con le sue. «C'è un'altra legge in Kentucky, una legge che non trovi scritta nei libri. Una giustizia diversa che viene dalla famiglia e dai nostri antenati. *Ce ne occupiamo noi*». Mi strinse la mano.

Mi spostai e stiracchiai il corpo stanco dentro la vecchia camicia da notte di Mrs Grant, smaniosa dell'abbraccio di mamma.

Pearl guardò il fondo della cabina. «Il fumo dovrebbe andarsene in pochi minuti, e poi potrai vestirti senza correre pericolo». Mi mise sulle spalle il suo cappotto e guardò Giunia e Pie, buttando fuori il fiato.

Mi raccolsi le ginocchia al petto e ci appoggiai sopra il mento, cullandomi avanti e indietro e guardando la foresta tranquilla, quella vecchia terra forte e bellissima, eppure ingannevolmente brutale, capace di stritolarti. Pensai a Guyla Belle. Alla faccia rabbiosa di Perry Gillis. Più ci riflettevo, più mi convincevo che doveva aver fatto qualcosa di orribilmente malvagio, rinchiudendola da qualche parte.

«*Giustizia*», sussurrai, stringendo il pugno. «La legge di questa vecchia terra è aspra. E diventerà molto più aspra per quelli come Perry Gillis e gente della sua risma quando il Diavolo verrà a chiedere il conto e farà spuntare la sua mano incrostata di fango putrido da questo suolo imbevuto di sangue reclamando l'anima di chi si è venduto a lui».

33

Lo sceriffo Buckner arrivò insieme a R.C. circa venti minuti dopo. Corsi alla cabina a vestirmi mentre loro si avvicinavano coi cavalli alle scale della torre. Quando tornai giù, Pearl stava discutendo con lo sceriffo. Giunia scalpitava minacciosa rivolta ai cavalli legati al pianerottolo.

«Non ha intenzione di arrestarli? Perry Gillis e suo cugino avrebbero potuto ammazzarci», sbraitò Pearl con rabbia.

L'uomo di legge era trenta centimetri più alto di lei, e non sapevo che grado di parentela avesse esattamente con Gillis, ma notai la stessa postura arrogante e lo stesso sguardo crudele mentre spingeva in fuori il petto e si tirava su il cinturone sulla pancia ragguardevole, parlando col tono aspro che si usa per tenere una donna al suo posto. Grazie ai libri, avevo imparato presto che esistevano questi uomini induriti, e sapevo di dover stare in guardia.

«Gliel'ho detto, Miss Grant», replicò lo sceriffo con foga, la guancia rigonfia di una presa di tabacco, «quel berretto non vuol dire un cavolo. Ci sono probabilmente cinquanta uomini in questa contea che se ne vanno in giro con un cappellino della Texaco».

Pearl puntò il braccio verso le scale e disse con voce ferma: «Ci sono delle impronte infangate lassù, e a meno che non pensiate che mi siano cresciuti magicamente i piedi da un giorno all'altro e mi siano spuntate due paia di gambe, io dico che quelle sono le impronte di Perry Gillis e Robbie Hardin».

«Potrebbero essere stati dei ragazzini, o chiunque altro, Miss Grant. Qualcuno che voleva passare un sabato sera diverso e poi la cosa gli è sfuggita di mano. Ora, le ho detto...»

«Le sue parole mi *dicono*, sceriffo, che siccome sono suoi parenti, non ha intenzione di arrestarli», urlò Pearl.

«Stia attenta, signorina. Rischia di farsi arrestare per oltraggio a un pubblico ufficiale». La guardò freddamente, poi avvicinò il viso al suo e annusò. «Ha bevuto, Miss Grant? Magari vi stavate divertendo anche voi lassù? L'avete appiccato voi il fuoco?» Le annusò una tempia, poi si spostò lentamente dall'altro lato. «Credo proprio che lei abbia bevuto».

Pearl lo guardò in malo modo e si scostò.

«Aspetti un momento, sceriffo Buckner». R.C. si fece avanti, con espressione contrariata. «Miss Grant ha il diritto di chiedere che la sua denuncia venga presa in considerazione. C'è stato un incendio doloso e un'aggressione a lei e alla sua casa, proprietà della Forestale».

Pearl sollevò il mento. «E cosa mi dice della moglie di Perry, sceriffo? Che mi dice di Guyla Belle, che è scomparsa? Magari lui tiene nascosta quella poveretta da qualche parte dopo averla picchiata di nuovo. Ha intenzione di indagare dopo che le ho detto che potrebbe essere in pericolo, o peggio?»

«È vero, signore». Scesi dal pianerottolo più basso e incrociai le braccia. «Riconosco quel cappellino. Perry Gillis ne aveva uno identico. La stessa stella sbiadita del marchio, e sua moglie è...»

Lo sceriffo mi puntò un dito contro. «Chiudi il becco, ragazzina, non voglio sentire un'altra parola!»

Trasalii.

«Potrebbe tenerla rinchiusa in casa gravemente ferita!», urlò Pearl. «E si aggira qui attorno, cercando di convincermi a uscire con lui...»

«Che il diavolo ti porti, ragazza, ti sbatterò...»

«Buckner, adesso basta!», intervenne R.C., alzando la voce. «In questa foresta la legge sono io, e lei non arresta nessuno a meno che non lo dica io». R.C. lo gelò con lo sguardo e si passò la mano chiusa a pugno sulla fronte, scostandosi le ciocche color rame e raddrizzando il corpo allampanato.

«Ho paura che sia ferita o che le sia successo qualcosa di brutto», aggiunsi a bassa voce.

Lo sceriffo scosse la testa e ribatté con ferocia: «Perry vi ha denunciata, Miss Lovett, ed esiste una legge fatta dagli uomini e da Dio che proibisce l'interferenza intenzionale in una relazione coniugale. Provocare l'alienazione degli affetti è un crimine morale grave. E vi arresterò senza pensarci due volte se scopro che avete fatto proprio questo con quei vostri stupidi libri inutili». Masticò il tabacco e sputò vicino ai miei piedi.

Feci un passo indietro. Pearl mi venne vicina, sfiorandomi il braccio col suo.

«E va bene, R.C., io me ne torno in città. Se trovi delle prove vere, portamele». Lanciò un'occhiataccia a Pearl e poi a me. «Per oggi ne ho abbastanza di questi assurdi isterismi da femmine». Sputò di nuovo prima di dirigersi con passo indolente verso il suo cavallo.

E come se niente fosse, lo sbirro del Kentucky ci aveva liquidate affibbiandoci lo stereotipo di donnette bugiarde e senza cervello, e aveva dichiarato Guyla Belle proprietà di suo marito, che aveva facoltà di disporne come gli pareva.

Pearl e io restammo lì impalate in silenzio a guardarci, schiantate dalla freddezza dello sceriffo, deluse oltre ogni dire.

«Meglio andar su a dare un'occhiata», disse R.C., avviandosi verso la scala. «Poi devo capire perché il nuovo sostituto alla base non ha avvertito quando è successo».

Dopo aver esaminato la cabina, l'uomo promise che avrebbe parlato con Robbie Hardin. Giurò che lo avrebbe licenziato in tronco se avesse scoperto che era stato lui. Ma ammise che senza la collaborazione dello sceriffo, c'era poco che lui o la Forestale potessero fare, e che avevano le mani legate. «Torno con una nuova botola il prima possibile, Pearl, e faremo in modo che tu e la cabina siate protette e che tu sia al sicuro lassù», promise, continuando a scusarsi per l'incendio e chiedendo se ci serviva altro prima che se ne andasse.

Restammo sedute sul pianerottolo, troppo rauche per parlare, i polmoni infiammati e doloranti per il fumo, con lo shock che si stendeva sui nostri pensieri come una nera nuvola temporalesca.

«Sono felice che ne siamo uscite sane e salve», osservò Pearl, asciugandosi gli occhi, con una lacrima che le solcava la guancia. «Quella scatoletta di fiammiferi sarebbe potuta scomparire tra le fiamme».

La vedetta fece un respiro tremante e si spostò più vicina. Mi mise un braccio attorno alle spalle e poggiò la testa alla mia e piangemmo in silenzio, i nostri gemiti sommessi consegnati ai burroni sfregiati delle antiche montagne.

34

La bambina si girò verso il gallo quando il pennuto emise un *ciurr* acutissimo, le penne lucenti del collo ritte in fuori, un avvertimento celato nel piumaggio lustro. Senza dire una parola, Wrenna tornò a guardare Gillis.

Stufa delle balordaggini del minatore, tirai fuori l'orologio da tasca. *Già l'una. Dov'era Mr Morgan?* Feci scattare la chiusura della cassa, rimisi il cipollone in borsa e cambiai posizione, irrequieta in cima alla gradinata del tribunale, in attesa. Sollevai le mani e toccai gli orecchini di Pearl. Dopo aver verificato che fossero a posto, tirai fuori la cipria compatta che mi aveva dato e controllai il trucco nello specchietto. Ero stata attenta a non esagerare, ma ne avevo usato abbastanza per sembrare un po' più grande. Il rossetto era a posto, così lanciai un'occhiata da sopra la spalla all'ingresso.

Nell'imponente edificio bianco c'era un gran viavai di uomini d'affari e avvocati, un odore stagnante di caffè vecchio e corridoi pieni di fumo che aleggiava prima di svanire nel cielo sereno.

Tornai a guardare la cittadina ai miei piedi. Dall'altra parte della strada, i minatori bighellonavano davanti all'emporio della Compagnia, fumando Camel e Lucky Strike, bevendo Coca-Cola ghiacciata, Ale-8-One e roba più forte mentre si scambiavano battute dopo un altro turno brutale alla miniera. Bonnie mi vide in cima ai gradini e mi salutò con la mano, poi tirò fuori dei semi dal tascone sulla pettorina della salopette logora e ne lanciò uno a Tommie.

Ma quel giorno l'uccello non era interessato. Raccolse il seme, fece oscillare la testa e svolazzò accanto a Gillis. Chiocciando in tono basso e saltellando eccitato, il volatile lasciò cadere il chicco ai piedi dell'uomo.

Divertito, Gillis si chinò e lo rilanciò.

Bonnie restò a distanza con un sorrisino tirato.

Gli uomini sghignazzarono e si misero a urlare volgarità. «Guardate un po', ragazzi, quel cazzo di gallo ha trasformato Gillis in una checca!», urlò uno di loro. «*Baak-bak-bak!* Una calamita per uccelli!», fece un altro con una risata fragorosa sopra gli schiamazzi.

Paonazzo, Gillis diede un gran tiro alla sigaretta a labbra strette e buttò fuori il fumo dalle narici.

La giornata era caldissima, e io mi sfilai i guanti sudati infilandoli in borsa, poi mi asciugai i palmi sulla gonna del vestito. Da qualche parte si udì sbattere la portiera di un'automobile sopra il rombo distante del canto della ferrovia su cui passavano i treni carichi di carbone, serpeggiando in mezzo ai pini. Cercai Mr Morgan nel parcheggio sottostante e scrutai le vetrine dei negozi, e lo sguardo mi cadde di nuovo su Bonnie. Guardò Gillis con espressione truce e disse qualcosa, poi lasciò cadere un altro bocconcino sul marciapiede. Di nuovo Tommie lo raccolse e gonfiò le penne, poi lo portò a Gillis.

L'uomo serrò la mascella e lanciò il mozzicone contro il gallo, bestemmiò e cercò di colpire l'uccello senza riuscirci.

Wrenna osservava in silenzio dalla strada.

Gli uomini risero ancora più sguaiati, una salva di fischi e urla riecheggiarono nella piazza.

Un uomo d'affari mi passò accanto affrettandosi a scendere i gradini del tribunale, lasciandosi dietro una scia di caffè forte, fumo di sigaro e colonia speziata che mi fece pizzicare la gola. Tossii, e mi sventolai la faccia con la mano.

Le campanelle dei negozi tintinnavano allegre mentre la gente si occupava delle incombenze quotidiane, e il caldo pomeriggio del Kentucky trascolorava lento in un altro, i ritmi dell'oggi si consegnavano all'ieri.

Mi staccai dalla pelle sudata il colletto dell'abito pulito, mi asciugai la fronte. In cielo un corvo lanciò il suo richiamo nella volta azzurra. Un altro gli rispose, il loro chiacchiericcio gracchiante perso nelle montagne.

Gillis imprecò di nuovo a voce alta e strappò una delle penne della coda a Tommie.

«Vaffanculo, Gillis!», strillò Bonnie e gli lanciò contro una manciata di semi.

Tommie corse a raccoglierli. Gillis tirò un calcio al gallo e Tommie strillò e sbatté le ali, gonfiando le piume del collo. Senza preavviso, il gallo gli si avventò contro e gli stracciò i pantaloni, con gli artigli che affondavano nella stoffa sudicia.

«Ti tiro quel cacchio di collo, bestiac...» Gillis si chinò per afferrare l'uccello. Tommie starnazzò e gli beccò la mano, poi lo attaccò di nuovo, affondando gli artigli nell'altra gamba dei pantaloni.

L'uomo scalciò per liberarsi del gallo, poi si piegò in avanti e fece oscillare il braccio, colpendo l'animale su un fianco. Bonnie tirò una sberla a Gillis, che caricò il pugno e le assestò un diretto alla mascella. Lei gridò e barcollò all'indietro, finendo contro lo spesso pannello della vetrina.

Ansimai per lo shock e mi portai alla bocca la mano che si andava scurendo, poi tornai a guardare Wrenna.

Impassibile, la ragazzina se ne stava da sola in strada, scalza, a fissare la smorfia beffarda del minatore. Si girò lentamente verso Bonnie e la guardò un istante prima di portarsi una mano accanto alla bocca e lanciare improvvisamente un *uu-uu* penetrante, che segnalava *galline in pericolo*.

Mi premetti le mani sulle orecchie e arretrai finendo contro un uomo che usciva di gran carriera dal tribunale. Infastidito, mi spinse via. Riportai lo sguardo sull'emporio della Compagnia.

«*Uu-uu*», ripeté Wrenna.

Tommie si immobilizzò, inclinò la testa in direzione della ragazzina e poi verso Bonnie. All'improvviso si scagliò frenetico contro Gillis una volta, due, poi di nuovo e ancora, beccando, artigliando e lacerando la carne, affondando i lunghi speroni affilati nella faccia, negli occhi e nel collo dell'uomo, col sangue che schizzava sul marciapiede, imbrattando le vetrine del negozio e perfino i vestiti e la faccia dei minatori sbalorditi.

Gli uomini si misero a gridare e imprecare, le voci che si riverberavano sulla cittadina.

Gillis si muoveva in cerchio barcollando a passo pesante, riparandosi la testa con le braccia e urlando per scrollarsi di dosso l'uccello infuriato. Cadde in ginocchio, le mani sulla faccia, col sangue che gli colava fra le dita e lungo le braccia.

Il gruppo di minatori si disperse, alcuni si rifugiarono nei negozi, altri corsero da Gillis, gridando, tirando pugni e calci al gallo furibondo.

Bonnie si girò verso Wrenna, con un misto di timore e soddisfazione nello sguardo.

Mi sentii male e diedi le spalle alla scena in preda ai conati, con la bile che minacciava di risalirmi in gola alla vista della violenza e di tutto quel sangue. Qualcuno mi prese per il gomito, facendomi sobbalzare. «Andiamo dentro, Honey. Hai visto abbastanza». Mr Morgan mi spinse verso l'ingresso del tribunale.

Ma era troppo tardi. Udii i *cuu-cuu-cuu* musicali di Wrenna. Attirata dal richiamo melodioso, mi guardai alle spalle e vidi l'uccello sporco di sangue allontanarsi in fretta dal corpo inerte dell'uomo e sfrecciare quasi volando verso la ragazzina.

Wrenna prese in braccio Tommie, lo sistemò nell'incavo del braccio e si allontanò a passo deciso dalla cittadina.

35

Scossa, alzai lo sguardo sullo scranno vuoto del giudice e giocherellai con i guanti, tirando un filo allentato, con scolpita nella mente la scena orribile di Tommie e Gillis.

Mr Morgan uscì in corridoio mentre io aspettavo dentro l'aula. A parte l'impiegata, la stanza era vuota. L'avvocato era via da un bel po' e io continuavo a guardare l'orologio, sulle spine. Quando rientrò, la donna gli fece cenno di avvicinarsi, e parlarono a bassa voce esaminando delle carte. Lui annuì, senza dire granché, poi tornò al nostro tavolo e disse: «Il giudice sostituisce il giudice Potter e presiede un processo nella sua aula. Dovrà rimandare la nostra udienza».

Delusa, scossi impercettibilmente la testa.

«Otterremo la nuova data appena riesco», aggiunse subito Mr Morgan sui gradini del tribunale.

Guardai in direzione dell'emporio della Compagnia. Si vedevano alcuni uomini fermi lì davanti, ma di Gillis non c'era traccia.

«Mr Morgan, aspettate. È a proposito di Perry Gillis».

Lui fece una smorfia. «Ho incontrato un amico in corridoio, e mi ha detto che Mr Gillis è grave. L'infermiera e uno dei minatori l'hanno portato di corsa all'ospedale. Ha perso molto sangue. Non sanno ancora se l'uccello gli abbia perforato la giugulare. E nessuno è stato in grado di rintracciare Mrs Gillis».

Le notizie erano sconvolgenti, ma mi sentii anche pervasa da una strana calma, adesso che sapevo che per il momento Gillis non poteva farmi del male. Né poteva farne a Guyla Belle, a Bonnie o a Pearl, né ad altre donne che senza dubbio vessava.

A meno che non si fosse ripreso.

Il pensiero di quello che avrebbe potuto fare se si fosse rimesso in sesto mi si depositò come un macigno sullo stomaco.

Dopo un istante, deglutii e dissi: «Mr Morgan, posso accompagnarvi all'auto? Devo dirvi una cosa».

Mentre camminavamo, gli raccontai i miei sospetti, parlando in fretta e a bassa voce per non tralasciare niente, ma stando attenta a non attirare l'attenzione. Mi interruppi diverse volte quando incrociammo altre persone a portata d'orecchio. Gli raccontai del piccolo Johnnie caduto nel pozzo, e di Gillis che picchiava Guyla Belle. E che mi aveva accusata di interferire fra loro minacciando di andare dallo sceriffo suo parente. La conversazione che avevo sentito per caso all'emporio della Compagnia. Lo sceriffo che mi aveva minacciata dopo l'incendio da Pearl. *Tutto quanto*. Tirai fuori ogni cosa come se dentro di me una diga avesse ceduto. Mi interruppi un momento e toccai gli orecchini di perle, poi trattenni l'impulso di raccontargli della festa.

«Mr Morgan, ho la sensazione che Guyla Belle sia ferita, rinchiusa in quella baita e che abbia bisogno di aiuto».

Restammo in piedi di fianco all'automobile dell'avvocato mentre lui ascoltava senza dire una parola.

Quando ebbi finito, mi riportò di gran carriera in tribunale e mi disse di aspettare su una delle panche del corridoio, poi sparì dietro un angolo. Udii il cigolio di una porta che si apriva e si richiudeva.

Dopo un po', presi a fare su e giù nervosamente per il corridoio, fermandomi in ascolto accanto alle porte chiuse, aguzzando l'orecchio per cogliere qualunque rumore. Passò una lentissima ora prima che l'avvocato tornasse. Mi prese per un braccio e mi condusse di buon passo giù per i gradini fino alla sua auto. «Mr Morgan... Che succede, Mr Morgan?»

«Sali, Honey».

«Perché?» Feci un passo indietro, improvvisamente spaventata. «Ho lasciato Giunia legata nel parcheggio».

«Starà benone ancora per un po'. Abbiamo appuntamento con la polizia di Stato a casa dei Gillis. Vogliono sentirti raccontare gli eventi. Mr Gillis dovrebbe essere arrestato se ha fatto del male a sua moglie, e tu puoi aiutarla raccontando la tua versione della storia».

Feci un altro passo indietro e rimasi lì impietrita. «Ma...»

«Non ti porteranno da nessuna parte. Ci sarò io al tuo fianco. Promesso».

«Questo pregiudicherà la mia possibilità di ottenere l'emancipazione?»

«Assolutamente no. Sali, Honey. Devi aiutarla. E non farlo potrebbe mettere in pericolo te». Lo sguardo era amichevole ma pressante.

Salii con riluttanza sull'auto e tirai giù il finestrino. L'abitacolo era soffocante, la strada piena di buche. Dopo qualche miglio sullo sterrato ombreggiato dagli alberi, l'aria rinfrescò e il viaggio divenne tollerabile.

«Spero che stia bene», dissi in un soffio.

«Non preoccuparti, Honey, la troveranno. Se il giudice firma il mandato, setacceranno ogni centimetro della casa. Johnnie ha bisogno di sua madre. Comunque, chiederanno alla sorella di acconsentire alla perquisizione».

«Magari si rifiuterà, se l'ha aiutato lei».

«Otterranno il mandato di perquisizione in un modo o nell'altro. Ah, quasi dimenticavo, Honey. Ho telefonato alla prigione dove tengono tuo padre e sono finalmente riuscito a parlargli».

«Come sta papà?» Mi girai verso di lui.

«Gli ho parlato solo un minuto, ma sta bene». Tolse una mano dal volante. «Sembrava tutto a posto. Ti manda il suo affetto e ha chiesto di scrivergli. Ha detto che non sono ancora ammessi visitatori. Hanno messo lui e gli altri prigionieri in isolamento durante l'epidemia di polio. Poi è caduta la linea».

«Isolamento?», ripetei, distrutta al pensiero di papà solo e al freddo in una cella buia e angusta.

«Non è una punizione, Honey. È per la sicurezza di tutti. La buona notizia è che in marzo i giornali hanno scritto a proposito di un vaccino che sarà presto disponibile. Lo Stato ha dichiarato che introdurranno la cura nelle carceri. Mr Faust mi ha detto che farà tutto quanto è in suo potere perché Jackson venga vaccinato. Se la cava e ha ancora i suoi privilegi, e ho saputo che non appena riceverà la dose di siero gli verranno accordati anche privilegi esterni».

«Sì, signore. Cosa farà all'esterno?»

«Mr Faust mi ha accennato che sarà il nuovo guardiano del parco agli ordini del direttore».

«Un lavoro adatto a papà». Mi appoggiai allo schienale e mi rilassai un po' al pensiero che stesse all'aria aperta che tanto amava.

Il resto del tragitto restammo in silenzio mentre io rimuginavo ansiosa sulla vendetta di Perry Gillis e il destino di Guyla Belle.

Arrivammo nel cortile nel momento in cui un poliziotto scortava la sorella di Gillis verso un'autopattuglia. La donna aveva Johnnie appoggiato su un fianco: il bambino le teneva la faccia nascosta nel petto e piagnucolava. Ida si fermò il tempo per lanciarmi uno sguardo di fuoco, la faccia rossa striata di lacrime. Mi risistemai sullo schienale del sedile con un brivido.

Un'automobile arrivò dietro di noi, seguita da altre due. I poliziotti scesero e fecero capannello in cortile.

«Dai, Honey. Andiamo a parlare con loro».

Azzardai un'altra occhiata alla sorella di Gillis, che mi restituì lo sguardo con espressione dura. Scendemmo dall'auto e io mi incamminai lentamente verso gli uomini, il mento sul petto, la paura che mi inzuppava gli abiti.

«Mr Morgan?» Si avvicinò un poliziotto alto coi capelli rossi, e io mi girai verso il mio avvocato che gli tese la mano.

«Mr Morgan, sono il sergente Mattingly. Grazie per essere venuto. Abbiamo ottenuto il mandato». Spostò lo sguardo su di me. «Lei dev'essere Miss Lovett. Grazie anche a voi per essere venuta. Andiamo a parlare in veranda mentre gli uomini fanno il loro lavoro».

Fummo superati da alcuni poliziotti che entravano in casa. Raccontai al sergente Mattingly tutto quello che sapevo, lanciando di tanto in tanto occhiate furtive alla sorella di Gillis ancora in piedi accanto all'auto. Mi sembrava quasi di vedere densi fumi di rabbia sprigionarsi da lei. «Poi Perry Gillis e sua madre sono usciti dall'emporio della Compagnia. C'è stato un incendio alla torre, e io ho provato a dire allo sceriffo di Perry e della scomparsa di Guyla Belle. Non mi ha creduto». Buttai fuori il fiato, concludendo il resoconto.

Un poliziotto uscì dalla baita e si affrettò verso di noi.

«L'avete trovata?», chiese il sergente Mattingly.

Guardai i due uomini col fiato sospeso.

«No, sergente, la casa è a posto».

«Cantina?»

«Sì, signore, tutto», rispose il poliziotto.

Sospirai udibilmente. *Guyla Belle l'aveva finalmente lasciato ed era al sicuro da qualche parte.*

All'improvviso Johnnie si liberò dalla presa di Ida e corse verso di me singhiozzando, con un occhio nero e il mento scorticato.

Quando gli vidi la faccia rimasi senza fiato. Johnnie mi tirò per la gonna, mi si appese al braccio. «Donna libi savvato pozzo. Savva ma-ma pozzo!» Johnnie indicò il cortile, poi mi prese la mano e diede uno strattone. «*Ma-ma-ma!*», piagnucolò.

Frastornata, ripetei le sue parole. «*Salvare mamma dal pozzo?*»

A quel punto Johnnie alzò le braccia verso di me, implorando. «Savva mamma. Ma-ma caduta pozzo!»

Sentii spuntare le lacrime e mi tirai in collo il bambino terrorizzato con le mani che tremavano, me lo strinsi al petto e lo cullai, mormorando parole tranquillizzanti. Lui mi nascose la faccia nella spalla e scoppiò a piangere.

«*Sst, sst,* Johnnie. È tutto a posto. *Sst*». Lo baciai sulla testa e gli accarezzai la schiena, consapevole che nulla sarebbe mai più stato a posto per quel povero bambino.

Scese il silenzio. I poliziotti guardarono il bambino, poi si scambiarono un'occhiata e corsero tutti verso il pozzo.

«Portate dentro il bambino e aprite quel cazzo di pozzo!», urlò il sergente Mattingly ai suoi uomini.

Uno dei poliziotti mi prese il bambino dalle braccia e lo portò in casa. Un altro andò a recuperare Ida e li seguì.

Alcuni uomini corsero alle auto a prendere asce e picconi dal baule. Si misero a demolire a grandi colpi la copertura in cemento del pozzo mentre Mr Morgan e il sergente chiacchieravano e commentavano cupamente le ultime notizie.

Alla fine, uno degli uomini urlò: «Abbiamo trovato qualcosa, sergente. Venga a dare un'occhiata».

«Aspettate qui», ci ordinò il sergente Mattingly.

Mi tormentai le mani, pregando che Guyla Belle fosse riuscita a sfuggire agli orrori che le aveva inflitto Gillis.

Mr Morgan mi prese una delle mani irrequiete e la strinse fra le sue.

Lo guardai in faccia e chiesi con un tremito nella voce: «Posso aspettare in auto, signore?»

«Meglio se facciamo come ha detto il sergente e restiamo qui».

L'ufficiale salì i gradini della veranda qualche minuto dopo. «Mi spiace dover dire che abbiamo trovato un corpo. Ci serve aiuto per identificare i resti, Miss Lovett. Probabilmente riusciremo a recuperare il corpo solo a tarda sera. Se è Mrs Gillis, dovrò procedere e mandare uno dei miei uomini all'ospedale ad arrestare il marito. Pensate di poterlo fare?»

«E la sorella?», chiesi, spaventata.

«Vorremmo che lo identificasse anche lei, se possibile», insistette il sergente Mattingly.

Mr Morgan mi mise un braccio attorno alle spalle e io mi lasciai sfuggire un gemito. «Ne hai passate tante oggi, Honey, ma se potessi farlo, sarebbe per Mrs Gillis e il piccolo Johnnie».

Tutti gli uomini mi guardarono mentre io tiravo fuori a fatica un *sissignore*.

Con le mani chiazzate di blu, girai attorno ai pezzi di cemento, presi un bel respiro e mi sporsi sopra la bocca del pozzo mentre gli uomini ne illuminavano l'interno con le torce.

Una zaffata di odori putridi di marcio, muffa e altre cose peggiori mi investì in pieno viso facendomi lacrimare gli occhi e pizzicare la gola. Tossii e alzai la testa verso il cielo. Feci una serie di respiri faticosi, tossii di nuovo e guardai un'altra volta, strizzando gli occhi per vedere il fondo.

Gli uomini spostarono i fasci delle torce e fu allora che vidi il cadavere parzialmente decomposto, gambe e braccia piegate e contorte, ricoperte dal vestito verde acceso. Mi spinsi via dall'imboccatura, dissi: «È Guyla Belle», con un filo di voce e fui presa dai conati. Corsi dietro un'auto per liberarmi le viscere attorcigliate, riversando sul terreno l'orrore di quella giornata.

Sentii risuonare in testa il richiamo discreto e netto che Wrenna aveva indirizzato a Tommie e il *cuu-cuu* ritmato che gli aveva rivolto alla fine. Vidi spezzoni di immagini con Bonnie che lanciava i semi a Gillis e la luce di trionfo nel suo sguardo. I miei timori al tavolo dell'aula del tribunale e adesso la povera Guyla Belle e il figlioletto che in qualche modo aveva visto il suo assassinio. Strinsi il pugno, il dolore e la rabbia che pulsavano nella mano color indaco.

Pochi minuti dopo, arrivò Mr Morgan. «Mi spiace che tu abbia dovuto assistere, Honey. Ma grazie a te, faranno in modo che la contea dia degna sepoltura a Mrs Gillis e arresti Mr Gillis».

Lottavo per la mia libertà e la portavo via a un uomo che aveva tenuto in scacco tanti altri. Magari adesso Bonnie, Pearl, Wrenna e io saremmo state finalmente al sicuro dalla morsa di terrore in cui ci aveva imprigionate.

Mr Morgan mi passò un fazzoletto pulito preso dalla tasca posteriore dei calzoni. «Tienilo pure, Honey».

Annuii, mi pulii la bocca con il pezzo di stoffa e mi guardai attorno. Un agente scortò Ida fuori dalla baita e si mise a interrogarla. Lei scosse la testa con fermezza diverse volte, gesticolando frenetica. Finalmente l'uomo la lasciò andare e lei si affrettò a sparire all'interno, sbattendosi la porta alle spalle.

Un altro poliziotto uscì con in braccio Johnnie. Il bambino terrorizzato allungò le braccia verso di me. «*Donna-a-a libi*», farfugliò disorientato.

Distolsi lo sguardo, incapace di sopportare il dolore del bambino, e il mio. «Cosa succederà a Johnnie, Mr Morgan?»

«Probabile che lo prenderanno i parenti dopo che i servizi sociali avranno fatto le loro indagini». Mr Morgan controllò l'orologio. «Il sergente dice che possiamo andare».

«Cosa faranno a Tommie?»

«Chi?», chiese, perplesso.

«Il gallo di Wrenna».

L'avvocato si girò a guardare il pozzo massaggiandosi il mento. «Beh, immagino che la legge non starà a sottilizzare sulle gravi ferite inferte a un assassino». Strinse i denti in una smorfia. «I galli possono essere parecchio suscettibili riguardo le persone cui tengono. Assolutamente protettivi. L'ho visto col gallo di mia zia Frannie. E li ho visti battersi a morte per le loro galline».

Galline. La mia mente continuava a rimbalzare da Wrenna a Bonnie, le galline di Tommie.

«Hai fatto una bella cosa oggi, Honey». Si mise una mano sul mento, battendosi un dito sulle labbra contratte. «Ma ti consiglio di farti vedere in città il meno possibile, soprattutto con i parenti di Gillis – e in particolare lo sceriffo – finché tutto questo polverone non si calma. Anche se otteniamo l'emancipazione, ricorda che non sarai ancora libera. Come sai, Honey, il tuo colore ti rende un bersaglio per gente crudele come Gillis e quelli della sua risma…» Si interruppe, cercando di decidere se aggiungere altro, ma vide la paura sul mio viso. «Vieni, ti riporto da Giunia».

36

Le ali dell'uccello battevano le fiamme nell'aria rovente alimentando un fuoco cattivo, gli speroni sollevati pericolosamente contro di me mentre gli starnazzi frenetici del volatile si mescolavano alle mie grida strozzate. Tommie infestava i miei sogni, ed era l'ultima cosa che vedevo prima di aprire gli occhi, boccheggiando in cerca d'aria. Comparve per diverse notti di seguito, certe volte da solo o insieme a Guyla Belle e a Johnnie in lacrime, altre con Wrenna e Bonnie, o Pearl. Ma l'incubo più terribile era quando il gallo compariva insieme a Perry Gillis ricoperto di sangue. Le urla allora mi si bloccavano in gola, facendomi svegliare di soprassalto, boccheggiante e zuppa di sudore freddo.

Il ricordo degli incubi mi perseguitava, prosciugandomi le energie durante il giorno e facendomi piombare in sonni agitati nelle lunghe ore della notte.

Avevo sentito dire che Gillis era ancora in ospedale, e iniziai a preoccuparmi che se non lo avessero portato in prigione, sarebbe scappato o avrebbe sobillato i parenti a cercare vendetta. Di lì a poco ero ossessionata da altri incubi in cui Gillis e lo sceriffo mi davano la caccia in un tribunale immerso nelle tenebre mentre io cercavo disperatamente di ottenere la libertà. Una volta avuta, alzavo le mani in segno di trionfo, poi rabbrividivo con violenza alla vista della pelle chiazzata di blu, rendendomi conto all'improvviso che non l'avrei mai avuta davvero.

Alla fine, andai in cantina a cercare fra le erbe di mamma. Trovai un vasetto di foglie di erba gatta e della radice di scutellaria e iniziai a prepararmi degli infusi. Ma i visitatori arrivavano lo stesso, e il mattino mi ritrovavo in un bagno di sudore, esausta.

Quel giorno non era diverso. Stanca morta, feci il mio itinerario del lunedì lasciando che Giunia se la prendesse comoda.

Emma McCain era accucciata in veranda intenta a lavorare su una sedia a dondolo capovolta, con le gonne sfilacciate stese attorno a lei. «'Giorno, donna dei libri. Sto mettendo i feltri alle sedie per la primavera. Wrenna continua a farle cadere dalla veranda, quindi ho pensato di sistemarle prima che la bambina si rompa l'osso del collo». Incollò una striscia di feltro lunga e stretta a uno degli archi della sedia.

«'Giorno, signora. Ho portato dei libri per lei».

«È passato lo sceriffo e Wrenna ha preso il largo insieme a Tommie».

«Sapete dov'è? Posso portarle i libri».

«Quando Wrenna prende il largo, non c'è verso di stanarla finché non decide di tornare». Scrutò gli alberi. «Immagino che prima o poi lo farà».

«Sì, signora, lascio solo questi per lei», dissi. Avrei voluto fare altre domande, ma non volevo impicciarmi. Mi asciugai la fronte sudata col guanto, sperando che la bambina stesse bene.

«S'è portata appresso i libri. Mi spiace che siamo in ritardo coi prestiti, Honey». Emma incollò l'ultima striscia e si pulì le mani sull'orlo del grembiule.

Le porsi *Il galletto felice*. «A Wrenna potrebbe piacere. E quegli altri non deve restituirli fino alla settimana prossima, Mrs McCain».

Guardò il libro, poi si chinò per prendere una sedia.

«Aspettate, signora, lasciate che vi aiuti a raddrizzarle». Armeggiai con il bracciolo di legno e alla fine riuscii a girare la pesante sedia a dondolo, mettendola dritta.

«C'hai un'aria sciupata oggi. Stai male, bambina?»

«Sono solo un po' stanca, signora. Dormo male ultimamente».

Mi studiò un momento coi vecchi occhi, mi posò il palmo della mano sulla fronte, poi mi guardò la pancia. «Bambina, mica ti sei tenuta dentro l'uccello troppo?»

La fissai senza parole.

«Puoi dirlo a una vecchia guaritrice. Ho sentito e *non sentito* di tutto».

«No... *No, signora!*», farfugliai.

«Solo insonnia?»

Annuii vigorosamente.

«'Spetta qui».

Entrò in casa e tornò poco dopo con in mano una pallina di resina delle dimensioni di un dollaro d'argento. «Mastica un pizzico di questa gomma d'oppio prima di andare a dormire per i prossimi sette giorni. Dovrebbe farti tornare come nuova». Mi mise sul palmo la pallina appiccicosa e mi chiuse la mano con uno sguardo d'intesa.

Col rimedio di Emma quella notte dormii come un angioletto, meglio di quanto non mi capitava da mesi, e attaccai la pallina alla testiera del letto per usarla la notte dopo, e tutte le altre brutte notti a venire.

Mentre scendevo lungo il Troublesome Creek diretta all'avamposto l'aria era satura dell'umidità che si levava dall'acqua.

Mr Taft mi aveva lasciato sul tavolo una lettera di Mr Morgan. La aprii in fretta e lessi che l'avvocato aveva fissato l'udienza per il 12 giugno. Mancavano sette settimane, e quando lo vidi mi lasciai sfuggire un gemito. Agitatissima, provai a convincermi che sarebbero state comunque settimane in più di libertà, qualunque cosa sarebbe successa in seguito. Ma erano anche altre settimane di paura che Gillis e i suoi parenti venissero a cercarmi, e che lo sceriffo mi arrestasse.

Il lavoro era una consolazione e accolsi con piacere le tappe in più che Miss Foster aveva aggiunto al mio percorso, restando il più possibile alla larga dalla città e dagli orridi parenti di Gillis. Continuai a portare libri e materiale da lettura ai miei lettori, lavorando in vista della busta paga successiva da mostrare in tribunale e usando la pallina di Emma per placare gli incubi notturni.

Sull'itinerario del venerdì, spronai Giunia davanti alla casa di Guyla Belle per lasciarmela in fretta alle spalle, e lei fu solo ben contenta di assecondarmi. Superammo di buon passo il cortile dei Gillis, ma io mi guardai indietro diverse volte anche quando fummo lontane, piena di paura.

Alla baita di Amara lasciai sulla veranda un quotidiano e un romanzo rosa consunto, poi mi avviai verso casa di Bonnie.

La minatrice uscì di casa con un sorriso e un livido sulla mascella ormai giallo per il pugno che le aveva dato Gillis quel giorno. «Dolcezza, è bello vederti», disse attraversando il cortile. «Vieni, ho appena fatto una caraffa di tè freddo». Rientrò per prendere le bevande accompagnando la porta a zanzariera sgangherata per non svegliare il figlio.

Portai la sacca in veranda perché ne esaminasse il contenuto mentre io sedevo sul gradino più alto sorseggiando il tè.

«Sono passata dalla tomba di Loretta per porgerle i miei rispetti. Ho incontrato Mr Geary. La lapide che hai scelto è proprio bella».

«Vero». Annuii, grata che Mr Geary l'avesse consegnata una settimana prima di quanto concordato, felice che altri potessero andare a porgerle i loro rispetti.

Bevve un sorso, poi si massaggiò la mascella e fece una smorfia. «Mi è saltato un dente quando mi ha aggredita».

«Mi spiace tanto. Fa male?»

«Naa». Posò il bicchiere sull'assito della veranda. «Cosa m'hai portato oggi, donna dei libri?» Si lasciò cadere sul dondolo di Loretta e si mise la sacca sulle gambe.

«C'è qualche libro illustrato per Joey Jr».

Lei guardò dentro. Qualche minuto dopo si accese una sigaretta ed espirò rumorosamente. Il fumo danzò per un istante davanti a noi prima di scomparire, come uno spettro evanescente nel sole primaverile. «Gli uomini non mi danno più noia». Scacciò un'ape curiosa. «Anzi, hanno un po' paura di me». Aspirò un tiro dalla sigaretta, tossì e fece una risata roca.

«Che ti lascino in pace è fantastico».

«Noi donne non dobbiamo sempre lavorare più sodo di loro, solo con *più cervello*». Bonnie si batté un dito sulla tempia, poi smise e inclinò la testa. «Ma guardati, dolcezza, ormai sei cresciuta abbastanza per un sabato sera scatenato sui tacchi a spillo». Puntò un dito sottile e sporco di carbone verso i miei orecchini.

«Non ce le ho le scarpe coi tacchi». Arrossii e mi toccai un lobo. «Questi me li ha prestati Pearl Grant finché non potrò comprarmene un paio miei».

«Che carina. Joey me ne aveva regalati un paio bellissimi per il nostro anniversario, ma non posso metterli quando vado in miniera». Un lampo di tristezza le velò lo sguardo per un momento, poi aggiunse: «Ah, quando l'uomo del boss ha saputo di Perry Gillis, mi ha assegnato un lavoro più facile. Ha detto che lavorerò con i carrelli dal 20 aprile. Non vedo l'ora che arrivi lunedì. Prendo anche cinque centesimi in più».

«Te lo meriti, Bonnie».

Lei aggrottò la fronte e frugò nella sacca, poi disse a bassa voce: «Qualcuno dice che sono stata io a spingere quel gallo ad attaccare Perry Gillis».

Lanciai un'occhiata furtiva al vasetto di semi di girasole quasi vuoto che aveva accanto.

Bonnie fece cadere la cenere sul pavimento della veranda e fece oscillare il dondolo, guardando fisso davanti a sé. Si rimise a frugare in mezzo ai libri, tirandone fuori due. «La sai una cosa, dolcezza?»

Scossi la testa e bevvi un sorso del tè freddo e zuccherato.

«Altri dicono che è stato un incidente, e che ha avuto quel che meritava». Si alzò, con la sigaretta che le penzolava fra le labbra. Lo sguardo le si fece distante, e disse a voce alta quello che altri avrebbero solo osato sussurrare: «Un gradasso con l'uccello piccolo, ecco cos'è quel Gillis. Oh, ma quel tesoro di Tommie è stato proprio eccezionale a proteggermi a quel modo. Anche Wrenna, quella pulcina adorabile. E sono stata davvero fiera di te quando ho sentito che hai guidato la polizia al corpo della povera Guyla Belle, e che lui è stato arrestato direttamente all'ospedale». Si sporse verso di me e mi pizzicò gentilmente la guancia.

Mi abbassai il guanto di cotone e lanciai un'occhiata alla mia mano che diventava blu, poi lo rimisi a posto in fretta. «Le hanno dato una sepoltura decente», dissi, un po' imbarazzata ma felice di essermi guadagnata la stima della giovane minatrice... più che riconoscente che a Guyla Belle fosse stata data adeguata sepoltura e che Gillis fosse agli arresti. Guardai Giunia, la custodia di pelle non conciata con dentro il mio fucile appesa alla sella.

«Grazie, Honey. Credo che rileggerò questi», disse Bonnie con un sorriso malizioso mostrandomi il libro per bambini di Ruth Krauss con la copertina arancione brillante, *Un seme di carota,* e *L'assassino che è in me* di Jim Thompson.

Mi strizzò l'occhio, poi si spazzolò via la cenere dalla pettorina della salopette annerita dal carbone prima di rientrare in casa.

Dopo un aprile piovoso, maggio portò con sé cieli sereni e temperature più miti. La sanguinella e il caprifoglio erano in piena fioritura, e la loro fragranza si faceva sentire ovunque sulle montagne in pieno rigoglio primaverile. Si spalancavano le finestre delle baite, venivano sfregate le pareti ricoperte di fuliggine invernale, e nei cortili comparivano corde del bucato, curve per il peso delle tende e dei copriletti appena lavati.

Il mese prima mi ero fermata da Emma McCain tutti i lunedì, ma Wrenna non c'era mai. Emma sosteneva che la ragazzina si intrufolava in cantina a prendere da mangiare, ma si dileguava prima che lei riuscisse a sorprenderla. Speravo che a maggio avrei avuto più fortuna e avrei visto la mia giovane lettrice. Ma quando passai quel lunedì, i prestiti erano sulla veranda, intonsi.

Le settimane precedenti avevo lavorato sabati e domeniche per via dei lettori in più. Quel giorno mi ero rimessa in pari e mentre mi dirigevo verso l'ultima tappa non vedevo l'ora di un fine settimana libero.

Aspettai sull'ampia veranda che Millie rispondesse alla porta per poterle dare i libri che avevo scelto per lei. Speravo anche di riuscire a parlare col Doc di mamma. Mi lanciai un'occhiata alle spalle, come ormai era mia abitudine, per controllare che non ci fossero parenti di Gillis nei dintorni, ansiosa di terminare le incombenze e tornare nella mia vallata. Bussai di nuovo col batacchio e poco dopo il Doc spalancò la porta.

«Honey, entra».

«Ho i prestiti del venerdì, signore». Gli mostrai due romanzi, *L'altro uomo* e *Il cuore è un cacciatore solitario*.

Lui li guardò da sopra gli occhiali. «Millie ne sarà felice. È andata a Beauty a trovare il fratello e la sua famiglia per il fine settimana». Prese i libri e li mise sul tavolo di marmo dell'ingresso, poi mi fece cenno di accomodarmi. «Me lo chiedi da settimane, e finalmente ho novità su tua madre. Vieni dentro, bambina». Sollevò il braccio piegato e lo sbatté due volte a mo' di ala.

Lo seguii in biblioteca, osservando gli scaffali pieni di libri che arrivavano fino al soffitto dietro la lussuosa scrivania di quercia intagliata, accompagnata da una sedia regale nello stesso stile.

«E quindi, Doc? Sta bene...?»

«Siediti, Honey», mi invitò, indicando la poltroncina imbottita con un delicato motivo di gigli messa davanti alla scrivania imponente.

Spostò una pila di carte e riviste e tirò fuori una busta che mi porse. «Da tua madre». Sedette alla scrivania, soddisfatto.

Presi la busta, la girai e sfiorai il mio nome con il polpastrello. Mi sembrò quasi di sentire la sua voce.

«L'ho vista brevemente mercoledì, e mi ha chiesto di dartela».

«Come sta, Doc?»

Puntellò i gomiti sulla scrivania e unì la punta delle dita. «Tutto il contrario di quando l'hai vista l'ultima volta. La sua salute è molto migliorata, e le hanno assegnato un lavoro».

Buttai fuori il fiato. «Che genere di lavoro?»

Il Doc spinse un libro verso di me e ci batté sopra la mano con un gran sorriso. «Il lavoro perfetto. Sono sicuro che te lo abbia scritto. È rifiorita, Honey».

Feci una gran sospiro di sollievo al pensiero che mamma stesse bene e fosse contenta.

«Non è finita qui», aggiunse il Doc.

Mi raddrizzai sulla sedia, chiedendomi di cosa potesse trattarsi.

«La direttrice Sanders l'ha presa veramente a cuore, e ha detto che tua madre ha aiutato anche molte detenute. Le si sono affezionate tantissimo. Ha messo a frutto il suo lavoro ed è stata determinante nell'incoraggiare l'alfabetizzazione. La direttrice mi ha riferito che molte detenute chiedono con insistenza a tua madre di insegnar loro a leggere e scrivere. E la notizia più bella di tutte», gli brillavano gli occhi, «è che il governatore ha promesso di concederle la commutazione della pena se continua a lavorare scrupolosamente e a godere del favore della direzione del carcere... forse addirittura per il Ringraziamento».

Balzai in piedi in preda all'entusiasmo. «Mamma potrebbe tornare a casa in autunno. Autunno», ripetei la parola assaporandola, poi feci il giro della scrivania e diedi un bacio sulla guancia al Doc. Lui arrossì e si schiarì la gola.

«Proprio così, bambina. Forse in autunno, al più tardi il primo dell'anno».

«Molto obbligata per le notizie, signore. Meglio che vada, adesso».

«Sei la benvenuta se vuoi unirti a me per cena. Millie mi ha lasciato da mangiare più che a sufficienza».

«Obbligata, ma vorrei tornare a casa prima che faccia buio». Non vedevo l'ora di uscire di lì e leggere la lettera di mamma, di scoprire più cose sul suo lavoro.

«Aspetta, Honey. Millie mi scortica vivo se ti lascio andare senza darti da mangiare». Si alzò e si avviò in direzione della cucina. Dopo un momento tornò con un sacchetto di carta.

Ci sbirciai dentro. «Sembra squisito, Doc. Molto obbligata». Conteneva due mele, un pezzo di formaggio, fichi, un vasetto di marmellata e mezzo filone di pane. Mi strinsi al petto il sacchetto e la lettera, e lo ringraziai di nuovo.

Mentre mi apriva la porta disse: «Bluette sta bene adesso, bambina. Sta' attenta e riposati. Hai l'aria di averne bisogno».

«Sissignore», risposi, esausta e stufa delle notti insonni e degli incubi, chiedendomi quando se ne sarebbero andati, per quanto ancora avrei dovuto temere Gillis e i suoi o, peggio, i ceppi che lo Stato teneva in serbo per me. «Doc». Alzai lo sguardo verso di lui e proseguii titubante: «Avete sentito qualcosa riguardo a Perry Gillis?»

«Ho sentito quello che sa la maggior parte della gente: è agli arresti in ospedale. A proposito, bambina, sei stata coraggiosa e compassionevole. E una delle infermiere mi ha riferito che potrebbe perdere la vista, anche se all'ospedale credono di aver fermato l'emorragia, per il momento. Ho già visto succedere i miracoli, e potrebbe guarire. E ho sentito qualcuno dire che la famiglia di Mr Gillis ha assunto un viscido avvocato di Lexington e che potrebbe uscire su cauzione e...»

Guarire. Uscire su cauzione. Quella prospettiva mi levò il fiato, e mi affrettai ad augurargli buona serata.

Non appena mi fui inoltrata nel bosco, smontai da Giunia e strappai la busta, facendo correre gli occhi sulle parole vergate nell'elegante grafia di mamma, l'inclinazione e gli occhielli perfetti, i fiori sfrangiati di un grande olmo che gettavano la loro ombra sulle righe ampie di un foglio strappato da un quaderno di scuola.

«È di mamma!»

Giunia nitrì.

Le sventolai la lettera davanti al muso. «Zitta adesso, te la leggo».

Alla parola mamma, Giunia spalancò gli occhi assonnati e spostò la testa vicino alla mia mentre io iniziavo a leggere, bevendo le parole e le novità attese tanto a lungo.

26 aprile 1953

Figlia adorata,

spero che questa lettera ti trovi bene. Sono felice di scriverti per dirti che sto bene e me la cavo a meraviglia, e che la prigione mi ha restituito tutti i privilegi.

Ho appreso con profondo dolore della perdita della nostra amatissima Loretta, ed ero molto preoccupata che tu fossi sola. Mr Faust mi ha parlato dell'udienza fissata dal tuo avvocato, e io prego per la tua emancipazione e anche per la mia scarcerazione anticipata... prego perché tutti noi possiamo presto essere liberi e stare di nuovo insieme.

La direttrice mi ha gentilmente assegnato un lavoro come bibliotecaria della prigione. La biblioteca è aperta dalle 8 del mattino alle 6 del pomeriggio dal lunedì al venerdì e chiude alle 2 il sabato per il fine settimana. Abbiamo una collezione ampia e varia di libri donati, e la direttrice mi ha persino concesso un piccolo budget per acquistare nuovo materiale da lettura. È davvero bellissimo poter lavorare di nuovo coi libri e i lettori. Sono sempre impegnata e le giornate sembrano volare.

Il Doc mi ha riferito che Troublesome ha inaugurato un nuovo programma esterno simile al vecchio Pack Horse Library Project, e ha detto che Miss Foster ti ha assunta come aiuto bibliotecaria per la consegna del materiale. Sono elettrizzata e tanto orgogliosa di te, figlia mia adorata. Mi conforta sapere che i libri ti porteranno la gioia e la consolazione che danno a me.

Si sta facendo tardi e per il momento devo fermarmi qui. Abbi cura di te e di Giunia.

Scrivimi presto.

Con tutto il mio affetto,

Mamma
Bibliotecaria della prigione

La rilessi daccapo e poi una terza volta, quindi sollevai il foglio e battei le palpebre per ricacciare indietro le lacrime di gioia.

«Mamma sta bene ed è di nuovo insieme ai suoi libri». Giunia chinò il muso sul foglio, chiuse gli occhi e fece un lungo sospiro soddisfatto, come se sapesse che era così.

Aspirai il profumo di primavera dei liriodendri verdeggianti e pensai all'autunno, contando i giorni che mi separavano da lei.

Giunia ragliò all'improvviso e girò la testa di scatto verso gli alberi.

Seguii il suo sguardo e allungai la mano verso il fucile. Udii qualcosa senza capire bene cosa fosse, ma non avevo intenzione di rimanere lì per scoprirlo. «Andiamo, Giunia», la spronai, impaziente di tornare alla sicurezza della nostra vallata.

37

24 maggio 195… Sollevai la penna e inclinai la testa, sentendo gli avvertimenti nervosi di Giunia dalla stalla. Balzai in piedi, facendo volar via le lettere per i miei genitori.

Corsi dall'altra parte della stanza a prendere il calibro .22 e socchiusi lentamente la porta. Pennie si intrufolò dallo spiraglio e mi girò attorno.

«Pearl», esclamai stupita, e spalancai la porta. «Che bello vederti». Buttai fuori il fiato, rimisi il fucile al suo posto e uscii in veranda.

«Non ci siamo più viste dal nostro party», disse lei in sella a Pie, con una custodia nuova appesa lungo il fianco del cavallo. «Questa domenica ero libera e ho pensato di fermarmi da te per sapere se hai sentito le notizie». Smontò e legò il cavallo, poi si avvicinò con fare esitante.

Perplessa, la scrutai in faccia in cerca di un indizio. «Quali notizie?»

«Mi ha chiamata R.C. e mi ha detto che Perry Gillis è morto venerdì notte. L'ospedale ha continuato a dargli sangue, ma lui era sempre più debole e i medici non sono riusciti a curarlo. Dopo aver perso la vista ha sviluppato una violenta infezione».

Mi portai la mano allo stomaco, quasi piegata in due, perché il sentimento di liberazione suscitato da quella notizia cancellava qualunque dispiacere potessi provare per lui.

«Ho avuto la stessa reazione, Honey».

Restammo lì in silenzio, ognuna persa nei suoi pensieri, con la medesima espressione sollevata negli occhi. Ma restavano ancora i suoi parenti, ed era impossibile dire cosa avrebbero potuto fare a me e a Wrenna.

«Entra, Pearl, accomodati».

«Sicura di aver voglia di compagnia? Sembri un po' stanca».

«La biblioteca ha aggiunto altre tappe al mio itinerario, e sono piuttosto impegnata. Stavo per prepararmi la cena. Metto un piatto in più. Puoi rimanere?»

«Mi piacerebbe. Sono stata presa anch'io. Con il tempo mite, c'è in giro più gente. Solo questa settimana ho avuto tre fuochi da campo, e quella prima mi sono svegliata con un incendio dormiente causato dai fulmini del temporale».

«Mi sono chiesta dove fossi quando sono passata coi prestiti».

«Sono stata più tempo nella foresta appresso a piccoli incendi che nella mia cabina ultimamente. Pensavo di chiederti se avresti voglia di farmi vedere i dintorni come ti eri offerta quando ci siamo conosciute. Solo se sei libera».

«Stavo cercando una scusa per uscire». Anche Pearl aveva l'aria stanca, e sembrava avere i nervi a fior di pelle. «Come te la cavi lassù?»

«Meglio», ammise. «R.C. ha installato una botola nuova, e ha anche messo una scaletta di corda sulla passerella che può essere calata solo dall'alto. La cosa mi fa stare molto più tranquilla. Ma niente in confronto alle notizie. Sono sicura che adesso dormirò molto meglio».

Io non ne ero altrettanto convinta, con Robbie e lo sceriffo ancora in circolazione.

«Come te la sei passata, Honey?» Entrò in casa e io scrutai fra gli alberi prima di chiudere la porta.

«È stato un periodo movimentato, e neanch'io ho dormito molto bene».

«Incubi?»

Annuii. «Sì, ma la guaritrice mi ha dato qualcosa, e mi sta aiutando». Mi affrettai a raccogliere le lettere cadute per terra e le posai sul letto.

«Mamma mi ha procurato una ricetta per il Tuinal dal medico di famiglia. Ma posso prenderlo solo quando sono di riposo».

Mi girai verso di lei e ci guardammo per un lungo istante, ritrovando riflessa nei nostri occhi stanchi l'ombra incombente delle malefatte degli uomini, sentendone le conseguenze malevole conficcate come un punteruolo acuminato nelle nostre anime ferite. Poi Pearl mi si avvicinò e mi abbracciò stretta. Era così bello rivedere la mia amica, io ricambiai di slancio, ed entrambe ci lasciammo sfuggire un sospiro.

Tirai su col naso e mi raddrizzai. «Stavo pensando. Non ho ancora avuto modo di dirtelo, Pearl, da quando c'è stato l'incendio. E anche se è poca cosa, ti ringrazio di avermi salvato la vita. Non avrei potuto fare quello che hai fatto tu e cavarmela».

«Nemmeno io avrei potuto fare quello che hai fatto tu. Portare la legge all'orribile tomba della povera Guyla dove lui l'aveva gettata. Avrei potuto essere la prossima, se non mi avessi avvertita». Si lasciò cadere su una sedia vicino al tavolo e prese in braccio Pennie.

«È stato terribile scoprire che il piccolo Johnnie ha visto gettare la sua mamma in quel pozzo freddo e buio». Rabbrividii al pensiero.

«Qualcuno dovrebbe rinchiudere quello sceriffo per non aver indagato».

«Spero solo che non cerchi di pareggiare i conti. Ho l'udienza per l'emancipazione il 12 giugno. Fino ad allora mi attengo il più possibile al mio itinerario e sto vicino a casa». Misi su la caffettiera a filtro e presi le tazze di Loretta dalla mensola, mostrandogliene una.

«Un caffè mi ci vuole proprio. Mamma è finalmente riuscita a mandarmi il mio .410, ma lo sceriffo preoccupa anche me. La settimana scorsa mi ha telefonato mio zio per dirmi che avrebbe scritto una lettera al commissario della polizia di Stato per denunciarlo».

Quando il caffè fu pronto, gliene porsi una tazza. «Ne ho parlato anche a Mr Morgan e al sergente».

Pearl fece scendere Pennie, soffiò sul caffè e ne bevve un sorso. «Qualcuno dovrebbe indagare su quello sceriffo corrotto. Avremmo potuto finire ammazzate».

Mi morsicai l'interno della guancia, sapendo bene che se fossimo morte, lo sceriffo avrebbe protetto i suoi parenti a qualunque costo.

Dopo aver bevuto il caffè, preparai dei panini con il prosciutto rimasto dalla sera prima e mangiammo in silenzio, pensando a Guyla Belle e a suo marito, e a quanto eravamo andate vicine a morire nella torre antincendio.

Pearl notò la busta e le lettere e inghiottì il boccone che stava masticando. «Notizie dai tuoi?»

«Mamma. Se la sta cavando benone. L'hanno nominata bibliotecaria della prigione», dissi, orgogliosa.

«Sono così contenta. Con l'eredità luminosa che ha lasciato qui, sarebbero sciocchi a non farlo. Dovrebbe stare attenta a non fare troppo bene il suo lavoro, o potrebbero trattenerla più a lungo».

«Forse sarà a casa in autunno».

«Così presto?»

«Il Doc dice che è una possibilità reale, al massimo sarà per il primo dell'anno».

«Fantastico. Non vedo l'ora di conoscerla. Ah, mamma viene qui una settimana a luglio. Vuole che pranziamo insieme e magari andiamo al cinema». Mandò giù l'ultimo boccone con un sorso di caffè.

«Mi piacerebbe. Porterò il dessert se ottengo l'emancipazione».

Pearl fece una smorfia, si sporse verso di me e mi coprì la mano con la sua. «Per forza, Honey. Noi donne *scomode* reagiamo sempre». Batté le nostre mani allacciate sul legno rovinato del tavolo due volte. «Combatti, *sorella* carissima».

«Finché rimangono in circolazione i parenti di Gillis, dovrò guardarmi le spalle. Sono scoppiate faide per molto meno, e i Blu sono stati uccisi per motivi perfino più banali. E Mr Morgan mi ha avvertita che, anche se ottengo l'emancipazione, devo ricordarmi che questo non mi libererà dall'essere una Blu».

Pearl aggrottò la fronte. Poi pensai a Bonnie e alla sua battaglia, e a quella che Guyla Belle aveva perso, a come Pearl si era battuta per salvare noi e il suo lavoro, e allo spirito indomito di Amara. D'un tratto mi resi conto che le donne mi stavano insegnando una cosa importante: il coraggio. «*Sorelle*», dissi, riconoscente, mentre iniziavo a sparecchiare.

Ci spostammo lungo il torrente, con l'odore dell'acqua, delle felci e delle rive fangose trasportato dalla brezza, l'aroma dell'aglio selvatico e del flox sollevato dagli zoccoli delle cavalcature.

Pearl disse: «R.C. mi ha chiesto di perlustrare i crinali per fotografare il terreno e documentare la topografia per una nuova rivista pubblicata dalla Forestale col fine di aiutare a combattere gli incendi». Si fermò per prendere nota del profilo del terreno, dei ruscelli e degli alberi, archiviando l'informazione per il suo lavoro.

«Ah, laggiù c'è un ottimo posto per pescare. È dove andavamo Carson e io a prendere i gamberi». Indicai un salice nero e smontai da Giunia. «I Flynn abitano dall'altra parte. Timmy Flynn è un tipo in gamba. Da ragazzino era un lettore di mamma. Ama i libri. Torna a casa dall'università del Kentucky nei fine settimana. E se vai avanti per un miglio, arrivi alla baita dei McCain. La guaritrice e…»

«*Wrenna Abbott*». Pearl smontò da Pie e ci avviammo camminando una accanto all'altra.

«Ha-ha. A circa tre miglia da casa di Emma e Wrenna c'è un'abitazione minuscola aggrappata alla montagna. È dove sta Comfort Marshall».

«Ne ho sentito parlare in città. Non ha perso tutti i figli in un anno solo?»

«Nel 1936», confermai in tono solenne. «Molta gente moriva di pellagra all'epoca. La fame ha ucciso molti di noi. Mamma mi porta qui in occasione del Decoration Day a sistemare il cimitero per lei». Mi sistemai una ciocca di capelli dietro l'orecchio, che si impigliò nell'orecchino. Mi affrettai a controllare di non aver perso il prezioso gioiello con la perla.

«Come stanno andando?» Mi indicò il lobo, toccando il suo.

«Oh, meglio che te li restituisca. Scusami, li ho tenuti anche troppo». Feci per svitare la chiusura e ridarglieli.

«Tienili, Honey. Sono tuoi».

Stavo risparmiando per la lapide dei miei genitori e al momento non avevo soldi per comprarne un paio. «A casa ho del filo che posso usare. Non sono riuscita…»

«Chiunque sia così coraggiosa da sopportare che le fori le orecchie e sopravvivere a un incendio insieme a me merita di avere i miei orecchini». Si mise a ridere. «Mamma me ne ha comprate due paia. E poi, ti staranno benissimo durante l'udienza».

«Obbligata. Sono bellissimi, Pearl, ma dovrei essere *io* a regalarti degli orecchini dopo che mi hai salvata dall'incendio. Li terrò con cura». Era un regalo generoso, che avrei custodito gelosamente.

Continuammo a camminare, godendoci gli effluvi freschi della primavera profumatissima. Ogni tanto mi fermavo per indicarle un'erba o un fiore, dicendole i nomi e ricordando per cosa li usavano mamma o Loretta. «Guarda, lì c'è un ciuffo di fiori fantasma. Loretta ci faceva sempre un tonico per gli occhi e per alleviare la rigidità delle sue vecchie ossa».

Pearl si inginocchiò ed esaminò gli strani gambi trasparenti con i fiori a forma di campanelle piegati verso il terreno.

«Ah, la casa di Birdie MacKinnon è lassù in cima», le dissi. «Era una bibliotecaria del Pack Horse come mamma. Il suo itinerario era per la gran parte lungo i torrenti, e certe volte consegnava i libri con la sua barchetta. Se ne andò in città per raggiungere il marito che aveva trovato lavoro in fabbrica, ma tornò un anno dopo col figlio».

«Scommetto che i bibliotecari conoscevano il terreno meglio di chiunque altro», osservò Pearl.

Vidi un libro per terra poco più avanti e corsi a raccoglierlo. «Questo è di Wrenna. La stavo cercando».

«*Casa di bambola* era uno dei miei preferiti», disse lei. «Adoravo Tottie».

Passai l'avambraccio sulla copertina, togliendo una foglia umida. «Non ha senso; è il suo preferito. Non l'avrebbe abbandonato qui così». Mi guardai attorno. «Wrenna?», chiamai. «Wrenna, sono io, la donna dei libri». Nessuna risposta. Anche Pearl fece girare lo sguardo.

«Lo sai che i bambini non fanno che perdere cose. Sono sicura che sta bene», disse.

Inclinai la testa, in ascolto, girando lentamente su me stessa. Poco dopo udii degli strani rumori in un fitto di cespugli e rovi. «Hai sentito?», chiesi.

«Non ho sentito niente».

Giunia ragliò e drizzò le orecchie.

«Là». Indicai col mento una grossa macchia di arbusti. La mula sbuffò mentre la portavo in quella direzione. Poi si bloccò e si rifiutò di proseguire. Tirai le redini, lei si impuntò e quasi si sedette sulle zampe posteriori, scoprendo i denti marroni e scrollando la testa.

«Pearl, tienila per le redini mentre controllo dietro quei cespugli». Ma quando Giunia mi vide avanzare, si liberò con uno strattone e si affrettò a raggiungermi. Mi affrettai a prenderla per i finimenti. Pearl mi seguiva dappresso.

Guardai con cautela dietro la vegetazione e sobbalzai, facendo un salto indietro.

La ragazzina spuntò con in braccio Tommie. «*Wrenna*», esclamai col fiato corto.

«Non prendi Tommie!», strillò, e Giunia tirò indietro la testa di scatto e ragliò.

«Ferma, ferma, buona, Giunia. Wrenna, sono io, la donna dei libri. Sono *io*». Sollevai una mano verso la mula e la mossi lentamente davanti alla bambina. «Sono solo io», cercai di rassicurarla in un sussurro, le mie parole inghiottite dal folto del bosco.

Wrenna irrigidì la mascella e si portò Tommie al petto. «Tu non lo tocchi», ripeté stringendosi il gallo contro il vestito di sacco chiazzato di sporcizia. Poi allungò le braccia, reggendo l'uccello a pochi centimetri dalla mia faccia. Dalla gola del gallo uscì un *uu-uu* sommesso e gorgogliante mentre sfoderava gli artigli letali. Tommie inclinò la testa verso di me, guardandomi con gli occhietti scuri.

Mi si seccò la bocca e battei le palpebre, deglutii a fatica e buttai fuori un respiro tremante. «Wrenna, *no*».

Pearl fece un verso strozzato. «Wre-Wrenna, sono un'amica della donna dei libri. Nessuno vuole fare del male a te o al tuo amico», intervenne, la voce acuta.

«Wrenna, lei è Pearl Grant, la nuova vedetta. Si prende cura della nostra foresta e la tiene al sicuro insieme a tutte le bestie che la abitano. Giuro che non vogliamo portarti via Tommie. Ecco, volevo solo restituirti il libro. Vedi, è *Casa di bambola,* il tuo preferito». Le rivolsi un sorriso incerto.

Il gallo emise un altro *uu-uu.*

Posai con cautela il libro per terra e arretrai pian piano verso Giunia. «Te ne ho lasciati altri a casa. *Il galletto felice* e *La collina dei conigli,* una storia fantastica sugli animali». La mula puntò gli zoccoli nervosamente, gli occhi sgranati che mostravano la sclera per il terrore. Sapevo che ricordava il nostro gallo che aveva l'abitudine di attaccarla. Ciononostante, mi si avvicinò e lanciò un sonoro nitrito di avvertimento da sopra la mia spalla.

«Oh, *La collina dei conigli* è fantastico, con quel coraggioso Georgie. E stavo appunto dicendo alla donna dei libri quanto mi piace Tottie di *Casa di bambola*», intervenne Pearl con dolcezza. «A te no, Wrenna?» La voce le si fece acuta.

La bambina si mise il gallo sottobraccio e raccolse il libro con cautela, poi arretrò lentamente, gli occhi spaventati che si spostavano frenetici da me a Pearl. «Credevo che era Perry Gillis. Perry Gillis e lo sceriffo, così sono scappata e l'ho fatto cadere. Lui...» Si morsicò il labbro tremante. «Lui mi ucciderà!»

«Perry Gillis non c'è più», dissi scandendo le parole. «Non può più fare del male né a te né a Tommie. *Giuro*».

«*Bugie*».

«Wrenna, Perry Gillis non ti farà più del male».

Lei socchiuse gli occhi, diffidente, e scrollò la testa. «Lui... lui mi ha caricata sul suo pick-up l'anno scorso e, e...»

La fissai incredula.

Lei distolse lo sguardo e alzò la spalla ossuta per asciugarsi la guancia bagnata di lacrime con un gesto brusco. Tommie emise un verso di protesta.

«Mi ha portata nei boschi vicino alla 721. Tommie ci ha inseguiti facendo un gran chiasso. Ha detto che ammazzava il mio gallo e ci faceva il brodo se Tommie lo beccava di nuovo, e dopo che ha finito ho desiderato che avesse ucciso anche me». Aveva il visetto sporco rigato di lacrime. «Mi ha picchiata così forte che me la sono fatta addosso. Poi mi ha insultata perché gli avevo sporcato il sedile e mi ha buttata fuori dalla macchina», sbottò.

«Oh, Wrenna, quel mostro non può più farti del male. Lascia che ti accompagni a casa, per favore. La tua bisnonna si prenderà cura di te», la supplicai allungando un braccio, piangendo anch'io. «Non ti farà più niente. No, non andartene. È *morto*...»

«*No!*» Scrollò i lunghi capelli aggrovigliati, mise giù Tommie, si girò e scappò nei boschi.

«Wrenna, aspetta!», la chiamai. «*Aspetta!*»

Tommie le corse dietro, strillando *caaau-caaau* mentre si affannava a raggiungerla.

«Se n'è andata», disse Pearl in tono afflitto.

Restammo lì impotenti, col cuore spezzato per Wrenna. Mi passai la mano blu sulla faccia. «Sta diventando una creatura selvatica e non capisce neanche che il mostro è morto». Avevo il respiro affannoso.

«Puoi uccidere quello sotto il letto, ma ce ne sono sempre altri sul fondo dell'armadio in attesa», disse Pearl.

Mi sfregai la pelle d'oca sulle braccia scrutando il bosco fitto in cerca di quelli che camminavano fra noi alla luce del giorno o che stavano in agguato appena dietro l'ombra scura degli alberi.

38

La mattina di giugno si faceva strada lentamente sulle montagne mentre la nebbia serpeggiava nei boschi e si levava sopra le creste. Ore dopo, arrivammo in città sotto un cielo color zaffiro.

Premetti la guancia sul garrese di Giunia e le allungai un biscotto all'avena, poi le diedi un'ultima carezza prima di avviarmi verso l'edificio bianco del tribunale che incombeva minaccioso. Tirai fuori dalla tasca del vestito la fotografia di nonno Elijah, deposi un bacio sulla carta che si arricciava e la rimisi via, passando una mano sull'altra tasca in cui avevo messo il documento.

Mi feci forza, raddrizzai le spalle e presi un bel respiro. Poi un altro e un altro ancora.

Sentii il nitrito di un cavallo dietro di me e mi girai, stupita alla vista di Pearl che arrivava nel parcheggio in sella a Pie. «Honey!» Smontò e legò l'animale a una posta. «Cosa? Non credevi mica che ti avrei lasciata andare all'udienza da sola».

Presi la mano che mi allungava e gliela strinsi riconoscente.

«Che bel foulard».

«Sono così contenta di vederti. Obbligata, è uno di quelli di Loretta». Sollevai una mano guantata e giocherellai nervosamente con il nodo della stoffa. Il foulard mi dava conforto, come se quel giorno con me ci fosse una parte di lei.

Francis mi chiamò dall'altra parte della via e si affrettò a raggiungermi.

«Honey, volevo chiederti una cosa». Lanciò un'occhiata a Pearl e si fissò i piedi, borbottando: «In privato, se hai un minuto».

«Possiamo parlare vicino a Giunia. Probabilmente è meglio che la ricontrolli per essere sicura che non si liberi».

Pearl inarcò un sopracciglio. «Aspetto qui».

Era bello rivederlo, e lo guardai di sottecchi cercando di non farmi notare. Francis si incamminò al mio fianco sorridendo, lo sguardo amichevole e allegro.

«Che c'è, Francis?», gli chiesi, controllando le redini della mula.

Lui cercò di avvicinarsi, ma Giunia fece scattare i denti e scalciò in avanti a mo' di avvertimento.

Sollevai una mano. «Meglio che resti dove sei, Francis. È un po' ombrosa con gli uomini quando non li conosce».

«Mi piace già». Si ficcò i pugni nelle tasche dei calzoni e si dondolò sui talloni. «Honey, ho sentito la segretaria del giudice all'emporio che parlava di un'udienza per la libertà».

Lo sapevano tutti quanti? Mi toccai il colletto del vestito, poi allacciai le mani dietro la schiena. La ragazzona buffò e raspò il terreno, per avvertirlo di stare indietro.

«Buona, Giunia», le ordinai tirando la cavezza, imbarazzata che ne fosse al corrente, e che adesso l'avrebbe saputo tutta la città.

«Beh, la gente chiacchiera, sai com'è. Volevo capire se posso darti una mano».

Non volevo che la città mi parlasse dietro, e non volevo raccontare i miei guai a Francis. «Obbligata, ma il mio avvocato si occuperà delle mie cose personali fra pochi minuti». Girai attorno alla mula, controllando che fosse legata bene. Come se avesse ricevuto l'imbeccata, Giunia nitrì e io controllai l'orologio da tasca. «Meglio che vada». Feci un passo indietro e inciampai in un mattone rotto. Francis mi prese al volo, e io maledissi in silenzio i miei piedi per avermi tradita di nuovo in sua presenza, mentre Giunia emise quella che aveva tutta l'aria di una risatina.

Dopo aver recuperato l'equilibrio, dissi: «Beh, mi stanno aspettando».

«Certo». Sorrise. «Spero tu ottenga la libertà, Honey». Sembrò voler aggiungere altro, invece disse: «Beh, ci vediamo dopo». Tirò fuori un'armonica e la puntò contro il cielo blu. «C'è la luna di giorno. Ho appena espresso un desiderio».

Alzai lo sguardo, senza riuscire a trattenermi dal chiedermi se fosse uguale al mio.

Suonò qualche nota sull'armonica e mi salutò con un cenno del capo, con la melodia di *Old Kentucky Moonlight* che si levava nell'aria e addolciva la brezza profumata di pino mentre tornava a passo indolente verso l'emporio.

Mi venne in mente quando la suonava papà col violino nelle serate estive. Fui assalita da un'ondata di nostalgia che mi colpì come un pugno alla bocca dello stomaco facendomi vacillare, un dolore che mi tolse il fiato alla prospettiva di finire in prigione e non rivedere i miei genitori o Francis per altri cinque anni.

«Hai intenzione di uscire con lui?», mi chiese Pearl quando la raggiunsi.

Mi picchiettai un dito sulle labbra guardandolo attraversare la strada, le note che si innalzavano verso le montagne come un salmo eppure febbrili come lucciole ubriache di danza estiva.

«È un *sì* quello che vedo nei tuoi occhi, Honey?»

«Potrebbe esserlo se ottenessi l'emancipazione e i miei piedi smettessero di tradirmi tutte le volte che lo incontro». Mi schermai gli occhi con la mano e puntai un dito. «La luna di giorno, Pearl. Esprimi un desiderio».

Devil John e Martha Hannah erano ai piedi della scalinata del tribunale. Il distillatore sollevò il palmo e io lo imitai, e lui mi strinse la mano. «Mr Morgan dice di entrare e che lui arriverà direttamente». Martha Hannah mi abbracciò.

Salimmo lentamente i gradini. Mi guardai indietro e vidi lo sceriffo Buckner attraversare la strada, e mi paralizzai quando il suo sguardo duro incontrò il mio.

«Sbrighiamoci, Pearl».

«Credi che creerà problemi?» Pearl lo vide e mi prese sottobraccio, tirandomi in direzione dell'ingresso.

«Non può significare niente di buono».

Quando entrammo fui sbalordita nel vedere Alonzo in attesa accanto all'uomo in uniforme della reception. Zoppicò verso di me tutto in ghingheri, con le scarpe lucide.

Lo guardai negli occhi chiari ed esitanti, e gli squadrai gli abiti. Indossava una camicia da completo pulita, con la storia della sua vita in bella mostra nei taschini rigonfi in cui aveva riposto ordinatamente la custodia degli occhiali, diverse penne, matite e foglietti tenuti insieme con l'elastico, un pettinino rovinato, tabacco, fiammiferi, un fazzoletto e altre cose che non riuscii a identificare.

I calzoni erano stirati e si era rasato di fresco, con il mento costellato di macchioline di sangue secco provocate da un rasoio nuovo.

«Honey, perdere la casa della zia a quel modo, la tua casa, beh, è stato brutto. Così brutto che neppure il whiskey più robusto o il torcibudella più pestifero riuscivano a cacciar via vergogna, il disgusto che provavo per me stesso. Dovevo smettere o morire nel tentativo. Lei avrebbe voluto che fossi qui con te. Mi vuoi?»

Sconvolta, riuscii a borbottare: «Sono felice che tu sia venuto, Alonzo». E per qualche strana ragione, sentii Loretta lì accanto a me ancora di più. Lo guardai con affetto e gli raddrizzai la cravatta logora, poi gli diedi un bacio sulla guancia sfregata col sapone, il cuore colmo, riconoscente di vederlo sobrio e desiderando che Loretta fosse lì per vederlo anche lei.

Con Pearl e Alonzo accanto a me, slegai il foulard, me lo sfilai dalla testa e mi avviai lentamente superando i telefoni a gettone, coi mormorii impregnati di scartoffie degli avvocati che correvano lungo i fili, sentendo drizzarsi i peli sulla nuca, circondata dalle zaffate di stanchezza, solitudine e disperazione che appestavano quell'edificio lugubre.

Un messo aspettava in piedi accanto alla porta dell'aula. Alonzo sedette in fondo dietro la balaustra. Davanti, l'assistente sociale della Leslie County sedeva a un tavolo accanto a un uomo in completo.

Mi fermai e accostai la testa a quella di Pearl. «Oh, no, è Mrs Wallace. Sarà furiosa che l'ho imbrogliata a Thousandsticks».

«Il tuo avvocato sistemerà le cose, Honey. Non ti preoccupare». Pearl la guardò male mentre io prendevo posto al tavolo dell'avvocato. «Sono qui dietro», mi rassicurò e mi diede una stretta alla spalla.

«Se succede qualcosa, puoi occuparti tu di Giunia e Pennie?», sussurrai.

«Te lo prometto. Ma se succede qualcosa, le cavo gli occhi, poi porto qui dentro la vecchia apostola e lascio che finisca quello che ho cominciato». Le lanciò un'altra occhiataccia, e io sperai che quella donna non ricordasse cos'aveva fatto Giunia quel giorno a Thousandsticks.

Un'altra donna entrò dalla porta alle spalle dello scranno del giudice e prese posto al tavolo sottostante.

Alzai lo sguardo verso l'orologio, in attesa che arrivasse Mr Morgan, tormentando il foulard e tirando la punta dei guanti bianchi. Non erano passati neanche cinque minuti che sentii aprirsi la porta dietro di me. Mi girai. Mr Morgan posò la valigetta sul tavolo e mi rivolse un lieve sorriso.

«Come andiamo oggi, Honey?» Tirò fuori delle carte e le sistemò sul tavolo.

«Un po' spaventata», dissi a bassa voce lanciando un'occhiata al di sopra della spalla e sperando che lo sceriffo Buckner fosse andato da qualche altra parte.

Annuì per lasciarmi intendere che capiva. «Sarà esattamente come l'ultima volta. Se il giudice ti chiede qualcosa, di' la verità. Se non sai rispondere, dillo. Ti alzi in piedi quando il messo annuncia il giudice e ti alzi quando il giudice ti fa una domanda. Non interrompere l'avvocato e i suoi clienti a quel tavolo laggiù. Non parlare agli spettatori dei posti riservati al pubblico dietro di noi. Stai tranquilla e segui le mie indicazioni», ripeté a memoria quello che sicuramente aveva già detto altre centinaia di volte. «E...»

Guardammo lo sceriffo Buckner farsi avanti e prendere posto accanto all'assistente sociale e all'avvocato.

Spaventata a morte, strinsi il foulard e mi girai verso il posto vuoto accanto a me, desiderando che ci fosse Loretta a tenermi la mano. Allungai il collo e vidi Pearl seduta su una panca della platea riservata al pubblico che giocherellava nervosamente coi ciondoli del braccialetto. Poi scorsi Alonzo più in fondo, le spalle dritte, solenne e attento.

Voltai la testa di scatto sentendo un rumore di tacchi sul pavimento di legno. Un altro messo comparve da un ingresso accanto allo scranno del giudice. «In piedi», ordinò. «Alla presenza delle bandiere degli Stati Uniti d'America e dello Stato del Kentucky, la Corte si riunisce, presiede il giudice Norton».

Lo sguardo mi cadde sulle bandiere in cima all'asta che fiancheggiavano lo scranno del giudice, la stoffa morbida che frusciava appena smossa dalle pale di un ventilatore a soffitto.

Il giudice entrò e salì i gradini che portavano al suo scranno.

«Prego, sedetevi e fate silenzio», ci istruì il messo prima di prendere posto su una sedia nell'angolo.

Il giudice Norton guardò le sue carte e poi me. Si rannuvolò un momento prima di dire: «La prima udienza in calendario è la richiesta di emancipazione di Honey Mary-Angeline Lovett. Dichiarate le parti in aula, prego».

Mr Morgan si alzò a metà e disse il suo nome, poi comunicò al giudice che era il mio avvocato. All'altro tavolo l'uomo si alzò, disse di chiamarsi Mr Vessels e presentò l'assistente sociale e lo sceriffo.

Il giudice si guardò intorno nell'aula, poi riportò gli occhi sulle carte e disse: «Ho letto tutte le istanze e le repliche delle parti e non c'è bisogno che le ripetiate. Ho una domanda per i servizi sociali».

Mrs Wallace si alzò in piedi e attese.

«Lo Stato obietta all'emancipazione di Miss Lovett e chiede invece che sia mandata al riformatorio del Kentucky ai lavori forzati fino al compimento del ventunesimo anno d'età. Prego, esponete le vostre ragioni in parole semplici».

Deglutii con sforzo, arrotolando e srotolando il foulard che tenevo in grembo, le mani coperte dai guanti sicuramente blu come lo sfondo delle stelle sulla bandiera americana che avevo davanti a me. Levai una preghiera, implorando misericordia.

Mrs Wallace prese un foglio e si schiarì la voce. «Honey Mary-Angeline Lovett, la minore di sedici anni, è orfana dopo che i genitori sono stati arrestati per violazione delle leggi sui matrimoni misti del Commonwealth del Kentucky e di Dio. Riteniamo sia interesse superiore dello Stato proteggere il suo popolo dai pericoli e dall'indecenza immorale. *Questa*», dichiarò in tono sprezzante, «ha vissuto coi Blu pagani e *criminali*, e ha continuato a condurre una vita peccaminosa e criminale, e dev'essere rinviata in custodia al riformatorio immediatamente e secondo l'ordinanza originale del giudice Roy Taylor datata 6 marzo 1953, per la sua sicurezza e in modo che nessuno tragga indebito vantaggio dalla sua giovane età».

Questa, si era riferita a me di nuovo come aveva fatto a Thousandsticks. Ero mortificata e aprii la bocca per protestare, ma la vergogna me la richiuse. L'aula si fece soffocante, l'atmosfera opprimente; mi staccai dalla pelle il colletto del vestito e mi sfilai i guanti, posandoli sul tavolo, sfregandomi i palmi sudati in preda all'inquietudine. Chinai la testa e osservai la disgrazia affiorare sulla pelle delle mani. Mr Morgan mi guardò con espressione interrogativa, e io mi affrettai a rimettermi i guanti.

«Vostro Onore, sono pronto a rispondere», disse Mr Morgan in tono asciutto e tornò a sedersi.

«Non così in fretta, avvocato», lo ammonì il giudice Norton. «Mrs Wallace, avete prove che Miss Lovett abbia commesso dei crimini o sia attualmente coinvolta in attività illegali?»

«Le abbiamo, Vostro Onore. Ne abbiamo parecchie». Il loro avvocato si alzò in piedi. Mr Morgan si sporse verso di me. «Mi hai detto tutto?»

Lo guardai terrorizzata e annuii freneticamente.

«Proceda, Mr Vessels». Il giudice Norton fece un gesto della mano in direzione dell'avvocato.

«La mattina del 6 marzo 1953, lo Stato ha visto Honey Lovett in compagnia di Pearl Grant e del famigerato John Smith, noto distillatore clandestino. Miss Lovett ha fornito deliberatamente informazioni false allo Stato e ha assunto l'identità di un'altra persona dichiarando di essere la figlia del contrabbandiere in visita alla casa dove i suoi genitori si erano nascosti prima di arrendersi, e poi è fuggita dalla contea. Una gravissima interferenza con un'indagine e una vera e propria menzogna nei confronti di un ufficiale della legge e di un funzionario del governo del popolo. La mattina del 30 marzo di quest'anno, l'ora defunto Perryman Edwin Gillis si è recato dallo sceriffo Buckner per denunciare…»

Mr Morgan si alzò in piedi di scatto facendomi sobbalzare e urlò: «Obiezione, Vostro Onore! Sentito dire e infondatezza, e non presente negli atti depositati dalla controparte».

«Obiezione respinta», lo rimbeccò il giudice. «Prego, continui, Mr Vessels».

«Grazie, Vostro Onore. Mr Gillis desiderava inoltrare denuncia penale contro Miss Lovett per interferenza nella sua relazione coniugale dopo aver scoperto Miss Lovett in conversazione criminale con sua moglie, Guyla Belle Gil…»

«Vostro Onore!» Mr Morgan balzò nuovamente in piedi. «Obiezione per gli stessi motivi, in particolare da un morto che non avremo mai la possibilità di chiamare a testimoniare né controinterrogare».

«Respinta. La prego, vada avanti, Mr Vessels», la esortò il giudice Norton.

«Miss Lovett insisteva perché Mrs Gillis leggesse un romanzo controverso e censurato che parla di sesso intitolato

Il risveglio, della nota femminista Kate Chopin, che sostiene lo scandaloso abbandono dei doveri coniugali, del marito e dei figli. Miss Lovett lo ha fatto nella speranza che Mrs Guyla Belle Gillis si comportasse esattamente così». Si sistemò la scialba cravatta macchiata. «E a causa di questo intento criminale di distruggere l'inviolabilità sacra del matrimonio benedetto da Dio, adesso *entrambi* i genitori sono morti e il povero figlioletto di tre anni, Jonathan Bailey Gillis, è rimasto orfano. Tre vite distrutte a causa di Miss Lovett». Mi puntò contro un indice accusatore, e io mi feci piccola piccola.

«Non è vero, signore», sibilai all'orecchio di Mr Morgan. Ma avevo il cuore pesante, e l'enormità di quelle morti e della perdita del piccolo Johnnie minacciava di soffocarmi, al punto che avevo la sensazione di essere sotto processo per quello.

Mrs Wallace mi rivolse un sorrisetto teso e compiaciuto.

«Vostro Onore, devo obiettare a questo doppio sentito dire di un uomo morto, per non parlare del fatto che era un assassino, l'accusa è senza fondamento alcuno e non menzionata in nessuno degli atti depositati da Mr Vessels», obiettò Mr Morgan alzandosi per l'ennesima volta e lanciandomi un'occhiata preoccupata.

Il giudice si sporse verso Mr Vessels. Dopo una lunga pausa, disse: «Mr Vessels, adesso che ho l'intera accusa senza alcuna vera prova sostenuta da testimoni o atti, che non avete presentato a questa Corte, ho difficoltà a concludere che un singolo libro, qualunque esso sia, abbia potuto provocare il fallimento di un matrimonio o la morte. Avete altre prove concrete che desiderate sottoporre, oppure chiedete un rinvio per raccogliere prove?»

«Sì, Vostro Onore, vorremmo presentarne altre in questa sede, grazie. Siamo pronti a dimostrare che l'11 aprile di quest'anno lo sceriffo Buckner fu chiamato a casa della diciannovenne Pearl Grant, che è la torre antincendio dove alloggia ed è impiegata come vedetta dallo Stato. Lo sceriffo Buckner, qui», si girò e indicò con un gesto plateale l'uomo di legge seduto accanto a Mrs Wallace, «è stato testimone delle farneticazioni ubriache e delle false accuse di Miss Grant dopo che le due giovani, lei e Miss Lovett, avevano appiccato il fuoco alla torre di proprietà del governo durante una nottata di bevute illegali e feste scatenate e...»

«Obiezione. Questa è una fase documentale, e nulla di tutto ciò è presente negli atti depositati dalla controparte». Stavolta Mr Morgan si alzò a metà.

«Respinta. Proceda, la prego», ripeté il giudice Norton.

Udii delle risatine soffocate alle spalle, ma ero troppo terrorizzata e piena di vergogna per girarmi, temendo che avrei visto la condanna nell'espressione degli altri. Poggiai i gomiti sul tavolo, mi sorressi la testa con una mano e mi massaggiai le tempie che martellavano.

«È vero, Honey?», sussurrò Mr Morgan.

«Solo la cosa del bere, signore», dissi a voce a malapena udibile.

Mr Morgan chinò la testa e si mise una mano sulla fronte, nascondendo l'espressione contrariata alla vista del giudice.

Imbarazzata, abbassai lo sguardo.

«Ordine», comandò il giudice Norton. «C'è altro in merito alla vostra tardiva offerta di prove, Mr Vessels?»

«No, signore, Vostro Onore. Ma la Corte può ovviamente verificare tutto quello che ho detto con lo sceriffo Buckner qui presente». L'avvocato dello Stato si sedette e sorrise soddisfatto allo sceriffo e all'assistente sociale prima di lanciarmi un'occhiata piena di disprezzo.

«Vostro Onore, se posso parlare in nome della mia cliente...» Mr Morgan si alzò.

«Si sieda, avvocato. Ho una domanda per Miss Lovett», dichiarò il giudice Norton.

Mr Morgan si girò verso di me e disse: «Alzati».

Le gambe non mi obbedivano. Mr Morgan mi rivolse un'occhiata severa e io mi tirai in piedi aggrappandomi al tavolo.

«Miss Lovett, ha partecipato a una festa a casa di Miss Grant in cui vi siete ubriacate illegalmente e avete appiccato il fuoco alla cabina della torre antincendio?»

«No, signore. Perry Gillis e suo cugino hanno appiccato il fuoco alla cabina, e quando abbiamo cercato di dirlo allo sceriffo, si è arrabbiato da morire».

«Ha partecipato a una festa?», insistette il giudice.

«Sì, signore, un pigiama party».

Il giudice mi scrutò da sopra gli occhiali. «Si spieghi, per favore».

«I-io...»

«Miss Lovett, risponda alla domanda per favore», insistette.

«Pearl ha organizzato un pigiama party per noi due».

Udii qualcuno ridere piano dietro di me.

«Avete bevuto, Miss Lovett?»

«Sì, signore. Ma non abbiamo...»

«Si sieda», ordinò il giudice.

Quell'ordine brusco mi fece l'effetto di uno schiaffo, e l'unica cosa che riuscii a fare fu fissarlo a bocca aperta.

Mr Morgan si girò leggermente e mi sollecitò a bassa voce: «Siediti».

Dai posti del pubblico si levarono dei mormorii.

Mi lasciai cadere sulla sedia, col cuore che mi rombava nelle orecchie coprendo i sussurri concitati della folla che si rincorrevano fra le triste pareti stantie impregnate di tabacco.

Questa volta il giudice Norton guardò nella nostra direzione per un pezzo. Sorrideva, ma il sorriso non arrivava agli occhi né gli incurvava davvero le labbra. Era più che altro uno sguardo che metteva a disagio. Perplessa, chinai la testa mentre Mr Morgan scribacchiava appunti su un taccuino.

Poi il giudice parlò: «Quest'udienza è un po' insolita. Al momento, è la prima nella Storia di questo tribunale del Kentucky in cui viene sollecitata una richiesta di emancipazione di tal genere. Per risparmiare tempo e andare a fondo della questione, ho ammesso nuove prove, che sembrano non contestate per bocca della stessa Miss Lovett. Sulla base di ciò, sono incline a respingere la richiesta di emancipazione».

Sentii mormorii stupiti levarsi dietro di me. Neanche stavolta ebbi il coraggio di guardare, per paura che leggessero la vergogna e l'infelicità nei miei occhi pieni di lacrime. Il messo urlò: «Ordine in aula. Silenzio. *Ordine*».

Mr Morgan si girò e fissò lo sguardo sulle persone che disturbavano.

Il giudice Norton si appoggiò allo schienale della sedia e rivolse il naso lungo e affilato in direzione del mio legale. «Avvocato, prima che io deliberi, ha qualche punto che desidera sollevare o nuove prove da offrire?»

L'avvocato si alzò. «Mi potrebbe concedere cinque minuti, Vostro Onore? Come ha notato la Corte, si è trattato di un procedimento piuttosto insolito. Credo che qualche minuto con la mia cliente e forse qualcun altro, ci metterà in grado di dare alla Corte l'intera storia e non solo frammenti sparsi».

«Mr Vessels, le ho concesso ampia libertà. Sembra solo equo accogliere la richiesta di Mr Morgan», dichiarò il giudice.

Mr Vessels si alzò e disse con un gran sorriso: «Nessuna obiezione, Vostro Onore».

«La Corte si aggiorna per quindici minuti. Mr Morgan, la ascolteremo allora». Scese dallo scranno e sparì da qualche parte sul retro, con il fruscio della lunga toga nera che si mescolava ai mormorii del pubblico.

Mr Morgan si girò verso di me: «Resta qui, Honey. Ci sono R.C. e qualcun altro laggiù. Vediamo cosa sanno».

39

Sul retro dell'aula si udivano a intermittenza spezzoni di conversazioni tese. Mi girai a metà e rimasi stupita di vedere Eula Foster parlare con Mr Morgan. Se si accorse del mio shock, non lo diede a vedere perché si limitò a guardarmi di sfuggita e tornò a rivolgersi all'avvocato. Ma l'accusa era lì, e tutti sapevamo che avevo commesso un errore imperdonabile. Miss Foster scosse varie volte la testa, lanciandomi occhiate poco benevole.

Ero sicura che mi avrebbe dato il benservito mentre mi trascinavano al riformatorio. In fin dei conti, ero moralmente scandalosa, senza Dio, una *questa,* e adesso una criminale agli occhi dello Stato. E presto la città, tutto il Kentucky addirittura, avrebbe dichiarato che quella era la verità. Vidi le facce di altri abitanti di Troublesome che si erano intrufolati all'udienza e riempivano metà dei banchi del pubblico. Gli occhi di Alonzo erano colmi di una tale compassione che fui costretta a distogliere lo sguardo, dispiaciuta di vedere il dolore e lo smarrimento sul suo viso invecchiato.

Mi girai di nuovo verso la bibliotecaria. Di fianco a Eula c'era Amara Ballard, che parlava animatamente con Mr Morgan, gesticolando concitata. Pearl e R.C. erano dall'altro lato dell'avvocato. Ogni tanto lo sguardo preoccupato di Pearl incrociava il mio.

Mr Morgan tornò al tavolo proprio nel momento in cui il messo annunciava: «In piedi».

Il giudice entrò e prese posto sullo scranno. «È pronto a procedere, Mr Morgan?»

«Sì, Vostro Onore. Vorrei presentare delle testimonianze reali a favore di Miss Lovett».

«Quanti testimoni e quanto tempo prevede che ci vorrà, avvocato?»

«Tre, Vostro Onore. Non dovrebbe volerci più di qualche minuto ciascuno».

Il giudice Norton si passò una mano sulla guancia rasata e rifletté sulla richiesta dell'avvocato. «Proceda», disse con un sospiro.

«Grazie, Vostro Onore. Vorrei chiamare al banco dei testimoni l'infermiera di frontiera Amara Ballard».

Il giudice le fece prestare giuramento e Mr Morgan la invitò: «Prego Miss Ballard, dica alla Corte che rapporto ha con Miss Lovett».

Amara annuì. «Honey, ehm, Miss Lovett mi ha chiamata al capezzale di Loretta Adams, gravemente malata. Ho fatto tutto ciò che potevo dal punto di vista medico, poi ho affidato Miss Adams alle cure di Honey».

«E Miss Lovett se n'è presa cura nel modo adeguato?», chiese Mr Morgan.

«Non solo si è presa cura di lei, ma ha anche fatto in modo che Miss Adams avesse una sepoltura appropriata. E Mr Geary mi ha riferito che Honey ha pagato il funerale e la lapide coi suoi guadagni».

«Obiezione, sentito dire e irrilevante». Mr Vessels si alzò.

«Respinta», lo azzittì il giudice.

«Ha ricevuto dei libri dal programma esterno di Honey?», chiese Mr Morgan.

«Honey mi porta i libri tutti i venerdì». Mi guardò con espressione di apprezzamento.

«Può dirci cosa sa dei suoi vicini, la famiglia Gillis?»

«Obiezione!», intervenne Mr Vessels.

Mi girai verso il suo tavolo e vidi lo sceriffo sbattere le palpebre mentre guardava Mr Vessels.

«Qual è la rilevanza, Mr Morgan? E questa testimone è competente riguardo al carattere di Mr Gillis?», chiese il giudice Norton.

«Sì, Vostro Onore. Ho in animo di mostrare la vera natura morale di Miss Lovett e contestare l'immagine falsa presentata erroneamente dallo Stato e dallo sceriffo».

«Respinta. Può continuare, Miss Ballard». Il giudice le rivolse un cenno del capo.

«Ho curato il figlio, Johnnie, dopo che era caduto dentro il pozzo di famiglia e aveva preso la polmonite. Poi ho curato anche Mrs Gillis quando il marito l'ha aggredita violentemente in casa mia. Honey era presente e mi ha aiutata a medicarla. Prima di andarsene, la donna mi raccontò che Honey si era calata nel pozzo e aveva recuperato Johnnie. Gli ha salvato la vita, e anche il bambino me lo ha confermato. Honey ha inoltre condotto la polizia di Stato al corpo di Mrs Gillis. E in conseguenza di ciò, il suo assassino è stato arrestato e quella poveretta ha ricevuto un funerale appropriato...»

«Obiezione! Vostro Onore...», saltò su Mr Vessels, furente.

«Respinta. Si dà il caso che abbia la dichiarazione firmata dalla polizia di Stato nel mio fascicolo», rispose il giudice Norton. «La prego, continui pure, avvocato».

«Non ho altre domande, Vostro Onore». Mr Morgan si sedette.

«Può controinterrogare, Mr Vessels».

Mr Vessels si alzò. «Miss Ballard, lei è un'infermiera di frontiera che si occupa di malati. Che genere di libri le porta Miss Lovett?»

«Libri divertenti che informano e educano. Da queste parti ci sono molte persone cui piace leggere e che leggerebbero qualunque cosa. Ma purtroppo ci sono alcuni individui di mentalità ristretta che avrebbero un gran bisogno dei suoi servigi e che ne trarrebbero grandi benefici. Lodo Miss Lovett per il suo sforzo di diffondere l'alfabetizzazione».

Udii delle risatine smorzate alle mie spalle.

«Quindi lei sostiene e raccomanda il femminismo e l'indecenza morale?», disse Mr Vessels in tono brusco. «Questi libri sul sesso...»

«Obiezione», intervenne Mr Morgan alzandosi.

«Accolta», rispose il giudice. «Mr Vessels, si astenga dall'applicare le sue interpretazioni maschili alle riflessioni della signora».

«Ritirata. Non ho altre domande, Vostro Onore». Mr Vessels arrossì.

«Può andare, Miss Ballard», la congedò il giudice. «Chiami il suo prossimo teste, avvocato».

«Il ranger della forestale R.C. Cole», introdusse Mr Morgan. Dopo che R.C. ebbe preso posto e prestato giuramento, Mr Morgan gli chiese se mi conoscesse. Poi gli disse di descrivere cos'era successo la mattina dell'incendio.

«Le ragazze erano perfettamente sobrie. Hanno cercato tutt'e due di spiegare allo sceriffo i fatti riguardanti l'incendio, e i sospetti di Honey riguardanti la scomparsa di Mrs Gillis. Ma lo sceriffo Buckner non è stato a sentire. Invece si è messo a urlare e ha minacciato di arrestarle con accuse false...»

«Obiezione e irrilevante!», scattò Mr Vessels puntando un braccio verso R.C.

«Respinta. La prego, continui, Mr Cole». Il giudice gli rivolse un cenno di incoraggiamento con la mano.

«Miss Pearl Grant in passato aveva già avuto diversi gravi incidenti relativi alla sua proprietà che noi credevamo fossero stati provocati da Mr Gillis e dal suo parente, ma purtroppo non siamo stati in grado di provarlo né di ottenere alcun aiuto da parte dello sceriffo in merito. Ho saputo solo ieri che la polizia di Stato ha aperto un'indagine ufficiale sullo sceriffo per inadempienza al dovere e...»

«*Obiezione,* quest'udienza non riguarda lo sceriffo Buckner», sbraitò Mr Vessels.

«Accolta», stabilì il giudice.

R.C. lanciò allo sceriffo un'occhiata disgustata.

L'uomo distolse lo sguardo. Mr Vessels accostò la testa a quello dello sceriffo e gli sussurrò qualcosa. Lo sbirro scosse la testa.

Buttai fuori il fiato, consapevole che lo sceriffo sarebbe stato sotto l'occhio vigile della polizia di Stato per un po' di tempo. Azzardai un'occhiata in direzione di Pearl e lei mi rivolse un sorrisino soddisfatto, consapevole anche lei della stessa cosa.

«Può parlare del carattere di Honey Lovett, Mr Cole?», chiese il mio avvocato.

«La conosco da una vita, come pure la sua famiglia. Persone oneste e perbene».

Dopo che Mr Morgan ebbe finito, sembrò che Mr Vessels volesse interrogare R.C., ma per qualche ragione non lo fece.

«Vostro Onore, vorrei chiamare la mia ultima teste, Miss Eula Foster, la direttrice della biblioteca di Troublesome Creek», dichiarò Mr Morgan.

Venne fatta giurare e prese velocemente posto.

«Miss Foster, lei ha assunto Miss Lovett per consegnare materiale da lettura con la sua mula allo scopo di ampliare il programma esterno, come aveva fatto la sua biblioteca con l'iniziativa Pack Horse negli anni Trenta e Quaranta, è corretto?»

«Corretto», rispose Miss Foster a bassa voce senza guardarmi in faccia.

«Miss Lovett è una buona impiegata?»

«Il suo lavoro sembra soddisfacente, ma», lanciò un'occhiata all'altro tavolo, «*se* il suo carattere e la sua morale fossero in dubbio, allora purtroppo dovremmo lasciarla andare».

Udii un tintinnio e un sibilo a denti stretti alle mie spalle e seppi che provenivano da Pearl. Le lanciai un'occhiata e vidi la sua espressione contrariata.

«Ma le sue prestazioni lavorative *sono* soddisfacenti, e al momento ha un buon curriculum alle sue dipendenze?», la incalzò Mr Morgan.

«Sì, finora». Miss Foster mi lanciò un'occhiata e poi abbassò lo sguardo con fare remissivo.

«A lei la testimone», disse Mr Morgan a Mr Vessels.

«Miss Foster, la sua biblioteca tiene *Il risveglio* di Chopin?», chiese Mr Vessels.

«Io… Beh, non sapevo che fosse ancora in circolazione».

«È bandito?»

«Non so quale sia il suo status attuale».

«Quindi la sua biblioteca tiene, diffonde e tollera libri sul sesso…»

«Obiezione». Mr Morgan aveva un'espressione truce.

«Respinta», disse il giudice Norton brusco.

Mr Vessels unì le punte delle dita e si spostò davanti al suo tavolo. «Miss Foster, come probabilmente sa, *Il risveglio* è stato scritto da una donna con la mente malata e l'anima corrotta. Perciò le sto chiedendo, tenete *Il risveglio*, o altri scritti altrettanto riprovevoli?» Fece una pausa e si girò verso di me. «Ha assunto Honey Mary-Angeline Lovett per portare libri sporchi nelle nostre montagne?», insistette Mr Vessels.

Eula strinse le labbra e contrasse la faccia pallida in una smorfia, le guance piene chiazzate di rosso. «No, signore, certo che no! La biblioteca pubblica di Troublesome Creek non tiene libri che offendono l'uomo del Kentucky o che vanno contro la morale divina e le convinzioni cristiane di persone oneste e timorate di Dio!»

«Lei è la direttrice, Miss Foster, e se voi non l'avete, è lecito concludere che suddetto titolo apparteneva alla collezione personale di Miss Lovett e che lei di sua iniziativa ha portato quei libri osceni…»

Iniziai a battere i denti e mi premetti una mano sulla bocca, terrorizzata.

«Obiezione! Influenza il teste e sentito dire», protestò Mr Morgan in tono duro.

«*Mr Morgan*». Lo tirai per la manica, ma lui scrisse qualcosa sul taccuino e non mi diede retta.

«Non ho altre domande». Mr Vessels fece un sorrisetto di malcelata soddisfazione.

Il giudice ci guardò e poi chiese: «Mr Vessels, desidera chiamare qualche altro testimone, brevemente, per contestare queste nuove prove presentate da Mr Morgan?»

«Solo un momento, grazie, Vostro Onore». Mr Vessels si chinò verso lo sceriffo. Dopo una conversazione sussurrata, l'avvocato disse: «No, Vostro Onore. Non abbiamo altro da aggiungere».

«Mr Morgan?», chiese il giudice.

«No, Vostro Onore. Il richiedente non ha altro da aggiungere».

«Se avete finito, vorrei concludere quest'udienza deliberando oggi, e in seguito stenderò una lettera formale. Adesso, vorrei osservare...» Il giudice Norton rimase zitto un istante e poi rivolse le parole successive all'avvocato dello Stato. «Mr Vessels ha avuto l'opportunità di chiamare a testimoniare lo sceriffo Buckner per confutare l'addebito e non l'ha fatto, quindi presumo che ci sia un fondo di verità in esso».

Mr Vessels si alzò a metà, si lasciò ricadere sulla sedia, poi si mise di nuovo in piedi e farfugliò: «Ma, Vostro Onore, vostro...»

«Si sieda, avvocato», gli ordinò il giudice.

Dal tavolo di Mr Vessels si levarono delle proteste.

«Prima che io deliberi, vorrei porre a Miss Lovett un'ultima domanda. Miss Lovett?»

Borbottai un *sissignore.*

«Alzati», mi istruì Mr Morgan.

Mi misi in piedi lentamente.

«Miss Lovett», disse il giudice, «desidera dire qualcosa?»

Mi stupì di nuovo che mi chiedesse cosa ne pensavo io, come aveva fatto in occasione dell'ultima udienza. Esitai, perché mi tornò in mente quando papà aveva sussurrato a mamma di non cercare mai la libertà gettandosi ai piedi di chi avrebbe potuto portartela via.

Ma dovevo fare un tentativo anche se significava mettermi in ginocchio. «Sì, Vostro Onore», affermai rauca, con le parole che uscivano a fatica dalla gola riarsa. «I-io... Beh, signore, di recente ho avuto una proposta di matrimonio».

Con la coda dell'occhio vidi Mr Vessels, Mrs Wallace e lo sceriffo sporgersi in avanti a bocca aperta, allungando il collo, tre paia d'occhi che mi fissavano la pancia. Mrs Wallace sussurrò qualcosa all'avvocato che annuì.

Dai posti del pubblico sentii la gente agitarsi sulle panche, consapevole che qualcuno stava cercando di darmi un'occhiata.

«Vostro Onore», continuai, sforzandomi di ignorarli, «so che a molte ragazze di queste parti è permesso sposarsi giovani. La legge...»

Il giudice alzò lo sguardo con espressione perplessa, e mi interruppe. «Miss Lovett, come fa a conoscere quella legge? Si è messa in qualche altro guaio?... È incinta?»

Strinsi le labbra, sentendo il sapore stantio e ceroso del campioncino di rossetto rosa della Avon che Pearl mi aveva dato la sera del pigiama party.

«Miss Lovett?» Aspettò.

Da dietro arrivarono delle risate e qualche sogghigno, ma io tenni gli occhi puntati sul giudice. «No, signore. Mr Morgan mi ha detto che è la legge in questo Stato. E ha detto che il Kentucky sancirebbe legalmente una simile unione fra un uomo e una sposa bambina». Rimasi zitta un attimo perché mi ero ricordata all'improvviso di mia mamma, Angeline Moffit, e del certificato di matrimonio che avevo trovato in uno dei nostri bauli anni prima. Quando aveva sposato Willie, mio papà, aveva a malapena tredici anni.

L'espressione del giudice si addolcì. «Non ci sarebbe bisogno della nostra presenza qui oggi se lei si sposasse a breve. È così?»

«No, signore, Vostro Onore. Ma non ho avuto neanche la possibilità di andare al mio primo appuntamento per la situazione in cui mi trovo. Nemmeno un bacio come si deve», sbottai, incapace di trattenermi, e le risate si fecero più rumorose.

«*Ordine*», intimò il messo.

«Vivo da sola, Vostro Onore».

«E dove?»

«Alla casa dei Carter lungo il Troublesome Creek. Chiunque», levai una mano guantata malferma in direzione dello sceriffo e dell'assistente sociale, «può passare a trovarmi in qualunque momento».

Altri sghignazzi alle mie spalle, ma le parole mi uscivano come di volontà propria. «La tengo in ordine e pulita, e do da mangiare ai miei animali e mi occupo di loro. *Giunia*. Era la mula di mia mamma».

Lo sguardo del giudice Norton si fece distante come se ricordasse qualcosa o qualcuno che risaliva a tanto tempo prima.

«Ma Giunia è mia adesso. La ragazzona ha portato migliaia di libri su centinaia di verande per il Pack Horse Library Project anni fa. E lo sta facendo di nuovo con me. Mi occupo di lei e della gatta di miss Loretta. Mi prendo cura di me stessa». Infilai la mano nella tasca del vestito, tirai fuori le matrici delle buste paga e le sollevai davanti a me. «Le mie buste paga, Vostro Onore».

Il giudice si sporse verso di me e mi guardò da sopra gli occhiali, studiandomi in silenzio.

Mrs Wallace emise un'esclamazione incredula. Posai le buste paga sul tavolo e guardai la sedia vuota dove Loretta si era seduta, desiderando improvvisamente la sua presenza, il suo orgoglio e la sua forza.

Lo sceriffo mi fissò manco fossi una mosca fastidiosa, e vidi nella sua, la faccia crudele di Gillis. Ripensai alle sofferenze di Guyla Belle, agli orrori che Gillis aveva inflitto alla piccola Wrenna, a me e alle altre donne, e fui attraversata da una scarica di energia e di furia cieca. Posai le mani sudate e coperte dai guanti sul tavolo, presi un bel respiro e ricacciai indietro la rabbia, sforzandomi di usare la *testa*.

«Vostro Onore, se io non voglio sposarmi, e invece vivere da sola, il Kentucky mi punirà mandandomi alla prigione dei bambini e mettendomi i ceppi alle caviglie per fare lavori pesanti finché non avrò ventun anni. Presto ne compirò diciassette, e ho una casa e un lavoro rispettabile del governo e i mezzi per mantenermi. Distribuisco libri e importante materiale da lettura su queste montagne, e i miei lettori hanno bisogno di me e dei libri che porto loro. Se la legge dice che ho l'età per sposarmi, che sono grande abbastanza per prendere marito a dodici o tredici o sedici anni, perché non può dichiararmi adulta quando me la cavo da sola come fece il quattordicenne Byrne McDaniel? Perché dovrei essere costretta a sposare un uomo per avere la mia libertà, per fare quello che sto già facendo, e facendo bene?»

L'avvocato Vessels saltò su in fretta e rumorosamente, interrompendomi. «Obiezione. Del tutto irrilevante».

«Respinta. Miss Lovett, sta chiedendo il permesso di sposarsi?» Il giudice mi guardò con espressione perplessa.

«No, Vostro Onore. *No, signore.* Sto chiedendo la libertà di non farlo!» Mi sedetti, mi avvicinai al tavolo e intrecciai le mani tremanti.

L'impiegata del tribunale sollevò la penna dal foglio e mi guardò con un misto di pietà, shock e ammirazione negli occhi, poi tornò a occuparsi di quello che stava facendo. Io fissai il giudice, consapevole di essermi spinta troppo in là mentre nel silenzio attonito dell'aula si sentiva solo l'orologio che ticchettava rumorosamente mescolandosi al fruscio dei fogli spostati da Mr Morgan.

Il giudice mi osservò dall'alto del suo scranno.

Nell'aula calda e soffocante corsero mormorii sommessi mentre io mi lisciavo le gonne, con l'aria viziata che mi prendeva alla gola.

Mr Morgan si chinò verso di me e disse qualcosa, ma non sentivo niente tranne il battito terrorizzato del cuore che mi rimbombava nelle orecchie.

Alla fine, il giudice distolse lo sguardo. «Perché, in effetti, Miss Lovett», disse piano, poi annunciò a voce più alta: «Con il presente atto la richiesta per l'emancipazione di Honey Mary-Angeline Lovett è accordata. La prego, si avvicini al banco con la sua cliente, avvocato».

«*Scandaloso*...», commentò Mrs Wallace, e il giudice Norton batté due volte il martelletto soffocando la sua protesta.

Udii esclamazioni di stupore e di eccitazione levarsi dal pubblico dietro di me.

Al banco, il giudice si sporse per parlare con me. «Miss Lovett, pare sia stato Napoleone a dire: "Fatemi vedere una famiglia di lettori e vi mostrerò le persone che muovono il mondo". Non tanto tempo fa, ero su una strada diversa, che portava dritto al riformatorio. Impegnato a tirare le trecce alle bambine, a fare a pugni nel cortile della scuola, a rubare il liquore e diventare come Caino. Ma sua madre ha cambiato tutto con i libri. Dal primo», alzò un dito, «anzi, dal primissimo momento in cui ho visto lei e quella vecchia mula bizzosa arrivare nel cortile della scuola», ricordò con aria meditabonda. «Una volta disse: "I libri sono la pietra angolare di menti superiori". E non dimenticherò mai la differenza che hanno fatto i libri dopo che mi diede alcuni gialli degli Hardy Boys. Mi hanno spinto a intraprendere una professione nel campo della legge. *I libri sono capaci di cambiarti fino a questo punto*».

Tamburellò le dita sullo scranno per sottolineare le sue parole e si alzò, poi si voltò lentamente. «Mmh», borbottò, aggrottando la fronte. «C'è un problema».

«Vostro Onore?», dissi, colta da una nuova fitta di apprensione.

«Non ho letto l'ultimo. Lei ce l'ha già, Miss Lovett?»

Libera. Ero ancora libera. Ma più lo guardavo, più vedevo il monello che mamma aveva conosciuto nel cortile della scuola tanti anni prima.

Mr Morgan lanciò un'occhiata all'orologio da polso e si schiarì educatamente la gola.

«Sì, signore, Vostro Onore. Ho visto *L'ombra incrociata* proprio la settimana scorsa. Farò in modo di tenerlo da parte per voi», risposi sollevata.

Amara, Pearl, Alonzo e R.C. mi si affollarono attorno, congratulandosi, abbracciandomi e baciandomi sulle guance arrossate.

Pearl mi diede di gomito. «Guarda chi c'è». Scrutai la piccola folla sul retro dell'aula e vidi Francis che mi fissava con sguardo interrogativo.

Mi indicò, poi si puntò un dito al petto e articolò con la bocca: *Esci con me?*

Benché libera, ero stata costretta a crescere precocemente dal tribunale e dalle leggi del Kentucky e probabilmente mi sarei sposata e avrei avuto dei figli fra qualche anno, ma quel giorno, in quel momento, volevo solo essere una ragazza al suo primo appuntamento. *Sì*, gli risposi nello stesso modo annuendo, eccitata a quella semplice prospettiva.

Pearl esclamò: «Oh, Honey, dobbiamo celebrare la tua libertà. Daremo una festa come non se ne sono mai viste in questa città!»

«Prima vado a un picnic con quel ragazzo e mi sbafo una montagna del rinomato pudding alla banana che prepara sua mamma». Guardai Francis che aveva un gran sorriso stampato in faccia.

Miss Foster mi si avvicinò lentamente, con passo esitante. La guardai negli occhi, chiedendomi se mi avrebbe licenziata.

«Honey», disse frugando nella borsetta, «quando ha saputo che sarei venuta Mr Taft mi ha chiesto di darti questo per la tua collezione personale».

«Signora». Mi porse *The Golden Book of Tagore*.

«Oren ha detto che è una prima edizione firmata del 1931, e che ne esistono solo 1500 al mondo». Miss Foster picchiettò un'unghia sul libro con approvazione.

Senza parole, osservai meravigliata la copertina ricoperta in seta giallo chiaro, sfiorando col dito il motivo floreale rosso e oro in rilievo. «È un tesoro», mormorai studiando la costa e l'etichetta in pelle col titolo.

Miss Foster unì le mani. «Honey, devo scusarmi con te. Voglio dirti che mi spiace di aver dato retta alle bugie dello sceriffo e di quella donna odiosa. Perdonami, sono una vecchia stupida. Non mi ero resa conto della tua dedizione incrollabile, dei servizi essenziali che hai fornito ai tuoi lettori. Alla povera Mrs Gillis, a suo figlio e agli altri. Sarei onorata se volessi portare avanti l'importante eredità di tua madre col programma esterno. La sete c'è sempre, Honey. E tu e quei libri siete assolutamente necessari e salverete di certo molte persone. Spero che tu voglia restare».

Lanciai un'occhiata allo scranno vuoto del giudice. «Signora, devo prenotare un libro oggi. Mamma ha coltivato dei lettori quaggiù, Miss Foster. Voglio farlo anch'io», dissi a bassa voce, pensando a lei e ai lettori.

La bibliotecaria mi diede una stretta alla spalla. «Sei davvero la figlia della donna dei libri». Mi lasciò andare e si avviò a passo deciso verso la porta dell'aula, girandosi una volta per annuire con approvazione prima di uscire.

Bonnie si affacciò tenendo in mano la gamella del pranzo, con indosso la salopette sporca e il casco da minatrice. Infastidito dal suo aspetto trasandato, il messo alzò una mano e sbraitò a voce alta: «È permesso solo abbigliamento appropriato, signorina». Le bloccò la strada. Imperterrita, Bonnie lo guardò truce e lo spinse via col gomito.

Immusonito, il messo si fece da parte.

Bonnie si tirò su una delle bretelle e mi urlò: «Ho sentito, dolcezza! Mi porti qualche altro buon libro venerdì». Si batté sul tascone della salopette da cui spuntava un volume. «Ho appena finito l'ultimo che m'hai portato nella pausa pranzo»

Uscendo dall'aula, Mrs Wallace si fermò accanto alla minatrice e si portò una mano alla gola, guardando a bocca aperta *L'amante di Lady Chatterley* che faceva capolino dalla tuta annerita di Bonnie, poi si girò lentamente verso di me, sbalordita, arricciando le labbra, con una smorfia di odio e disgusto sulla faccia contorta. «*Pagana*», disse con sprezzo.

Imbaldanzita, alzai il mento con aria di sfida e ricambiai lo sguardo inferocito con espressione trionfante.

Mrs Wallace urtò Bonnie con la borsetta ingombrante e uscì dall'aula a passo di marcia.

Io aprii *The Golden Book of Tagore* e vidi che Mr Taft aveva scritto una dedica.

Giugno '53

Honey,
"La fede è l'uccello che sente la luce e canta quando l'alba è ancora oscura". Finché avrai i libri, avrai sempre quella luce.

Oren Taft

D'un tratto ero di nuovo accanto a lei, a cavalcare sulle vecchie montagne azzurre del Kentucky, la sacca piena, e sentii le lacrime bruciarmi gli occhi mentre rileggevo le parole che mamma aveva citato al suo lettore tanto tempo prima… consapevole che i libri non avevano salvato solo me, lei e altri, ma ci avevano dato qualcosa di ancora più grande e prezioso: *la libertà*.

NOTA DELL'AUTRICE

Caro lettore/lettrice,

è stato un grandissimo onore continuare il viaggio di Honey, Cussy Mary e Jackson Lovett in questo nuovo romanzo che è sia un'opera a sé stante che un seguito. Volevo esplorare i temi della sorellanza attraverso le coraggiose e indomite donne del Kentucky che hanno svolto mestieri insoliti e faticosi in un'epoca in cui gli uomini la facevano da padroni nel mondo del lavoro, e donne e bambini erano assoggettati a leggi patriarcali.

In quanto originaria del Kentucky, ho ambientato tutti i miei libri nel Paese che mi ha dato i natali, ed è sempre un privilegio quando mi permettete di condividere con voi le mie storie.

Il Kentucky, specialmente quello orientale, una terra ricca di folklore e di tradizione, è uno dei posti più belli al mondo. La gente, la mia gente, è intelligente, fiera e appassionata, spesso incompresa, talvolta perseguitata, ma nelle vite e nelle storie dei suoi abitanti troverete una costante. Troverete la dignità.

Ero elettrizzata di ripercorrere il Pack Horse Library Project, di celebrare il lavoro pionieristico di quei coraggiosi bibliotecari e di presentare più informazioni in merito. Per esempio, nel 1913, la Kentucky Federation of Women's Clubs persuase un barone del carbone locale, John C. Mayo, a finanziare un servizio di bibliotecari a cavallo per raggiungere il Kentucky orientale. Purtroppo, un anno dopo, quando Mayo morì, il programma si interruppe.

Ma le donne del Kentucky erano decise ad attuare un forte programma di alfabetizzazione negli Appalachi. Quasi vent'anni dopo, lo proposero alla Works Progress Administration (WPA) del presidente Franklin D. Roosevelt, la quale lo approvò come uno sforzo volto a creare posti di lavoro per le donne. Una volta che il programma venne ripristinato, queste pioniere dell'alfabetizzazione furono in grado di portare libri e materiale da lettura a dorso di mulo e di cavallo nelle aree più povere e isolate del Kentucky orientale.

Fino alla metà dell'Ottocento, la gente del Kentucky orientale viveva isolata, fatta eccezione per le visite dei venditori ambulanti e dei predicatori. Gli abitanti degli Appalachi tagliavano legname e scavavano carbone, vivevano della terra, cacciavano, coltivavano e allevavano bestiame. Poi arrivarono i missionari, le chiese, il governo e le compagnie minerarie, imponendo le loro ideologie e comprando la terra a prezzo stracciato, solo per lasciare dietro di sé nient'altro che rovine. Molti abitanti del Kentucky erano diffidenti, e pure stufi di quelle idee e di quei programmi... in particolare di qualunque visione la modernità volesse imporre loro.

Quando arrivò l'iniziativa del Pack Horse, nel 1935, il Kentucky orientale era nel bel mezzo della fase più violenta della sua storia: le sanguinose guerre del carbone e la terribile Depressione.

La WPA pagava i bibliotecari ventotto dollari al mese. Tuttavia, Roosevelt si rifiutò di fornire libri e materiale di lettura, o le cavalcature necessarie a portare i libri, o anche luoghi per tenere i materiali.

Ma i bibliotecari del Pack Horse erano pieni di risorse, si inventarono metodi ingegnosi per procurarsi i libri. Furono istituiti album di ritagli e raccolte fondi, e vennero mandate richieste ai circoli femminili, ai boy-scout e alle associazioni genitori-insegnanti delle grandi città. Fu grazie alla loro febbrile attività che il programma prosperò.

Sono grata per la generosità e il lavoro indefesso di Jason Vance, un professore originario del Kentucky che insegna alla Middle Tennessee State University, e per le sue ampie ricerche che hanno documentato e fotografato molti album di ritagli dell'epoca nelle sue puntate al FDR Presidential Library and Museum di Hyde Park, NY, dove sono conservati e possono essere visti oggi.

Il Pack Horse Library Project divenne un importante veicolo di istruzione per molte persone che non avevano accesso alle scuole. La capacità di leggere e scrivere contribuiva a rompere il circolo vizioso della povertà debilitante. E soprattutto, cosa ancora più decisiva, era fonte di emancipazione e libertà.

L'amatissimo programma funzionò dal 1935 al 1943, quando i finanziamenti cessarono, furono costruite strade più accessibili e vennero introdotte biblioteche ambulanti. Molti bibliotecari tornarono a coltivare la terra, mentre alcuni andarono all'università per ottenere l'abilitazione in biblioteconomia e altri lavorarono nelle biblioteche contribuendo alla diffusione dell'alfabetizzazione.

È stato un onore incontrare i parenti dei bibliotecari del Pack Horse, i loro figli e nipoti, e un privilegio e una gioia conoscere gli unici abitanti dalla pelle blu del mio Paese natale. Ma qualunque colore della pelle che non fosse bianco alabastro o marrone abbronzato dal lavoro dei campi, o diverso dalla maggioranza, che ci si trovasse negli Appalachi o in qualunque altra città degli USA, rendeva ancora più dura un'esistenza già grama. E se quel colore era il blu causato da una strana malattia del sangue, un'anomalia medica, le famiglie che l'avevano venivano escluse, guardate con sospetto e braccate dai media, cacciate nelle vallate più buie degli Appalachi. I Blu erano un popolo intelligente, mite e dignitoso venuto dalla Francia e insediatosi nel Kentucky attorno al 1820, quando un orfano francese chiese un'assegnazione di terra.

Anziché essere esaltati per la loro unicità, i Blu furono vittime di pregiudizi e isolamento e vennero trattati in modo ingiusto a causa di un gene raro.

Dato che sono cresciuta nella povertà, trascorrendo i primi dieci anni di vita in un orfanotrofio del Kentucky rurale, non mi è difficile comprendere le sofferenze altrui. E forse ciò è vero per chiunque abbia incontrato delle avversità. La mia speranza è sempre quella di onorare, esaltare gli altri, e dissipare la paura e l'ignoranza che generano odio e sentimenti tossici nelle culture.

La metemoglobinemia *congenita*, che non mette in pericolo di vita, è dovuta a una carenza che comporta la presenza nel sangue di livelli più elevati del normale di metemoglobina – una forma di emoglobina – con la conseguente riduzione dell'ossigenazione. Meno ossigeno rende il sangue marrone cioccolato anziché rosso, con il risultato che la pelle appare blu. I medici possono diagnosticare facilmente la metemoglobinemia congenita perché il colore del sangue fornisce l'indizio rivelatore. La mutazione è ereditaria e portata da un gene recessivo, mentre la metemoglobinemia *acquisita* mette in pericolo di vita ed è conseguenza di patologie cardiache, ostruzione delle vie aeree o abuso di determinati farmaci.

Ho fatto ulteriori ricerche sulle torri antincendio e su alcune delle donne coraggiose che sono diventate le prime vedette del Paese, così coraggiose da gestire quelle imponenti torri nella foresta esposte a temporali, incendi, creature selvatiche, isolamento estremo e altro ancora.

Anche se tutti i miei personaggi sono frutto di fantasia, e gli avvenimenti sono solo ispirati dalla Storia, ho avuto il piacere di intervistare diverse minatrici. È stato un onore parlare con Sara Vance, una giovane minatrice della West Virginia, che non ha relazioni di parentela col professor Vance menzionato sopra. Sara, una minatrice di terza generazione coraggiosa e fiera, è figlia della defunta Brenda Vance, una delle prime minatrici del Paese. Orgogliosa del suo mestiere e dei colleghi maschi, Sara apprezza quello che fa e per un certo periodo ha lavorato in miniera con la madre. Incinta e a poche settimane dal parto, Sara ha continuato a scendere 365 metri sottoterra sotto l'occhio vigile dei minatori maschi preoccupati per la sua incolumità.

Anni fa, ho conosciuto la meravigliosa Stephanie Ray Brown, una donna dei libri del Kentucky figlia di una minatrice del carbone. Stephanie mi ha presentata a sua madre, Rita Ray, che mi ha cortesemente concesso un'intervista. Ho imparato cosa significasse per le prime minatrici cercare di guadagnarsi da vivere accanto ai maschi, le sfide, i pericoli e le difficoltà che dovevano affrontare.

Mi piace inserire frammenti della storia del Kentucky nei miei romanzi. Scoprirete che uno dei miei personaggi, Amara Ballard, è stata ispirata dal Kentucky Frontier Nursing Service fondato da Mary Breckinbridge negli anni Venti del Novecento. Per saperne di più di queste donne straordinarie che facevano le infermiere spostandosi a cavallo nel Kentucky orientale, consiglio *Wide Neighborhoods* di Mary Breckinbridge.

Cogliamo anche un cenno delle importanti Moonlight Schools, un altro dei numerosi contributi variegati e decisivi del Kentucky alla storia. Quelle scuole senza eguali furono istituite nel 1911 da Cora Wilson Stewart per diffondere l'alfabetizzazione tra gli adulti. In seguito, le Moonlight Schools avrebbero istruito studenti neri e nativi americani in altre zone dell'America.

Nei miei viaggi di ricerca mi piace esplorare il cibo tipico degli Appalachi. Come la musica e il folklore, i piatti di queste montagne sono una tradizione intima e la vera anima della regione e della sua gente. Dai raccolti estivi delle verdure maturate sulla pianta alle more tardive e alle mele di inizio autunno che portano senza soluzione di continuità alla tradizionale uccisione del maiale nella stagione fredda, il cibo è una religione. Le conversazioni e i rapporti fra le persone si dipanano liricamente sopra e attorno a focolari in cui la carne arrostisce lentamente e dentro cucine indaffarate traboccanti di grandi pentole che sobbollono e padelle in ghisa che sfrigolano. Vedrete cordicelle appese alle pareti da cui pendono strisce di frutta, fagioli e peperoni, tavole imbandite di carne affumicata e scaffali pieni di sottaceti, salse, marmellate e un assortimento di altre squisite conserve.

Tempo fa, mi sono laureata in Giurisprudenza e ho sempre avuto la passione per le leggi, in particolare quelle del passato. Ho avuto la fortuna di poter intervistare e stimolare la mente astuta dell'onorevole Susan Gibson, che mi ha illuminata con discussioni straordinarie e ponderate, e mi ha raccontato casi arcaici e rivelatori.

Inoltre, non avrei potuto scrivere le scene ambientate in tribunale senza i magnifici suggerimenti e l'occhio critico di G.J. Berger, brillante avvocato nonché autore premiato.

Al pari della mula Giunia, il gallo Tommie è stato un argomento di studio divertente che mi ha portata a compulsare articoli di giornale e riviste, a studiare l'allevamento dei galli e altro ancora. La scrittrice Bren McClain è stata assolutamente deliziosa a darmi informazioni sui galli mentre ascoltavo i suoi vari richiami e parlavamo del loro significato.

Mi piace sempre suggerire la lettura degli scrittori del Kentucky che preferisco, autori di capolavori indimenticabili e fonte d'ispirazione. Harriette Simpson Arnow, John Fox Jr, Gwyn Hyman Rubio, Effie Waller Smith, Jesse Stuart, Alex Taylor e Walter Tevis sono solo alcuni. Ognuno di loro infonde vita alle pagine con paesaggi evocativi, storie raccontate magnificamente e una prosa di grande talento.

Sono una discendente di Gideon Dyer Cobb e mio cugino Irvin S. Cobb è stato un rinomato umorista, uno scrittore prolifico, un noto commentatore e giornalista che trovo affascinante. Irvin ha scritto più di sessantaquattro libri e trecento racconti. Troverete alcuni di questi libri citati nei miei romanzi per rendergli omaggio.

Una nota finale. Ho un debito eterno con voi, adorati lettori, per aver scelto *La libraia blu*. Spero vi sia piaciuto leggere la mia ultima opera almeno quanto a me è piaciuto scriverla, e soprattutto spero vi abbia distratti offrendovi una piccola consolazione dalla tristezza e dal caos di incertezza che tutti noi abbiamo sperimentato nel corso dell'estenuante pandemia da Covid-19.

Come sempre, il mio grazie più sentito ai saggi bibliotecari e ai librai indipendenti, alle donne e agli uomini dei libri che lavorano instancabilmente per portare il mio e altri volumi nelle mani e nei cuori dei lettori.

RINGRAZIAMENTI

Ai generosi e gentili blogger di libri nonché primi lettori: Kristy Barrett, Davida Chazan, Pamela Klinger-Horn, Mary Webber O'Malley, Dawnny Ruby, Kathy Shattuck, Tonya Speelman, Carla Suto, Linda Zagon, The Erudite Bibliophile with Wanderlust, Julie Kaminski e The Walking Book Club, e alle innumerevoli altre donne e uomini dei libri che hanno contribuito a portare i miei, e non solo, nei cuori dei lettori. Ho un enorme debito di riconoscenza con voi e anche se sembra poco, grazie dal profondo del cuore.

Grazie a Janice Kreider, la figlia di Irene, una bibliotecaria del Pack Horse del Kentucky; a Eben Lehman, direttore della biblioteca e degli archivi della Forest History Society, North Carolina; a Lisa Thompson, bibliotecaria II al Kentucky Department for Libraries and Archives; al professor Jason Vance; alla minatrice Sara Vance; e al fotografo Ted Wathen.

Alle favolose volpi: Gary, Karen e Hyphen del FoxTale Book Shoppe di Woodstock, Georgia; a Chris Wilcox e Eon Alden di

City Lights, North Carolina; alla cara e solidale Lizz Taylor di Poor Richard's Books in Kentucky; e a tutte le librerie indipendenti del Paese. Grazie, grazie, grazie perché mettete in contatto i libri coi lettori e promuovete la lettura; siete l'anima dei quartieri che amiamo e custodiamo. Le piccole librerie indipendenti sono uno dei mattoni fondamentali delle comunità.

Sono incredibilmente fortunata ed eternamente riconoscente ai molti bibliotecari, alle libraie e ai librai meravigliosi e saggi di tutto il Paese che mi hanno offerto amicizia e sostegno generoso e che sono le ancore di salvezza delle comunità cui si dedicano in modo disinteressato: le sorelle del Kentucky Laura Adams e Tessa Caudill, e un grazie speciale agli amici Brian Shortridge e Teresa Matney della Virginia per l'aiuto eccezionale nelle ricerche e per avermi indirizzata alle minatrici di carbone. Grazie alle bibliotecarie nonché amiche speciali Kelly Ann Moore del Texas, Karen O'Connell e Jennifer Wann dell'Arkansas, Daryl Maxwell di Los Angeles e Laurie Aitken di New York, solo per nominarne alcune, per l'enorme sostegno e l'amicizia affettuosa. Vi adoro. Ai tanti bibliotecari del Paese che mi hanno invitata nelle loro città per riunioni Zoom in tempo di pandemia, ho apprezzato e fatto tesoro di tutti gli incontri virtuali che abbiamo condiviso. Grazie infinite.

Ringraziamenti sentiti, ammirazione sconfinata e amore folle a tutti gli educatori, e per citarne alcuni: il preside Jack VonHandorph, il personale e gli studenti della Notre Dame Academy; il professor Robert Stevens, che assegna *La ragazza blu* tutti gli anni, e i tuoi studenti brillanti (siete dei veri tesori) dell'Università del Texas a Tyler; Kaye Brown e Tonya Northenor dell'Owensboro Community and Technical College; Nancy Kennedy della Furman University; e tanti altri educatori che hanno assegnato in lettura *La ragazza blu*. Grazie per avermi raccomandata ai vostri studenti premurosi, dotati e brillanti. È un onore e un privilegio, ed è sempre un bagno di umiltà parlare coi vostri futuri leader.

Alle mie straordinarie redattrici, Shana Drehs e Margaret (MJ) Johnston, è stato un onore e un enorme privilegio lavorare di nuovo con voi, e vi sono debitrice per la pazienza, la saggezza, i consigli meditati e l'eccezionale revisione, che hanno reso più solido questo libro. Un grande apprezzamento alla mia editor, Heather Hall; alla mia fantastica revisora, Diane Dannenfeldt; e alla mia correttrice di bozze, Carolyn Lesnick, per il lavoro eccellente e professionale. Alle carissime Margaret Coffee, Valerie Pierce, Broche Fabian e a tutta la squadra straordinaria di Sourcebooks che lavora instancabilmente dietro le quinte per gli scrittori: siete il meglio del meglio.

Un grazie sentito alla donna dei libri Christie Hinrichs per il generoso supporto dato nel far arrivare il mio libro ai lettori.

Grazie a Stacy Testa, mia cara amica e collega, per le eccellenti revisioni, i saggi consigli e l'incommensurabile sostegno in un'altra avventura libresca.

Ho la fortuna di essere circondata da persone di straordinario talento: alla fantastica cantante Ruby Friedman, grazie per gli splendidi pezzi che hai dedicato ai miei libri, e un apprezzamento particolare all'attrice di notevole talento Katie Schorr, che ha fatto risplendere i miei romanzi con la sua voce perfetta. È stato un privilegio lavorare con entrambe. Abbott e Sara, artisti della parola e amici, vi voglio bene e vi ringrazio per il vostro sostegno e la vostra compassione incrollabili durante i momenti belli, brutti e folli in cui mi avete salvata dalla depressione.

Amore e gratitudine a Virginia Berger per la tua generosità nel prestare un occhio acuto e osservazioni preziose al mio lavoro.

A Joe, l'amore della mia vita e un *Tommie* a pieno titolo. Per decenni hai lavorato in modo instancabile e disinteressato per aiutare innumerevoli donne sopravvissute a ottenere giustizia… questo è dedicato a *te*: uomo, marito, padre e migliore amico pieno di umanità. Come sempre, non hai mai esitato quando hai sentito il richiamo *uu-uu*… e io ti amo come *il sale ama la carne* e rispondo con un *cuu-cuu-cuu* musicale alla tua incrollabile ricerca di giustizia.

Finito di stampare nel mese di ottobre 2023 presso
Grafica Veneta – via Malcanton 2 – Trebaseleghe (PD)
Printed in Italy